KB186809

언문조선구전민요집

해제 최박광

성균관대학교 국어국문학과 명예교수

언문조선구전민요집

초 판 인 쇄　2021년 09월 02일
초 판 발 행　2021년 09월 07일

편　　　 자　김소운(金素雲)
해　　　 제　최박광
발 행 인　윤석현
발 행 처　도서출판 박문사
책 임 편 집　최인노
등 록 번 호　제2009-11호

우 편 주 소　서울시 도봉구 우이천로 353 성주빌딩
대 표 전 화　02) 992 / 3253
전　　　 송　02) 991 / 1285
홈 페 이 지　http://jncbms.co.kr
전 자 우 편　bakmunsa@hanmail.net

ISBN 979-11-89292-85-0　93810　　　　　정가 70,000원

언문조선구전민요집

諺文朝鮮口傳民謠集

편자 김소운(金素雲)
해제 최박광

박문사

서언

    1933년 1월 김소운은 日本 東京의 第一書房에서 『언문조선구전민요집』(500부 한정판)을 간행하였다.

    이 책은 보유편 228편을 합해 총 2522편, 700페이지 달하는 방대한 작품을 수록하고 있다. 그는 약관의 나이에 일본시단에 등단 후, 다음 해인 1929년에 일본어역 『조선민요집』(日本 泰文館)을 출판한다.

    반면에 『언문조선구전민요집』은 1929년 10월부터 1931년까지 2년간 매일신보사에 입사하여 회사의 양해 하에 전국 독자들의 협조를 얻어 수집한 자료들이다. 하지만, 국내 어느 곳에서도 출판 할 곳을 찾지 못한 그는 재차 일본행을 결행한다. 하지만 일본이라고 해서 출판이 쉬운 것은 아니었다. 더욱이 한국어 활자도 없는 곳에서의 출판이란 상상하기도 어려울 정도로 난관이었을 것이다. 이렇게 어려운 난관 하에 출판하고자 한 의도가 서문에 잘 드러나고 있다.

    민족이 있는 곳에 반듯이 민요가 있다. 이것은 상식이다. 조선민요를 이러한 상식으로 대접하기에는 황송하다고 서두에 밝히고 있다. 이는 당시 일본이 시행했던 동화와 민족문화를 말살하고자 한 정책에 대한 비판으로 그의 조국애를 강하게 느낄 수 있는 대목이다.

    금번 『언문조선민요집』을 재 간행함에 있어 저본으로 삼은 것은 소운선생의 소장본 이다. 소운선생의 언급에 의하면 역려의 삶을 살다보니 선생께서도 이를 소장하지 못하고 있었다고 한다. 6.25 남북전쟁을 전후로 진해에 거주하던 어느 날 소운선생은 이 책이 진해의 한 서점의 진열대에 꽂혀 있는 것을 발견했다고 한다. 하지만 그날 수중에 책값을 지불할 돈이 없어 서점 주인에게 본인이 편자임을 밝히고 내일 반드시 찾으러 올 테니 타인에게 양도하지 않도록 몇 번이고 신신당부를 하고 귀가 했다고 한다. 다음날 아침 일찍 소운은 약속대로 서점을 재차 찾았다. 하지만 서점 주인은 약속을 지키지 못했음을 사과하면서 어제 이희승선생께서 들렀다가 이를 보시고 편자는 어떻게 해서라도 구할 수 있을 테니 염려 말고 본인에게 양도하는 것이 옳다고 까지 말씀하셔서 더 이상 거절하지 못했다고 덧붙였다고 했다.

언젠가 일문으로 쓴 수필에 소운은 이를 언급한 적이 있었다고 한다. 이 글을 읽은 어느 일본인 독자가『언문조선민요구전집』을 보내주어 소운선생의 서가에 꽂히게 되었다고 한다. 소운선생 서거 후 선생의 유품들은 뿔뿔히 흩어졌고 일부 남아있던 서적 속에 이것이 들어 있었다. 선생의 유품은 우여곡절 속에 3년여 동안 내 서재의 베란다에 쌓여 있다가 최근 국립기관인 ○○ 문학관이 인수해 갔다. 이제 비로소 선생의 유품이 제 안식처를 찾은 듯해서 한시름 놓은 듯하다. 금번 ○○ 문학관 기증에 앞서 일본인 애독자 한분이 60여 년 간 일본에서 선생님이 쓰신 단편적인 글을 모아 가지고 와서 나에게 출판을 의뢰한 바가 있다. 이 작업과 함께『언문조선구전민요집』도 영인 출판해서 많은 독자들이 손쉽게 읽을 수 있도록 하는 것이 선생님의 뜻이라고 판단했다. 이 결정을 하기 까지 주저함이 없었던 것은 아니다. 하지만 천상에 계신 선생님께서도 이를 흔쾌히 반가워하실 것으로 사료되어 출판을 결심했다. 이에 몇 자 적어 출판소회에 대신하고자 하는 바이다.

2021년 5월 吉日에
삼가 최 박 광 적다

諺文 朝鮮口傳民謠集

目次

16

「民族이잇는곳에 반듯이民謠가잇다。」이것은常識이다。朝鮮民謠를 이러한常識으로 대컵

하기는 황송하다。

民謠는 한民族의 情緒生活의첫記錄、갓난아기의첫우룸소리、그러나우리는 첫우룸부터

「으아―」하고 힘차게 소리질녀보지를못하엿다。

일즉이우리는 中國의隷屬國이란地位를 忠實히직혀왓섯다。非但政治的으로뿐이아니오 精

神文化外지도。蜀國興亡이、介子推의죽은넉이 우리에게相關될바이리오마는 이것을 우리의

情緒表徵으로 써세우기에 踏踏함이업섯다。우리를結縛하든因襲도 알고보면 남에게서꾸어온

서사옷이니 果然하로라도 우리가 우리의숨을내쉬며 우리의셩을흘닌날이 잇섯든가。

儒敎文化의輸入이 우리에게 새道義와禮節을 갓다주엇거니와 時代環境에가장銳敏한民謠

가 止한그影響에서 버서나지못한것이아니다。「달아달아밝은달아 李太白이노든달아―!」

比喩혁은입에서 마늘냄새남을 殊常히알바이아니니 입에못담을俗된소리를 例사로히너며 天

는民謠는 남의장단에 춤춘것을 구태여 숨기려고도하지안는다.

그러나 이러한時代環境도 文化의外皮를變貌케는할망정 民族性의特質써지 犯치는못하나

니 一部의識者階級이 歌詞·時調의發達을促進케하얏다하나 장옷으로가리지안은 民族性의

特質은 大多數民衆의守護로말미암아 그들의唯一無二한 情緒의보금자리 民謠속에 依然히

쑤리를내루어왓다.

朝鮮民謠를 常識의軌道에서 싸로새씌운다하여도 그것은 領域아나뷔을 자랑함이아니오

抑壓과桎梏을 수준히익이며 직쳐온使命이 큼으로써이다. 남들은 民謠를 生活의作業삼아

즐겨왓스되 우리는 民謠에매달녀 살아왓다. 民謠를북도두어 기루웟다기보다 民謠를 돗

대삼아 橫삼아 쮜어왓다.

百千번시달여 오히려일허지지안는 ·民族情緒의特質은 더한충기픈속에 숨어잇나니 科學

와發官·兩班에對한憧憬을드러 朝鮮民謠의特殊性을 否定하려는이에게 婦謠의한篇을 읽히

고십다. 呼訴와呪咀가 이가치切迫한노래는 아마 世界의어느民謠에도 類例가업스리랴.

다시거듭하거니와 民謠는 벌거숭이로자라는 野生兒이다. 淳朴한表現 稚訥한技巧를떠나

民謠의本色을 차줄수는업다. 民謠를두고 氣品을云謂함은어리석으니 表現이野鄙하다고 民

謠의詩的精神써지沒却한다면 그는 民謠와千里를隔한 남이다.

民謠의 定義와 眞正한 傳統을 理解하는이는 極히 드물다。 愁心歌·塞邊歌의 洗鍊된形式을

純正한民謠와 混同하는이가잇스나 當치못한謬見이다。 南道의성주푸리며 개타령·제비타령

의類도 마찬가지理由로 民謠의領域에 드려올수는업스니 正統의民謠와 巷間의俗歌와는

스스로 그類가다르다。

民謠는 口體그대로가「노래」이다。 形式과精神이 한가지로「노래」로된것이다。 노래인以上

律調를떠날수업고 散文的自由詩일수도업다。 歌詞와律調는 수레의두박휘니 律調를떠나 民

謠의주容을말함은 至難이라기보다 不可能이랍이올켓다。

口傳民謠 二千篇,

이것은 朝鮮民族의 共同詩集이다。 멧千年토록차하버려온 民族情緖의蓄積, 이속에「조선

의마음」이合여잇슴을 否定할이가뉘잇스랴。 그러나 詩의尺度만으로 民謠를자질하기도 두

려웁다。 民謠의價値性은 詩로서굿치지안나니 民間習俗이며 方言의異動、 或은時代文物의推

移等、學究的方面에 緊한資料로쓰일길은 이박게도許多하다。

여기실은二千篇은 鑛石이라도原鑛、땅속에파무친 或은 길바닥에구우러다니는 烏무든돌

을 그대로차키모아 한무덱이로 쌓하노왓달뿐이요 整齊한體系를 이룬것이아니다。 原鑛

을다시굴느고 素材를다시整理하야 여긔다 새목숨을부러너흠이는 따로잇스니 그러한이의

손에　可能한最大範圍外지　여冊이利用된다면　어여쉬더한多幸이업겟다。

牧集된資料는　太牛어　每申學藝商의識者를通하야　求得한것이나　前者에日譯된小著「朝鮮

民謠集」의原歌와(一九四一二九年採集)　二三知友의努力으로된資料를　갓치모두윗다。一字一句를

踈忽히하지안코　口口傳承한그대로만　探錄하기를힝썼스나　여러손으로모든것이라　응당誤傳

도업지안흐리라고　생각한다。겉으로보드래도　숨어잇는全體의　十分一이채못될것이니　어느

便으로라도　自負할成果는못된다。한갓　微力이나마　기우려남기지안은것이　하다못한自慰며

辯明이라할가。

民謠의音樂的研究는　門外漢인編者의　敢허容喙할바이아니나　그方面에　適材가나라나와

篤實한寄與가잇기를　바라거니와　文學的研究로도　朝鮮은오히려　그輪廓의第一線을　그리지

못한形便이다。위선急先務는　礎石이될　素材의蒐集에잇스니　山이나들에　자라는花草는　時

節되면　다시求하려니와　時代를따라變遷하는　民族詩의形態는　한번일흐즉　차줄길이茫然하

다。藝術에對한　保存觀念의缺如는　우리民族性의短處中에도　特筆할하나이니　아로말미암아

工藝美術이며　繪畵에이르기까지　미친바損失이　얼마나하엿든고。「써일」의새建設이　「어제」

의自省에서始作됨이　다시금　쌔닷지안울수업스니　口傳民謠의蒐集은　이러한意味로쉬도

한　意義기품을　일치안는다하겟다。

時代의바퀴는 쉬지안코구을너간다。 오늘은 이미어제가아니오 내일이쏘한 오늘의내일이

아니리라。 그러나 한마듸말을더記憶하자。 오늘은 엇더한세상이올지라도 우리는 우리의사랑

을 이줄날이업다는것을、 우리의自由를 이줄날이업다는것을、 푸른하늘을、 쯧냄새를 커바릴

수는업다는것을。 時代의一轉回、 歷史의一推移가 民族의詩를아서가지는못하나니 조선의어린

이가「새야새야 파랑새야——」를 이준지오래라고 그것을슯허할理由는 조곰도업다。일허진

것은 그形態요 成心이아닐지니 「커건너갈미봉에 비가무더드러온다——」고 한가롭은묵을

쌔든 육자배기머선 「洛東江七百里 굴굴굴노코 하이칼라잡늚이 손질한다」고 아리랑이 외오

치드래도 그것이 오늘 우리의이마에흐르는「쌈」、 오늘 우리의입으로만한「입김」이라면 쏘

한 무엇을한란할바이랴。民族詩의啓發、民族情緒의意識的培養은 위선 우리自體를차즌뒤에

次々로論議할問題이다。

一九三一年八月

在東京

金素雲

어 册은　長谷川第一書房主의 俠援으로된　犠牲出版이다。

土田杏村氏의 盡力과　畏友田小初夫　孫晋泰爾氏의　資料에

關한 助力을　感謝하여마지안는다。特히二百名協助者의　알

뜰한 努力은　編者의　깁히感銘하는바이니　이册이깃칠貢献

어잇다면　그것이　바로이분들의 功勞임을　特記하련다。

原稿淨書、校正、索引等煩難한事役에잇서서는　鄭人澤君

의 手苦를님은바만핫다。

京 城

노구지고一篇　우들二篇

(二)
노구지고 사고지고
아버지는 마지가고
어머니는 펑치지고
나는 노구지고 사고지고
헌누덕이 불차붓코
기집죽고 국々
자식죽이고 국々
땅근딸아 명장하자
국々 국々
[편]

방갑이一篇

(四)
아침먹이 쇠여라
저녁먹이 쇠여라
우리댁안씨 흰떡방아
네가대신 쇠여라
건너집처녀 보리방아
네가대신 쇠여라
[편]
핵해먹자 부—엉
량식업다 부—엉
걱정말게 부—엉
쩌다하지 부—엉
언제갑게 부—엉
* 비닭기우롱

　″

* 비닭기우룸

달내달내一篇

(一)
달버달버 수달버
금벽안듸 큰행길
그림갓흔 팔을라고
천지고개 넘어가늬
옥사정아 문여러라
춘향이얼골 다시보자
* 방강이를잡아쥐고

갈에갑지 부-엉

* 부엉새우름

게 울퉁울버며
불퉁울함으로
담배퉁으로
대갈퉁을 어떠맛고

동굴동굴 동산이요
장사날이 언퇴이요
일-일- 입히날요
죽한그릇 해주릿가
곰-곰- 고맙쇠다

* 지나가는상제보고

諷笑二篇

(六)
쓰르니 쉬되
밥을하니 세사발가옷.
먹으니 볼눅
나리니 홀죽
똥울누니 자빠가가옷이락

울퉁불퉁하야
굴이 퉁퉁낫다
철구퉁뒤에 가잇다가
물퉁을 뒤여씨고
숨퉁이막히여
복퉁싱이생겻다지

(七)
　〃
통꿀집 통도령넘이
통감을써고
통생원댁으로
통학츙이엿다
　〃

상제一篇

(八)
상쥐상지 어듸가오
산수자리 보러갑네
산수자리! 어듸매요
동-자가사리 박실박실한
다

윷노리一篇

(九)
홋발산이 산밋헤가고
썩동분이 막도라간다
윷치야삿치야 오금의떡이
냐

26

땜돌기一篇

[一〇]
매ㅡㅁ　매ㅡㅁ
고초먹고　매ㅡㅁ　매ㅡㅁ
담배먹고　매ㅡㅁ　매ㅡㅁ

송내정이一篇

[一一]
송내정이　씌애정이
네활아비　등겁정이
　　＊　용내내 논아회를보고

잠자리一篇

[一二]
파리동〃　잠자리동〃
거미동〃　잠자리동〃

자장歌一篇

[一三]
은자동아　금자동아
세상천지　웃듬동아
부모에게　효자동아
나라에는　충신동아

다
커리가면죽고　어리오면산
라
서울쌌리죳라　시골쌌리죳
고초먹고　매ㅡㅁ

뗏죽이동〃　잠자리동〃
나븨동〃　잠자리동〃
　　＊　잠자리뒤를싸르며

사낫밋헤　미나리냐
어름풍게　수달피냐
대장되건　울지문덕
충신되면　핵이숙제

무주공산　잣송이냐
청산봉안　대초씨냐
날어나는　학선인가
구름속에　신선인가
옷고름밋헤　웃둥자요
수팔년에　밀동자라
선수불봉　뉘아둘아
녹음에진　청버덜아
은을주면　너를사랴
금을주면　너를사랴
남천북답　장만한들
이에서　더조호며
산호진주　어덧슨들
이에서　더조흐랴

둥ㅅㅅ　둥ㅅㅅ
둥게둥게　둥게야

더니만
소곰에밥도　달도달다

기럭이 一篇

[六]
기럭아기럭아　어듸가니
漢江간다
뭣하러 가니
색기치러 간다
멧마리 첫니
여덜마리 첫다
나한마리 다ㅣ고

시집사리 一篇

[五]
형님형님 사촌형님
시집사리 엇덥멧가
석자셋치 제사수건
횟대씃헤 걸어놋코
둘며날며 날며둘며
눈물씻기 다쎡엇네
메씃갓흔 아기딸
시집삼년 살고나쉬
메나리씃 다피엿네

쎙아쎙아 一篇

[七]
쎙아 쎙아
그리가면 죽느니라
쎙아 쎙아
이리오면 사느니라

計育 一篇

[四]
하눌에다 베틀노코
구름에다 잉아걸고
찰각찰각 짜노라니
부고한장 드려온다
한손에 바다들고
두손으로 펴쳐보니
시앗죽은 편지로다
고년요년 잘도죽엇다
인두불노 지질년
담배불노 지질년
고기반찬갓촌밥도 맛이업

京城府蓮池洞一七一
柳然太 報

새야새야一篇　　*

〔一九〕
새야새야 파랑새야
록두밧헤 안칫마라
록두옷치 써러지면
청포장수 울고간다

京城府紅把洞一〇〇
柳壽天 報

〔二〇〕　〃
엇두잇두 단우
칼라감수 단우
둥처리 둥처리
기와산이 기와산이
무릅밋헤 가라관

　*색기노리에장쎙쎙에선
으로

성낫다一篇　　* 아회차줄때

〔二一〕
성낫다 병낫다
호박국울 쓰려라
연지문을 여러라
너먹자고 쓰럿니
내먹자고 쓰럿지

　* 성낸동무를늘녀대어며

遊戲二篇

〔一八〕
달따러 가세
별따러 가세
뒷집영감
부랄따러 가세

밥먹어라一篇

〔二二〕
하나나니 둘일네
삼사비구리 청닁이
등결둥이 째래둥이
칩시밋혜 할타중

셰셔중一篇

〔二三〕
중々 써셔중
칩시밋혜 할타중

우리형제 一篇

[二五]
아버지는 닷님이요
어머니는 엿님이요
맛님엿님 쓰러지면
우리형제 엇지살우
우리형제 죽거들랑
압동산에 뭇지말고
뒷동산에 뭇지말고
고개고개 넘어가서
가지밧헤 무더줌소
가지한쌍 열니거든
우리형제 난줄아오

주머니 一篇

[二六]
해다가 언밧치고
달다가 거죽하고
별따다가 선두르고
쌍무지게 션을쥐고
형념남편 주잿토니
가사리에 가사리에
우리대문 지나가며
부채처편 하고가데
무청하고 야속하다

옹달소 一篇

[二七]
대궐안에 들어가
석류한쌍 따다가
시녀에게 들켜서

옹달소에 잡혀가
사흘동안 갓첫섯네
京城府昌成洞一○九
金　陽　順　報

婦謠 一篇

[二八]
시집온지 사흘만에
위허라고 나려와서
가마독성 여러보니
엉거미가 줄을치고
낫거미가 줄을치고
냄비독성 여러보니
붉은동녹 켜켜안코
화가나고 열이나서

대문밖을 씻나쉬서
압집아가 뒷집아가
보리밧치 어듸메냐
커기커기 커기올새
푸른보리 커커노코
누른보리 비여다가
한번씻고 두번씻서
보리밥을 지여놋코
삼간마루 뛰올나서
찬장문을 엿되린니
엉거미가 줄을치여
화가나고 열이나서
뒷문박을 씻나쉬서
미나리밧 뛰여가서
누른님은 커커노코
푸른님만 비여다가

한번씻고 두번씻고
쎄번네번 씻고씻처
미나리채 못쳐놋코
안방문을 엿되리고
숫닭것흔 시아버니
미나리채 진지잡슈
암닭것흔 시어머니
미나리채 진지잡슈
거는방문 엿되리고
동을동을 동세넘네
미나리채 진지잡슈
미나리채 진지잡슈
장닭갓흔 시아주범
미나리채 진지잡슈
사랑문을 엿되리고
시큼시큼 시누넘비
미나리채 진지잡슈

아랫방문 엿되리고
이귀커귀 커진눔아
엉둥이에 해도덧다
뜨물통에 빠질넬나
빨냇술에 눈결넬나
미나리채 밥먹어라
시아버니 허는말이
아가아가 새아가야
재담이나 허렴으나
뒷간담이 재담이죠
아가아가 새아가야
오날밤은 돌도만타
밥에돌이 만타하나
청에섯돌 비고지고
아가아가 새아가야
오날밤은 매우칩다

세는세는　一篇

　　（三〇）

밤진것을　질다하나
한강수를　때고지고
아가아가　새여가야
밥여뉘도　넘우만라
밥여뉘를　뉘라하나
보린밧흘　배고지고
시아버니　하는말이
이애기나　허렴으나
큰애기는　한머니고
중애기는　어머니고
새애기는　커울시다

　＊　구차한집에시집온뎌
　　　누리의덕두리

京城府峴底洞一〇四
金　鎭　洙　報

아가아가　一篇

인경쎙　一篇

　　（三一）

새는새는　남게자꼬
쥐는쥐는　궁게자고
소는소는　마구자고
닭은닭은　홰에자고
우리갓흔　애기들은
엄마품에　잠을잔다

　　（三二）

인정쎙　바랑쎙
삼정쵠에　쇼꾸마뼛다

지구지구　一篇

　　（三三）

아가아가　우지마라
데가울어　날이새지
고운낫혜　얼룩진다
아가아가　우지마라

數謠　一篇

　　（三四）

쪠구　쪠구
아주　아주
고맅케
싸고　싸고
쌋더죠

諷笑三篇

(二三○)
일둑이 이둑이
삼둑이 사둑이
오둑이 룩둑이
칠둑이 팔둑이
구둑이
　* 쌈울쌔

(二三一)
함박 버려진다
쏙박 버려진다
해해 해해
　* 성난동무웃길쌔

드레쏙지 색뚜하면
붕어색기 놀나뜬다
　* 앙니쌔진아이동보고

안줄레다一篇

(二三三)
형네집이 갓드니
고기국에 이밤하야
혼자들만 먹드라
우리집에 왓단바라
외자떡에 밀접병에
한쑈각도 안줄네다

바람一篇

(二三四)
바람아바람아 부러라
대추야대추야 쩌러거라
아이야아이야 주쇠라
영감영감 잡수슈
　* 바람불쌔

(二三五)
산에쳥 기집에쳥
날내쏙지 부지쳥
　* 사내와게집애가썩겨노
　〃 것을보면

(二三六)
암나쌔지 멧나쌔지
움물컨에 가지마라
　〃

京城府諟智洞一六二
李　鍾　學　　報

京 畿 道

우리형님 一篇

〔二八〕

건너마을 우리형님

무슨말 식혀보소

서울소반 열닷죽

시굴소반 열닷죽

하라고 식혀보니

서울서방 열닷죽

시굴서방 열닷죽

우리아재님이 열닷죽이라

네

＊ 서로늘넓적에것말

京城府武橋町三二一

金 基 昌 報

高　陽

기럭이 二篇

[二○]
마른논엔삽북이　진논엔거
머리
나막신발싹　집신짝
대문열싹　거적문닫싹
수々락맹명　거々락쒸르르
＊同上

[二一]
앞에놈은　장사
뒤에놈은　도적놈
가온대놈은　물항아리
＊기럭이 나르는것을보고

황새 一篇

[二二]
황새야　황새야　똥뉘라
벌아벌아　물처라
＊생기를　오양웅이에다
웃코

[二三]
기럭아　기럭아
어미가니
한강간다
무엇하러가니
색기치러간다
펏틀첫니
두배첫다
아들낫코　딸낫코　호믈르

遁辭 二篇

[二四]
옛날엣적　고렛적
떡거머리　총각적
커치　서방님적
서비　되련님적
＊이야기하랄세

[二五]
이야이 논아약이　쒸기는쒸

꽁지씨기一篇

[지친]
김서방 나무가세
배압허 못가겟네
무슨배 자라배
무슨자라 업자라
무슨업 퀀지업
무슨퀀지 삼퀀지
무슨삼 고분삼
무슨고분 당고분
무슨당 선농당
무슨선왕 개선왕
무슨개 버들개
무슨버들 칙버들
무슨직 방아치
무슨방아 물방아

무슨물 한강물
무슨한강 열한강
무슨열 구리열
무슨구리 말쑤리

* 「서슴지말고 한숨에
외 오면용치」

高陽郡淡芝面帶光里
陳 吉 能 報

나무인경一篇

[지친]
춘아 춘아 옥동춘아
너집으로 구경가자.
암들에는 꼿밧치요
꼿밧헤는 나뷔놀고

뒷들에는 연못이요
연못가운데 초당보게
초당붓올 띄워녀니
입분색시 안첫길버
분융주련 연질주련
분도실코 연지도실코
나무인경 주십시요

밤노래一篇

[지친]
시ㅡ장 시ㅡ장
할아범이 마당쇨다
귀써러진 돈한푼을어더서
장에가서 밤한말을사다가
치봉에다 첫들엿드니
머리샘은 생쥐가

36

들녁날녁 다써먹고
씻은밥한죵을 냄겻네

가마 솟헤 쌀머서
조리로 건저서
대가칼로 벳겨서
썬질은 아범주고
속썬질는 어멈주고
직살은 너구나구
닭두답두 다먹세ー

★ 이 닌손자 쭐쭉웁에 안치
　로할버니 등이느로
　우노더

아가아가 一篇

【四七】
아가아가 우지다라

어머니는 장에가서
떡바더다 주마더라
아버지는 장에가서
신사다가 주마더라
우이한창 열니여서
바지랑뛰로쌋게되면 오마
더라
떡도실코 신도실코
울어머니 젓만주소

【四九】
가자가자 감나무
오자오자 옷나무
김치써지 꼭써지
맨드램이 봉승아

雜 二 篇

【四八】
썽아썽아 고추썽아
칠로가면 죽느니라
임로으면 사느니라

★ 험이떠들보고

高陽郡덴주面付岩里

李 祐 錫 報

富川

호랑범 篇

[재.]

우라버지　가는길에
소주탁주　걸녓거라
우러머니　가는길에
무명송이　걸녓거라
우리헝님　가는길에
연지분이　걸녓거라
우리옵바　가는길에
황금성이　걸녓거라
이웃엄마　가는길엔
호랑범이　안젓거라

＊ ―걸녓거라 놀 ―넘넛거
라 라고도부를

쥐야 쥐야 一篇

[五.]

쥐야쥐야　세양쥐야
사랑밋헤　다람쥐야
이것커것　다먹어도
흰밤을낭　먹지마라
한식날이　되고보면
밥사오고　배사다가
우러머니　무덤우에
제사핟사　지낸단다

富川郡富內面下里

崔　俊報

水原

신서방 一篇

[五三]

대문　찍찍

나막신　딸가

개는　캥々

그누구요

신서방요

京城府蓮池洞一七一

柳　然　太　報

별도밝다 一篇

[五二]

별도밝다　달도밝다

경천도밝다　명천도밝다

또우설내커고리　부쥔도자

쥔

자쥔도　안옷고름

부쥔도　것옷고름

坡州

자장가一篇

〔五〕
자장자장 자는고나
우리아기 잘도잔다
은자동이 금자동이
수명장수 부귀동이
은을주면 너를살가
금을주면 너를살가
나라에는 충신동이
부모에게 효자동이

형제간에 우애동이
일가친척 화목동이
동내방내 유신동이
태산갓치 굿세거라
하해갓치 깁고깁허
유명천하 하여보자
잘도잘도 잘도잔다
두둥두둥 두둥두둥
우리아가 잘도잔다

坡州郡臨津面汶山里泉洞

金　南　壺　報

開城

* 길가에지나가는상처를
보고, 풍덕(豐德)은 開
城郡內의 地名

염물은 못하네
아이고
요넘어 조넘어 재넘엇혜
돌중일쇄그려

* 머리싹근동무시리화답

상제一篇

[五五]
상제상제 어듸가우
회ㅡ회 회사러가우
장삿날이 언케요
일ㅡ일 일햇날이요
무슨두부 햇소
줄ㅡ줄 줄누부햇소
산소가 어드메요
풍 풍 풍덕이요
엽불합줄 아나

물중一篇

[五六]
중중 서서중
어듸서 왓나
황창사ㅅ쉬 왓네
무엇하러 왓나
뚱냥허라 왓네
무엇가지고 왓나
바랑메고 왓네
무엇치고 왓나
목닥치고 왓네
엽불합줄 아나

고도래봉一篇

[五七]
싈울아ㅡ 나무가자
배압허쉬 못가겟네
무슨배 자락배
무슨자락 읍자락
무슨읍 솔ㅡ읍
무슨솔 칭ㅡ솔
무슨칭 대ㅡ칭
무슨대 막ㅡ대

무슨박　원두막
무슨원두　가지원두
무슨가지　몰가지
무슨물　조족물
무슨조족　배조족
무슨배　죽ー배
무슨죽　팟ー죽
무슨팟　쾨두팟
무슨쾨　산ー쾨
무슨산　룡수산
무슨룡　룡
고도래　생　룡

〔표八〕
동무一篇

쳔동두　만동무

머리칼에　얼킨동무

＊동모들이놀다헤여질째

실랑쏙지一篇
〔표九〕

실랑쏙지　말랑쏙지
남대문에　인경쏙지

＊草笠쓴어린新郎을조롱
하며

동아동아一篇
〔六〇〕

동아동아　물떼쇼
쌩아쟁아　볏나소

＊육은한뒤에저진음을두
다리며

셧치二篇

〔六一〕
셧챠셧챠　십짓고드려라
셧챠셧챠　집짓고드려라
한박마ー　죽박마　휘ー여

＊눈에픠가드러가보채는
째다른아히가눈을부
비주며

〔六二〕
셧치야　셧치야
너는　헌너가지고
나는　새이다ー고

＊어린애들이니갈새　편
니룽질옹어다눈지며

42

謔笑一篇

〔六三〕
압니싸진　덜걱이
뒷니싸진　덜걱이
우물돌에　쉬지마라
붕어색기　놀내신다
밥푸는디　가지마라
밥주걱에　쎔맛는다
＊　니싸진아이놀닐제

數謠一篇
〔六四〕
한거리　엉거리
대청　슐래
에방　먹어
쇠어　ㅂㅕ
＊　잠자리잡흘때

쌕두　역두
다와　달쏙
＊　十二數, 아히들이둘너
안저다리혀이기할제

〔六七〕
고래고래　춤추쇼
엥겡게　장구치쇼
＊　팔남에붓흥　달팡이놀
손바닥에올녀놋고흥을

雜　三篇
〔六五〕
충멍거리　팟멍거리
노즁어멈　농멍거리
＊　머리싼군둥그보고

〔六六〕
잔찰래　옷찰래
이리오면　사느니
커리가면　죽느니
＊　〃

달　二篇
〔六八〕
달달도　밝다
별별도　밝다
영천의　숫가락
똑씰넛던　칫가락
ㅂㅕ　ㅂㅕ　조고리
분홍치마　꼽다

흔히부르는노래

「六九」

달아달아 밝은달아
이태백이 노든달아
쥐기쥐기 쥐달속에
게수나무 박혓스니
옥독기로 찍어내고
금독기로 다듬어서
초가삼간 집을짓고
량친부모 모셔다가
천년만년 살고지고
천년만년 살고지고

우지마라 一篇

아가아가 우지마라

넉을주랴 밤을주랴
썩도싫고 밤도싫고
버어머니 젓만주오
너어머니 뒷동산에
산호싸말 진주싸말
싹시나면 오마드라
평풍우에 그린닭이
북은앵두 세개드니
회롭처면 오마드라
용가마에 살문개가
멍멍짓건 오마드라
밋싸진 두무에
물이괴면 오마드라
우지마라 우지마라
아가아가 우지마라

* 어머니업는어린애들달래여부르는할머니들이

「七〇」

언니언니 一篇

언니언니 우리언니
섟집갈제 얼골에는
북은앵두 세개드니
집에올때 얼골에는
은구슬이 방울방울
언니언니 우리언니

「七一」

옹금종금 一篇

옹금종금 종달새야
싸치비단 소루새야
너어되서 자고왓늬

「七二」

파밭5 치다려
갈님흐로 자리깔고
잡호로 이불덤고
도토리 썸길속에
밤지여 먹고왓네

솟곱노래一篇

〔수ㄷ〕
억산에는 쌀간꽂요
뒷산에는 노랑꽂요
쌀간꽂은 치마짓고
노란꽂은 커고리지여
풀섞거 머리허고
그어뻑지 솟흘걸어
휴가루로 밤울짓고
솔닙흘낭 국수마라

풀각씨를 철식허서
풀각씨가 될율허면
망근울은 실방이광
쑥지쏙지 흔들면서
밤죽섞에 물마시네

우리형씌 삼청방방
우리문쌘 지나갈때
고흐큼방 허주겟늬
지버청 이불에
당호포 비단에
은행주 찾벼개예

아가딸아一篇

〔수ㄹ〕
아가딸아 문여러라
비단왓는 구경가자
노코싸면 대단이요
돌고싸면 공단이라
그비단을 무엇허나
우리옵바 창가갈써
관뙤밧침 해주겟네
그남귀지 무엇하나

뚜무갓흔 큰요강은
머리맛헤 미라노코
쇡자쎄치 담봇대논
구석구석 쇠워노코
셋별갓흔 등잔놀랑
머리맛헤 거러노코
삼경이라 그날밤에
뚜슨숨을 쑤엇나
압문에는 오리한쌍
뒷문에는 거위한쌍

오리는 밤율물고　　　담슬에는 쏫밧이요　　　석류한쌍 열여잇네
거위는 대초물고　　　뒷뜰에는 연못이라　　　석류한쌍 열엇길내
쌍쌍이 쩌나가네　　　쏫밧헤는 나비날고　　　한개써서 맛봣드니
그날밤에 무슨반찬　　연못속언 초당일세　　　봉당우에 엡분색씨
먹엇나 말율마소　　　초당문율 열고보니　　　눈물지며 울고잇네
쫄득쫄득 샘떡에　　　오리한쌍 노고잇네　　　석자석치 무명일랑
달구맛난 정단에　　　상청하청 돌고돌아　　　담우에다 거런노코
새콤새콤 식켜서　　　부용당에 당도하니　　　어싸가소 어싸가소
고로고로 다머엇네　　엡분색씨 안첫길내　　　어줄라고 어싸가소
　　　　　　　　　　고흔셸놀 만커봣네
＊ 샘떡이란 국수울감자
　가루와석기실에마른것　＊新郞이科擧길을떠나든날
　　　　　　　　　　　　　柘榴나무에염여엿스나
婦謠一篇　　　　　　　　다시맛나자고하엿드니
（七五）　　　　　　　　석류는써저도 신랑은
　　　　　　　　　　　　도라오지안는고
춘아춘아 옥단춘아　　　정정정정 풍경소리
비집으로 구경가자　　　상하청율 뒤집길내　　도라오지안는고
　　　　　　　　　　　봉당도라 나려오니

아리랑十首

아리랑인지 지르랑인지
나는몰라 나는몰라

(七六)
오동나무열매는 감실감실
큰애기궁둥은 시궁시궁
아리랑인지 지르랑인지
나는몰라 나는몰라

(七七)
큰애기궁둥은 금궁둥인지
꽁단에속곳이 열두처란다
아리랑인지 지르랑인지
나는몰라 나는몰라
〃

(七八)
울어마니친구는 내친구왓소
내친구왓스면 문여러주지
아리랑인지 지르랑인지
나는몰라 나는몰라
〃

(七九)
건는집큰악아 문여러다오
너어머니친구 나여기왓다
아리랑인지 지르랑인지
나는몰라 나는몰라
〃

(八〇)
아죽가리동백아 여지마라
이웃집숫처녀 다노라난다
아리랑인지 지르랑인지
나는몰라 나는몰라
〃

(八一)
오르며 나리며 잔기침소리
물마른이밤도 목이며누나
아리랑인지 지르랑인지
나는몰라 나는몰라
〃

(八二)
따릿코검언것 복덕에갈보
소복에단장은 새갈보라나
아리랑인지 지르랑인지
나는몰라 나는몰라
〃

(八三)
열두살먹어도 갈보는갈보
손목만쥐여도 돈달낸다
아리랑인지 지르랑인지

나는물라　나는몰라

〃

〔スㄴ〕
나귀는가자고　요란히울고
넘은자고가라　자리만편다
아리랑인자　자르랑인자
나는몰라　나는몰라

고드래샹 一篇

〔スㅊ〕
가마귀　연약
써치　용사
콩새　벌농
팟새　장군
노루　사슴
범이　약과
고드래　샹

開城府東本町四〇
金　明　孫　報

밤을주랴　떡을주랴
밥도싫코　떡도싫코
울어머니　젓만주소
너어머니　굿집가서
술만먹고　춤만추고
너야버지　장보고오다
밤한됭을　어더서
뒷동산에　살었다가
착이나면　오마드라

開城府南面昌陵里
劉　容　根　報

〔ス푼〕
정자문이덜썩　소리나더니
큰애가슴소리　떼옵하간다
아리랑인지　자르랑인지
나는몰라　나는몰라

開城府高麗町九八九
金　載　英　報

우지마라一篇

〔スㄴ〕
아가아가　우지마라

48

楊平

억게동무 一篇

〔人〕
억게동무 철철
가게동무 철철

京城府蓮池洞一七一
柳　絃　太　報

楊州

후라령一篇

동
목수먹동　못생긴밤동
큰애기젓동　주정꾼술동
못된놈심동　섧은사람애동
이동　키동
우리누나시집갈때　국동수

楊州郡樓接面木先寺　李元文報

〔ㅅ〕
신동　밤동
노방동　금부동
장구동　여우홀넘동
쟁쟁이동　원산고불동
옷집오줌동　아랫집똥동
우리집철구동　술집쓰룰동
장넘북동　돼─지오줌동
수비더나발동　얼근놈의상

50

忠淸北道

永同

씨리싸기一篇

(八〇)

아이고배야
무선배인가
자루배이요
무선자루
업자루요
무선엄일싸
질엄이요
무선질

바누질이요
무선바눌
칭바눌
무선청
딸청이요
무선딸이요
명덕딸
무선명둑
두로명둑
무선두린가
떡두리요
무선떡
대추떡
무선대추
별대추
무선별아여

축별
무선축이지
활축
무선활이지
뽕나무활
무선뽕이라
줄뽕이여요
무선줄
광대줄요
무신광대
둘광대요

중아중아一篇

(八一)

중아중아　칼너노아라
새고리잡어　회처주마

씰우썩거서　밥해주마
손구썩거서　떡해주마
찬되먹고　장개가고
시금먹고　시집오고
씰누먹고　진사가고
송구먹고　송사가거라
써뭉먹고　써드라커라
고놈참쇼시네　맛이좃라

총각노래一篇

[九二]

올셍남게　검안진취자
머리조코　키큰처자
올솜줄솜　내라줄게
명주두루막　하시거든
요니옴도　하여주오

서울양반一篇

[九三]

서울양반　죽엇다네
웨웨　죽엇다나
봇드막에　안커서
밥치청을　하다가
불개미한래　불알몰여　죽
엇다니
무슨행상　하든가
지게행상　하ー데
무슨떡을　햇든가

그은허믄　후일에합세

永同郡梅谷面老川里

崔　己　用　報

송맛덕을　햇ー여
무슨고물　햇든가
양머고물　햇ー여
어ー테로　가든가
울녀리중기로　가ー데
누가누가　울든가
암사개　숫ー개　울ー데
아이구　아이구
아이구　아이구

永同郡私立黃同學校

鄭　敉　元　報

54

沃川

서치一篇

〔九五〕
션치는 깍깍
동애줍은 독독
너어듸 가나
금산에 간다
무엇하러 가나
색기치러 간다
멋마리 첫나
열두마리 첫다
질너썩거 버국하고
딴애기바다 밥해주마
* 싹산머리을서로랑지며

婦謠三篇

〔九七〕
동애따자 동애따자
물의물의 주서다가
대핀밧헤 심어여
때롱매롱 매각과쇠
모기모기 북을도다
동애한잘 굴다써도
쇠친한푼 안남비

〔九八〕
형님형님 사춘형님
　　　　〃

중아중아一篇

〔九六〕
중아중아 칼버라
비양(뱀)잡아 회처주마
개고리잡아 창해주마

옹기장사一篇

〔九三〕
옹기장사 옹기짐지고
옹덩거리고, 넘어간다
사발장사 사발짐지고
왈그락달그락 넘어간다
황애장사 황애짐지고
황동황동 넘어간다
엿장사 엿짐지고
엿근엿근 넘어간다

싀집사리 엇덧튼가　　쏘곳싸기 빌가락지
싀집사리 말두말게　　호작질로 싹가내여
고초가치 고흔치매　　조고마한 커피방에
눈물닥기 다커졋네　　한쏙손에 슬병들고
자리한님 펴엿스면　　한쏙손에 연두들고
형도안코 나도안코　　것치매로 눈을막고
징게가 나드라도　　　속치마로 입을막고
형소주지 버소줄가　　나죽걸랑
살애기가 나드라도　　뒷동산에 뭇지말고
형닭주지 버닭줄가　　압동산에 뭇지말고
쌀한되만 잭것스면　　연써밋혜 뭇어두고
형도먹고 나도먹지　　우리친구 오거들낭
형님은 드러누어　　　연못치나
명주쇠리 벼기갓허　　날본듯이 바라보오

　〃　　　　　　　　〃

[九九]

諷笑三篇

沃川郡靑城面安林里

金　正　學　報

[一○○] 열거박이 젹어박이
대째로 밀어박어

＊ 얼근아이보고

　〃

[一○一] 돌아다보앗다 여망이
탱자밋혜 들쎙이

＊ 거짓불너 도라다보면

　〃

[一O二]
말이나 비ㅅ
솔가지나 괘ㅅ
말이나 괘ㅅ
솔가지나 비ㅅ
* 말을 그릇하면

問答一篇

[一O三]
문래 어듸가드냐
대목한테 가더라
가락 어듸가드냐
대청한테 가더라
* 우엇이나일고가면서
서로화답

遊戲一篇

[一O四]
그 어되 관문인가
경상도 관문일세
관문조금 열어주게
쇠술채워 못열겟네
그러나마 열어주게
이대문으로 드러가게
沃川郡伊院面池難里
李 應 林 報
* 반두삼이놀색

數謠一篇

[一O五]
콩하나 팟하나
〃
양지 동지

雜 三篇

[一O六]
나라옷 표옷
울낭 풀낭
납동 산에
불무 색공
* 十二數、동무끼리발을
내놋고혀이며

[一O七]
버금치야 가마나돼ㅡ라
논둑아 장치나돼!라

[一O八]
큰큰애기 나가고
자근큰애기 들어오너라

칼자루야　잡지나돼ー라

귀야귀야 一篇

[一〇]
귀야귀야　담방귀야
내귀에　롬버다구

* 모욕감을때　귀숙에드
러가물을써누라고

沃川郡育城面和城里
康在吉　報

[一〇八]
〃
곰방　가래
맕촛　달낭

* 앗쳐롤웃길쌔　매앗을
쩌므며

불무一篇

[一〇九]
불무불무　불무야
이기가　누불무냐
경상도　대불불세
불무나한번　부러볼가
불무딱々　고양아
불무딱々　고양아
불무딱々　고양아

淸州

아나콩새一篇

[一一]
달도밝고　심심하기에
쇠만네집이를　갓더니
쇠만이삼모녀　안커서
아나콩새　맛봐라
　　〃
감처찬지를　먹으면서
나한또갈아　안주더라
우리집에　왓다봐라
양대고물　지장찰떡
아나콩새　맛봐라

[一二]
명래를　웃는다는게
방망이를　수엇단다
에이에이　에헤야
뉘여라싹　뒤여라
네가노든　내사랑
　　〃
늙은에잡놈　울쑴알고
거란을　씬다는게
끈닭알을　씻단다
에이에이　에헤야
뉘여라싹　뒤여라
네가노든　내사랑

數謠一篇

[一一]
가락쇽　쑤쏙
덥쑥　산양
울냥　쏠냥
진대　맛대
고양이　감로
불무　색곰
＊
十二數、샘을써파다리
허일색

俗謠三篇

[一三]
사랑인지　봉누방인지
자구씨보니　날봉당
충가낙군　오실쑬알고

[一五]
늙은할머니　울쑴알고

자반을 씬다는게
신작을 썻단다
에이에이 에헤야
뉘여라닥 뒤여라
네가노든 내사랑

강노강노二篇

[二六]
양사실노 그네맷네
그그네를 뛰자하니
썬어질가 염녀로다
썬어짐은 걱정말고
양팔심쥐 굴너주게
〃

[二七]
강노강노 강노시
이케강노 농노시
지얌방에 놀낙시
커기커기 커각시는
자시로다 모시로다
옥도를 빗겨라고
청산에 김흔꼴로
차청차침 드려가니
땅경도 자심하고
청산도 자심하다
〃

[二一○]
쉬울이라 남기업서
금봉채로 다리놋네
그다리를 건느랴나
불어질가 염녀로다
그다리가 부러지면
우리넘은 리별일세
* 모심을때노며

시어머니二篇

[二八]
시어머니낫짝도 빤빤하지
커뭔것을나놋코 날다려왓
네
〃

[二九]
시어머니머리는 반쇼드머
눈결케보니써 또패건네
려

農謠二篇

[二二一]
쉬울이라 집히업서

淸州郡米院面禾倉里
韓相大　報

성기성기一篇

[111]
성기성기 성순아
오김이집장 씨쌀아
날너들어라 학신아
바람불어라 풍선아
쩨비선천 써쌀아

諷笑一篇

[1112]
우네 씌비
연자물 푸네
곤달갈 푸러라
너만 먹니
나좀 다구
* 우는이희놀니며

왓다갓다一篇

[1113]
왓다갓다 부강장
우리사랑 문암헤
쌈쌀개 한마리
콩々々々 짓는다
에리와 실난봉낫노라

雜 三篇

[1115]
쇠돌쌩이 장가가고
방구정이 시집가비
* 나물캐며

불리쭐양반이 분하야
소지쭐양반이 소지들울
더라

쏘랑쏠양반一篇

[1114]
쏘랑쏠양반이 쏘랑쏠파니
가재쭐양반이 가재물삼어
서
노란쭐양반이 노라게구닝
"

[1116]
뚱뚝귀신이 뚱뚝귀신아
우리모갈양반 잡어가거라
"

[1117]
진々 작장구 작장구

꽃닥쭐양반이 꽃닥먹어서
세

홀홀 도리 도리

* 어린이기 손노룸

淸州郡江西面休岩里二六五
鄭火泳報

백다령一篇

[一二八]

아이구배야 자라배야
무슨자래 옥자래
무슨옥 쉬울옥
무슨쉬울 다박쉬울
무슨다박 천지다박
무슨천지 노고천지
무슨노고 질노고
무슨질 풍구질
무슨풍구 꿀풍구
무슨꿀 망근꿀
무슨망근 망망근
무슨당 쉬낭당
무슨쉬낭 국쉬낭
무슨국 살구국
무슨살구 개살구
무슨개 버들개
무슨버들 치버들
무슨치 방어치
무슨방아 물방아
무슨물 한강물
무슨한강 쇠한강
무슨쇠 구레쇠
무슨구레 발구레
무슨발 피야발
무슨피 장ㅅ피

淸州郡梧倉面壌坐里
金尙柳報

달아달아一篇

[一二九]

달아달아 밝은달아
니빗치밝어서 조커니와
그속에 계수나무
정자도 조읗시고

淸州郡北二面青学里
朴南奎報

槐 山

잠자리一篇

〔一三〇〕
잠자리동동　파리동동
멀기멀기　가자마라
동물먹고　뒤진다
(或云、 똥내맛고구양갈나)

　＊ 잠자리뒤을따로며

槐山郡長延面台城里三六七

李 廷 吉 報

丹陽

언문푸리 一篇

[一三一]

가갸 가다가
거겨 거렁에
고교 고기잡어
구규 국소려서
나냐 나하고
너녀 너하고
노뇨 노너먹자

遁辭 一篇

[一三二]

이애기 얘기 밧에기
이건네 논에기
뻐나무밋헤 백자루
마루밋헤 만자루

＊ 이닥이하랄써

추이 一篇

[一三三]

추워라추워라 춧대장
더워라더워라 덧대장
건너대장 눗대장
치인나팔 룽나팔
아장아장 거럭라

중대가리 一篇

[一三四]

중대가리 살살
팟대가리 살살
모진년의 쉰대가리살살

＊ 머리빡근아회보고

가자가자 一篇

[一三五]

가자가자 갓나무
오자오자 옷나무
김치써지 옷가지
만두레미 붕송화
물나뷔 셀나뷔
대추나무 열나무

쌀노래 一篇

[二三六]
가세가세 쌀비러가세
어떼로어떼로 가랴하나
뒷산말미둥 쌀비러가세
네나칭칭 나―비

가세가세 쌀비러가세
어떼로어떼로 가랴하나
커기소우골 쌀비러가세
네나칭칭 나―네

[二三七]
遊戲 一篇
아창자창 꼼배사
오리고기 어떠먹엇나
못어떠 먹엇나
지배지쑥풀 모신장
감에쓰리 샌 쑥

＊ 도적장기할때 다리를
퍼고 아창자창으로해
여서 「똑」에쎄러지는
아희를도적이라함

비 一篇
[二三八]
오네오네 비가오네
우룩주룩 비가오네
아츰비는 햇님눈물
커녁비는 달님눈물

오네오네 비가오네
우룩주룩 비가오네
밤에밤에 오는비는
청룡화룡 눈물인가

丹陽郡柏浦面於儀谷里
裴光煥
趙柄賢
趙珙衡
辛德永
辛鍾承

鎭川

추이 一篇

★ 十二數

가력구 숙구
진대 막대
고양 감투
풀무 에쑝

장자리 一篇

[一三二]

나마러동동 파리동동
울너머로 가지마라
똥물먹고 죽을나

나마리동동 파리동동
놉히놉히 날지마라
거미줄에 얽킬나

나마리동동 파리동동
이리와서 안쉬라
나구나구 놀ㅡ자

나븨 一篇

[一三一]

나븨나븨 범나븨
배차밧헤 흰나븨
장아리밧헤 노랑나븨
딸낭딸낭 잘나른다
살낭살낭 춤을춘다

數謠 一篇

[一三○]

콩하나 팟하나
양주 장주

추이 一篇

[一二九]

아이구추어 벙거지
가을대컵 낫대컵
칼노썰너 피나무

鎭川郡鎭川面邑內里二七
柳珽鎬 報

모밀노래 一篇

66

〔一三三〕
모밀간지　한달만에
아가동々　압세우고
고개넘어　선비밧헤
모밀구경　나가보세
대공대공　불근대공
닙흔님흔　퍽닙흔네
요모조모　씨모박이
조랑조랑　달녓구나
가을일도　밧부지만
국수먹기　느꺼간다
드는낫　얼는가려
친々히　후려다가
도릿게로　난장맛쳐
멧돌에다　곱게갈어
가는체에　처너여서

뱅수에다　반죽하고
훙둑게에　옷을닙혀
은장도　드는칼로
실낫갓치　쉬려뻐여
가진양념　간맛추어
은반상에　차린국수
울너가는　구관삿도
버려오는　신판삿도
이리와서　맛만보소
맛만보면　더달나리

＊　시골처녀들이　三四人뽕
　　더서　가을놀로나가며
　　부르난노래

박노래一篇

〔一三三〕
박토에　심은더출
무성히　올러가서
다섯은　집웅우에
칭운이　설며잇데
석로에　옷치피고
조로에　열매맷쳐
태양에　살이지고
친수에　씨수하니
치격도　장도하고
뿡신도　동랑하다
백설이　뭉첫는듯
옥산이　소삿는듯
무심히　가는사람
뉘아니　갈목하리
도요히　방년을

자에비한양지기내돌신
세울노래한것

鎭川郡梨月面松林里
申瓸均謠

어이나 허송하랴　　무엇으로 충당하랴
임조에 줄을언어　　홀연음풍에
하게에 나려올케　　취우위급하면
창수로 밧드러서　　백장사 쉬린몸이
옹위해 마커드려　　어대가 용신하리
은장도 드는칼로　　더운손 찬음지에
첨々히 오려내여　　곳々이 다니나
공중에 줄을매고　　척々주빈골이
횡천하일에　　다씩어지는고나
백용의 구비로다　　갈곳이 어데머뇨
병업시 되여나면　　갈곳이 두업일세
흔연수면 승찬상과　　벽상고봉에
소대상 가진케에　　낙々장송 되엿든돌
은위 놋위에　　설상가상에도
천채로 노여잇서　　불면청춘 되리로다
이나몰 아니면은

＊ 양반집부녀들이 박고

68

忠州

밥푸는데 가지마라
밥주개로 쌤버린다
똥누는데 가지마라
밋섯개로 쌤버린다

* 니싸진아희골늬며

諷笑一篇

〔一四五〕
안니싸진 갈가지
옷니싸진 갈가지
싀울길로 가다가
암닭한테 채여서
쇠똥에 밋그러저
개똥속에 코박고
밥먹는데 가지마라
밥숫갈로 쌤버린다

쌍아쌍아一篇

〔一四六〕
쌍아쌍아 고치쌍아
멀니멀니 가지마라
똥물먹고 뒤여질나
언는와서 나고놀자

忠州郡仰城血龍保里二五三
李 哲 圭 報

報　恩

俗謠一篇

〔一四七〕
에헤이야

팟초주기로　나간다

별초고초　다바리고

보은마로　큰아기

에헤이야

보은요막　큰아기

장작씨기로　나간다

報恩郡報恩面鎔谷里

國　漵　文　報

에헤이야　노잔다

忠淸南道

公州（一四八—二二三）　　　大田（二二四—二二九）

扶餘（二三〇—二六六）　　　保寧（—二六七）

洪城（二六八—二七三）　　　青陽（二七四—二七九）

瑞山（二八〇—二八六）　　　禮山（二八七—二九四）

牙山（—二九五）　　　　　　天安（二九六—三一三）

公州

諷笑七篇

[一二七]
우둥백이　싸동백이
똥수칸에　구덕할미
지름한줌지　주어쇼

[一二八]
〃
얼음뱀이　싯검뱀이
장판에　호도까지
＊얼근동무 풀놀니며

[一二九]
〃
중아중아　서서중아

[一三〇]
〃
보지학씨　코박씨
너구리섰더기　당나발
챙지름발러　열대량
＊머리싹 군아희보고

울넘어　팽가중아
오줌독에　싸갈중아
떼쑥지로　건질중아
인두불로　지질중아

[一三一]
〃
압니싸긴　중팡대
윗니싸진　갈가지
쇠울깅을　가지마라
숫말한테　채일나
암닭한테　채일나
＊아싹진동모노늬며

[一三二]
〃
똥누다가　감루일로
소랑건너　뛰염뛰다
고드래상투　마커일코
부여찜도　술집가니
술갑버러　이왁커쌱
쳇달금음　회쎡치듯
쌈만실컷　뚜들겨맛고
화김에마듯밋　되다보니
나무개두쐑　굽버쌋고

誹謗二篇

뭐구석 되려다보니
솟듯개 장단지고
방수석 되다보니
빗쌰락 버개비고
아랫목에 누어잇고
벽장문 열고보니
성조문 열고보니
성조조상이 다라낫고니
〃
쌍〃 치려치고
엿싼바라 찻싼바라
해바라기 뚝떠러졋다
네이자식 벼락을맛분이다
차고 산녹대기에서나려
굴려 재가될자식
벙거지를 발등이에쓰고
썪굴로나 참바귀 쌉사죽엄

〔一五五〕
아이골래 버골래
샹자비 관낫네
왜누무자식 못낫네
쥐건넛집 일낫네
〃
올할자식
네어데 사려보자
이 건방머리지고 신방머
린진자식 갓흐니

〔一五六〕
한커레 두커례
대칭거리 월깃사래
죽도밥도 못어더먹는병신
가마다리 달삭거더라

詰難一篇

〔一五七〕
이리치고 커리치고
아함닷되 쓰르너서되
잣치니 오도독
먹으니 쌀록
눈이 흘족 뒤가소복
개가 날름

어림업고二篇

〔一五八〕
어림업고 단지업고

야관조절이 엄고
중에상토 업고
도구생이 셜것업구나

遁辭二篇

〔이三九〕
이애기는 이애기
쎄기는 쎄기
대문 쇠 드득
나무신 쌀걱
집신 쇠척
가랑닙 벗석
마른논에 사청이
진눈에 거머리
〃

〔이四○〕
예날예날 엣쪅에
갓날갓날 갓쪅에
다방머리 아회스쪅에
나무집시 소년쪅에
첨시밤 못어떠먹고
흔벙거지 초립쪅에
렁게바리 영감쪅에
흔갓모자 예고먹어보자
녀활미가 엇커녁
쑤어논 죽이다
불지말고 먹어라

낙낙새一篇

〔이四一〕
깩강깩강 깩쇠방
어리빗찹빗 김도령
나무안에 나가쇠
돈닷돈을 주쇠쇠
염닷되를 팔아쇠
나무안에 펏드니
낙낙새가 다쎠먹고
어리가도 낙쇠
커리가도 낙쇠
蝴蝶밧헤 파랑새

이말저말一篇

〔이四二〕
이말커말 생사말
똥지없는 삣대말
물닷도 콩닷되 쌀닷되
삽오시오 열닷되

남새밧헤 파랑새
나러나러 어듸가
대배잡어 라고서
날리구경 갓것다

나물타령 一篇
[163]
한푼두푼 돈나물
쑥쑥쌉어 나싱개
이개커개 지칭개
잡어뜨더 삿다지
오용조용 밀매물
휘휘둘너 물레둥이
질에가면 질겡이
골에가면 고사리
* 나물캐며

쇠라령 一篇
[162]
볼무딱딱 부러라
이쇠가 어듸쇤가
경상도는 웅녕쇠
경긔도는 아청쇠
컬라도는 놋봉쇠
황해도는 재령쇠
충청도는 못봉쇠
불무딱딱 부러라
석수갑이 울만가
쇠돈칠푼 오릴세

첨지타령 一篇
[163]
쪼그락쪼그락 박첨지

흔누덕이 이첨지
어덕밋헤 허첨지
장써웃헤 장첨지
한집잔쪽 집첨지
햇작마른 강첨지
한대두대 권첨지

遊戱 三篇
[164]
어듸군사냐
뒬나도 군사다
맷명 들엇늬
산쳔명 들엇다
무슨긔 드럿늬
빨간긔 드럿다
무슨칼 찻늬

장두칼 찼다
무슨신 신엇늬
가죽신 신엇다
무슨옷 입엇늬
불경옷 입엇다
　　　　"

대추남게 결엇더니
술이개가 톡차갓다
도리짓자 망근짓자
헷허리 배윗비
스무나무허리 배윗나
엇더케 배윗늬
요럭케 배윗네

어듸가 배윗나
진주가 배윗비
헷허리 배윗나
스무나무허리 배윗네
엇더케 배윗늬
요럭케 배윗네

[六七]
커기커기 원대문
경상도 우대문
그대문좀 열어주소
열쇠업서 못열것네
수갈총으로 열어주소

기와밥기一篇

[六九]
이기외가 어듸기와가
경상도 놋기와세
메랫장이나 발벗나
수무려랫장 발벗네
석수갑순 얼만가
한돈팔푼 열여덥

數謠六篇

[七一]
하나 둘 셋 넷
일곱 나라 충청 감사
똥기 생

[六八]
도리짓자 망근짓자
　　　　"
비망건 엇잿늬

고등어씨름一篇

[七〇]
고등어씨름 황새씨름
　　　　"

[七二]
요리용 조리용
중一레 비一비一

동굴 샘이 요놈

〃

〔一七三〕
한놈 두놈 삼사씨놈
부쳐게돌은 강아지 조지
석々 불거진놈 요놈

〃

〔一七四〕
한놈 두놈 애꿀 써꿀
퀸자 만지 호반지 쌀쌀
노루미 쟁서 콩 팟

〃

〔一七五〕
콩하나 팟하나 양주장수
가라굴 수ㅣ굴 중대막대
버리 풍대 나다리 콩

〔一七六〕
콩하나 팟하나 양기동기
가락구 장구 면에 좌수
과게 뜰식

＊ 以上六篇 다리헤일째
　 과 씰을째

각 十數、七數、十一
數、十二數、十三數、
十數、

동무一篇

〔一七七〕
동무동무 언게동무
동무동무 써치동무
동무동무 사발동무

동무동무 요생동무
술한잔이 반찬일세

〔一七八〕
어데씨지 갈ㅣ래
써울씨지 갈ㅣ래
남산씨지 갈ㅣ래
만산씨지 갈ㅣ래

맹꽁一篇

〔一七九〕
가벼우냐 맹ㅣ꽁
무거운다 맹ㅣ꽁
무거우냐 맹ㅣ꽁
가벼웁다 맹ㅣ꽁

寒食二篇

[一八〇]
아이고추어 촛대장
이웃대장 갓대장
커남매부 뱃고지
장모할미 룡나발

　　　　〃
[一八一]
아이고더워 벙거지
우리첨재기 성첨지
다라서쑥지 뒤쑥지
참나무동잔 화등잔

고사리 篇

[一八二]
얼혈ㅅ 중방넘자

고비고사리 두롱나물
역문에산채가 꾀일임세
씨암닭 삼어주마
술ㅡ술 도라ㅅ
＊ 소리개뜻것 갈보고

바위바위 篇

[一八三]
바위바위 복바위
펴랑이쑥지 때방울
김풍한내 시악씨
구름갓흔 말라고
천지고개 넘어가
옥자동아 문여러라
춤여물로 자세보자
＊ 잠자리잡놀째

술개 篇

[一八四]
술개야술개야 도라ㅅ

잠자리 篇

[一八五]
잠자리동ㅅ 파리동ㅅ
멀니멀니 가다가
쏭룡먹고 죽읍나
열무밧 가지말고
삼래줄에 안커라

雜 六篇

[一八六]
찻자마자 쿵더러쿵

아가무려도 쌈착마려라.

* 술내장거노래

〔一八七〕
누서마려 팟서마려
소경대질 나간다
"

〔一八八〕
참새죽게 벗나라
들게죽게 벗나라
* 구름속에가리워절세

〔一八九〕
중대가리 팟대가리
모가나무 꽂대가리
* 머리박군동무씨리

"

〔一九〇〕
똥아똥아 개똥아
먼지색서 불똥아
"

"

〔一九一〕
오막초막 그산해비
우려주려 달삭거더라

백톤노래―篇

〔一九二〕
하늘어다 베틀노코
구름잡아 잉아걸고
잉아뛰는 삼형체요
눈섭노리 두형쳐요
북쪽으로 나섯는듯
눌름뛰는 독신이라

땅당이 소리는
구시월 세단풍에
왕가랑닙 소리갓고
쏙두마려 우는소리
어미일은 기럭이가
쩌고함 차커가며
슬피우는 소리갓고
바듸집 치는소리
봉황어 쩌짠일코
우지지는 소리갓고
후영구분 처황은
서쿤에 무지개갓고
암방단방 조닡새는
남쪽으로 나섯는듯
북쪽으로 나섯는듯
밀도막며 드문드문

게수방에 드나든다

앞다리는 낫귀놋코　　오기는 오지마는
올공줄공 찼느라니　　중당집구 하살일코
죽고마한 시누이가　　고돌복지 실녀오데

婦謠二篇

〔一九〕
비앞비앞 비앞밧헤　　올캐올캐 우리올캐
목화송이 퓐것을　　그베쌋서 뭐할나오
봉을봉을 따내서　　강낭도포 해줄나네
씨앗으로 자사서　　진줏댁에 고름마리
대활로 둥둥타서　　이슬빗헤 버녀러서
바림바림 배틀어서　　은다리미 놋다리미
거미줄로 쒸나려　　요모조모 착다려
한울에 베틀놋코　　대문박게 썩나서서
구룸잡어 잉아걸고　　괴송남게 거러놋코
청배나무 바듸집에　　올러가는 시선비
옥씨나무 북에다가　　나려오는 시선비
뒷다리는 돗어놋코　　우리선비 아니오나

〔二〇〕　　〃
감실감실 감실도령
감실책을 엽헤쩌고
감실말을 타고서
한모퉁이 도라드니
김찹봉씨 시악씨가
삼비베를 짜드란다
그베쌋서 뭐할나나
울어머니 죽거들낭
그남어지 뭐할나나
삼배몽상 하여가지
그남어지 하여가지
울아버지 죽거들낭

삼배동상 하여가지
그남어지 뭐할나나
우리동생 시집갈때
소매끗동 다러주지

公州郡州外面玉龍里三六三
安秉文　報

비야비야一篇
[一九五]
비야비야 오지마라
사촌형님 시집갈때
가마뚝지 몰드린다
가마뚝자 몰드리면
초록커고리 얼눙지고
비단치마 아룽진다

새야새야一篇
[一九六]
새야새야 우는새야
돌콩밋헤 우는새야
분율주래 연지풀주래
분도실코 연지실타
하날에다 베룰노코
햘싹햘싹 베싸겟다

〃
무수비고 잣네
무엇덥고 잣나
방석덥고 잣네
무엇삷고 잣나
집흨삷고 잣네

씽々二篇
[一九七]
씽々々 씽쉬방
무엇먹고 사릿나
이웃댁이 콩한되
아텟댁이 팟한되
량식업다 부ㅡ헝

[一九八]
씽々々 씽선아
날너가는 학선아
나려오는 축새야

부ㅡ헝一篇
[一九九]
부ㅡ헝 부ㅡ헝
아랫댁이 팟한되
량식업다 부ㅡ헝
걱정마라 부ㅡ헝

낼모래가　장이다
아　엿씨　장에왔다
돈한푼　주시요
부ー형　부ー형
걱정마라　부ー형

* 부헝새우름을흉내여

問答二篇

[一〇〇]
쩌악　쩌악
가무게　쩌악
무엇하러　가나
알나러　가네
뭣개나　낫나
세개나　낫네
나한개　주게

무엇　하려나
지게다리　사다가
복써먹고　지켜먹고
잔듸밧헤　불노려
때정밧헤　불노려
못주겟네
지켜먹고　자켜먹고
힘남생이나무에　올나가서
인두박고　바누질하겟다

〃

[一〇一]
쇠꼴아　와ー야
어듸갓떼　뒷동산에
무엇하러　쓰름하러
엇더케　하ー데
요럿케　하더라

달푸리一篇

[一〇二]
청월에　청치고
이월어　이알코
삼월에　삼스고
사월어　삭신알코
오월에　옷이돌고
유월에　육신알코
칠월에　치질알코
팔월에　딸알코
구월에　귀알코
시월에　식둘고
동짓달에　동동섯서
섯달에　쉬울간다

달내먹고一篇

* 우는아기달내며

[104]
달내먹고 달어려지고
고상먹고 고스라지고
살구먹고 씩으러지고
앵도먹고 앵도라지고
썩먹고 써드러지고

괴양이 야옹

배암잡어 회해주마

야옹一篇

[105]
말은눈에 딱지
진눈에 거머리
대문이 씨드득
나뭇신 쌀각
선학이 지르룩
집동이 풋석

誚笑二篇

[106]
압니빠진 중강새
압말한테 채이고
뒷말한데 채이고
참외껍질 주서먹다
압니하나 빠젓네

〃
[107]
중々 쒀々중
울너머 땅대중
시암자리 가지마라
봉어색기 놀낸다

詰難一篇

[109]
이년아 쒀년아
호으로 호년아
언두로 지쥬년아
똥둑에 싸질년아
대꼭지로 건질년아
합박으로 건질년아

잠자리一篇

[108]
떡이동동 파리동동
백이동동 파리동동
가물치동동 송사리동동

먼데가면　똥물먹고
이리오면　단물먹지
진지고개　너머가니
복수장아　문여러라
다시보고　다시보자

　　※　민수련이름삼아밤로밤
　　　고　잇어다집혜기돌세
　　저주曰

백이동동　파리동동
가를치동동　송사리동동

雜　四篇

[一一八]
동모동모　쉬치동모
술한잔이　반찬일쇠

〃

[一一九]
한번속고　쉼떽이
두번속고　쉼떽이
똬랑건너　쥐색기

추어二篇

[一〇九]
아이고추어　벙거지
도로캐쥑지　대쥑지
연지볼동　애볼동

[一二一]
엄귀야　덜귀야
비발듯친　당나귀야

〃

달강달강一篇

[一一〇]
추어추어　추어달써
쳐치봉알　매봉알
구렁덩수　말을타고

[一二三]
아가리싹//　벌녀라
열무집지　드러간다

[一二二]
달강달강　우리아기
달강달강　엄똥아기
쉬울길을　올나가쉬
밤한되를　주쉬다가
실강밋혜　무덧더니

자장歌一篇

머리빠진 서양쥐가
둣낙낭낙 다쳐먹고
뻘거통이 병든밤
한―개가 남엇네
웅슷혜다 삶을가나
가마솟혜 삶을가나
초랑으로 건질가나
함박으로 건질가나
것썹질은 누넘주고
속쎗질은 올바주고
알망이는 너고나고
두리두리 먹어보자
달강달강 달강달강

아가아가一篇

〔一二六〕
자장자장 우리아가
잘도잔다 우리아가
금동이도 잘도자네
자장자장 우리아가
잘도잔다 우리아가

婦謠二篇

〔一二七〕
아가아가 우지마라
명년삼월 다시오면
뒷동산에 죽은나무
엄히피고 옷치피며
도라가신 어머니가
너를차저 온다더라

〔一二八〕
옷보고리 엽헤씨고
고초밧헤 드러가서
붉은고초 켜켜노코
젊은고초 켜켜노코
애동고초 낟다가서
압뇌물이 세번씻고
뒷뇌물어 세번씻쳐
장두갓흔 장도칼로
삼서번놀 도리여서
오골자골 지지여서
열두상울 벌녀놋비

〔一二九〕
강실강실 강실도령

강실객을 염헤씨고
아자만네 노른방에
강실강실 드러가니
고초갓흔 말을다고
강실고개 너머가서
널낭죽어 샂치되고
날낭죽어 나비되자

小춤篇

하날에다 베틀노코
구름잡아 잉아걸고
대추나무 사치미
참나무 비기미
정배나무 바듸집에
왓다갓다 갓나왓다

실갓언적 비를싸니
요량소리 진동하네
어미얼골 불아거든
진즉오지 인케오나
굴잘하는 오라버니
쓸데업네 쓸데업바
진즉진즉 편지하자
완연하고 분명하다
어머니가 죽은편지
뒷문으로 펴처보니
압문으로 바더보고
서울댁에 편지왓다

당긴추러 남게걸고
비녀쌔여 땅에노코
한모롱이 도라가니
난데업는 비가오네
두모롱이 도라가니
난데엄는 눈이오네
세모롱이 도라가니
곡성소리 진동하고
네모롱이 도라가니
상부소리 진동하네

다섯모롱이 도라가니
요량소리 진동하네
어미얼골 불아거든
진즉오지 인케오나
굴잘하는 오라버니
쓸데업네 쓸데업바
진즉진즉 편지하자
무슨일로 인케햇소
말마러라 말마러라
귀가압허 못듯겠다
질삼하는 동생들도
이적새자 옷너라고
부시참지 담배참자
한개롤 안해주데

公州郡 長岐面 松仙里
尹悌炳 報

東萊蔚山一篇

〔二三一〕
고사리석자　콩석자
동배울산을　너머가자

遊戱一篇

〔二三二〕
커기커기　커머문
징상도　황해머문
그때문좀　싸주게
일써리부러　못싸주겟네
그럭허니　못싸주게
커그나말고　드리가게
＊　大門넘기한쎄

반달송편一篇

〔二三三〕
왓다왓다　중달왓다
팔월보름　중달왓다
밝고밝은　달빗밋혜
어머니와　우리뉘는
달이야기　하며가며
엽부송편　맨진단다
조와조와　나도조와
어서어서　날이가서
내일식쳔　얼는오면
송편그릇　훔쳐안고
물종쟁이　주서다가
쑥중쟁이　적어먹지
수동이야　복동이야
너의돌도　올추석에
반달송편　만길것나
슯호게도　안만기거든
내말만　잘드러라
송편한개　주서주마

公州郡長岐面濟川里
林　鑽　洙　報

大田

새야새야一篇

[二三六]
황새야　쪽새야
느어머니　안죽엇는대
서먹댕기　왜되렷니
　　　〃
울음소래　진동한다

[二三七]
새야새야　파랑새야
느럭숫헤　노는새야
분을주랴　연지주랴
분도실코　연지실코
금봉채나　뀔녀다고

서먹댕기一篇

謠謠四篇

[二三八]
새다락지　둘너차고
포룩쏘록　뜻너라고
한모롱이　도라가니
부모정이　짓터간다
두모롱이　도라가니
서막가치　짓는소래
진동하고　진동한다
세모롱이　도라서니
아홉산쉬　오라벗네

오라버니　오라버니
누룩으로　담울치고
내집에는　업싯맷나
나무킨대　울씬맷나
명지킨대　울씬맷나
포슨쏘록　뜨느니랄
옹슷헤　쌀었쇠
입번니고　썬넛도니
첫슷살어　옹기둘고
두슷살에　슴어뜨네
아홉아둘　아둘인가
외딸이　딸이지

〔二三六〕

　　　”

형념형념　사촌형념
시집사리　엇덧런고
부대부대　일너주오
동생동생　사촌동생
시집사리　말도말게
다홍치마　거러놋코
드러올쎅　나갈쎅에
눈물씻기　다켜컷비

〔二三七〕

　　”

옷논에는　쏙을심어
아랫논에　이수심어
쏙으로한　쏙커고리
주름잡어　랑처입고

자호방에　놀너가니
자호도령　간데업비
황금성에　황도명이
이버손을　쥐여잡고
수작하자　달녀드비
열두가지　옷을노코
아홉가지　약을노코
명지컨대　목을매여
자눈듯기　죽엇구나
나죽걸낭　아무데도
못지말고
가다가다　연대밧해
무더주소
명년삼월　쏫치피면
난줄알고
눈물한쌍　잘지위서

아무데도　약지말고
치마씃해　싹거주소

大田郡東面內塔里

金　洪　萬　報

90

扶餘

[三一] 새치새치 一篇

　*　지비＝제비

새치새치　낭낭새치
나븨나븨　파랑나븨
자비자비　록자비
인두한쌍　둘어다가
춘여안에　집뭏짓고
바눌노　연목언고
당사실노　외를역고
던시로　도배하고
부억을　드려다보니
쌩매기로　솟흘겁고
궁굴채로　불을피고
옥실박실　큰너랑지
박게들　내다보니
넘두가고　제두간다

[三二] 새야새야 一篇

새야새야　파랑새야
녹도밧헤　안씨마라
녹도옷이　쩌러지면
쳥포장사　울고간다

[三三] 곰녀도적 一篇

쎌내각서　쎌버가고
도트리난　나무가고
우리성넘　혼자잇다
곰ㅡ니ㅡ　도독마컷네

[三〇] 황애장사 一篇

장사장사　황애장사
얼머진게　무엇인가
아기네들　굴네다리
각씨네들　낭자당기
늙으신네　쌈지쓴
선버네들　부처쓴
도령네들　머리당기
사발갓흔　박고리가

동모 一篇

[二三四]
동모짓자 바라짓자
동모ㅅ나라 강남가세
아비팔어 동모사고
어멈팔어 쎡사주마

* 서로먹게물삼고는

가자가자 一篇

[二三五]
가자가자 간낭구
오자오자 옷낭구
집치서리 봉—사
맨드람이 쏙—고

어데가되 一篇

[二三六]
밀방 어데가되
시양ㅅ다러 가더라
시양 어데가되
밀방ㅅ다러 가더라

雜 四篇

[二三七]
쌀너ㅅ내 서당ㅅ내
참 성겁습니다
〃

[二三八]
씰니먹고 쎅으러지고
고시먹고 쇼부라지고
셈비먹고 쎅으러진다

[二三九]
네뒤에 장두칼 드러간다

* 백암을쏘치며
〃

[二四〇]
먼데먼데 갑시다
스리장토 갑시다

* 씀새면서

아강아강 一篇

[二四一]
아강아강 열둥아강

扶餘郡世道面菁浦里
鄭泳一 報

童女謠三篇

〔一二一〕
서락지서락지　삼박지

꿀무딱ㅅㅅ　쉬울가쉬
방한되를　어더다가
함박쑥에　너엇더니
머리샴은　새양쥐가
둡낭낭　다쓰먹고
솟헤다가　남엇구나
반세개가　푹ㅅ쌀머
조랑이로　건커서
쩟질낭은　아범주고
번덕월낭　어멈주고
너고나고　진살먹자
불부불무　우리아기

〔一二二〕
동래부산에　연자ㅅㅅ고
해동산에　ㅅㅅ치피며
동실동실　떠나간다
　　〃

〔一二三〕
닭아닭아　우지마라
네가울면　날이샌다
날이새면　우리형념
날버리고　시집간다
　　〃

〔一二四〕
비야비야　오지마라
우리형념　시집간다
비야비야　오지마라
가마쏙지　얼눙진다

재비재비　一篇

〔一二五〕
쩨비쩨비　초록쩨비
낙금낙금　물어다가
춘ㄸ여안에　집을짓고
쳉빅이로　솟흑걸고
궁굴처로　불불쒀여
옥실박실　쌀으닛ㅅ
봉어갓흔　금사발은
여도가고　쩨도가고

달아달아　一篇

〔一二七〕
달아달아　밝은달아
이태백이　노든달아
쥐기쥐기　쥐달쏙에

게수나무 백헛스니
옥독기로 찍어내고
금독기로 다듬어서
삼간초당 지어노코
량친부모 모셔다가
천년만년 살고지고

천년만년 살고지고
주쉬먹고 사ー네

〃

[二四八]
쌩々 쌩쌔방
아들낫코 딸낫코
무엇먹고 사ー나
압밧헤 콩한죠각
뒷밧헤 팟한죠각
둘네둘네 해보아라

〃

[二五○]
달팽아 달팽아
네뒷것헤 불낫다
소스랑 가지고
둘네둘네 해보아라

烏虫四篇

[二四七]
서치서치 낭々서치
말망산에 집율짓고
각시는 빨내가고
먼데먼데 가면은
똥물먹고 죽는다
　　　* 잠자리를따르며

[二四九]
안질뱅이 쌩々
선질녕이 쌩々
먼데먼데 가면은
똥물먹고 죽는다

별하나一篇

[二五一]
별하나 따서
구어서
부러서
망택이 넛코
하날노 올나가자
　　　* 「별을ー 벗셋ー」

새쏫기一篇

扶餘郡世道面蓍浦里
鄭泳煥　報

[112]
새야새야　록두새야
아랫논에　매떡직코
위ㅅ논에　찰떡씬다
새야새야　파랑새야
우리논엔　오지말고
먼데먼데　날너가거라
＊ 논새쏫처며

諷笑二篇

[115]
꿀낫다　셋첫다
엽대눈　여렷다
호박국　쇠렷다
곤닭알・푸렷다

날찻네一篇

[116]
거누가　날찻나
거누가　날찻나
호박별이　바둑두자고
날찻네

俗謠一篇

[113]
방아방아　찟난방아
콩덕콩덕　찟난방아
언케나　다찟코
남나믤　살가나

〃

[114]
얼이빗　챔빗, 김서방
쥐ー건너　노쇠방
끈ー새틀　잡으려고
무엇하러　씨름하려

독갑이一篇

[117]
독갑아　어ー이
워듸가늬　쥐ー기
무엇하러　씨름하려
윗러케　이럿케

쏘드럭새가　얼컷늬
쏘드럭쏘드럭　쏘드럭

씨소리一篇

[二五八]
외쌀 외쌀
담배밧헤 조도ー령
머리곱게빗고 나오ー게

數謠一篇

[二五九]
한놈 두놈
매골 뎌골
천지 문자
호반지 석거
두루미 목관
쟁기 녹코
쏭 쌩
* 十四歲

雜　三篇

[二六○]
금동아 뭐ー
뭐ー뭐ー 똥퍼다 밥비버
주리
* 방너서 띄ー하고먹당
한면

[二六一]
고사리더사리 석세
촛침대침 석세
"

[二六二]
아이고추워 벙거지
돌캐눅지 색쏙지
뉘건국예 술한잔
"

총각노래一篇

[二六三]
머리머리 밧머리
뒷보머는 뭰큰애기
머리곳헤 뒤린닥기
공단인가 더단인가
공단이긴 나종주게
뭣할나고 달나는가
망근망근 쉬여쓰고
자더집에 장가감세
장갈낭은 오소마는
눈비올떠 오지말게
우산갓모 썰띠업네
갓볼낭은 썰고자고
우산낭낭 덥고자세

96

比□林川面豆谷里

趙 南 基 報

강실도령 一篇

〔二六五〕
강실강실 강실도령
강실채을 엄혜씨고
삼간초간 지나가니
동실동실 동서방벼
망내달이 더문밧게
쏙나쒀쒀 쒀러쒀러
커도덩넌 우리집에
하로저넉 자고가세
내임밧버 못자것네
칠어공슈 갈뎃노냐

둥의발로 씨틈싸아
물너운으로 문을하야
인불평둥 거더놋코
백년이나 살줄손가
만년이나 살줄손가

둥노래 一篇

〔二六六〕
엄춘덜둥 호롱둥은
만첩청산 엇나두고
칠어공슈 갈뎃노냐

婦謠一篇

〔二六四〕
쎄비한쌍 초록쎄비
나븨한쌍 분홍나븨
넘놈한쌍 물어다가
옥동안에 집을짓고
만리장성 굽어보니
큼틔쏫치 피엿구나
그쏫한쌍 섹거다가
우리동생 주고지고

* 금의쏫 = 及第花인가

음~에나 들어갑세
해검자쳐 거츨하고
달을쎠쳐 안올넛코
무자개로 신을둘너
새별로 상침노와

블랑조다 옥동홍은
황애잣사 엇나두고
칠어공슈 주넛노냐

쇼부랑웁장　새 오듬은
넙죄하다　붕어듬은
얽엉이구녕　왜마다고
둥벙갓올　엇다두고
쭬에공중　걸녓느냐
쭬에공중　걸녓느냐

扶餘郡忠化面晚智里三六七
柳江用報

쭬에놉히　걸녓느냐
논틀밧둑　왜마다고
목질ㅡ다　황새듬은
목쌀운다　자라듬은
맥사지를　엇다두고
쭬에공중　걸녓느냐
팔스뛰는　승어듬은
서해바다　엇다두고
쭬에놉히　걸녓느냐

保寧

별하나一篇

〔二六七〕

별하나　써-서

부려서　망테기　너어서

랭자나무　겨틍　말둥

＊　「연아지한슴에와여보

아라　서슴지말고외오

연용치」

保寧郡能川面大川里

李　一　編　報

洪城

遊戲一篇

[二六八]

어ㅡ데 군사냐
칠라도 군사다
멧천명이냐
수천명이다
무슨갓 썻ㅡ나
통양갓 썻ㅡ다
무슨옷 입엇나
갑ㅡ옷 입엇다
무슨신 신엇나
쇠신 신엇다
무슨문 열엇나
동대문 열엇다
에ㅡ기여타
동대문놀기

* 동대문실게란유회에

가마 쎄 콩

* 갑사내기、十五數

〃

數謠二篇

[二六九]

한가레 두가레
대친 가래
목달 지갈
나븨 신장
오래 도래
충청 감사

[二七〇]

호미등 개똥
참나무 비둘이
오리 도리
신대 만대
가마 쎄 콩

* 종내기、十一數

쌩지까기一篇

[二七一]

센하라비 굽엇다
굽으면 질마다
질마는 네구녕이다

100

네구녕이면 시루다
시루는 썽다
썽으면 쉬마귀다
쉬마귀는 나른다
나르면 무당이다
무당이면 뚱썽거린다
뚱썽거리면 대장이다
대장이면 쉽는다
쉽으면 거다
거는 구멍에든다
구멍에들면 배얌이다
배얌은 문다
물면 벙이다
벙은 쉰다
쉬면 삐룩이다
삐룩은 붉다

붉으면 맛이다
맛은 달다
달면 엿이다
엿이면 붓는다
붓흐면 첩이다

雜　一結

풀넝새一篇

[가사]
새야새야 풀넝새야
윗녘새야 아렛녘새야
흰지고비 녹두새야
방아간 안저마라
울아버지 울어머니
손톱발톱 다달엇다
위ー여라 위ー위ー

* 재쏘치며

[가사]
쉬치야 쉬치야
내눈에 틔내ー라
안버주면 네색기
발기발기 쩟겟다
뤼에 뤼에 뤼에ー

* 눈에틔가드러갓슬째송
으로부비며이노래를외
오다가 판나종에「쉬
에ー」하고 침을연해
세번밧는다

洪城郡洪陽面月山里
張　遠　燮　報

丹陽

왕솔밧헤一篇
숭궁 숭궁
망근파라 매장하자
각씨죽고 숭궁

[二七四]
왕솔밧헤 잔솔
잔솔밧헤 술지게미
술지게미맛헤 탈라리
탈라리밋헤 섄죡이

숭궁새一篇
[二七五]
가집죽고 숭궁

씨쇼리二篇
[二七六]
쇠쇼라 어테갓듸
뒷동산에 갓더라
무엇하러 갓더라
씨름하러 갓더라
엇더케 하되
요럭케 하더라

"
[二七七]
롤네쇼되 조도령
코싹리 섄죡

안질방이一篇
[二七八]
안질방이 쌩〃
독칠방이 쌩〃
먼데먼데 가면
똥불먹고 죽느니라
게안커라 게안커라

數謠一篇
[二七九]
한놈 두놈
매굴 쎄굴
쳔지 믄지
두루미
장군 목관
쌀 칵

* 十一数、동모편살쎄

青陽郡東谷面竹林里

金 亮 煥 報

瑞 山

무슨담 자흥담
무슨자흥 당의자흥
무슨당의 화수당
요슨화수 무례화수
무슨두레 뿡두레
무슨뿡 히ㅡ롱
무슨히ㅡ롱 다ㅡ천
무슨다ㅡ천
무슨다 왕！대
무슨왕 임금왕
무슨님금 순님군

[三八] ＂
울콩줄콩 청대콩
팔티타구나 강나리콩

[三八] ＂
별하나 따서
구어서 불어서
독에놋코 딱거덤고

* [샤음에일하지의여라]

쏭지싸기一篇

[二八]
동무야 동무야 나무가세
무슨벤가 자라멸세
배압허 못가겟네
두슨사라 업자라
무슨업 술ㅡ업
무슨술 칀지술
무슨칀지 오양칀지
무슨오양 담오양

雜 三篇

[二八]
나귀나귀 당나귀야
콩복가죽게 배쭘처라

* 나귀ㅅ대궁드러다보며

瑞山三篇

瑞山郡余溪公立普通學校
柳 基 默 報

[二八五]
쉬울이여　연주러라
최관관의　쌀이러라
하도곱다　이르렬녀
한번보자　과거보니
엄다고서　이르길비
두번보자　과거보니
알과다구　이르길비
세번보자　과거보니
죽엇다구　아르길네
네번보자　과거보니
처녀한쌍　얼러누워
용그렷다　용얼네기
새그렷다　새칭빗에
쉬인네자　총각머리
허울링청　비쉿쉬라

뒤엔보니　쪽지병풍
압헌보니　청동화로
맙헌보니　원앙금침
처녀한쌍　자는방에
흐르나니　눈물이라
숨소리만　깁히난다

〃

[二八六]
아바님　아바님
무얼라고　가오릿가
소쿠삼래　라고가렴
아바님　그말마오
구름컵어　가마짓고
해써다가　안바치고
달써다가　것바치고
무지개와　선두르고
비울쇠쉬　상침놋코

가마안에　드러안커
부모님을　생각하니
나오나니　한숨이요
흐르나니　눈물이라
한모랭이　도라가서
비녀쌔여　영에꼿고
두모랭이　도라가서
당기푸러　쉬낭에걸고
세모랭이　도라가서
곡청소래　진동하네
슬피홍곡　드러갈제
오라바니　밧비나와
문을걸고　드러가네
오라바님　오라바님
문컴(좀)여러　줍사요
여라이년　물너가라

네솝씨　조라하되

부시참이　못보왓다

오라버님　말삼마오

편지한장　안합데다

〃

〔二六〕

첫달이라　금음날에

편지한장　오랫더라

무삼편지　오랫드나

씨앗죽은　편지러라

올타그년　잘죽엇다

무삼병에　죽엇드냐

분홍치마　발길년이

상사병에　죽엇더라

瑞山郡海美公立普通學校

李溪館報

남의 존일　한단말가

＊　唐나라가　朝鮮을치러
왓다가　우리나라楊萬
春軍에게　大敗하기바로
前에　唐나라로부터傳
혀운노래라고

라는 寓意
두류박＝全州두류山下
朴氏、따수우여＝단々
하다、새다、두두＝全
氏의키가倭少할을　두
에 比한것이라고

禮山

녹두새 一篇

〔三八七〕
아랫뒥새야　윗뒥새야
전주고부　록두새야
록두밧헤　안쳐마라
두류박　싹々　우여ㅡ

＊　甲午年間全州地方에서
생기난노러、東學首將
全琫準의　敗할날이갓가
왓스니 全氏를따로지말

무당새 一篇

〔三八八〕
새야새야　무당새야
안시성에　안쳐마라
샛바람에　부는것이
눈동자를　가릴너라
친정사리　좃타더니
고초당촌　더맵더라
비단백쥘　짜너다가

부처님 一篇

〔三八九〕
오동나무　그늘속에
부처님이　웬일이요
밤을밧쳐　공양할가
떡을밧쳐　공양할가
몸을밧쳐　공양할가

이짝저짝一篇

[二九○]

이 짝 저 짝　돌 너 보.
내 잇 는 짝　둘 일 너 라
한 짝 에 는　산 이 잇 고
한 짝 에 는　물 원 너 라
산 도 조 코　물 도 조 코
어 늬 짝 이　더 조 흔 고
쌀 을 니 여　밥 을 짓 자
내 잇 는 짝　조 흘 너 라

禮山郡禮山面間良里
鄭旐誤　報

기럭이一篇

[二九一]

기 럭 아　기 럭 아
네 색 기　등 뒤 메
범 낫 라　간 다
기 럭 아　기 럭 아
압 선 놈 은　뒤 에 서 고
뒤 에 선 놈　압 쉬 라
기 럭 아　기 럭 아
네 색 기　등 뒤 에
범 낫 라　간 다

數謠一篇

[二九二]

이 거 리　커 거 리　각 거 리
흰 쌀 먹 는　대 추 씨

* 十三數、다리혀어ㅇ
흰새　만새　두만새
지 탕 개　조 탕 개
누 무 리 탱 개　쌉 박　쑴 옹

추어추어一篇

[二九三]

추 어 추 어　춘 달 래
쉬 치 달 래　시 달 래
원 충 이 네　큰 애 기
어 름 에 잡 바 진　쇠 눈 쌀

아젓씨一篇

[二九四]

아 젓 씨　아 젓 씨　고 젓 씨

아랫마당　좃마당

기름발너　엉더웅

禮山郡光時面글벗台

農匪　雲谷　輆

牙山

俚謠一篇

〔二九六〕

달나러가자　별나러가자
인천개물로　별나러가자
솟나러가자　다리봉가자
금의금강　쏫나러가자
넘도보고　쏫도보고
금의금강　다리봉가자

牙山郡溫陽面事務所

沈　鍾　深　報

天 安

달두달두二篇

[二九六]
달두달두 밝ㅡ다
명천두 밝ㅡ다
지각산이 세월일세
둥구나무 잣ㅡ세
비당기 내당기 갑사당기
삼년만에 옷방석빠 컷구나
나하나달나넛게 안주드니
아드둥 아드둥

황새一篇

[二九七]
달두달두 밝ㅡ다
명천두 밝ㅡ다
쇼초실내 바누라
상단이 옷쇼롬
부친의 조개라

[二九八]
황새야 축새야
네어미 당기 드렷다고
일느지안나 봐ㅡ라
* 황새어리에 달닌것여
천연당거갓다고

"

雜 二篇

[二九九]
달두달두 밝ㅡ다
명천두 밝ㅡ다
당사실 감ㅡ자
초녹실 감ㅡ자
* 먹게둥우롤하고는

"

[三〇〇]
비숙갈 내숙갈 따ㅡ구
장퍼먹구 주ㅡ마
* 슬버둘며

옷신 一篇

[三〇一]
형님 형님
쉬울갓다 오시드니
갑사당기 하나

웟신하나 사왓네
웟신은 나주고
당기는 서실같누나준다비
아이공 다이공
쌍쌍 쏭々
＊ 옛금수쉬연서

식집사리 一篇
(시○)
청넘형넘 사촌형넘
시집사리 엇덥되겨
두러누어 명주꾸리하나
맛침앗케 감을만하더라

婦謠 一篇
섯거보고 멸쳐보아
인천여다 박을심어
사냥으로 버더나가
거북산을 섯거보니
눈물지며 못보겟네

나물노래 一篇
(차○)
새아새야 파랑새야
너구나구 놀다가자
쑥쑥섭ㄴ 나싱게
무삼일이 밧버가니
장령은 엽헤끼고
기름병은 손에들고
나븨갓흔 말을라고
연지몸메 올너가서
안즌방아 문여러라
얍문으로 바다듸려
쏙가려쏘가리 박쏘가리
어개쳐개 지칭개
오용조용 말랭이
한푼두푼 돈나물
＊ 나물을쓰드며

天安郡東面磻溪青年會　尹泰煥　報

매암이·篇

(三〇五)
둥앙는 올너가고
매암이는 나려오너라
머기는 이슬이 쭐맛갓단
다
＊ 매암이나려오라고

고돌쟁이 식집가고
엉경퀴는 후행가비

식집사리·篇

(三〇八)
시아버시 꼴난데는
술바더주고
시어머니 꼴난데는
이잡어주고
석누의 꼴난데는
업어주며

雜 三篇

(三〇八)
안질자리 좃―타
놀―자리 좃―타
＊ 잠자리뒤를따르며

(三一〇)
억개동무 짓자
쩌지동무 짓자
＊ 억개동우겻고

방구二篇

(三〇七)
방구탕탕 구린버장
오줌쩔금 지린버장
코푸럭다 흔버장
　　　"
업어주며

天安郡東道松蓮里
尹在昌報

(三一一)
곡곡! 숨어라
머리카락 븨인다
쥐가물어두 꼭―꼭
＊ 술내잡기할때

(三〇六)
방구쟁이 장가가고
　　　"

가서리一篇

〔二一二〕

작년에왔든 가서리
죽지도안코 쏘왓네
어허그놈 잘한다
아모것도 안남더라

天安郡天安面校下里

沈　貞　畯

가지한쌍一篇

〔二一三〕

가지한쌍 열거들낭
늘근가지 커커즛코
젊은가지 커커즛코
에동가지 써다가
압내물에 씨ー처
뒷내물에 씨ー처
착ー착々 싀커서
열두반고 여노니

全 經 北 道

群山（　—三一四）　　益山（三一五—三二二）

全州（三二三—四六四）　　金堤（四六五—四七七）

高敞（四七八—四八七）　　鎭安（四八八—四九五）

南原（四九六—五〇〇）　　任實（五〇一—五二一）

群 山

딱지一篇

살적고써 만흔즘생
귀짝지는
옷느입는
팔모진물건

群山府屯栗里九○人
車 七 春 報

[問一節]
콧짝지
쾌짝지
귀짝지
콧짝지는
코에서나오는
더러운물건
쾌짝지는
논에서사는

益山

가자가자 篇

리게친노라노

[三二六]
가자가자 간나무
오자오자 온나무
진지씨지 꼭가지
맨도람이 봉선화
씨울양반 장구채
집이마리 쏭쑤먹

치위 篇

[三二八]
아아고치워 벙거지
돌개꼭지 대꼭지
다슨쇠깨 술한잔

* 치운날

数謠一篇

[三二五]
한거리 인거리 첫거리
천사만사 두맹경
노루잡치 장두칼
주인색에 열석냥
단돈 오푼

* 十五歳、전가을써와낭
응색

달팽이 篇

[三二七]
달팽아 달팽아
느집에 불낫다
소시랑들고
둘녀둘네 해보아라

* 달팽이육아지을길제해

諷笑一篇

[三二九]
압니싸진 노상군
시암지리 가시마라
봉어색기 놀낸다

일너라 一篇

[三一〇]
일너라 쉴너라
비하래비 코쑤먹
바늘노쿡々 쉴너라
　＊ 일운다고한편

雜 二篇

[三一一]
웃초먹고 셍々
지양먹고 셍々
밀부리 감자
실쑤리 감자
　＊ 뺑々이흘돌며
　"

[三一二]
바람아바람아 부러라
머추야대추야 써러지라
아가아가 주쉬라
총각아총각아 셰쉬라
아가아가 우러라

金山郡熊浦面松川里
朴炳貴報

全州

달푸리一篇 〔二三〕

정월에　정치고
이월에　이얼리고
삼월에　삼먹고
사월에　살인허고
오월에　오사허고
육월에　육시허고
칠월에　치질나고
팔월에　파종하고
구월에　굽고
시월에　씹하고
동짓달에　동루나고
섯달에　섯々부러넘긴다

에ー품파一篇 〔二二〕

에ー품과　잘한다
품々파　잘한다
비가잘하면　내아들
내가잘하면　대여비
에ー품과　잘한다
품々과　잘한다

방아一篇 〔二一〕

방애방애　방애로다
이게이게　방애냐
강태공의　조작방애
산에오르면　산중방애
둘에오르면　드듈방애
물에내리면　룡방애
엿차엿차　방애로다
애여차　방애로다
해넘어　가는때
어서씻고　가자
＊ 뗏수기눌작이줘 고방아
돌섞기며

록두세一篇

120

〔二二六〕

윗녘새는　우로가고
아랫녘새는　아래로가고
全州古阜　록두새야
우여ㅡ
윗논에　차나락심고
아랫논에　매나락심어
울오라비　장개갈때
찰떡치고　머덕칠텐데
네가다　쉬먹냐
우여ㅡ

　＊　논씨쫓차며, 一說에
　ㅣ놀두씨ㅣ쉬　東學黨首
　全琫準을가로침이라고

〔二二七〕

싹고싹고 一篇

싹고싹고　머리를싹고
쓰고쓰고　송낙을쓰고
차고차고　배랑을차고
집고집고　집팽이집고
가자가자　중노릇가자

　＊　이야기할때　추진논에　거머리

〔二二八〕

遁辭 一篇

이약이는　되약이
진ᄉ　담배진
자루자루　칼자루
딸낭하면　돈한닙
벗섯하면　담ㅡ배
마른논에　씀브락아

〔二二九〕

바람 一篇

바람아바람아　불어ㅡ라
대초야대초야　떠러커ㅡ라
아(이)들아아들아　주서ㅡ
라
어른아어른아　뺏서ㅡ라
아(이)들아아들아　울어ㅡ
라

〔二三〇〕

절눅먹고 一篇

절눅먹고　밀수

고추먹고 고스々
달롱개먹고 달々
나숭개먹고 나숫비

* 달롱개 나숭개는나물
　이름

부ー엉 一篇

(111)
부ー엉 부ー엉
나무엄다 부ー엉
걱정마라 부ー人
량식엄다 부ー엉
걱정마라 부ー人

* 부헝이우름을흉내며、
「부ー헝」파「부ー人」우
雄雄의우름소리區別

못살것네

쌩々 二篇

(112)
쌩々 장쉬방
아들낫코 딸낫코
무엇먹고 사는가
장쉬방네 콩밧아니면
의지못하네

(113)
　　 〃
쌩々 장쉬방
무엇먹고 사는가
압집에서 콩한섬
뒷집에서 팟한섬
그럭저럭 사비마는
덤풀밋혜 포숨샜에

語音 二篇

(114)
이게 무엇이요
옷(衣)시요
비ー 옵니다

(115)
이게 무엇이요
잣(松實)시요
비ー 먹습니다
네ー 갑니다

(116)
　　 〃
이게 무엇이요
갓(冠)시요
네ー 갑니다

(117)
조ー人 타고

봉암이　물길너간ー다
＊
뭇타고하면、
봉삼＝부활

나무하며
아들낫코ー
＊
「李」李를한획식그으며

〔三九〕
삿치기　삿치기　삿보ᄉ
삿치기　삿치기　삿ᄉ코ᄉ
＊
여럿이둘녀안저　그중
하나이이러케외이면서
우서웁ᄉ것을ᄒ리연　다
른아이둘ー그것을흉내
여　더우서운몽짓을
한다　　（全國流行）

遊戲三篇

〔三八〕
조ー타　벙거자
나ᄉ리　벙거지
기화자　벙거지
뛰ー뛰　벙거지

〃

＊
同上

〔三七〕
독갑아
오ー냐
머더ー게
반대ー미
씨름하ー게
엇더ー케
요릿ー케

＊
「소」字를쓰며、반대ー
미ᄂ現今쎄監獄러의俗
名

姓字二篇

〔四○〕
명지ᄯ우리감자　실ᄯ우리감자
명지ᄯ우리감자　실ᄯ우리감자

〃

＊
손율마조잡고

한살먹고
멸살먹어
ᄀᆞ操잇서

〃

[三四○]
암되암되 간다
쏙ㅅ 숨어라
〃
　　* 숑박숙질노래

[三四一]
논다 논다
곱게 노르라닛가
불경울치리고 나슨다

논다논다三篇

[三四二]
논다 논다 하닛가
파장에칠푼 주고산
장병아리 놀듯허비
호박국울 쑤려라
〃
　　* 성냥동우보고

[三四三]
논다 논다
〃
　　* 나날그리는둥오보고

[三四四]
구정물동에 호박씨논다

諷笑九篇

[三四五]
빗첫냐
골첫냐
연지문울 여러라
푸대 호박푸대
〃
　　* 엉덕우리눌니며

[三四六]
네둥우멍에

[三四七]
중ㅡ중ㅡ 쇄ㅅ중
물너ㅡ라 방애중
여신애비 촛대가리
〃
　　* 농너며

[三四八]
〃

[三四九]
똥산뱅이 걸ㅅ
오줌산뱅이 걸ㅅ

실뱅암둘어간다
에ㅡ
〃

124

[표三]
분녁각씨 호박각씨
버얼모래 싀집갈각씨
　＊ 보 칠한게 집애 보면

　〃
머랏박에 술나고
동구럭에 간 떠나고
　＊ 주인 온것 ... 가
연 ...

[표四]
　〃
사랑 사랑
북역 눈사랑 ...

[표五]
닭이 똥구먹 버려진다
닭아 똥구먹 버려진다
　＊ 울며 고...숙숙하면

곰보 三篇

[표六]
곰보닥지 코막지
구부러 장군 싀웃살
담아먹는 김칫국

　〃
에 ...
불붉엇다
말달고 거니...
　＊ 많은 사랑 보고

넉할미 篇

[표七]
한잔동눌 넘어가나
한할미가 잇고
두잔동눌 넘어가니
두할미가 잇고
세잔동눌 넘어가니
세할미가 잇고
넉잔동눌 넘어가니
넉할미가 잇드라

대애...
... 잇드라

방귀二篇

〔二七八〕
싀아버니방구는　호령방구
싀어머니방구는　요망방구
싀방넘방구는　벗쓰럼방구
시악씨방구는　도독방구
머슴방구는　더포방구
　＊　도독ᆨ도적

〔二七九〕　〃
방구방구　나간다
오가리쎄가리　밧처라
먹울것은　업쒀도
냄쒀나　마라라
썽ᅳ

미운놈一篇

〔二八ᄋ〕
쇼추롤로　낫씻기고
늬아비　상루에
돈한닙　달고
간덕　간덕
　＊　일ᄂᆞ다고하면

〔二八一〕　〃
읻너라　씰너라
밤송이로　둥글주고
송곳으로　밋밧치고
바눌방석에　궁굴니고
　＊　일ᄂᆞ다고하면

새ᄉ행ᄉ一篇

〔二八二〕
맹이비　맹이네
씸맹이네
　＊　뭉질한애

〔二八三〕
새ᄉ방ᄉ　나도나도
우라버지한테　돈달래쉬
사랑사쉬　안준ᅳ다
　＊　먹울것ᄒ안ᄂᆞ녀주면

詰難二篇

〔二八四〕
허뜰헌　써ᄉ지
가마솟헤　누른밥

下字읽기一篇

126

양반二篇

독―딱― 글거서
先生님은 개밥그릇에 한홍
나는 한그릇
先生님은 똥가맨
나는 은수제
에―이놈 잘못읽는다

하눌천 따ㅅ지
가마솟혀 누른밥
독―딱― 글거서
先生님은 한그릇
나는 개밥그릇에 한홍
先生님은 은수커
나는 똥가래
에―참 잘읽는다

〔三六五〕
수염이 대자라도
먹어야 양반

〃
양반―
개파라 두양반
되지파라 석냥반
소파라 너냥반
　* 되지=도야지

기럭이一篇

〔三六八〕
압헤가는놈은 목베고
가운데가는놈은 배따고
뒤에가는놈은 상주고―
　* 가을밤에기럭이나름을 보고

어른도 한그릇
아(이)들은 배더커죽고
어른은 배고라죽고

凶年一篇

〔三六七〕
숭년의 흰죽은
아(이)도 한그릇

똥싱이二篇

〔三六六〕
똥싱이 똥싱이
고부고부 똥싱이

[三七○]

〃

* 앙앙이놀며

쑥부쑥부 풍년쑥부

沐浴二篇

[三七一]

미역이 동ㅅ

가무치 동ㅅ

* 미역(목욕)감은후 적
　삼으로동동씩그며

雜 四十七篇

[三七二]

집광 어데갓ㅡ냐

대롱 실려갓ㅡ다

대롱 어데갓ㅡ냐

집광 실려갓ㅡ다

〃

[三七三]

남산밋한

열무지 주머니

두머이 씻란

* 부자장한 ᄋᆞ지나가연

물밋해

리ᄂᆞ디호날어 커여든

[三七五]

이 날바라

커 날바라

긴네 눈앞바라

* 씬네ᅦ주인ᅦ

〃

[三七六]

의복적이 환닥적이

불무간의 밋치적이

〃

[三七七]

커건너선반에 어친친신이

큰진사님 진신이냐

자근진사님 진신이냐

* ᄂᆞ실슬지말스한승어ᅴ의

[三七四]

함바물이 만냐

두머이 씻란

방통이 만냐

* 귀에드린ᄋᆞ씨로고 요

128

브라 외이런용차ー
* 이(馭)몰마 조놋니며

[三七八]
담배망한것 장수담배
친구망한것 진안친구
* 長水・鎭安은全北道内
　의郡名

　　〃

[三七九]
추자 추자
못먹는추자 늙은추자
* 늙은이보고

　　〃

[三八○]
중아중아 싸워ー라
상자야 상자야 말녀라

　　〃

[三八一]
원넘온다 마방쓰러라
원넘온다 마땅쓰러라
* 둣게란버려 골잡앗서
옥황비 눌고 일을쇠며
방바닥에다름ㄴ며

씸릅러ㅇ
全州南川밧게 과즉장사
드러뱅 드러뱅

[三八二]
독갑아 독갑아
헌집하고 새집하고

[三八三]
밧구ー자
* 훚자란하며
* 나할소리올새

[三八四]
머리곱게 빗고
쥐건네 가ー라
* 석신리우롬섯고

　　〃

[三八五]
우리딸 잘잇던가
잘잇스면 내왓스리

　　〃

〔二八六〕
고초먹고 생々
호초먹고 생々
담배먹고 생々
　　"
＊ 재々이돌며

〔二八七〕
孔子는 로썅쌩이오
孟子는 맹간이요
　　"

〔二八八〕
갓흔친에 가서
콩한말을 사가지고
늬해가크다 늬해가크다
　　"
＊ 쌀훔질게느리며

〔二八九〕
얼러덜러 숫〔 〕
　　"

〔二九〇〕
녹두방정 서두방정
＊ 방정떠는아희보고

〔二九一〕
나그네먹든 김지국
진네큰애기 줄자국
＊ 시골해바라기
　　"

〔二九二〕
서울해바라기
＊ 면해하면 서울하라비
　　"

〔二九三〕
갓흔친에 가서
콩한말을 사가지고
선밧장에서
엿한님쎄 치울사니
이만이만 하더라

〔二九五〕
입분 세살
미운 일곱살
＊ 귀알사록미워 .다는뜻

밋친 덜살
　　"

〔二九六〕
콩쪽 가줄게
뱅대 처—라
＊ 맛상매들드려다보고

130

〔二九六〕
각시방에　불커라
서방방에　불커라
* 쇠비들이란광싸리불손
　으로한길떠　차츰놓아
　지는것을보고

〔二九七〕
팔탄양반　숫덕숫덕
소탄양반　숫덕숫덕
* 무엇이든지타고는

〔二九八〕
널모런는　헌동무
동무동무　새동무

〔二九九〕
자랄자갈　독자갈
질알으면　암쇠가
* 지랄이라고　운하면

〔三〇〇〕
가라고　가랑비
잇스라고　이슬비

〔三〇一〕
豆腐　영창
갈비　한머
* 동모의갈비를　삭월으
　 아소리는俗傳에
　서나는것치라고

〔三〇二〕
銅錢팔푼
葉錢팔푼
* 汽車소리

〔三〇三〕
오늘커넉　밥상이나타고
이라　자라
* 貸란다고하면

〔三〇四〕
앗―　드거라
못죽
* 쓰거운데　딕실때
　못죽＝쑥죽

〔四〇五〕
싀돌셕이　싀돌셕이
기생년의　싀돌셕이
　　　　　"
　　*　식돌떡이라나물을　갈
　　　　　러가면서

〔四〇六〕
뉘각총　내감총
디똥누명5　말총
　　*　「누구줄거냐」
　　　　　"

〔四〇七〕
나도나도　쳔라도
쳔라감사　유一지
　　*　나도나도　하면

　　　　　"

　　　　　〔四〇八〕
　　　　　셩아셩아　훤셩아
　　　　*　兄을헐너며
　　　　　"

〔四〇九〕
불까똥더　불즈똥더
　　*　박남아기쌀네
　　　　　〔四一〇〕
　　　　　피나고ㅡ
　　　　　버언에는　조나고
　　　　　"
　　　　*　섯녀서파놀네

〔四一〇〕
엇지며　컷지며
만방에　코섯며
　　*　던지여ㅡ라눈말을바다
　　　　　〔四一三〕
　　　　　놀거냐
　　　　　잡을귀냐
　　　　*　통꼬의귀를떠여서잡
　　　　　고，잡우귀라면ㅡ지볼
　　　　　자몽；놀귀라면ㅡ놀귀」

〔四一一〕
니미는　잣구치고

　　　　　니어비는　북지고
　　　　*　당샹이보고

132

〔一四〕
야ー야
왜이리며
이자식
〃

* 동모가 다리 절둥을 으면

처음에는 「야ー야」 하며
두번재는 「왜이리며」 하
다가 새번재되면 말
정력정 내여 「이자식」
한다고

〔一五〕
다냐 달다
다냐 달다

* 천고간에 심수하면

〔一六〕
바구리 사 오라닛가
다랫기를 사 왓비

* 눈에 다처 낫슬쩌

〃

〔一七〕
엇던놈이 똥누엇나

* 한동간 늘식히여 「누
ㅅ지 며 가서 맛치는 놈이
쌱々々々
똥눈놈

아이고 머리야
〃

* 반지선술 이마에 갓
다대이며

〔二○〕

아기四篇

〔二一〕
불무 불무 불무야

워ー리二篇

〔一八〕
뜬바 썬바
북죽게 뚝경에
황새 똥가릿다
케비 똥가릿다
넓은이 똥쌋다
워ー리 더ー라
게불녀 다ー라
쌱々々々

* 「쌱々々々」은 개가 짓
는 소리

우지마라 二篇

[二二六]
일색일네 일색일네
산킬도방 일색일네
호걸일네 호걸일네
정기낭군 호걸일네
추자매자 망근에다
옥관자를 붓치쓰고
생초록 저고리는
모초단 짓을달어
백낭근 동정달고.
뭄명자동 겹바지는
울ㅡ골니 누벼쓰
동조ㄴ 귀알씌는
반의중ㄴ 버리치고
외씨갓흔 집버신은
감썩가차 집어신고

[二二五]
아가아가 우지마라
봄날에울면 눈도붓고
얼굴도붓고
너어머니 그림펑풍의
활개장닭이
두할개를 둑여치고
꾀꾀하면 온단다

[二二四]
우지마라 우지마라
네복잇스면 잘살니라

　　　　婦謠二篇

이게 이게 어듸볼무
정상도 하동볼무
　＊ 애기어루며

[二二三]
지자가자 장에가자
　＊ 맘씨우는애기더러
　　　〃

[二二二]
뎅가 뎅가 뎅가야
　　　〃
　＊ 애기드름고흐들며

[二二一]
어ㅡ
　　　〃
　＊ 애기를 하늘노솟차며

축가 축가 축가 축가

한포단 대넘은
버선목에 잘너매고
조와불숙 가죽신은
모개칭에 바떠신고
버치려는 이럿네만은
자네치례 얼마나조흔가
버치례는 어려허이
보래뎅ㅅ 치마하나
보래뎅ㅅ 커고리하나

〃

（第二七）
형넘형넘 사촌형넘
싀집사리 엇떱뒷가
야ㅅㅅㅅ 그말마라
열두폭 주리치마
옴서 감서
눈물씻기 다씻엇다

* 음서감서＝오면서 가면서

면서

달도달도 一篇

（第二八）
달도달도 밝다
동칩도 밝다
쏘고실노 커고리짓고
불겅실노 합주달고
능글낭군 질소매―
아니썩근 해당화를
날더러 썩것다고
○○○○ ○○○○
복어알울 주서먹고
아라자라 나갈직에
커건너 ㄷ답산밋 다갈고
자는듯이 죽엇네

거믜 一篇

（第二九）
거무야거무야 왕거무야
압흐로보니 신달이요
뒤로보니 노적이요
술한잔울 드리라
어술커술 다버리고
새술한잔울 드리라
덤덩덤덩 호박쥐

소노래 一篇

（第三〇）
인간세상 할일업네
떡젓기울 질머지고
아라자라 나갈직에
커건너 ㄷ답산밋 다갈고

草木존되 매여논들
년들무슨 청황으로
풀한줌을 뜨들소냐
옴쉬감씨 모기하나 쌀나
구하나
내살만 다빠지네
쟁인놈들 거동봐라
패도치룰 들꺼메고
사대삭신 주물놀써
애리는건 내살이요
쑤시는건 내쌔쌀이요
암만내살이 만하도
한철이나 냉길소냐
아모리내쌔가 만흔들
한벼나 냄길소냐

俗謠二篇

비양二篇

〔其一〕
쎙々소리가 웬소리
암십큰애기 쏭쒸는소리
천무덕소리가 웬소리
뒷집큰애기 불기치는소리

씨지마러!
씨야 빈탄이야

* 웃는것을 쌘다

〔其二〕
"
야 웃지마러
웃는것도 씨가지병(이)야
고흔얼골 주름잡히고
보한니(齒) 쇠실느고
허패에 바람들고
어허 그괴 슬흐다
그림의쥐보고 조니는고나

〔其三〕
병풍압니 잘근덩부러진곳
에
괴(猫)하나 그렷네
그괴압헤 생쥐하나그렷네

詰難一篇

〔其一〕 엇지여이다

全州大正町四丁目三一
李 日 相 報

136

컷지여이다
고만두워 고만두자
나무솟혜 쌀머주워
지름상에 복가주어
나무업서 못복가
나무갓고와
＊ 게재해눌엇다움밧게

[三七]
삼만씨—
삼만씨—
＊ 어러케부르면삐암이옷
잔다고、三晩氏는名譽
이엿섯는데 그의誕堂
피삼만보면쒀러죽엇다
고한다

[三八]
한님죽게 노라라
두님죽게 노라라
＊ 눌닐써

[三九]
俗謠 一篇
일년열두달 과년열석달
달머슴사력서
다홍치마속으로다드려간다

雜 四篇

[三六]
쌀허고팟허고만 잇스면
서룰을어더다 억력먹을
렛대
나무가업서 못혀먹겟네

"

[三八]
둥게야 둥게야
오리쌀 죽게
따당 쓰레라

"

[四〇]
三綱五倫 一篇
삼강오륜 베를모아
효자열녀충신 사공삼고
요순우랑 돗을달아

불우二篇

공맹안징 실엇스니
아모리 결주콩파라도
저배파손 할소냐

全州大正町四丁目三一
李淳相
海雲　報

[四二三]
불무붕무 대풀무
청상도 환토불무
불므불무 불무야
풀무딱々 불무야
* 어린이 손욱을잡고초를
며, 정상도에 慶仙道

잇추어라一篇

[四二五]
엇추어라 징긴강
불암이떨々 떨닌다
* 최윤날

성푸리一篇

[四二二]
李가는 쌀가지(狸)
朴가는 박쪼가리
金가는 도채비
許가는 허수애비

全州高砂町二二〇
金孝鎭　報

워-리一篇

[四二四]
워-라 더-리
개불너 대-라
황새 똥쌀녓다
지(쥐)비 똥쌀녓다
* 어린이 등사슬애

언문푸리一篇

[四二六]
가갸 각시님
머며 머시고
고교 고것슬
거겨 거를시요

姓푸리二篇

[四二七]
朴생원이 박아리

宋생원이　참훌주고

盧생원이　나섭네

※

〔평平人〕
盧생원　노던

宋생원　손굿

朴생원　박쪼가리

謠笑二篇

〔평平人〕
정첨지　불똥개

후닥딱々　백거서

장구매고　북매고

칠라감사　낼올제

둥―생―　처바라

※ 關係를놀니며

〔평平○〕
압니싸진노장구　뒷니싸진

갈가지

시내가에서　참우썹대주서

먹다

한말헌데채여서　압니하나

싸젓네

※ 니싹진동무를놀니며

誹謗一篇

잡우=참외

〔평平二〕
잡것잡것　못난잡것

고부라리　틀난잡것

아리랑十篇

〔평平二〕
시어머니　죽엇다고　춤추

엇드니

보리방아　물부스니　생각

난다

※

〔평平三〕
시아바니　죽엇다고　춤추

엇드니

쉬리아침　맨발벗기　생각

난다

〔평平四〕
아주쓰라　땅빽여　여자들

마라

산골작 큰애기 못단장헌다

〃

〔五五〕
열나는콩밧온 안이나열고
열지말난뎅박만 열어샷네

＊ 며느리＝동뵈（楛）

〔五六〕
시내강변에 자갈도만타
요내살님사리 말도만타

〃

〔五七〕
갈보란종자가 싸로나잇나
열두살먹어서 술잔을드니
위지왈 꽁돈이 갈보라네

나죽지

살님사리 알뜰허면 내것
이되냐
살님사리 톱스마라 술바
더먹고

본가장 상투삽고 재판소
가지

〃

〔五八〕
살님사리 알뜰허면 내것

〃

〔六一〕
지려다른 동우물 갈것잇나
집시물 써다노코 순사자
죽지

〔五九〕
남죽고나사러 쓸듸가잇나
漢江水기푼물 싸커나죽지
고

〔六○〕
漢江水 기푼물 갈것잇나
이웃집김도령 달머슬두오

俗謠二篇

〔六二〕
날니누난다고 수군수군
오라바니개는 명년에가
낫벗틈을에나 시집보내주
돈이나엄스면 남비쏫팔고
남비쏫 팔기가 청실컬냥

140

〃

수양버들一篇

〔四六調〕

수양버들한가지를　주루룩
홀러다가
시내강변　백모래밧헤다
먼져노코
그그름해　봄에오니　모도
가수양버들이로구나
헤——

全州郡龍進面上三里
催　洙　徹　報

〔四六調〕

쒸고가는　쒸할마니
반달가튼　쌀잇스면
윈달가튼　사우삼소
반달갓튼쌀은　잇네만은
나이어려　못삼겟네
어리단말　말으시오
쒸버는　쒸어도
江南쒸여꺼와서　알을낫
코
참새는쒸어도　색기를친다
오
쒸다니　웬말이오
거미는쒸어도　줄만친다오
쒸다니　웬말이오

金 堤

동무一篇

* 담녀는흘내총내펴노우
遊戱 I

[四六六]
동무동무 새동무
날모른날 개동무
씻그러지고 날근집
허무러지고 보면은
큰집자근집 개여노코
너랑나랑 살-자

* 동무시리 공랑이고

[四六七]
천푸덕하는소리 도라다보
니
새버선신고 물개똥밧고
엽사 멋하러왓느냐
"

雜 二篇

数謠一篇

[四六五]
한콩 두콩
연질 녹두
가매 쭉자
금상 가치
범에 딱콩
*
十一數, 편가를쌔와 =
우 重

遊戱一篇

[四六八]
엥기랑 엥기랑 땀나게
유자콩/ 땀나게
넹기라 넹기라 땀나게
날나가면 죽느니라
*

[四六九]
간준자라 간즌자라
괴밥주세 가련안귀라
날나가면 죽느니라
* 잠자리위흘싸흐며

金堤郡院坪公立普通學校

朴炳太 報

나물타령一篇

（四七〇）

칩다쩍거 고사리
나립다뜩거 고사리
어영우부렁 활나물
한푼두푼 돌나물
밋근맷근 기름나물
돌々말어 고비나물
칭々감어 감돌레
잠어뜨더 웃다지
쏙々뽑아 나생이
어영커영 말맹이

이개저개 지치개
眞味百勝 잣나물
만병통처 삽추나물
香氣滿口 시금취
사시장춘 때나물

푸릇파릇一篇

（四七一）

푸릇파릇 텅덕궁
이궁커궁 헐덕궁
엉덕새 덩덕새
오구새 바구새
쾅々미새 벼룩이참새
문안드린다고 엿줘라

되굴넝一篇

（四七二）

아가-
개의짓나 보아라
명々넝이 지々시면
메주넝이 둘어오신다
메주넝이 둘어오시면
되굴넝이 지々신다

京城府蓮池洞一七一

柳然太 報

큰애기二篇

（四七三）

준돌네 큰애기
다듬독의 둠반

무시먹고 배알네

　＊ 천가르며

　＊ 처녀보△진잔두며

[四七五]
큰애기는 나가고
자근애기 드러온다

　＊ 서잡가는처녀보고

遊戲三篇

[四七六]
대머리 옥강청
잉거리 싱거리
대청거리 쇠울로내달아
국초십백이 쪽
풍덩풍덩 달내소
풍덩풍덩 달내소

[四七六]
영감탄구 영감탕구
뒷집사는 영감탕구
압집사는 할망구가
영감탕구 차잣는데
보왓는지 못밧는지
보왓는지 못밧는지

[四七七]
칸치다리 촘마컷다
칸치다리 촘마컷다
압서간놈 못붓잡고
칸치다리 촘마컷다

　＊ 경주할제

金堤鄒院坪公立普通學校
朴 東 遊 報

高敞

가자가자一篇

[四七九]
가자가자 감나무
오자오자 옷나무
물에빠진 상나무
건너내여서
이압다리 노아볼가

소리개一篇

[四八○]
소리개 펫다
장팡에 쥐잡어 노왓다

고사리一篇

[四七八]
고사리대사리 석자
거춘대춘 석자
팡주 무등산에가서
고사리대사리 석자
쪠주 한라산에가서
고사리대사리 석자
삥々 도라라
＊ 처녀들이 명절에 모혀놀
며

황새一篇

[四八一]
황새야덕새야 어제밤에
너어되서 자고왓늬
느러진 버드나무
가지에서 자고왓지
너의어마니 차지랴면
미나리강울 더듬어라
영々 어기야

嘲笑二篇

[四八二]
언백아 덕백아
미영밧헤 골백아
버나막게 코백아
＊ 얼근동모놀니며

雜　三篇

[四八三]
한달이　인달이
거춘대춘　불마사자
리발나발　상청막대
집고가다　옹돗총총

〃

[四八四]
쉴어라　쉴어라
마당　쉴어라
일군들　들어오새
마당　쉴어라
　　＊　평둥이(둥뎅이)둥갑어
　　　　가지고
〃

[四八五]
아이고치워라　박서방
봉아리덜々　떨넌다
　　＊　처워설넌셔

俗謠　二篇

[四八六]
닭아닭아　우지마라
날아날아　새지마라
닭이울고　날이새면
정든낭군　리별이라네
〃

[四八七]
생々소리가　무슨소리
이웃집큰아기　똥쒜는소리
아랫집개가　밸병이낫고나

高敞郡大山面支石里
辛太頊報

146

鎭安

주슨논 一篇

(四八八)

길을길을 가다가
돈한푼을 주섯네
주슨돈을 남줄가
남주자니 앗갑고
바늘권에 나가서
바늘하나 삿—네
산바늘을 남줄가
남주자니 앗갑고
대장간에 나가서
낙시하나 치엿네
치인낙시 남줄가
남주자니 앗갑고
한강에 던졋더니
잉어하나 낙것네
낙근잉어 남줄가
남주자니 앗갑고
등치고 배치고
배치고 등지고
붉은고개로 들치고
검은고개로 넘켯네

고리 一篇

(四八九)

안즌고리는 떡고리
뛰는고리는 개고리
나는고리는 꾀꼬리
달닌고리는 문꼬리

遊戱 一篇

(四九〇)

저기저대문 열어주게
열쇠업서 못열겟네
그작저작 들어가자

* 손을맛잡고 놀며 한아희가 담을처어 들어달나고하여 못열어주겟다고하면 — 그사이 석들어

기자하며 죽ㅡ드러가
도라나온다 이것을때
문노롬이라함

誹謗二篇

(二九一)
중수 쩌세즁
칠월이 번개즁
소맷둑에 싸진즁
대뚝지로 건진즁
〃

(二九二)
엇거박이 최어박이
대패로 쑥미러박이
* 얼근아회보고

諷笑二篇

(二九三)
엉걱구 청걱구
천주년들 십각구
쇠들박이 또들박이
찐주놈이 좃대갈박이
* 엉걱구와 쩌들박이는
용이롬

(二九四)
소문내자 고문내자
동네방네 소문내자
〃

(二九五)
아ㅡ니는 청산보안아

두눈 깔아니
엽우리 좋아니
바위 난간이
산에 굴아니
물에 매산이
* 아니라고한새
청산보안=忠北報恩郡

詰難一篇

南安郡馬靈面沙谷里
金 澤 柱 報

南原

우리남원一篇

[四九六]
우리남원 조타드니
무엇잇서 조타든가
팡한루가 조타든가
오작교가 조타든가
영주각어 조타든가
요권수가 조타든가
춘향나쉬 조타든가
계々커서 조타든가

아니라네 아니라네
우리나라 꾀꼴가는
산래밧차 만타해서
우리남원 조타하네

[四九八]
소가반바도 짠々
산치가발바도 짠々
문어질나 생각말고
잘도갈다 자여커라

＊ 홈여나모리로 질늘꼬

遊戲一篇

[四九七]
문열소 문열소
무슨문을 열一가
남대문을 열一소
석가업시 못열겟네
그작킨작 열一소

＊ 둥개베잘 노롱야

嘲笑一篇

[四九九]
암니빠진 괴양아
숨니빠진 괴양아
우물가여 가지마라
붕어색기 놀니인다

＊ 애々기둥모눈노랑

싼々一篇

자장가一篇

〔五○○〕

자장자장　잘도잔다

우리아긴　삿밧헤다

재여주고

남의애긴　개똥밧헤

재여주소

南原郡南原面金城里

趙月波　報

任實

輿輿노래八篇

[五〇一]　（넘기는노래）

어ー노　어ー노

어한이넘차　너ー노

어ー노　어ー노

어한이넘차　너ー노

（밧는노래，合唱）

[五〇二]

사내암산에　우지々고

차천明月이　밝아온다

어ー노　어ー노

어한이넘차　너ー노

〃

[五〇三]

이질로한번　도라가니

어너황천에가　다시볼가

어ー노　어ー노

어한이넘차　너ー노

〃

[五〇四]

北邙山川이　멀고머다더니

건늬압山이　北邙일세

어ー노　어ー노

[五〇五]

새벽동닭이　지쳐울고

江上두루미　춤을춘다

어ー노　어ー노

어한이넘차　너ー노

〃

[五〇六]

인경영　바래영

各宅한넘은　요강영

어ー노　어ー노

어한이넘차　너ー노

〃

[五〇七]

一家親戚　귀분죽아

날여난다고 설어마라
어ㅡ노 어ㅡ노
어한이넘차 너ㅡ노
　〃

(五〇八)
南門을열고 바래를치니
개명山川이 밝아온다
어ㅡ노 어ㅡ노
어한이넘차 너ㅡ노

農夫歌十四篇

논평세노래

(五〇九)
神農氏 무삼일노
敎人火食 내여곳코
農夫를 困케하노

(五一〇)
神農氏 맹근따부
歷山에 바둘가니
여긔저긔 農草로세
　〃

(五一一)
神農氏 붓을바다
방々골시로 農事지어
잔넘히펼々 영화로세
　〃

(五一二)
이農事를 어서지어
안진聖君 奉養하고
上平父母 모신後에
下育妻子를 것치버고
各々집에 도라가쉬

(五一三)
서마지기 논쎔이
반달만치 남앗스니
어쉬밧바 삼어쉬
各々집에 도라가쉬
　〃

(五一四)
雨農夫야 말드러라
커건너갈미봉에 비부더온
다
雨裝을두리고 삿갓을쉬라
　〃
어린子息을 건너자

152

이팝보리밥을 만이먹고
신작가른 책(冊)를물고
쇠불알가른 칫동을쥐고
북흥가른 배를떠ㅡ고
마누라궁둥이를 세비삭ㄱ
리면 (或唱、부러놀면)

몽당치마를 떨쳐입고
새립바게 빗겨섯다
오는農夫를 재촉하니
이른야단이 쏘잇는가

[五一二]
앵두름에 해다커가네
어분애기가 동재간다
＊ 영두름＝小堤
동재＝炊飯

"

아든農夫가 쏘잇느냐
썩기農夫가 쑥불거지니
"

[五一七]
이 쏜셈이를 어쉬숭구고
패랭이쑥대기 桂花를옷고
해오래비춤이나 추고놀자

[五一九] "

[五二〇]
堯之乾坤 太平時에
道德노푸신 우리聖君
康衢微服에 童謠듯든
堯님궁의 編險이로다

[五一六]
日落西山에 해여려저고
月出東嶺에 달돗는때
한農夫 勸動봐라
弱한심(힘)에 섬물지고
집어라고 드려가니
無闷할놈여 다목다리

[五一八]
忠淸道 중복승
주지가지 열낫네
江南에 강대추
아기자기 열낫네
末帽이하는노래

[五二一]
봄ㅅ바람 새로부러
滿山花發 하올적여

紅綠芳草 저杜鵑아

落花時에 넘가드니

王孫은 歸不歸라

우리님은 한번가면

다시올줄 모러더라

★ 三十年前記憶, 任實出

生吳靈善 唱（六十二

歲영금성이盲翁）

於 東萊郡龜浦市場

孫晉泰 採輯

全羅南道

木浦

썽々 一篇

[표二三二]
썽々 장서방
색기들은 만—코
먹을것은 업—고
숫구락은 쩌—고
엇커름 사는가

솔개 一篇

[표二三三]
한알써 두알써
사마중 날써
용냥 거지
팔써 장군
고드라 썽
* 十數, 헤울째

녹두새 一篇

[표二三四]
솔갱아 솔갱아
장똑간에 쥐잡어낫다
썽々 도라라

數謠 一篇

[표二三五]
옷녁새야 아랫녁새야
친지고부 녹두새야
우리밧헤 안쩌마라
우리성님 시집갈쩌
술살쩌고 쩍살쩌다
후여— 후여—

諷笑 一篇

[표二三六]
하눌천 짜々지
가마솟헤 누른밥
쩍—쩍 글거서
선생님은 한그릇
나는나는 두그릇
* 書堂아희놀니며

婦謠一篇

[표二七]

거건너거건너 연단안에
철노피는 봉선화도
매듸매듸 숭(룡)잇는데
항차 물노생긴사람이야
한숭조차 엄슬소냐
커긔가는 커남자야
우리집 지나거든
우리엄마 보거들낭
맘밥벗고 살드라고
배곱흐게 살드라고
二딸족은 친해주쇼

水越來一篇

[표二八]

산아산아 추영산아
우리부모 명짜씨는
강々 수월래
놀기조타 백두산아
어느책에 실녓는고
강々 수월래
넘허피면 청산이요
강々 수월래
꼿치피면 화산이요
강々 수월래
청산화산 너머가면
강々 수월래
우리부모 보련마는
강々 수월래
남의부모 명짜씨는
강々 수월래
책장마다 실녓건만

　　* 강々수월래＝오랑캐가
　　　물을건너온다 는뜻이니
　　　珍島에서敵의水軍을께
　　　오러救國의至誠 나다린
　　　朱舜臣이 이 노래로쇠
　　　올애남은老幼와婦女에
　　　게가르처 危急한때
　　　號삼아외오치게하엿다
　　　한다

木浦府鴨浦一〇一　金大昌　報

158

務安

水越來一篇

〔五二六〕

해는지고　달떠온다
강ー강　수월래
하날에다　배틀놋코
강ー강　수월래
구름잡아　잉어걸고
강ー강　수월래
별은잡아　문의놋코
강ー강　수월래

생각생각　잘도한다
강ー강　수월래
그배앗서　무엇하나
강ー강　수월래
우리옵바　장가갈적
강ー강　수월래
가마휘장　두를나네
강ー강　수월래

＊　五二八　註記參照

務安郡錢佐面邑洞里
金長基　報

기와노래一篇

커리곱게 생겻는가
내가무슨 곱게생겨
우리형넘 안봣거든
청두복송 꼿츨보소

꼿노래一篇

〔표二三〕
이써저써 어느꼬요
우리부모 생신써라
우리부모 생신꼿헤
꼿노래나 짓고가자
쏘차가는 장미화는
가지가지 봄빗치라
꽝루기생 살구꼿은
며를지고 휘도랏네
무릉도원 복숭화는

谷 城

우지마라一篇

〔표二○〕
아강아강 우지마라
네딸자 얼마나조면
네난지일헤만에 어미일코
강보중에 쌔엿스랴
네눈에 눈물나면
내눈에 피가난다
우지말날쩍에 네우지마라
아강아강 우지마라

〔표二一〕
어이누야 기와요
아기와가 누기완고
나라넘의 옥기왈세
이러어 뉘러인고
나라넘의 옥러일세

청도복숭一篇

〔표二二〕
한잔등에 한가쿠야
두산등에 질친구야
고사리로 기둥세고
원추리로 대문달아
대문박게 썻는처자
뉘긴장을 녹어랴고

그릇안에 걸녀시네
섬우에 모란화는
꼿중에도 인군일세
도라못간 두견화는
축국산천 생각이라
봉고봉은 봉선화는
소々구정 충율추고
알송달송 금은화는
당상관의 관자되고
보기조흔 작약화는
미인마다 희롱하고
당실당실 연적꼿은
단순호치 단장하고
부셕사중 선비화는
어상대사 집펴이고
박꼿과 호박꼿은

사 초형제 히도랏네
열업는 할미꼿은
남보다도 먼거핀다

婦謠一篇

〔괴쌈〕

강상물 감여원아
스숭딸 미력자야
살대나 쵠해주소
업는살더 쵠할소냐
우리아배 뒤비더냐
우리울고 간곳업네
우리어매 나뷔더냐
알을실코 간곳업비
우리오라배 거미더냐
줄을치고 간곳업네

제비는 어대노나
제비는 물에노네
나뷔는 어대노나
나뷔는 꼿에노네
거미는 어대노나
거미는 줄에노네
제비는 무슨제비
제비는 촌록제비
나뷔는 무슨나뷔
나뷔는 분홍나뷔
거미는 무슨거미
거미는 왕거미
우라형제 잔율잡고
제상꼿헤 휘여럿네
기생년은 잔율삼고
원님압헤 튀며럿네

사당년은 잔뉴잡고

어사압헤 휘여젓비

암문압헤밧은편지 뒷문압
지고

순천송팡 제마디고

아모리보고보아도 우리넘
구려 화암사로 신중노릇

죽은부지로구나
을갓구나

"

육자백이 七篇

(二三五)

뒷동산가마귀 속잇서울엇
건만

건너약방약올지며 약당관

에거러노코

모진녀러잡이드러 우리넘

황천가신줄을 나물낫구

나

"

(二三六)

부지왓네부지왓네 한양성

중서부지왓네

(二三七)

우리가평생 원하기를

세자락상처에 갈찬낭군원

헛더니

못쥑인부시짓장사녀석이 내

낭군이로구나

"

(二三九)

대국가서바늘한삼 송도가

서 송도골미

손에맛는대로 주서씨고

진주송방을가서 실한타래

사질머지고

홍양열두치섬으로 목화동

냥올갈거나

"

(二三八)

놈아놈아 차남놈아 느그

누이가낭다다고

치마폭뜨더 바랑접어질머

(二四〇)

우리댁서방넘은 한강시신

예

地五篇

기운이발연하야　망근죽반
질머지고
그래도한짐못되여서　바늘
한쌈　옷집언코
어웃집　행낭모롱이를　보
도시월참하엿다데
　　　　"

[五四二]
나지나ー　추각이　떠다준
대기
끈여도안무더서　날바지왓
비

커달이엿다　지도록　논다
가가소
　　　　"

[五四四]
오리랑내리랑　잔지침소리
열녀라도　막무가낸다
　　　　"

[五四三]
나지나ー　추각이　낫을가
라질머지고
커건배　큰애기무덤으로
다

[五四六]
물네아홀네야　어쉬빙ㅅ
도라라
어웃집김도령　함이슬맛는
다

[五四一]
칠푼을주고　갈키를사다가
검풀을　굴거다　굼불을
너코
쑷대벌초　간다
　　　　"

[五四五]
우리댁서방님　남평장가섯
다데

커불을쇠고　어불을덤고
××이홀　××××할거나

谷城郡石谷面鳳비里
李卯俱報

함박쏘박一篇　　　雜　三篇

〔五四七〕
함박쏘박　시집가
종구렝이　나도가
어린것이　엇케가
오동포동　잘도가
　　　〃

〔五四八〕
봉청지　큰애기
알밤하나　떠러지면
늬나늬나　홀자몽
　　　〃
연두고개　넘어가다
어덧구나　어덧구나
재집하나　어덧구나
나앗구나　나앗구나
자식하나　나앗구나
날넛구나　날넛구나
컴퓽으로　날넛구나
엇―다가　파무덧나
귀둑우에　파무덧지
무엇집고　울엇나
부지깽잇고　울엇지
무엇으로　덥헛냐
삿갓으로　덥헛지
* 쩌집＝게집
　날넛다＝어린아기죽음
　것을날넛다고

흉내二篇

〔五四九〕
궁거러가는　호박을
아겟씨가　쇄노코
날―보고　쇗다고
나그어허　에헤야
에헤―　에헤야
더우박을　양지쪽으로
* 달밤우밥에떠러아희를
　이흥주어눈썹

〔五五〇〕
　　　〃

〔五五一〕
한다리업는　쌍개비
질―질　도구질
날―보고　쇗다고
아겟씨가　쇄노코
예모한집　질머지고
* 쫌당새우름울듯고흉내
　내노라고

谷城郡石谷面鳳田里

李　政　模　報

아강아강 一篇

[五五二]

아강아강 우지마라
느그엄마 오마드라
어느쎄나 오마든가
쌈밤닷되 군밤닷되
두닷되를 무엇다가
착이나면 오마드라
평풍에다 그린장닭
두나래를 타々치며
꺽교하면 오마드라

엄마전 一篇

[五五三]

타박타박 다박머리
송금송금 속거내여
영석새라 금보되에
곱다랏케 배홀나서
남원장에 따라다가
엄마사려 갓섯드니
수박퀸에 수박나고
오이퀸에 오이나되
엄마퀸은 아니네
밋치고도 긔든년아
엄마퀸이 어매잇노

줌치 一篇

[五五四]

달을따쉬 줌치줌고
별은따쉬 동침박고
무지개로 친을둘녀
등대만대 션을다라
동대문에 거려놋코
올나가는 구관사도
나려오는 신관사도
요내재조 구경하소
어방의쌀 공々석야
자네줌치 나나주소

서재도령 一篇

[五五五]

왯죽빗죽 도는물래
어서밧비 도라가소

오날밤이 다되여도
쉬재도령 아니오네
진사대과 못할나면
밤쉬젱랑 그만두소

청동화로 一篇 〔五六六〕

청동화로 백탄숫헤
언철미콩떡을 구어라
강원도생청을 듸려라
원센놈의 싀어미
부지헝집고서 나다를본다

개구리집 一篇 〔五六七〕

개골개골 청해골

개고리집을 차질나면
삼시먹고 더돈을밧고
양다리를 힐산것고
미나리꽝으로· 덧더라

* 미나리꽝=미나리 밧

이(虱) 一篇 〔五六八〕

주동이는 뾰죽해도
말한자리 못해봣며
윤발은 달엇스되
십리길을 못가봣네
먹통은 진뎃스되
짜지한자 못쳐봣네
둥어리는 넙적하되
돌한덩이 못쳐봤네

육자백이 三篇 〔五六九〕

압남산연 안개써고
남산연 구름이고나

수제비 一篇

둥글둥글 수지비뎅이
사위상에 다올나
백로감두 자발시고
쌀국마시기 더욱졋다

* 쌀에게의지한친아비의
한식
수제비=밀 수슈죽으
로맹는것
쌀국=건데기업는국물

비가 오실지　눈이 오실지　세우가와서　칩금에부드치

바람은부러　진서리찬데　면　내눈물인줄　잠작하

이웃집　개만지켜도　넘생　고

각이로구나　　새벽결　기려기울거든　내

　　　　　　혼신인줄　아씨나

谷城郡玉果面松田里

申 東 顯 報

〃

〔ㅊ1〕

무릉아　흥도화는　세우동

풍　눈물을먹음고안커

몽청호　빗친월색은　금음

이되면　무팡이고나

우리님　깁고깁흔청을　어

느뉘가알쎠나

〃

〔ㅊ2〕

바람이부러　몸이차거든

내한심인줄　집작하고

潭陽

遊戲二篇

[三六四]
분々작아 문여러라
어느문을 여러러라
동남문을 여러주게
옜쇠엄서 몬열겟네
그려망커러랑 드러가세
* 대군노러할때

엄어면 싸마귀
싸마귀는 날드라
날면 제비
제비는 울굿쌀굿
울굿쌀굿하면 독새
독새는 물드라
물면 범이지
범은 뛰드라
뛰면 벼룩
벼룩은 쌜허드라
쌜허면 대추
대추는 달드라
달면 먹지

대추一篇

[三六五]
바람아바람아 불어라
대추야 쓰러거라
아해야 주서라
어른아 쎄서라
아해야 우러라
어른아 주어라
* 바람불때

이얘기一篇

[三六六]
이얘기는 이얘기
뛰애기는 뛰애기
진논에 거머리
마른논에 머사리
대사리는 멍드라

潭陽郡 潭陽面客舍里　姜永碩 報

靈光

婦謠一篇

뒷내물에　행거갓고
삼년묵은　고초양념
오년묵은　지름장에
량식족가　써여주고
밥죽가　담엇다고
호령낫네　아이구나
담스에라　내서름아

싀어머넘　진지잡수
진질랑은　아니먹고
밥죽가　지려주고
밥되게　햇다고
호령낫네　아이구나
담스에라　내서름아

골방철방　뚜듸리며
시누동세　밥먹어소
밥일랑은　아니먹고
물죽가　지려주고

국그릇도　열두그릇
밥그릇도　열두개며
열두나상　수며낼쎄
얼근덜근　뭇쳐갓고
큰방철방　뚜듸리며

싀아버넘　진지잡수
진질랑은　아니먹고
큰방철방　뚜듸리며

[×××]
앞돌쪽도　노구새요
뒷돌쪽도　노구새라
욧바구미　껌헤서고
첨스산증　드러가서
오동모동　살진두룹
별슷가튼　노구슷헤
얼근덜근　되쳐갓고
압내물에　초불싯고
큰방철방　뚜듸리며
웃방철방　뚜듸리며

순령사　집흔털로

신즁노릇　갈가보나

觀光郡靈光面武靈里

書圭宅報

머심색기　밥먹어라

밥일랑은　아니먹고

생솔개비　쒸다주고

밥눗게　햇다고

호령낫바　아이구나

답수에라　버쒀름아

참아섫어　못살겟네

약고약고　머리약고

치마하나　버여놋고

한쭘타쉬　행친짓고

씨고씨고　숑알쒸고

짓고짓고　바랑짓고

둘고둘고　몰락둘고

열두남매　두대추령

이곳철도　춫치마는

170

海　南

雜 二篇

[五六六]
～
장어 봉장어야
엇겟든지 갓만다라

[五六八]
영감영감 개떡먹게
보리―품드리다 개떡엿네
청안에서 널뛰다가
청밧게々 이럭구나
청방아들 너주섯나
이방아들 너주섯나
당기야 주섯지만
너한테로 장가갈께
도복소매 너다주마

학선이 一篇

[五六七]
둥게둥게 뒤선이
나러간다 학선이
목으둥게 뫼꼬리
경상도 두부人모
늬모빤듯 잘생겟다
아그빼 다그빼 정다배
비사리쏙々 바위우에
맹꽁이가 둥둥

당기 一篇

[五七〇]
우리압바 석준당기
우리엄마 컵은당기
우리오래 야단당기
우리형님 용심당기
요네나는 사랑당기

우산갈모 一篇

[五七一]
도래도래 삭갓집어
돌망태로 얼근집이
큰아큰아 커큰아야
늬머리곳에 딍린당기
대단이냐 공단이냐
대단이면 무엇허리

콩단이면 무엇하라
콩단이면 나물구면
망근관자 닥여쓰고
너한테로 장가가마
장가야 오게만은
눈비온날 오지마소
우산갈모 걸녀업비
우산일낭 덤고자세
갓물낭은 비고자세

부처一篇
[표七二]
양려양려 양려씨야
옥단안에 양려씨야
니와갓치 무정하리
무정란발 도령마소

승상서 울어버니
씨사창을 반만열고
반봉실 하시거든
어이돌줄 뉘아라서
주는부처 바들손가

레임태임一篇
[표七三]
태임태임 칭태임아
돈돈반만 나를주라
다섯님은 비상사고
한돈일랑 간장사서
긔운차게 다려먹고
커남산 놉흔봉에
흔적업시 죽어줌세

큰애기一篇
[표七四]
수녀리숙수 큰애기들은
포도비장의 딸인가
용두고랑에 쇠사실차고
길명당 너른길로
도독잡이로 나간다

海南郡北平面平岩里
白 敬 信 報

웃二篇
[표七五]
웃아웃아 하방웃아
하방미테 도든웃아
봉지붓지 어데가고

요새손을 안몟드니
꺽거갓서 꺽거갓서
강남나리 꺽거갓늬
금을주라 은을쥬라
금도실코 은도실혀
요내꼿만 내고가소

〃

〔五七六〕

배꼿은 장가가고
창꼿은 시집가고
나무사나 옷지마라
가진장가 베가든다
입도희고 꼿도희고
열매보고 늬가간다

海南郡縣山面拔湖里 李海成 報

거믜一篇

〔五七七〕

거무야거무야 왕거무야
실에동실 동거무야
비야줄은 엇다칫나
아정긔골 저정긔골
동백골낙산에다 내가칫다
천냥거무 던덜넝수
만냥거무 던오동수
예곡산 매곡산
금강산 해남산
웃봉도 삼철리
아랫봉도 삼철리

海南郡花山面方田里 尹順夏 報

長城

싹고싹고 一篇

이리서리 두릉너머

〔五七九〕
싹고싹고 머리싹고
씨고씨고 모자씨고
입고입고 양복입고
신고신고 구두신고
쉬고쉬고 책보쉬고
가고가고 학교가고

* 쏘쇄＝조공

오랑쇄로 一篇

〔五八一〕
오랑쇄로 간쇄로
정계문압헤 간쇄로
누른밥쏘쇄 준쇄로
먹은게로 만난쇄로

품바품바 一篇

〔五七八〕
품바품바 잘한다
네가잘하면 써어들
내가잘허면 네에비
품바품바 잘한다
품바품바 잘한다

동굴동굴 一篇

〔五八〇〕
아가닥아 목닥아
동구러간다 수박아
미영바테 골박아
써나막신 콧박아

* 어린아기를방바닥에다

誹謗 一篇

〔五八二〕
자식자식 못난자식
소맷분지 빤진자식
댓통으로 건진자식
쏭一항에 싸진자식

당그래로 건지낸자식

맬겅물은 들오고—　　　손임왔다 밥해라

＊ 내ㅅ가에서새앉으며놓　　＊ 가져를잡아방바닥에업　처놋코

雜 八篇

［五八三］
솔갱ㅣ아 솔갱ㅣ아
장례밋테 쥐잡어노앗다
씽ㅣ씽ㅣ 도라라
＊ 소리개가나롯때　지고

［五八六］
네아비왔다 마당쓰러라
비어미왔다 마당쓰러라
＊ 동구라눈버려를산아가　가시맨들며

［五八九］
샛치야 쌘매라
연치야 쓸녀라
＊ 게집에돌이헌겁흐로

［五八四］
네애비는 장우치고
네어미는 춤추고—
＊ 달팡이보고　"

［五八七］
이랴자라 쟁기질
경상도 논부길
＊ 어두마리를마조못처놓　고놀니며

［五九○］
중아중아 쌈해라
상자야 딸녀라
"

［五八五］
우정물은 나가고
"

［五八八］
손임왓다 밥해라
"

죽서바위二篇

〔五五一〕
밋아밋아 진달내밋아
못지말지 다버리고
죽서바위에 너피엿냐
룡지뎡지 내사실코
죽서바위가 본색일세

俗謠一篇

〔五五九〕
오동나무 열매는
동ㅡ실 동ㅡ실
큰사애기 젓통은
몽ㅡ실 몽ㅡ실
　　*　동실ㅡ桐實

長城郡北二面荄峴

金 晶 報

順天

담배노래 一篇

(五九三)

南方서 나온풀닙 名草라 명녓거든
단쟝안에 모를부어 난닷치 각귀버여
붓々히 붓을해여 천남은 후려버고
속남은 살여버고 은장도 드는칼로
오요손음 잘거씨러 양지양지 돌녀몰여
은사람에 담어내여 쾌씨람에 영쥐노코
죤州황애 가진황애 용모생씨 백동대에
진무산주 실간주 담배한대 살푼담어
청동에 담은불을 玉자로 집어노와
한목음을 배터내니 정신이 아득하여
父母상에 이러하면 孝子추성 뉘못하리
또한목음 배러버니 살넘하는 녀인네가
살넘맛이 이러하면 장자추심 뉘못하리
또한목음 배러버니 일하는 농부들어
일맛이 이러하면 장원급제 위못하리
또한목음 배러버니 황쏘는 황낭들이
황의맛이 이러하면 호반급제 위못하리
또한목음 배러버니 一家상에 이러하면
단풍말고 왜못사리

順天郡松光面大興里
曺汶模報

麗 水

數謠二篇

〔五九四〕
뒷절 중놈이
조밥을 묵다가
밀아 연치
슬 칼
* 八數、연치＝언치여

〔五九五〕
이거리 커거리 쑤거리
〃

諷笑一篇

〔五九六〕
고시대 밋헤 더덩구
영구 멍구 더덩구
* 낭을비양하며、영구는
麗水人인데 〇시미라
누언독미헤살어 말을
더럽고 不出한 人物이
넘의눈세 칠노난다

접시미레一篇

〔五九七〕
컨사 만사 도만사
애쳬사 허리안
도래 쫌치 장두칼
강안넘은 내아들
각씨 넘네 보지 딱개
엿코 엿코 양한 돈 반
* 二十三數、천가을째

컵시미레 컵시하나
딱ㅡ씩거 엄허노코
컵시미레 컵시돌
딱ㅡ씩거 엄허노코ㅡ
* 「열아지한숨에외여라ㅡ」

였드라고

婦謠二篇

〔五九八〕
잠아잠아 오지마라
서어만니 눈에난다
서어마니 눈에나면
넘의눈세 칠노난다

178

〔九九〕

논에가면　갈이원수
밧테가면　바래가원수
집에가면　씨누원수
씨원수를　잡아다가
참실노　목을매여
범든골에　엿코집나

　*　참실＝명주실

麗水郡麗水邑內
金　東　瑛　報

濟州島

자장가一篇

(一○○)

자장자장　자는구나
우리애기　잘재주고
나무아기　쇠여주게
토께밋해　검정개야
마당에서　도는개야
우리애기　곤밤주고
우리아기　잠재주라

자는방에一篇

(一○一)

울아버지　자는방에
양피베께　걸녓구나
울어머니　자는방에
비단치마　걸녓구나
우리옵바　자는방에
책이닷단　언칫구나
우리형님　자는방에
머리닷단　걸녓구나
요내하나　자는방에
봉비녀가　언칫구나

만수무연　풍년새야
너멋하러　나왓드냐
하절인가　나왓드니
온갓풀이　날쑥인다

여대복송一篇

(一○二)

쇠랑쇠랑　개사쇠랑
여대복송　싱겻드니
올나가는　구관삿도
내려오는　신관삿도
맛조라고　다뉘먹고
빗조라고　다뉘먹고
우리옷집　김도령은
맛못보아　한이로다

파랑새一篇

(一○三)

새야새야　마랑새야

쳠마쳠마 一篇

〔ᄎᄋᄃ〕
쳠마쳠마 내쳠마야
맨발벗고 샘에왓나
압밧팔아 신사주리
뒷밧팔아 종사주리
신도실코 죵도실코
날갓흔 님사주게

아홉장등 넘어가서
아홉장 너장밋헤
쉬인두장 백지밋헤
숨언것이 내집이네

초성달이 반달이지

淸州島秋子面新陽里
梁　泰　檢　報

도리강산 一篇

〔ᄎᄋᄑ〕
도리강산 연밧중에
연움썹는 커큰아가
해지는줄 몰으느냐
혀지는줄 아비마는
우려짐을 차질녀면

〔ᄎᄋᄂ〕
옥서장아 문여러라
반달가시 드려간다
쇠질맷가진 늬고망난다
네가무슨 반달이냐

俗謠二篇

〔ᄎᄋᄎ〕
달떠온다 달떠온다
달선방에 달떠온다
달쉬방넘 어듸가고
달떠온줄 몰으는가

쇠리싸기 一篇

〔ᄎᄋᄉ〕
서산뒤에
고바고바하눈건 멋고
밋세청이여
밋세청인 희다
희면 하래비여
하래빈 등굽나
등구부면 쇠질맷가지여
쇠질맷가진 늬고망난다
늬고망나면 시리여

시런 검나
경우면 가마귀여
가마귄 납뜬다
납뜨면 심방이여
심방은 두드런다
두드리면 철장이여
철장인 잡진다
잡지면 깅이여
깅인 붉나
붉으면 대추여
대추 달다
달면 엿이여
엿은 줄진나
줄지면 기럭이여
기럭인 보리먹나
보리먹으면 쇠여

쇤 쑬돈나
쑬도드면 각녹이여
각녹은 쒸나
쒸면 베룩이여
베룩은 문다
물면 배암이여
배암은 질다
질면 목동이여
목동은 쇠몬다
쇠모면 ○○○○

數謠二篇

[七○九]
한나 인나
곤돌 만돌
칠삼 팔삼
고도 래미 서지
보미 창 곰

* 좀十二數、다리헤야며

자장가一篇

구월 나월
행경 못되
지둥에 쏙
 〃

[七一○]

[七一一]
검둥개야 검둥개야
권청 대청
커리가는 검둥개야
원넘 소소
한다리 인다리

이린오는　검둥개야
우리애기　재워다오
느비애기　재워주마
우리애기　아니재워수면
질긴질긴　총배로
집흔집흔　처자소에
디릿처　내처할키여
윙의자랑　윙의자랑
윙의자랑　윙의자랑

濟州島新右面今德里
姜　熙　菩　報

慶尙北道

達城（六一二—六二九）　慶山（六三〇—六四一）

永川（六四二—六七四）　迎日（六五五—六九〇）

青松（六九一—六九五）　安東（六九六—七二四）

軍威（七二五—七二九）　漆谷（七三〇—七三一）

金泉（七三二—七八九）　尙州（七九〇—八一四）

榮州（八一五—八五三）　奉化（八五四—八五八）

聞慶（八五九—八六三）　星州（八六四—八六七）

高靈（八六八—八七六）　淸道（八七七—八七八）

善山（八七九—八八八）

達城

數謠一篇

[六一0]
이거리 저거리 각거리
청사 맹근 도맹근
수머리 빡고 독빡고
짝 바리 회양슨
도리 줌치 장도칼
용두 머리 사라 양
＊
十九歎、

諷笑一篇

[六一四]
압니싸진 개오지
웃니싸진 갈가지
사창앞해 가지마라
넙득권장 마질나
녜시부래 가지마라
송애피리한테 채일나
두롱밋혜 가지마라
엣득아 한테 채일나
＊
어썩지아회놀녀

遯辭一篇

[六二二]
이봐커바 띤지빡
청지문에 나들빡
다쳐먹은 가지빡
다무랑밋헤 조롱빡
두활머니 다쳐먹고
배가터거 죽엇네
＊
어안기히 나히팔세

중아중아一篇

[六二四]
중아중아 네칼너라
배암잡아 회치고
새고리잡아 탕하고
실버꾹거 밥하고
＊
어썩지아회놀녀

떡타령一篇

〔六一九〕
이처커치 시리떡
느러젓다 가래떡
오색가지 기자떡
콩々첫다 인절떡
수월과부 컹절편
울기쥘기 송가떡
도리납작 송편떡

노리개一篇

〔六二O〕
악가새 작가새
골무새 바늘새
연지분통은 각씨님노리개
월그렁 칠그렁
둔는말쇼 개장고바닥은
션보넘노리개라

댕기一篇

〔六二一〕
우라바씨 늅기기떠온댕기
우로마씨 꼽기기집은댕기
우리월쇠 꼽기기다린댕기
우러생이 용심댕기
우리동생 눈물댕기
내하나는 우슴댕기

錦鐸歌一篇

〔六二二〕
알승달승 칼놀차고
기령방에 놀노가니
복셩한개 주시드라
그복셩을 가커다가
천쌍망쌍 숨엇드니
천상만장 커올나서
한가지엔 해가열고
한가지엔 달이열어
행낭서서 것흘대고
달낭서서 안흘대고
무지개로 션을둘너
상빌싸서 상침놋코
중빌싸서 중침놋코
팔모둥머 션을다라
남대문에 거려놋코
올나가는 구광사또
줌치구경 하고가소
내려오는 신광사또

춤치구경 하고가소
그춤치갈 얼마바두
은도천냥 돈도천냥
두천냥이 꺼갑싳요
춤처야 츠라마는
갑시과해 못사겟버
그춤처는 뉘솜선고
아휜의쌀 봉승애와
순굼씨와 어버하나
씨이솜시 지여냇소

婦謠一篇
[六一○]
뒷동산 칫치달나
올나가니 울쇼사리
내리오니 넛고사리

아굼자굼 섞거다가
새별가른 저동솟해
어리실굼 뒤치버여
암버물예 섯처다가
뒷버물에 횡가다가
팔피갓튼 친지렁에
알잔반에 쇄소금과
뒷잔반에 회초가루
오굴보굴 쎄지녹코
사랑에 씨아바넘
언머야에 세수하고
아젹진지 잡수시요
예해동서 버며나리
나물이나 좀잘햇나
컨(큰)방에 씨어마넘
숨소리가 둘일버라
횡도르신 오락바넘

遂城郡瑜伽面上渭一五五
張德伊報

生金生金一篇
[六一一]
생금생금 생긴아기
효자질로 자라나서
먼데보니 달일버라
칫혜보니 처잘버라
그쳐자 자는방에
숨소리가 둘일버라
횡도르신 오락바넘

거짓말삼 마려시소

남풍이 드리부러

풍지써는 소릴내라

조고마한 쉬피방에

풀버노코 빗틀노코

비상불놀 피여두고

명주컨대 목을매여

자는듯기 죽고지라

딸자의 란일이야

죽은영감 헌일이야

＊

쳘리밧게 나가면

늬목아지 뚝써러진다

＊ 잠자리삽는색

雜　四篇

〔천三二〕

늬일이야 버임이야

학생의 공일이야

며수쟁이 주일이야

놉은영감 생일이야

담배의 소일이야

〃

안진자리 똥사

日字타령一篇

〔천三一〕

억게동무 내동무

가세동무 내동무

〃

〔천三〇〕

아가아가 물녀라

벌아벌아 울처라

＊

송구(松皮)를벗겨 상

순으로문질러

〔천二七〕

한강룡이 만나

바다룡이 만나

한강룡이 넘나

바다룡이 넘나

＊ 응우한뒤에양뚝귀어다

돌웅뎅이고리울혼돌

어 어느뚝돌이울이한

이못는지물시험하며

達城郡公山面美程澗二六一

蔡 桂 基 報

190

農謠三篇

꼿아꼿아　서러마라
명년삼월　다시보자

達城郡花城面上洞
秦　相　朝　報

[치二六]
룡쇼야 처청청　헐어놋코
주인양반　어대갓소
무녀야대친복　손에들고
첩의방에　놀너갓네

〃

[치二八]
낭주할항　공근못에
연밤따는　귀큰아가
연밥줄밥　내어줌세
살넘사리　나광하자

[치二九]
포랑봇채　청도포는
꼿흘보고　지내간다

慶　山

실리싸기一篇

(云云〇)

저건너　흰영감
나무하러가세
동곱어　못가겟늬
동굽으면　질매쳐지지
질매쳐지면　동시루지
통시루면　명지
명으면　가마귀지
가마귀는　넙흐지
넙흐면　무당이지
무당은　뛰되리지
뛰되리면　대청이지
대청이면　쉽지
쉽흐면　긔지
긔는　궁게들지
궁게들면　배암이지
배암은　물지
물면　범이지
범은　뛰지
뛰면　버록이지
버록이면　불릭
불거면　대초지
대초면　달지
탈먼　옷이지
옷어면　붓지
붓흐면　첩이지

諷笑一篇

(云ㅁ)

어리비기　지랄하고
집불에　똥쌔고
속혜뭉치기　대가리쐈고
촌사이　나밭불고
얼건초　장에가고
눈싸진년　란간에쉬고
똥원년　바람모지에쉬고
냄새나는년　문압혜안쇼

* 서로욕하며
속혜＝솝

어전목一篇

두말지고

[六三二]
며느라 이러나그라 노구
지리쇠진다
노구지리쇠지면 잘먹을새
요
커년 말하는치바라
치는무슨치요 강원도술바

雜 二篇
구체요
아이구답ᄉ에라 세상다되
엿네
세상다되엿스면 엄마한상
아범한상 내한상 맛치
맛자요
한말질가
친정에잇슬써는 한말이고

[六三四]
안진자리 웃자리
千里萬里 가ー텐
네목숨이 쩌러진다
* 나븨잡흘째

[六三四]
황굴네 황굴비

횟집김모령 싸라탄엇습니
다

慶山郡龍城面美山洞二七一

金 玉 岩 報

방아쇠여라
돌떡바다 떡해죽게

알강달강一篇

[六三五]
알강달강 서울가서
밤한되 바더다가
맛슴싸진 독에다가、
너엇더니
물에싸진 쇠양자가
돌면날면 다쇠먹고
다못하나 남엇는것
쩝덕이는 애비주고
버낼낭 어미주고
살정을낭 너와나와
물어먹자 달궁달궁

자장一篇

[六三六]
자장자장　우리자장
압집개도　잠잘자고
뒷집개도　잠잘자고
우리애기도　잠잘잔다

닭 二篇

[六三七]
닭아닭아　우지마라
시쌀애기　너를주마
개야개야　짓지마라
바든밥상　너를주마

[六三八]
쇼ㅅ닭아　우지마라

달이썻네一篇

[六三九]
달이썻네　달이썻네
동에남산　달이썻네
별이썻네　별이썻네
허우남산　별이썻네

달난다一篇

[六四〇]
누은애기　젓달난다
안진애기　밤달난다
정지애기　쌀달난다
쌀망아지　쌀달난다

종글세一篇

비가울면　날이샌다

[六四一]
종글종글　종글새야
일천비단　화단새야
이산커산　낭글비며
동베산에　배를모아
어이둥ㅅ　한바닥에
귀허둥ㅅ　씌여노코
시픠버러　간나우야
너나봐나　하시그든
서천강울　건너오소

慶山郡河陽面琴樂洞四八
金 蓮 遺 報

194

永州

옥아옥아 一篇

(六四二)
옥아옥아 우지마라
느그엄마 어듸갓나
동해동산 배쫄라고
서해서쑥 구경갓다
언쒜올나 하시드노
중신단불 중신단불
그중신이 왕대로다
왕대물에 학이안커

학머리에 쏫치피여
그쏫쏫서 머리에쏫고
그입싸서 손에잡고
그써그쎠 오마드라

　　* 증신=筍

너뒤에 깔간다
너뒤에 붉간다

　　* 미양쏫치며

雜 四篇

(六四三)
황새야 황새야
덕새야 덕새야
너목은 쌀으다
내목은 기一다
너목과내목과 밧구一자

　　"

(六四五)
꽁아 매바락
너잡으러 간다

　　* 牧童들이山으로가며

(六四四)
소사리섯자 대사리섯자
오만아누르마 달넘자 달
넘자

　　* 달월보름날밤에달넘어려아

(六四六)
독새야 독새야

　　"

　　* 희들어모형어

재로밥자 一篇

(六四七)

재로밥자　재로밥자
구재한재　발머뭐하나
그재한재　나주면엇더나
줄마암여사　잇다마는
사장업서　못주겟네
노그사장　어딧갓나
싀울이라　과거갓다
무신바지　입고갓노
물멩주라　고대바지　입고
갓다
무신커고리　입고갓노
맹지커고라　입고갓다
무신토시　씌고갓노
삼신토시　씌고갓다

무신버선　신꼬갓노
삼신버선　신꼬갓다
무신다임　매고갓노
펑친다임　매고갓다
무신헐언　매꼬갓노
팡대헐언　매꼬갓다
다리암하　우혜갓노
뺑말을　라고갓다
자부러워　어이갓노
제세방에　자고갓노
배가곱하　우예갓노
욋청주라　먹꼬갓다
물어만하　어여갓노
돌다라라　못로갓다
창투난　우야고갓노
고드래창투　쏫고갓다

* 달밝는밤에어한앙가서
물이서로쑥고밧고하며
부르는노래

싀집사리 一篇

(六四八)

사촌누의　사촌누의
싀집사리　엇더든가
말도마라　싀집사리
래산세라면　짹쌧지
싀집사리　못할네라

婦謠 一篇

(六四九)

곰주옥주　킷울머여
어백미야　킨다섬여

니하나갓흔　나를요
고히고히　길너니여
원수로다　원수로다
고범어　원수로구나
백리밧게　롱도산도
선곳으로　나눈왓다
시곳이라　드러쓰니
싸랑에　시아버님은
호랑이가　아니면은
산에사는　뒈ㅣ지라
안방에　시어머니는
독새가　아니면은
머구가　청당할버라
싸랑에　아버님요
친청을　갈나버요
그소리　두번도마라

안방의　어머님요
친청을　갈나버요
그소리　두번도마라
부고왓다　부고왓다
이윈말고　이윈말고
우리엄마　죽엇고나
아범요　갈나버요
실다실다　돈엄서
어멈요　갈나버요
가매엄다　가지마라
비수는　어듸로간나
몬미들세상　곳々
애고애고　죽고십허
비수를들어　죽울나니
쒸울가신　쒸방넘은
불상어라　불상어라

호랑이나　독새라나
멋넌이나살가　에라두어라

＊　듸ㅣ지ㅐ도야지

永川郡琴湖面鳳亭洞
盧度鈺　報

장타령一篇
(宋四〇)

쒀々진다　긔개장
무릅압허　몬보고
안귀본다　안간장
고개압허　몬보고
쒀々본다　쒀울장
다리압허　몬보고
입크다　대구장

무쇠워서 몬보고
도보한다 경주장
숨이밧버 몬보고
울ㅅ쩌ㅅ 울산장
답ㅅ해서 몬보고
국서린다 장ㅅ내장
묵ㅅ십허 몬보고
초상낫다 상ㅅ주장
서ㅅ러워 몬보고

조영감이 조래도
배ㅅ죽이 밉어서
콩죽팟죽 마다고
둥게수집에 반했네

손나그네 드간다
콩마콩마 콩마생ㅅ

대초一篇

〔大邱〕
바람아바람아 부러라
대초야 널지거라
아이야 주서라
정감아 맛봐라

횡제一篇

〔大邱〕
아이고아이고 횡제야
공알한배 주섯네
잎곱낫하고 세낫하고
아이고아이고 횡제야

새쫏기一篇

〔大邱〕
새박닥ㅅ 고드박닥ㅅ
휘여―
등넘어셀랑 등넘어가고
재넘어셀랑 재넘어가고
휘여―

＊ 셀랑＝서는

콩마콩마一篇

〔大邱〕
주인주인 몰너라
콩마콩마 콩마생ㅅ

永川郡古村面三山洞　崔碩燮　報

198

迎日

질로질로 一篇

(ㅊㅍㅈ)

질로 질로 가다가

다갈한개 주엇네

주은다갈 남주쌍

낫이나 치ㅡ지

친ㅡ낫 남주쌍

쌀이나 비ㅡ지

빈ㅡ쌀 남주쌍

딸이나 믹이지

믹인말 남주쌍

각시나 래우지

래운각시 남주쌍

내첩이나 삼ㅡ지

数謠 一篇

(ㅊㅍㅊ)

이거리 커거리 각거리

청사맹근 도맹근

돌버집치 장뚝한

영감 一篇

(ㅊㅍㅌ)

커기가는 커영감

빗가죽은 열버도

콩지름갱죽 질기네

달이떳네 一篇

(ㅊㅍㅊ)

달이떳네 달이떳네

고무도적 一篇

(ㅊㅍㅈ)

우리아배 서울가고

우리엄마 진주가고

우리읍바 쥐가가고

우리생이 친정가고

우리동생 과거가고

흥둑개는 밀양가고

방마치는 또닥가고

나무집시 죽장가고

개카나카 집보다가

고무도척 다마첫네

채수밧게 똔달로
쨱―상에 혼―답고
용문놋코 홍문놋코
실건댈나 문에(문의)놋코
금봉자 살구남게
이술갓흔 커취자가
누신간을 녹일나고
커리곱게 생겻는고
순녀금의 살일는가
만넘금의 살일는가
건너삼보 삼불는가

쓴닥새 一篇

[주O]

똔닥 쓴닥 쓴닥새야
느그친보 어듸갓노

이달커달 봉에갓녀
봉에갓다 오그들나
유금을나 버개비고
쌩굴울나 자리쌀고
앙개동 이불밋혜
장개동 잠이들아
각컹에 닭히울어
칠성날이 밝가오네

금아금아 一篇

[주一]

금아금아 커자금아
글배우라 가자시나
친머갓흔 김흔굴새
확대갓흔 고든질게
말소래도 둘일네라
글소래도 둘일네라
그커자야 잇는방에
먼테보니 달일비라
잣헤보니 커칼네라

우광추팡 가니썻녀
사장사장 공사장아
그문촛곰 열아주소
그굴한장 보고가세

처자노래 一篇

[주二]

상금상금 상서락지
호닥질로 박가버여
먼테보니 달일비라
커취자야 커칼네라
그커자야 잇는방에
굴소래도 둘일네라
말소래도 둘일네라
흥당흥당 오랙바녀
거짓말슴 말어주소

동남풍이　드리부러
풍지떠는　소릴네라
조그마는　재피방에
비상불을　피워노코
명주컨디　목음매고
댓님갓흔　갈음물고
자는듯이　죽고재라
내가내가　죽거둘낭
압산에도　뭇지말고
뒷산에도　뭇자말고
커건네야　연머밧혜
곱게곱게　뭇어주소
갈방비가　오거둘낭
우장삭갓　둘너주고
굿은비가　오거둘낭
펑성기야　둘너주고

이슬비가　오거둘낭
몽당비로　싹싹쒤고
동모라고　오거둘낭
초석자리　페여노코
오는사람　가는사람
눈물한상　청일케하소

장귀 一篇
(大八)
장귀로다　장귀로다
문무간에　무좌하니
호롱님허　장귀로다
킹단홍단　백홍단에
금실비단　초록단에
지알상에　지알봉에
네一구영　복두상가

두쑥아리　관이로다
그관에　누구누구실엇노
어어식이　부一식이
삼배도　재갈초씨
아시랭이　다一실엇네

追慕 一篇
(大六)
화초숭가　화초숭가
사랑압헤　화초숭가
화초임혼　밋근마는
우리아배　어듸가고
화초완상　안하는고
토롱숭가　토롱숭가
우름숙대　토롱숭가

토롱님흔 핏건마는
우리엄마 어듸가고
토롱완상 안하는고
솔노숭가 솔노숭가
솔님은 핏근마는
우리옵바 어듸가고
솔님완상 안하는고
솔노숭가 솔노숭가
압산뒷산 솔노숭가
솔님은 핏근마는
우리옴바 어듸가고
솔님완상 안하는고
장피숭가 장피숭가
울다리밋혜 장피숭가
장피님흔 핏근마는
우리형님 어듸가고
장피완상 안하는고

봉선숭가 봉선숭가
장독간에 봉선숭가
봉선화는 핏근마는
우리동생 어듸가고
봉선완상 안하는고
우리엄마 거불는가
집을짓고 간곳업고
줄노라고 간곳업고
우리형님 나빌는가
뭇츨불고 간곳업고
우리동생 기력인가
물노라고 간곳업고
겨우한상 오리한상
상사기야 떠나가네

복을노래 二篇

〔六六〕

월강에 놀든선녀
세상에 나려와서
합일이 쥐이업서
육낭강에 베틀노와
배를다리 베다리요
이내다리 두다리라
합이업쒀 육다리라
압다리는 돗게굿코
뒷다리는 낫게노
가리새랴 지린양은
청룡황룡 범인덧다
안채널은 놉게굿코
빌우에 안진애기
용상좌우 하신덧다

부―태라 두런양은　　　헝섭업시 지잘논다
철노생긴 산자실에　　　버개미라 숨은양은
허리안개 두런덧다　　　은하수라 맑은불에
앙금잔축 최황으노　　　마리수나 노흔덧다
마리수나 노흔덧다　　　수벽수벽 눈섭뼈는
동해서산 무지깨가　　　부모넘께 굽이신다
물잘진다 커질개는　　　우려헝제 잔웁들고
강태공의 낙싯대강　　　용두마리 우는양은
서리강에 써커노코　　　구시월 시단풍에
북나돗는 헝농으로　　　외기럭이 짱기럭이
백학이 알을안고　　　　벗을일코 울고가돗
나라돌고 나라난다　　　콩자젙석 돗투마리
바디집 치는양은　　　　얼사절사 열어나여
우리나라 신선넘이　　　베비때라 자는양은
장긔바닥 뚜는덧다　　　서울갓든 우리옵바
잉여써는 삼헝처요　　　더한나라 외황자넘
눕넘뼈는 호불애비　　　숫더굿는 헝용이요

철노굽은 신나무는
헌신짝에 목을매여
지도방에 군복하네

〃

〔ㅊㅊㅊ〕

하늘열나 베틀걸고
구름열나 잉여걸고
참나무야 바꾸집이
알각달각 베로싸니
이붓에야 늙은이가
불담으라 와가지고
아가아가 이써아가
그베싸서 무엇할네
서울갓든 우리옵바
자주룰과 호호룰과
보배한상 주든보배

질가분머 뭇어노니　　지나가는 잔구롬이

올나가는 신관사또　　날속이비 날속이녀

맛좃타고 다쳐먹고　　압밧할낭 씨실걸고

너러오는 구관사또　　뒷밧할낭 닙홀걸고

헷좃타고 다쳐먹고　　남ㅡ비단 씨실처매

흰허문장 이래백이　　주남색을 밧처입고

맛몬밧다 수심일비　　선녀방에 놀너가자

버년열나 열그둘나　　선녀넘도 간곳업고

봉지봉지 쳐가지고　　하늘올나 항성넘어

이버방에 놀나오소　　나를잡아 노자하고

이버형넘 간곳업고　　안자삼년 씨ㅅ삼년

수만형넘 대답하비　　수삼년 놀고나니

　　　　　　　　　　갈대올내 길이업네

姉謠 三篇

〔六六七〕
망개망개 망대롱아

할냥비단 쇠꼬리야

너어되가 자고왓노

흰금상 맛살애기

안쌍안에 자고왓비

그방치장 엇덧튼고

이버자는 방문압헤

화초나무 대초나무

유잘구야 금자나무

커섬나뵉 안자우비

이나븨야 울지마라

간밤에 꿈을꾸니

엄마편지 진동하고

옥눈님에 북눈걸고

칠백님에 몸을띄니

화ㅡ랑청 밝은달에

신을벗고 버벼서니

〔六六八〕
하늘에야 비샤선보

나우한권　책을들고
도락춤을　추시다가
언젠한상　써여쓰고
그것에다　죄로짓고
탄라도야　방호방에
멸석달로　갓첬다네
커아래도　소년들아
이우에도　유년들아
눈물한상　청일하고
수근한상　갈롤하자
품매품매　함박꽃은
객사청々　너른들에
우리부모　걸가는줄
어이그리　몰낫든고
　　〃

（六六）
때로심가　때로심가
물가운데　때로심가
제마리한찰　쩌려주리
그광건네　집읜지와
형님떼는　왕떼로다
이버떼는　쇠울떼라
형님멍기　궁초멍기
이버댕기　갑사댕기
형님달비　썩자가우
이버달비　두자가우
형님비녀　쑥컵비녀
이버비녀　방갑비녀
헐낫다네　헐낫다네
주엇다네　주엇다네
객사압헤　헐낫다네
헐낫다네　헐낫다네
금셰둘기　주엇다네
쇠둘기　쇠둘기　금셰둘기

그비버뭐　날노주소
애라조년　요망한년
제마리한찰　쩌려주리
그광건네　집읜지와
형님떼는　왕떼로다
이버떼는　쇠울떼라
국솟혜는　국내나고
밥솟혜는　밥내나고
아들애기　나어가쥬
웅창웅창　것거들낭
쌀애기로　나어가쥬
산들산돌　웃거들낭
그공율낭　내하소마

＊ 쩌마리＝쌀

迎日郡東海面藥田洞
婁圓　詳報

엄마품一篇

〔六〇〕
새는새는 낭게자고
쥐는쥐는 궁게자고
각씨각씨 곱은각씨
커의실낭 품에자고
우리갓혼 아가씨는
엄마엄마 품에자네

샛별액씨一篇

〔六一〕
우리아바 서울량반
우리엄마 진촛댁이
우리옵바 정긔별창
우리형님 옥당각씨
나하나는 샛별액씨

춘아춘아一篇

〔六二〕
춘아춘아 난감춘아
너서락지 뉘주드냐
좌수별감 주서드네
무엇보고 주시도냐
인물보고 주시드비
안ㅣ써라 인물보자
씨ㅣ거라 거래보자
햇긋떠라 눈매보자
쌍긋우서라 입매보자

아고애야 딸도마라
고초당초 맵다한들
시집가치 매울소냐
형님형님 사촌형님
시집사리 엇덥덧가
아고애야 말도마라
명주치마 당홍치마
눈물씻기 다버렷다

형님형님一篇

〔六三〕
형님형님 사촌형님
시집사리 엇덥덧가
아고애야 말도마라
도리도덕 도리반에
수커놋키 어령더라

206

형님형님　사촌형님
시집사리　엇덥넛가
아고애야　말도마라
둥굴둥굴　수박식기
밥담기도　어렵더라

비야비야 一篇

[六七四]
비야비야　오지마라
우리형님　시집갈해
가마문에　비펄치고
다홈치마　다젓겟다
＊　솟두성용어리쎅쓰고비
둘마지펀서　이러케의
어연비가그찬다고

이(虱) 一篇

[六七五]
이야이야　늬ㅅ발이야
늬발이　육발이면
쉬울한번　다녀왓나
나둥어리　납작하면
지우청산　모울쒀에
돌한덩이　실어왓나

옥당처자 一篇

[六七七]
제비제비　초록제비
능금한쌍　무려다가

迎日郡東海面大冬背洞人二

李敬讚報

우리부모 一篇

[六七六]
쇼박쇼박　우는아가
옷이업서　니가우나
밥이엄서　니가우나
갑자울축　간날지게
물누에도　지럼갓고
맨두램이　봉숭아는
사랑알헤　잇건마는
무렁하다　우리부모
영생으로　도라갓비

제人양에　집을지어
그집짓튼　삼년만에
우라버지　서울가고
우러머니　진주쩌기
울오라비　책칼선비
우리형님　샛별각씨
내하나는　옥당춰자
우리갓흔　아가씨는
주름질가　수심일비
초허커자　못슬네라

愁心一篇

（六七八）
홍단홍단　붕어색기
풀마를가　수심이요
나무꼿헤　안진새는
바람불가　수심이요
첩々산중　괴초리는
포수올가　수심이요
눈물이　비가되여

우리부모一篇

（六七九）
공자맹자　책장우에실녓구
쪄짓자로　후아보니
하눌갓치　노픈남게
남자낭자　옥낭자야

만

우리부모　어듈가고
책장한장　안실녓든고
푸를동에　먹을가라
이커에　조릅써서
우리부모　쏠나하니

일천문자一篇

（六八〇）
선보님이　선보님이
일천문자　읽어다가
쪗구경을　하느라고
일천문자　이자씔고
생각산에　무푸래로
캠길대로　갱게쥐고
쩌릴쩌로　쩌려주소

나븨나븨一篇

（六八一）
나븨나븨　범나븨야
무슨쩟을　초아하노

연달네　반달네
맨드래미　봉선화
가지버라　땅질네
궁마옷　국화옷
목단화　해당화　조아한다
＊　가지버러∥가지버러저

은잔놋잔 一篇

[八三]
은잔에는　은떠바치
놋잔에는　놋떠바치
오박도　유리잔에
만큼사　알닥방에
어제오신　새신보요
암해찬　동대칼노
커자보고　저배하소

당기노래 一篇

[八五]
대로숨가　대로숨가
몰써온데　대로숨가
형넘대는　왕대로다
이내대는　분대로다
형넘머리　두자가우
이내머리　석자가우
형넘댕기　두자댕기
이내댕기　석자댕기
두키댕기　한허묵가
일갓도다　일갓도다
객사뒤에　일갓도다
조앗도다　조앗도다
김도령이　조앗도다
조앗거든　나들주소

말엄시　초은뱃을
곡쇨엄시　너를줄가
아들아기　노크들나
빤기빤기　웃거들나
달아기　노크들나
앙창앙창　거를지게
너를주마　너를주마
＊　입갓도다＝일헛도다

迎日郡迎＝迎烏川瀾
鄭　珍　報

遊戲二篇

[八四]
사장　사장　옥사장
옥문을　열어주가

쇳대엄서 몬열지
아물땅코 돌오게
　＊
때운노리한꽃

［六八五］
토연 토연 김토연아
쇠숙쎅혀 달부러가자
어ー화 달넘세
　＊
달넘기하며

달너묵고一篇

［六八六］
달너묵고 달어가고
쌩쩡이묵고 쨈맛고
물너묵고 물너쉬고
이리커리 다려낫네

바람一篇

거문것은 연긔고
붉은것은 불일세

［六八七］
바람아 바랑아 부지마라
우리옵바 장가갈때
가마에 문지마자
부헌가마 들어가면
드럽다고 손질하네

초록재비一篇

［六八八］
재비재비 초록재비
능금한상 물어다가
수명땅에 집울지여
그집짓든 삼년만에
울아버지 서울양반
울어머님 진줏댁이
옴옴바 척가선배
내하나만 비단쳐자
비ㅅ쏙조굴 비ㅅ쏙조굴

雜 二篇

［六八八］
황새야、 둥새야
너묵아지 쒸려고
내묵아지 기ー다

迎日郡神光面十城洞
孫晉洙 報

靑松

거러지一篇

〔六九二〕
왓기로　왓기로
거러지　왓기로
한숫가락　달나기로
한숫가락　쥣기로
듹여먹고　갓기로
＊ 거러지과서 구걸할째

〔六九四〕
오케가충々　가콜넘세
언어리충々　가,불넘세
＊ 달넘기하며

〔六九五〕
명주싹리　감―세
실싹리　감―세
＊ 서로쌀을쥐고감으머

青松郡眞寶面合江洞
申奇興報

雜 三篇

개씽벌럭一篇

〔六九一〕
개씽벌기　뚤―뚤
쇠씽벌기　뚤―뚤
룡알로　룡알로
홀파다가　밥짓거
홀파다가　밥짓거
홀파다가　밥짓게
＊ 개똥벌레 잡으러단여
며
홀ㅣ롬

〔六九三〕
야야―
동두셰미　살님사세
돌차다가　솟걸고
홀파다가　밥짓쎄
＊ 둥두깨미ㅣ솟곱노리

安東

물한동오 가쳐온나
휙ー휙ー 휙ー휙ー
* 황새나라갈적에
온나=으녀라

"

황새二篇

[六九六]
황ー새야 더억새야
너댕기는 뚱무엇고
내댕기는 고웁고ー
*
날녀가는가마귀떠보고

[六九七]
황ー새야 더억새야
늬하레비 콩복다가
청태집을 처뎃단다
* 소낙이올때

"

[七〇〇]
바람아 부러라
청보에 쌉아라
* 바람불째

"

雜四篇

[六九八]
가마귀봐라 가마귀봐라
압헤가는것 양반
뒤에가는것 똥도덕놈
* 날녀가는가마귀떠보고

[六九九]
비야비야 돌ー비야
중의철로 가ー거라
* 소낙이올째

[七〇一]
별하나 내하나
랭주낭게 걸고매고뛰고
별둘 내둘
랭주낭게 걸고매고뛰고
별셋 내셋
랭주낭게 걸고매고뛰고
별넷 내넷
랭주낭게 걸고매고뛰고
별다섯 내다섯

212

뎅주낭게 걸고매고쎘고
형님형님 사촌형님
* 별을처다보고한숨에외
　여 수효가만흥사훗죠
　라함

형님형님 사촌형님
너야집이 잇다해도
돌을노아 담을쌋고
우리집이 업다해도
금돌로야 담을쌋며
* 가난한동생이 넉々한사
　춘형내게갈시당코 서
　울수혀돈흥만이모이흔
　부자가된후에 벳걱일
　울세각하고눈물을흘니
　더흥엇다는노래

서름노래 一篇
(四〇二)
형님형님 사촌형님
쌀한되만 쉬릿스면
너도먹고 나도먹지
그등개를 바닷스면
비개주지 내개주나
그차려기 밧앗스면
네닭주지 내닭주나
그드름을 바닷스면
너쇠주지 내쇠주나

安東郡北後面勿閑里三一六
姜大晤報

베흘노래 一篇
(四〇三)
박달나무 바듸집에
대초나무 명지북에
벌써나무 쓸도마리
무쇠갓흔 팔둑으로
청단갓흔 주먹으로
비틀황ㅅ 쏴다가니
개가뭣ㅅ 짓그래쇠
내다바라 내다바라
정지엄마 내다바라
봄이왓네 봄이왓네
안동업서 봄이왓네
무슨봄이 그왓는가
새쇠방념 죽엇다고
oooo
oooo
oooo

죽거덜낭三篇

비녀쎄쉬 품에 품고
당기풀어 몸에 얏코
머리풀어 산발하고
삽작거리 둘어서니　　〔九○四〕
우룸소래 진동하며　　울어머니 죽거덜낭
압마당에 둘어서니　　암동산에 뭇지말고
한숨소래 처량하며　　뒷동산에 뭇지말고
마루복판 주저서니　　화초밧헤 뭇어주게
은칭소리 가엽서라　　꼿한송이 우슬제에
임어나소 임어나소　　이슬흔적 잇거덜낭
권칭미야 임어나게　　울어머니 우는줄알게
내가왓네 임어나게
날보랴고 임어나소　　　　　　　　〔九○六〕
　　　　　"　　　　　　　　우리형제 죽거덜낭
　　　　　　　　　　　　　한길가여 뭇지말고
＊ 七八月더위에새악시들　　가지밧헤 뭇어주소
이한곳에 모혀삼（麻）을　　가지한상 멀거덜낭
이으면서하는노래　　　　　우리형제 연줄어소

진생일생 모진마음
칙량수로 씨씨주게
　　　　"

安東郡西後面大豆西洞·
金 永 山 報

〔九○五〕
다섭어마 죽거덜낭
마구발채 뭇지말고
정낭길에 뭇지말고
개동밧헤 뭇지말고
시내물에 띄워주게

가자오자一篇
〔九○七〕
가자— 감낭게

214

오자ー 옷낭게
김치써지 쑥가지
맨드래미 봉선화

雜 三篇

[九八]
잇나업나 경상감사
오네마네 에금체금
오돌이 쏘돌이 댕그르륵

　〃

[九九]
잔사리 동々

＊ 잠자리짜라가며

쉬면죽고 안지면살고

[一一〇]
비야 비야
드러가는 몰비요
중의철노 도라가소

安東郡臨河面川前洞
南 炳 武 報

개무서々 몬칭켓고
뒷집방아 쇠울나니
범무서々 몬칭켓네

安東郡東後面道谷洞
李 新 星 報

접시쏫二篇

[一一一]
정단수단 맷친쏫조라
도리납작 접시쏫조라

쑥々一篇

[一一二]
지집죽고 자식죽고
집싸친지 수페하고
빈박앗치 손에들고
비름박질 엇지할구
쑥々 쑥々

알집방아一篇

[一一三]
알집방아 쇠울나니
＊ 비닭이우름소리

자래..篇

[七一五]

자래야 자래야

어느놈이 양반압헤서

방구통수 쉬엿노

불자..篇

[七一四]

에헴

누군고

접씨

뭣하러 왓는고

불어도려 왓네

불사ー

次平郡錄帝面蝶來洞

李周範報

父母..篇

[七一六]

하늘갓치 노픈낭게

유자것튼 우라버지

곳々치도 죽은낭게

송닙것튼 울어머니

나무접시..篇

[七一七]

나무접시 죽산가고

방맹이는 쌀너가고

홍독개는 밀영가고

쪽박이는 샘에가고

내하나만 집보다가

고무도독 다마젓네

雜..篇

[七一八]

서치야 서치야

네색기 옹물에 싸핫다

조리로 건거라

박죽으로 건거라

＊ 눈써회가드럿슬써 론

아이가손으로부버두며

며느리..篇

[七一九]

쌀아기 잠잔다고

찰떡으로 다짐밧고

며느리 잠잔다고

발꺼돌로 다짐밧네

동모오네 一篇

(우二○)
초당압혜 돌이잇고
뜰속에 국화잇고
국화님호로 술욹담고
술걸으자 동모오네

동미둘이 모엿다고
술이나마 먹고노자
커달지도록 놀고가자
　＊ 동이ㅅ동우

安東郡安東面法尙里二九五
　　　　金彭鎭報

사가지고 도라올쌔
비쩌문에 못온단다

물우에는 一篇

(우二一)
물우에는 배가가고
배우에는 선녀가고
선녀압혜 용매가고
용매압혜 풍류가고
풍류을 자초라고
진달밤에 울고가세
술걸으자 달이뜨자

쒀리싸기 一篇

(우二三)
영감명감 나무지러가세
둥굽어 못갈세
둥굽으만 기르매가지
기르매가지 네구무
네궁언(은) 동시리
동시린 어무이
어부만 쒀마구
쒀마구는 넙호뇌
넙호만 무당
무당은 쐭되리뇌
쮀늬리만 대청

박야비야 一篇

(우二二)
비야비야 오는비야
쩡의길로 가거라
톡기길로 가거라
쒀마구는 넙호뇌
넙호만 무당
무당은 쐭되리뇌
쮀늬리만 대청

식은밥 一篇

대청언 집늬
집으만 게ー
게는 붉으늬
붉으만 대추
대추난 다이
다만 엿
엿은 붓늬
붓흐만 첩

가울더위 더원렌가
식은밥이 밥일렌가

＊ 머숨게식은밥늘점심
으로주면 어노레올하
며 비친다

安東郡臨北面姜實淵
諷　謠 / 報

［ㄴ三］
명래고기 고길렌가
다심어미 어밀렌가
초생달이 달일렌가
할머웃치 웃칠렌가
도랑물이 물일렌가

218

軍威

버러령一篇

[七二五]
아이구배야
무슨배 자래배
무슨자래 엄자래
무슨엄 천지엄
무슨천지 꿀천지
무슨꿀 망근꿀
무슨망근 닭앙근
무슨당 씨낭당
무슨씨낭 개씨낭
무슨개 복죽개
무슨복죽 롱복죽
무슨롱 비지롱
무슨비지 콩비지
무슨콩 새ー콩
무슨새 할미새
무슨할미 늬할미

내일모래一篇

[七二六]
내일모래 커모래
날바지떡 온다고
것님은 닷고
속님으로 웃는다
* 혼애 기브스펜전

카장청사三篇

[七二七]
흥자놀자 떨머놀자
놀쇠병들면 못논단다
카장아칭々 난一해
어호조라 흠마흠마
난해로 구ー나
(후렴)

[七二八]
껑떠물 석가드면
우린친고 더겁하지
카장아칭々 난ー게
"

[七二九]
낙동강물어 술가즈면
"

우리부모　컵대하지

카장아청ㅅ　난―해

＊　末旬은壬辰亂에關聯하

야생겨난소리라하며

카장징ㅅ은「加藤淸正」

난혀는「亂解」란뜻이라

고

東京市神田區仲旅樂町五

魯迅先報

220

漆谷

웃보랴　하엿드니
웃봄이　짓기뢴에
범나부　하롱일세
나우야　웃피거든
나부구경　남겨도고

漆谷郡若木面鳳山洞
白正基　報

물아물아 一篇

〔七三〇〕

풀아풀아　욱연풀아
광풍붙혀　옷줄마라
가울하늘　쉬리찰혀
금년리별　너아느냐

나뷔 一篇

〔七三一〕

참밧게　국화숭거

金泉

중아중아一篇

[七二五]

중아중아 칼써―라
배암잡아 탕해죽게
쎄고리잡아 회해죽게
질누썩거 밥해죽게
송구썩거 떡해죽게
중아중아 칼써―라

　　구로

* 서로놀니며

[七二六]

엿사 써죽가 쏠々 빨구로
오화당죽가 뜰々 구불니
　　구로
새삼아죽가 호로록 날니

* 첫정에쳐반가저가는신

　"

엿타령一篇

[七二二]

쏠기쏠기 찹살엿
하박하박 사랑엿
울룽불룽 대초엿
쒸간도라 쒸속엿
일본대판 조청엿
강원도라 감―엿
룽라도의 고々마엿

* 젊우이비양

諷笑三篇

[七二四]

명감아 쏙감아
죽지― 마―라
방애품 팔아서
개떡해 죽―개

　"

[七二三]

올랭이출렁 흐른다
쏙구대서 물이난다
암산아 바다라
뒤산아 미러라

* 부울맛나면

222

가는길에 一篇

〔칠곡〕

우라부지 가는길에
일산대가 정제일며
우러머니 가논길에
창가마가 정제일네
이붓아비 가논길에
호랑범이 정제일네
이붓어미 가는길에
해양벗치 정제일네

＊ 정제일네는 제格일네

가락고 숭고
만대 고약 볼며
직 씽

＊ 十一數, 할혀이기할때

〔칠곡〕

一걸참사 漢太祖
二군불사 齊王씌
三국명장 諸葛亮
四면충돌 趙子龍
五간참상 關雲長
六국통합 秦始皇
七년대한 殷成湯
八쳑장신 楚覇王
九쳑동거 張公藝
十년지철 漢蘇武
百자천손 郭子儀

황새씨름 一篇

〔칠곡〕

황새씨름 고등어씨름
어데가 베왓나
ㅇㅇㅇ ㅇㅇㅇ
우지 하든가
요래 하더라

＊ 둥을서로맛대어고서

數謠 一篇

〔칠곡〕

콩하나 팟하나
양지 종지

數字三篇

〔칠곡〕

일지일지 조선닙지
이지아지 병칭아지

삼지삼지 쌈을삼지
사지사지 못다사자
오지오지 임병오지
륙지륙지 일본오지
칠지칠지 조선칠지
팔지팔지 팔로팔지
구지구지 누가구지
십지십지 죽기십지

〔七四三〕
"
칠조흔 흉양갓에
딸자가 조아서
구경 다니네

語音一篇

〔七四四〕
梁惠王이 양々한머
公孫丑 콩을복가
滕文公이 둥창나니
齊妻ㅣ 이러이러하니
鳥草이 만이먹엇다
告子ㅣ 고한머
孟子ㅣ 갈아사대
盡心을하야도 맹낭타
＊漢文私塾아희들이 戯弄
삼아

逅辭一篇

〔七四一〕
이빠커봐 쑨두밭
장모활마니 이마사밭
도라가는 쑤럼밭
춰남매부 쑤닥쑤닥
각시하나 방구둥
＊이야기하난벱

〔七四二〕
일개 대장부
이세상에 나서
삼성 바지에
사々 주머니샌에
오복수 주머니에
륙날 메루리에

먹후한개一篇

〔七四五〕
바람아ー 부려라
다출한장 진깃다
장인장모 죽어라
열한장 진깃다
진사급제 나거라

먹통한개　진깃다

* 오중어둘보고

〃

雜　六篇

（七四六）
대정　어데갓ㅡ나
걸반에　갓ㅡ다
걸방　어데갓ㅡ나
대청한테　갓ㅡ다

* 동우익게둘섭고가며서

（七四七）
네ㅡ두ㅣ　칼간다
너의　할만이
콩쑥다가　붉낫다

* 배암보고서

（七四八）
별하나　콩사
별둘　콩사
별섯　콩사
별넷　콩사

* 한늘에만히외웁스옵소
　라함

한푼죽개　돌아라
두푼죽개　돌아라
쉬푼죽개　돌아라
핑사사사　잘도돈다

* 돈벌려둘잡인노호　셩

〃

연치야　잘나라
독기야　선어라

* 동아시학께

〃

자리자리　좃ㅡ라
안질자리　좃ㅡ타
먼데가면　똥잇다

* 장자리뒤둘따르며

遊戲二篇

（七五三）
담사세　담사세
추천에　담사세

수양청々 버들닙혜
고사리섯거로 넘어가세
　*　낭々기란유회하며

[七五三]
김산장의 식모백이
흉년이라 개걸하지
별둑벌둑 흰죽사발
이아니고 모엇이냐
은보놈이 더초지고
이에와쉬 쌉바럿네
　* 춧노리한세

童女謠五篇

(七五四)
수박처서 수반처서

　〃

새암물큰애기 수박처서
누룩으로 담을쌋코
굵은바눌 둘보되고
중간바눌 기둥하고
가는바눌 분살하고
분한동을 도배하고
돈한푼을 구둘노코
지화한장 완장하고
은쇠락지 문묘리에
당사실로 문문하고
머리회데 먹칠하고
니바진데 박씨박고
낫얼근데 분바르고
놀노가세 놀노가세
춘힁이집으로 놀노가세

　〃

(七五五)
반둑개미 살님이
박쏘가리 대문에
삭개비로 솟하고
아둘낫코 쌀낫코
먼지낫코 똥누고
문人지방의 똥누고
　* 반둑개이(추음)놀며

　〃

[七五六]
아해당에 놀노가세
송구섯거 엽헤끼고
칠누섯거 손에들고
웃춘섯거 머리쏩고
나물쓰더 치마쌋고

＊ 처녀들이 돌이마조안
저 손바닥과무릅을치
며하는노래

　　　　"

[七五八]

쩨비쩨비　초록쩨비
능큼나무　불어다가
강낭숫해　집흘짓고
그집짓든　삼년만에
울어머니　진주댁이
울아버지　서울양반
우리동생　근금칠로
우리옵바　장기별장
우리옵키　샛별각씨
압놈에도　첨을두고
뒷눔에도　첨을두고
쑷방석을　페여놋코
우리옵바　거게안소
우리옵키　여개안자
장도칼은　몸에품고
작개칼은　손에돌고
담배한갑　손에돌고
　○○○○　　○○○○
　○○○○　　○○○○
　○○○○　　○○○○
　○○○○　　○○○○
　○○○○　　○○○○

叙事一篇

[七五九]

뒷동산에　치쳐올나
뫼ㅅ초리　한마리를
산양하야　잡아다가
압내물에　회아싯고
뒷내물에　밝게씨서
세발달닌　솟헤엿코

[七五七]

웅구쿵　웅서방
쪼발이　쪼서방
웅구쿵　쌀마서
시아버지　상에
웅거리빗사　놋코
쪼바리　쌀마서
시어머니　상에
쪼발시　놋세

＊나물캐며

　　"

말빗갓흔　잔장불과
밀집갓흔　장작으로
악각작각　복가버여
열두상을　보아놋코ㅡ
식아바넘　읽어나소
은머(야)놋머　물써놋소
씨수하고　밥잡수소
데나먹고　개나주고
밧매로나　가라무나」
싀어마넘　읽어나소
은머놋머　물써놋소
씨수하고　밥잡수소
네나먹고　개나주고
밧매로나　가라무나」
동싀씨야　읽어나소
세수하고　밥잡수소

자버먹고　개나주고
밧매로나　가라무나」
싀매씨야　읽어나소
씨수하고　밥을먹지
자버먹고　개나주고
밧매로나　가러무나」
개야개야　밥먹어라
너와나와　둘이먹자
밧들매러　나갈버에
세매삿갓　쓰든머리
갈동댕이　웬일인가
은사락지　쇠든손에
호미자두　웬일이며
쌈안갓댕　걸든발에
어북신이　웬일인가」

뫼갓치도　지슨밧치
팡너러고　사래지네
불삿갓치　떠운날에
뫼갓치도　지슨밧흘
한골매고　두골매고
삼세골을　거둣매도
동무침심　나오것만
이버침심　안나오비」
더문안혜　들어오니
숙버갓흔　시아버넘
장버갓흔　대롤불고
어지완　며넙아가
밧치라고　맷골맷나
한골매고　두골매고
삼세골을　거둠매니
동무침심　다나와도

이닌첨심 안나와서
배가곱하 왓십니다
어라이넌 물너쉬라
그걸사나 일이라고
나잘찻고 뼈룰찻나」
뜰우에룰 올나쉬니
호랑갓흔 대뮬뿔고
장여갓흔 대뮬뿔고
어지완 며눌아가
밧치라고 맷꿀맷나
한꿀매고 두꿀매고
삼세꿀을 거둡매니
동무첨심 다나와도
이닌첨심 안나와서
배가곱하 왓십니다
어라이넌 물너쉬라

그걸사나 일이라고
나잘찻고 뼈룰찻나」
쳥지라고 드려가니
독새갓흔 동쉬매고
밧치라고 얼매매고
나잘찻고 뼈찻난가
어쉬어쉬 물너쉬게」
앵두갓흔 쉬누에씨
외씨갓흔 쌀씨치며
어지완 새올키야
밧치라고 맷꿀맷소
한꿀매고 두꿀매고
삼세꿀을 거둡매니
동무첨심 다나와도
이닌첨심 안나와데
쉬소쉬소 물너쉬소

그걸사나 임이라고
쳥심찻고 나잘찻소ㅡ
쳥심이라 돌나하니
삼년묵은 버리밥에
삼년묵은 쇠린장과
총도업는 숫가락을
십리만치 뜬지주네」
자돈방에 들어가쉬
어뇽쥐뇽 문울열고
치마하나 내여놋코
한폭떠서 햇권짓고
두폭떠서 쇽갈짓고
쉬폭떠서 바랑짓고
가위차자 손에넛코
분을뭴고 나와쉬쉬」
숙대갓흔 쉬아버넘

가요가요 나는가요
어라어라 몰너서라」
호랑갓흔 싀어머님
가요가요 나는가요
어라어라 몰너서라」
독새갓흔 동싀씨야
가요가요 나는가요
쉴로쉴로 나는가요
쉬게쉬게 몰너쉬게」
앵두갓흔 싀매씨야
가비가비 나는가비
쉴로쉴로 나는가비
어서어서 몰너서소
시가슷고 뎌가슷소」
대문밧글 붉너나와
한모롱이 도라가니

우리부모 산다한들
셔울갓흔 랑군님이
천년사나 만년사나
오랑칭々 말을타고
사라보세 사라보세
의긔양々 오시다가
우리둘이 사라보세
쌈작놀내 말게버려
백년해로 사라보세」
손목삽고 하는말이
임아님아 웬일인고」
임아임아 셔방님아
싀집부모 무서워라
싀가인심 무서워라
님아님아 셔방님아
가요가요 나는가요
쉴로쉴로 나는가요」
임아임아 우리님아
가지말게 가지말게

金泉郡代項面大體洞
金景演報

追慕一篇
(七六○)
우리버자 댓님할네
우러머니 연닙월네
댓닙연닙 씨러지니
우리형졔 어이할고

우라버지 제빌던가
집울짓고 간곳업네
우러머니 나빌던가
알울쓸고 간곳업네
오라버님 거밀던가
줄울치고 간곳업네
제비라도 초록제비
나븨라도 범나븨세
거미라도 왕거밀세
우러머니 날빌혀예
커피가루 원하더니
커피가루 저어가도
우러머니 간곳업네
커기가는 커노인은
어데쓰지 가심닛가

커숭쓰지 맛나거든
우라버지 맛나거든
네살먹은 어린애기
동지섯달 설한풍에
발울벗고 울드라고
조고마한 집오작이
신울삼아 컨하라소
첫울싸서 컨하라소

컹산에는 비가오고
백산에는 눈이오고
우러머니 불너보니
대답하고 아니오네
커산너머 넘어가면
우리부모 보지만은
날마다고 가신부모
차자간들 무엇하리

커기가는 커할머니
어데쓰지 가십닛가
커숭쓰지 가시거든
우러머니 맛나거든
한살먹은 어린애기
동지섯달 긴〃밤에
첫그리워 울드라고
조고마한 자라병에
주엇다네 주엇다네

당기노래一篇

（六九）
싸컷다네 싸컷다네
싸컷다네 싸컷다네
수녀당기 싸컷다네
주엇다네 주엇다네

할반둥군 주엇다네
코에는 비창갓네
붓은자로 둘고쓰나

달나하네 달나하네
손동발은 삐집낫네
천자한자 쓰겟느냐

수녀당기 달나하네
목아지는 연주창이요
네동어리 넘넉하니

수녀당기 못주겟네
똥구먹에 치질낫네
거무산성 싸흘럭에

잉어떠와 놀넘여가
한모롱이 돌아가니
돌한덩이 실엇느냐

넘돌펴에 너물주마
달돌앗네 원앙소래
네돌이 육발이니

동솟걸고 큰솟걸고
매바닷네 방울소래
이발칭소 것겟느냐

세간살여 너물주마
네성은 이가라도
네일홈은 닥일너라
닥 죽어라
* 이롤닥아숙이미

諷笑一篇
(七二一)

외다리봇픈 황가비가
팟닷말을 걸머지고
어신고개 넘어가니
등어리는 등창나고
무릅두는 친머리나고

이(虱)一篇
(七六二)

머리이야 금단춘아
옷에이야 금단춘아
비주동이 세욱하니
만인간이 모엿는데
달한마니 허겟느냐

원-야一篇
(七六三)

함머니야 위-야
뒷동산서 위-야
네뱃댁이 먹통이니

길이달나 위ー야
솔밧헤라 위ー야
수풀속에 위ー야
뫼메추리 위ー야
한마리롤 위ー야
욱키내여 위ー야
청냥불도 위ー야
쇠실나쉬 위ー야
압내물에 위ー야
비人씻고 위ー야
뒷내물에 위ー야
혀와씻고 위ー야
도마우타 위ー야
언귀놋코 위ー야
은장도라 위ー야
드는칼로 위ー야

삼씨번윤 위ー야
드나놋코 위ー야
샛별갓흔 위ー야
동흰안에 위ー야
밀집갓흔 위ー야
해장작에 위ー야
아각자각 위ー야
복가써여 위ー야
열두상을 위ー야
논아놋코 위ー야
한다리가 위ー야
남앗구나 위ー야
식누씨로 위ー야
노나먹세 위ー야

婦謠三篇

[326]

엇커덕어 삼은나무
오날아참 불을주어
실人히 매ー갓과쉬
무슨가지 버럭든고
활장가지 버럭드네
무슨열매 열엇든고
혀도열고 달도열고
혀는바쉬 것층하고
달은바쉬 안밧치고
상별바쉬 상침놋코
중별바쉬 중침놋코
창무지개 선두르고
낭동추로 깃을달아
영여노니 영쎠롯고

괴무리난 요도하고
줄노줄노 나린병이
청보예 쌀을싸서
새별따서 상침놋코
무지개로 선을둘너
천장만장 달어놋코
나갈소냐 염녀롭세

줄에거니 줄에못고
고목낭게 걸어놋코
나려가는 신감사야
올나오는 구감사야
중참구경 하고가소
조고마한 싀누씨가
조고마한 싀새칼로
요리치고 조리치고
야진야진 다처놋네
너논싀집 살아봤나
나는싀집 못살아봤네
너도싀집 살아봐라
나는싀집 다살앗다

〔七六六〕　〃
춘빈씨가 병이낫네

환간꼴에 침해다가
김원장 길이달나
천장만장 달어놋코
나갈소냐 염녀롭세

참새한되 팔아다가
참새국을 바르넛가
썩각하며 도라가데
그기룹 싸가지고

〔七六七〕　〃
조고마한 청새고리
천장만장 남게올나
나무밋헤 아해둘은
흔들소냐 염녀롭세
시청대 너둠어서

진주댁이 바누질에
준심이로 충수박고

베틀노래二篇

〔七六八〕
월궁에라 노든선녀
인간으로 귀양와서
내할일이 전혀업네
금에금자 매여사볼가
병틀노홀데 전혀업네
사모를 둘너보니
옥란간이 비엿고나

벽틀다리 네다리는 / 남한산성 부자개가 / 백순강울 나둣는듯

좌우로 버려놋코 / 국화수로 어운듯네 / 돗토마리 눕는양은

용해용상 소슨불에 / 비거미는 칠헝졔요 / 천지산 구룸속에

꾸리한쌍 쉭여놋코 / 잉여떠는 산형결쇠 / 도황룡이 뒤눕눈듯

안질쇄 도다놋코 / 온해바다 나려달아 / 밤벽이 둣는양은

그위라 안진양은 / 쥬쥬리 섯는잉여 / 구시월 셰단풍엔

유―왕상 서넘인가 / 언만군증에 / 떡가락님 둣는듯네

화관을 숙이고 / 반군사 불이둣네 / 실수히 풀어내여

라삼을 반만것고 / 천구신 나든양은 / 자수이 재며내여

부래라 둘은양은 / 은씬애기 목을잘라 / 중헝두 물을들여

룡문산 구룸속에 / 지도방에 나둣는듯 / 진주색이 바나질에

허리안개 두른듯 / 룡두머리 우는소리 / 딸둑상북 갓율달아

말코라 찻눈양은 / 천악과부 눈불인가 / 하로아참 내노앗다가

황낭넘네 쥔돔머를 / 주야평생 흔르는듯 / 어름갓치 머려내여

가룻떠 질문둣네 / 둑어라 나는양은 / 몸벼업는 고목남게

만고별상 최활장은 / 황학이가 알울안고 / 곳々르로 걸어놋코

올나가는 구감사야
중첩구경 하고가소
그중첩 뉘지엿는고
순금씨가 지엇다네
순금씨가 뉘딸인고
좌수별감 맛딸일세

農謠三篇

〔七六九〕
쉬마지기 이논셈이
반달만치 남앗고나
네가무슨 반달이냐
초생달이 반달이지
초생달만 반달이냐
그믐달도 반달일네

〔七七〇〕 〃
상주함창 공갈못에
연밥따는 커큰악아
연밥일낭 거기두고
이내말슴 드려보게

〔七七一〕 〃
머리좃코 고흔처녀
줄생낭게 걸안컷비
올생줄생 내보줄게
백년해로 내랑하세

＊

以上三篇 영셕한쎄부
로는노래

金泉郡代項面德田洞
金 漢 根 報

모노래六篇

〔七七二〕 〃
돌에부헌 사고동이
난헤올나 춤을춘다
길로가는 새선배가
말불타고 굿을본다

〔七七三〕 〃
샛별갓튼 밥강노리
반달갓치 떠나온다
네가무슨 반달이야
초생달이 반달이지

〔七七四〕 〃
서울이라 유다락에
금비들기 알을낫네

236

자여 보고 만커 보고
못가지고온것이 어내한일

　　　"

　* 로숭기핫야 站女二三
　十名이두전으로갈녀
　한쳔이 노래 前句을두로
　貴童子를 바래간다
　면 한쳔이 아렛구절을
　바다부를

[七七五]
안개구름 자즌골에
방울업는 매나가네
그야매가 내맬너니
노코보니 휠리맬세

　　　"

[七七七]
들어써서 들어써서
요모자리 들어써서
쌍울싸세 쌈을싸세
요모자리 쌈을싸세
　* 同上 그방셰

[七七六]
김산게룡 얼근독에
쌀로삭훈 서마주야
웃홀나서 유리잔에
두리안자 근주하내
　* 김산계룡＝공일홈

柘榴꽃二篇
[七七八]
청노웃흔 상개가고

자졍웃흔 장개간다
만인간아 웃지마라
貴童子를 바래간다

俗謠七篇
[七七九]
오라바넘장게는 明年에가
고
農事소파라서 날치아주소

　　　"

[七八〇]
우리댁서방넘은 日本을가
고
분질가는 이내모양 다몸
는다

食菜郡代頃面作川間

先　水　周　報

[七八一]
우리댁서방님은 콩밧굴타
고
남의댁서방님은 □勤出란
다
〃

[七八四]
날좀보소　날좀보소　날좀
보소
동지첫달　汉본드시　날좀
보소

數謠一篇

[七八二]
신창로널너서　질것기조코
댁에불밧가서　씩보기조타
〃

[七八五]
共同墓地　가신낭군　제사
퍼오고
日本아　大阪가신　낭군
돈벌아온다

[七八六]
한나　만나
잔수　타주
무주　금산
노루　고기
어떠　먹엇나
몬어더　먹엇나
여긔가서　십척
커긔가서　십척

[七八三]
二八靑春　늙는거슨　한탄
을하고
歲月네월　가는거는　한탄
을마라
★　十二三歲의牧童들이二
人膏존없며　아리랑의
곡죠에맛추어떳으로고
울동　줄농
가마　쑥지
부로는노래

238

벼 꽁

＊ 二十二數,

婦謠 一篇

〔다사한〕

한골매고　두골매고
삼년묵은　쇠련장에

어삼세굴　거듭매니
먹는처ㅡ　만쳐하고
중의털노　나는가요

다른컴술　다나와도
자근방에　둘어가서
가거나　말거나

이버컴술　어나나와
초마한쪽　쇼살집고
네쒸진년　써가아나ㅣ

컴슴바래　내가왔네
두폭따서　신발하고
여보시누　나는가요

그것새나　옆이라고
셰폭따서　쳔매집고
중의털노　나는가요

벼물라고　시룰라나
비폭따서　바랑집고
요망하다　시누년이

에라요년　롭녀쳐라
촉단아래　내려와서
송곳쥐됭이　납신거려

밤이라고　주는것은
사아바니　바라보고
중눔서방　그립거든

삼년묵은　쌍당밥에
나는가요　나는가요
어쒸가력　더려운넌ㅣ

장이라고　주는것은
중의털노　나는가요
시책몀혜　고이쒀고

가거나　말거나
대문밧게　나쒀면서

네쒸진년　써가아나ㅣ
서방넘아　서방넘아

시어머니　한테가서
나는가요　나는가요

어머님　어머님
중의털노　나는가요

나는가요　나는가요
가지마소　가자마소

우리둘만　조만좃처

우리부모　오래살쇠
우리들이　오래살지
쉬여나와　손목잡고
가지마소　가지마소
에라여보　나는가요」
한모롱이　도라가니
동무중이　도라오비
중아중아　동무중아
비외렬노　나도간다
두모롱이　도라가니
대사중이　도라오비
여보여보　대사신님
요내머리　깍가주소
깍가주진　어렵잔네
뒷담당은　어이할고
중을쇠라　될노가쇠

머리깍게　신중이라

金泉郡大德面加禮學院

慎斗範報

영영一篇

(七八○)
바람아　바람　불어라
대추야　떠러커라
아―들아　주서라
어―른아　맛봐라
송아치야　울어라
영　영　영

비야비야一篇

[七八九]
비야비야　오너라
장터ㅅ거리　불낫다

＊　青松郡青松邑内

金宵牛報

240

尙州

[七九一]
후여—
너나락너나락 다싸먹고
바아지 뚝딱
후여—
　＊ 논세쏘치며

雜 二篇

[七九○]
낫자루 一篇
시대마디 칙거대손에
굴은낫이 꼿은자루로
어플키풀 다싸써다가
조왕선님 듸리는대로
우흘누흘 다잡수시내

[七九二]
탈쌍아 탈쌍아
비집여 불낫다
소서랑집고 나오나라

尙州邑青木洞
朴春福報

[七九三]
지산노래 一篇
사방산천 도라보니
할일이 킨혀업서
하날에라 처다보니
하날가운대 달이소사
달가운대 게수나무
옥독기로 비어다가
금싸구로 다듬어서
거러씨쎄 거러씨쎄
페럴(들)한장 거러씨쎄
비엿도다 비엿도다
옥낭간이 비엿도다
옥낭간에 페럴곳코
배럴다리 양버다리
큰어기다리 양두다리

합이지// 육다릴세
안질개라 안진양은
우리나라 금상님
허리북띄 두른양은
북두칠성 귀둘엇세
요내말고 강진양은
삼대독자 외동아달
명과복과 강긴것
물갈치는 커릴세는
눈볼한개 자진굴로
목욕하려 넘나던다
잉아써는 삼형쵀요
줄넘애는 홀아비요
비기미는 륙형쳐라
롱두머리 우는양은
지대로굽은 신찬나무

헌모방으로 벗을하고
북바대집 치는소래
버락치는 소래갓고
뱀다기라 지는양은
요도탈삭 커두탈삭
도사원에 누쌀칠세
하로짜고 잇톨짜고
사흘반에 한필짜여
은자로 재여서
옥가세로 전어서
굵은실로 갓울해여
압내물에 씨여다가
뒷내물에 허위다가
말나버서 말나버세
징임한쌍 닭나버세
징임한쌍 하며서려

밥이 술살짝 맛취다가
옥향다리 비불놀단아
징임한쌍 다리여서
장농안에 덜치곳코
압집에야 리선비야
뒷집에야 김선비야
우리선배 안오돈가
오기야 오데만은
수멸아홈 유머군에
두발이마커 내려오데
일산뼈는 어데가고
영친뼈가 원일인고
쌍개독개 어데가고
고봉산천 원일인고
원앙금침 잣벼개는
두리뻐라고 햇것만은

242

혼자베기 원불인고
불등잔올 벗울삼고
담배때로 임올삼고
쑤가젓네 쑤가젓네
버개밋헤 쑤가젓네
기우한쌍 오리한쌍
쌍수이도 나려온다
애고애고 우리랑군
어대가고 안오는가

慶州郡　　面
金永洙　報

내어머니一篇

(七九五)

다복다복 다복네야
이삭머리 중ᄉ맷코
너어대로 울면가니
내어머니 몸둔곳에
젓먹으러 나는가오

울지마라一篇

(七九七)

아가아가 울지마라

물이집허 못간단다
산이놉허 못간단다
산놈호면 긔어가지

오는장날 두여가서
고초양옷 엿사줄게
아가아가 울지마라
가지마라 가지마라
가지줄게 가지마라
문배줄게 가지마라
엿사줄게 가지마라
떡사줄게 가지마라
떡도실코 엿도실소
내어머니 젓만수소

(七九六)

살뽕아래 살분맛치
착이나야 오마드라
북덕불에 못은차돌
물너야만 오마드라
병풍속에 거린닭이
화릘치면 오마드라
솔방울이 울어야만
네어머니 오마드라

에고애고 버어머니
삽선혀와 명청혀가
남산굿헤 구비구비
잘도잘도 도라가비

쟁기소가 노리개요
우리엄 노리개는
함박쪽박이 노리결네

노리개二篇

〔七九六〕

울아버지 노리개는
간지칠대가 노리개요
울어머니 노리개는
망써달이 노리결네
오라버니 노리개는
청책이 노리개며
우리형넘 노리개는
바눌골무가 노리결네
우리머슴 노리개는

달아달아 초생달아
어듸갓다 인제왓나
새각씨의 눈섭갓고
늙은이의 허리갓다

당기二篇

〔七九七〕

우리아버지 서울가서
닷냥주고 떠온댕기
우리어머니 수공들여
곱게곱게 접은댕기
울아버지 우숨댕기
우리올케 눈치댕기
우리동생 눈물댕기
동내방내 자랑대기
진주골여 갑사댕기
반만풀여 듸리거라

초생달二篇

〔七九八〕

달아달아 초생달아
어서어서 잘아나서
거울갓흔 네얼굴로
왼세상을 빗초여라

童女謠二篇

〔七九九〕

비야비야 오지마라
우리누나 싀집갈써

가마 속에　둘어가면
무명치마　둘너쓴다
다홍치마　얼넝진다

　　"

망개동　오라배야
내가내가　죽거들낭
앞산에도　뭇지말고
뒷산에도　뭇지말고
연래밋헤　뭇어주소
우라버니　날찻거든
담뱃대를　물너주소
울어머니　날찻거든
밤을한상　대겁하소
울오라배　날찻거든
소주한상　올녀주소

우린헌님　날찻거든
은비녀로　쒈너주소
우리동생　날찻거든
금파웃흘　쒸여주소
우리동무　날찻거든
은서탁지　셔여주소

할미꼿 一篇
⟨〇〇⟩
뒷동산에　할미꼿은
늙으나젊으나　쇠보라젓네

雜 一篇
⟨〇〇⟩
쉬치먹고　쇟소
마눌먹고　엉소

遊戲 一篇
＊ 형실이돌며
⟨〇〇⟩
하눌에는　별도만타
쾌지랑칭소　노―네
강변에는　돌도만타
쾌지랑칭소　노―네
술밧헤는　공이도만타
쾌지랑칭소　노―네
대밧헤는　마듸도만타
쾌지랑칭소　노―네
머슴들의　노든자리
다신짝이　안빠젓든가
쾌지랑칭소　노―네

쥐자들의　노돈자리
명주댕기　안빠텃든가
쾌지랏칭사　노ー네
* 달밤에여러동무들이오
허서　손증서로삼고ㅣㅣ
울거리며놀새

무슨갑　친지갑
무슨괴　긔ー쳔
무슨다락　용다락
무슨용　화ー용
무슨화　배씨죽

잉어색기　놀난당
* 이색진이회보고

주머니一篇

〔ㅅㅇㄷ〕
나무심가　나물심가
락동강에　나물심가
그나무가　자라나서
열매하나　열엇다네
무슨열매　열엇든고
해와달이　열엇다네
그열매를　따다가
햇님은낭　안을엇코
달님은낭　것흘대여
줌치한개　지여써서
줌별싸서　중침笊코

쇼리싸기一篇

〔ㅅㅇㅂ〕
동모야　동모야
나무하러　가ー자
배아파　못가겟네
무슨배　자라배
무슨자라　엄자라
무슨업　줄ー업
무슨줄　갑ー줄

誹笑一篇

〔ㅅㅇㅍ〕
압내빠진　갈가지
압도랑에　가지마라
뒷내빠진　갈가지
뒷도랑에　가지마라
앞도랑에　가면은
봉어색기　놀난다
뒷도랑에　가면은

246

상별따서 상침노아
무지개로 선두르고
다홍실로 귀밧쳐서
동래팔선 손을달아
한길가에 걸어놋코
올나가는 구감사야
내려오는 신감사야
커줌치를 구경하소
그줌치를 누솜씨로
누가누가 지여넛노
어쩌왓든 순검씨와
아래왓든 선이씨와
둘의솜씨 지어넛네
커줌치를 지은솜씨
은율주랴 귿율주랴
은도실코 귿도실코

물명주 석자수건
이내허리 둘너주소
＊
줌치ㅣㅈ버니
東萊八仙ㅣ만일홈

叙事一篇

〔八〇〕
상주야복강에
귀녀샬 나시거든
미역국 소려놋코
한밤지여 차려놋코
비러주소 버러주소
三千甲子 비러주소
물가른 요아기를
책보기만 잠착말고
차돌갓치 구해주소·
몽돌갓치 구해주소

무렁무렁 크는양은
이술아 춤 물외갓다
방실방실 웃는양은
동해사창 쏫이로다
옷독옷독 서는양은
주소개의 해금인가
앙굼앙굼 것는양은
하로잇틀 다르도다
그러구루 길닌후에
十歲前에 글읽배와
諺文아 첫공부라
어화어화 우리貴女
책보기만 잠착말고
무명짜기 바느질을
부즈런히 배울지라

잘하면 네복이요
어화우리 사위소리
딸노와서 사위삼기

못하면 내욕이다
옥관에 구실나여
여사일노 알앗드니

그러구루 길넌후에
킹칠궁 소리나네
오날네집 慶事로다

名門에 求婚드려
어화어화 우리貴女
꼽흔배가 불너오고

매자를 드렷스니
연지로 단장하고
업든잠이 낄노온다

쓸아래는 햇불이요
비단으로 치례하야
그이튿날 우리사위

쓸우에는 촛불이요
新郎가마 가는것은
하는말삼 드러보소

밝은촛불 도다노코
귀하고도 어엽부다
新行治送 하라하네

상배한년 물니치고
어화어화 우리사위
딸나은 그한으로

상처한놈 물니치고
紗帽朝帶 丹粧하고
사위야 이원말고

福만코 富饒한군
아씨마자 들오난것
가마듯틸 세위노코

雙々이 세위노코
귀엽기 칭탕업다
하넘둥틸 세위노코

婚姻等節 살펴보니
新婦의 머리우에
꼿삼에 차인가마

어화어화 우리貴女
지화꼿치 넘노는듯
貴女래워 차인가마

너와가튼 옷이로다
新郎의 紗帽우에
貴女래워 써여노코

여의주가 넘노는듯
집手巾을 거며잡고

黃s細목 더워잡고
잘가거라 잘가거라
재책업시 잘가거라
네屛에 드러가거든
자리로 주는떠로
단청히 바로안자
눈을놉히 뜨지마라
不可히 넉이리라
하픔을 하지마라
凌蔑히 넉이리라
코침을 길게마라
더러워 넉이리라
더럭이 오는송율
잔소리를 하지마라
이런말 커런말을
자세자세 가르치고

뒷동산에 피처올나
貴女가는 擧動보니
하님뒤에 가마가고
가마뒤에 요객가고
요객뒤에 후배가고
어격지격 가는양은
보기사 조치마는
원수로다 원수로다
연불대장 원수로다

어와조타 우리사위
옥당베실 쉬이하야
대동상 창가마로
날실으래 오는고나
우리살 有緣하야
사위잡본 德이로다

아리랑三篇

〔八八〕
아리랑고개다 집을짓고
동모야오기만 기다린다
아리랑아리랑 아라리요
아리랑얼시구 아라리요

〃
〔八○九〕
여보게쇠뭉울 밧비비오
커건너커집에 연긔난다
아리랑아라랑 아라리요
아리랑얼시구 아라리요

〃
〔八一○〕
실々아東風에 구진비오고
동모야 오기만 가다련다

아리랑아리랑 아라리요
아리랑얼시구 아라리요
*
牧童들이부르는아리랑
鄭在璇 報

　　*　못홀신을쥐고서

　　(ㅅ一三)
쌀에기바다 닭주고
딍기바다 소주고
잘한다 참
　*　다른아이가그네씌는것
　　　옹보고 옹심나서

그은해롤 효임에함께
고개짓울 하지말게
밤도안먹고 쓰와짓네
忠北永同郡梅谷面老川里
崔記用 報

雜 三篇

(ㅅ一一)
갈가마귀 도ㄹ 도ㄹ
봉석바라 도ㄹ 도ㄹ
　*　갈가마귀뜬것을보고

(ㅅ二二)
나븨야 나븨야 울녀라
벌아 벌아 꿀처라
　　〃
요내몸도 하여주오

俗謠一篇

(ㅅ一四)
울쌍남게 결안진취자
머리좃코 키큰취자
울쌍줄쌍 내닷줄게
명주두루막 하시거든

250

榮州

〔人六〕
달아달아 밝은달아
이래빅이 노든달아
이래빅어 죽은뒤연
누구하고 놀랴느냐

〔人六〕 방아방아一篇
방아방아 물방아야
너의힘이 웬힘이료
깁고기픈 용황나라
롤힘이 내힘일세
김고기픈 용황나라
만코만은 물넘들아
너의힘이 웬힘이로
놉고놉흔 커하날에
하나넘이 내힘일세

〔人七〕 금송아지一篇
가자가자 갓나무야
오자오자 옷나무야
짐치씨지 옷씨지야
만드람이 봉숭화야
서막씨치 나라간다
금송아지 도라온다
* 아희들이떠둥지머물너

〔人六〕 누님온다一篇
누님온다 누님온다
온달갓흔 누님온다

〔人五〕 동무一篇
동무동무 일천동무
자네집이 어매인고
대추나무 아홉선머
우물잇는 접집일세
* 동무동처음사결째

〔人五〕 달아달아一篇

새야새야二篇

[八二○]

새야새야 파랑새야
녹두밧혜 안진새야
아버지 귀새보오
오랍죽은 넉새외다
얘들아 그말마라
찬녕수에 목이멘다

* 오만=어머니

내가무슨 ㅇ날이야
보름달이 온달이지
　　어떠
오— 우리큰개ㅁ뇟―다

"
　　어떠
오— 우리강아지ㅁ넷―다

諷笑二篇

[八二一]
뀌긔 황새 간ㅡ다

뀌긔 뱁새 간ㅡ다
　　어떠

[八二三]
댁긔잡아 톡기잡아
네헹라난 ㄷ진ㅂㅓㅆ
날술한잔 쥣드냐
명래한쪽 쥣드냐

* 댁긔ㄴ히ㅕㅁ면

誹謗一篇

[八二二]
양구쳐라 질구쳐라
랭주낭게 걸구쳐라
몽닉한님 피고쳐라
술한동우 밧고쳐라
동리사람 쳥코쳐라

참배돌배一篇

[八二四]
바람아 바람아 부러라
참배돌배 쎠러켓다
큰아가 쩍은아가 주쉬라
영감노친네 먹어보자

양반쌍놈一篇

〔ㅅ二五〕
황새야 뱁새야
악해가는놈 양반
뒤에가는놈 쌍놈
＊ 황제나라가는것을모고

고초먹고一篇

〔ㅅ二六〕
고초먹고 쌩ㅅ
쒬비먹고 쌩ㅅ
뒷집도 돈다
압산도 돈다
＊ 쌩ㅅ이올ㅅ

雜 九篇

〔ㅅ二七〕
어거 누구주려
날 다ー고
날바다 장게갈ー비
＊ 거짓둘세한며달나면,
게집에보고는「날바다
시집갈ー네」라고

＊ 장ㅅ노라고 오더ㅅ어
손ㅅ넛ㅋ뚜다리며

〔ㅅ二八〕
안동나발 셀ㅅ
서울나발 셀ㅅ
＊ 우ㅅ아이놀녀ㅍ

〔ㅅ二九〕
쒀치야 돌여라
굼뻥아 집쳐라

〔ㅅ三〇〕
아재비 서재비
물건너 동재비
＊ 나히적운ㅋ사ㅣ보고

〔ㅅ三一〕
선손이 한찰이면
후손이 열두찰
＊ 누가빌리ㄴ 지지안코

〔ㅅ三二〕
소문인여 개문이여
더쇠더주며

살구낭게 불이여

　　* 동우홍브며

　　〃

〔스크〕
한란뛰기 콩ㅅ
두관뛰기 콩ㅅ

　　*　유희에이것슬써

〔스크〕
안즈면 살고
서면 죽고

　　*　잠자리뛰콩ㅅ여로뻐

〔스크〕
들새참새 노는대
아주씨리 못노나

　　〃

나도 한번 노라보자

　　* 동우들의 노들판애드러
　　　갈때

밤노래一篇

〔스크〕
이상달강 이상달강
할아버기 마당을다가
돈한푼을 어더서
밤한말을 사다가
시렁우에 언젓더니
머리깜은 생쥐가
들낙날낙 다써먹고
밤허낫홀 낵것길네
가마솟에 살마서
초리로 건저서

것겁질은 텅넘주고
속겁질은 누이주고
알강이는 너와나와

　　* 아기어루며
　　　달강 달강

農謠一篇

〔스크〕
시니갱빈에 돌도만타
쾌장아 칭지 나ㅣ네
청천하늘에 별도만타
쾌장아 칭치 나ㅣ네
참락들에 브리도만타
쾌장아 칭치 나ㅣ네

　　*　農軍들이논맬때

쌍금쌍금 一篇

〔二三八〕

쌍금쌍금 쌍가락지
호닥질로 닥가내여
먼데보니 달일러니
첫헤보니 처잘러라
그처자라 자는방에
숨소리가 둘일러라
거줏말슴 말으소서
헛드럿소 오라버님
동풍이 드리불어
풍지떠는 소릴러라
아홉가지 약을먹고
석자섯치 묵음매여
자는듯이 죽거들랑
안산에도 뭇지말고
뒷산에도 뭇지말고
연못안에 무더주소
연꽃이락 피거들랑
날만여겨 보아주소
명년에는 열거들랑
봉지봉지 보써주마
빗초라고 다녀먹고
우리동생 순남이는
안준다고 울고가네
아가아가 우지마라
명년에는 열거들랑
봉지봉지 보써주마

복사노래 一篇

〔二三九〕

자지찰랑 커찰방에
알숭달숭 칼을차고
새롱방이 섯다가니
복상하나 주는것을
그복상을 아니먹고
한길가에 무뎃더니
버려가는 구관삿도
올라가는 신관삿도
맛초라고 다썩먹고
신계잡아 착짐치고
영거잡아 웃짐치고
새벽에는 패떡치고
어신매는 참떡치고
울어머니 보고지고
청도밀양 가고지고

달도밝고 一篇

〔二四〇〕

달도밝고 별도밝다

오동나무 썩거쥐고
오동오동 가고지고
아이종아 딸물아라
어른종아 소물아라
활장갓치 굽은길로
쉴때갓치 가고지고
시집으로 올쪄에는
느름나무 썩거쥐고
느름느롬 오고지고

찬청으로 갈쪄에는

慶州郡豐基面城內測
殿 口 愛 報

愛撫三篇

〔ㅅ편1〕
애기애기 우리애기
무밧헤 실어긴가
매물십에 쉬애긴가
가마안에 새애긴가
나락나면 시차래이
버리나면 왕싸래이
콩올라면 반차래이

〔ㅅ편2〕
은자동아 금자동아
칠기청산 보배동아
할임산의 비둘긴가
칙기산의 물방안가

〔ㅅ편3〕
사모쓸머 린가 둥실둥실
쉬지신올발인가 추쉴추쉴
각머뛸허린가 질숙질숙
신부볼눈인가 쓰록쓰록

썽서방一篇

〔ㅅ편4〕
셜ㅅ 썽서방
자녀집이 어면고
요산넘어 솔부닥맛
따뜻한 내집일쎄
무엇먹고 사는고
압뜰에 콩한섬
뒷뜰에 못한섬
아들낫코 딸낫코

파랑부채一篇

〔ㅅㅁㅊ〕

명주낫코 베낫코	머리좃코 실한치자	조금조금 더살드면
그럭거럭 사ー네	려장벗고 죽엇단다	구경한이 만당할걸
	칠분팔분 다줄근이	조상한이 무삼일고
파랑부채 고은양은	네머리를 나룰다고	
쥐쌀양도 사랑하다	죽단말이 왼말인가	
우리헝님 살엇스면	썩바구니 바둘것을	삼베이불 덥고찰걸
새형부나 삼유것울	조금조금 더살드면	비단이불 덥고찰걸
무청하내 무청하내	조금조금 더살드면	원앙침 비고찰걸
녹수청산 집뇨지여	가마두채 구경할걸	돌비개가 무삼일고
문이발나 무청하내	상여두채 무삼일고	

백좌수살一篇

〔ㅅㅁㅊ〕

백나무꼴 백좌수살	조금조금 더살드면	조금조금 더살드면
	새실랑울 마지할걸	우숨소래 낭자할걸
	조금조금 더살드면	우름소래 무삼일고
	염나왕이 무삼일고	

신세一篇

〔女〕
목단꼿갓흔 내얼골에
개나리꼿치 무삼일고
삼반갓흔 내머리에
비사리춤이 무삼일고
분서결갓흔 이내손에
쏘막호미 무삼일고
비단처마 입든몸여
행주치마 무삼일고

〔女〕
먹기실여 버못살네
시어버지 먼든물려
작국직국 소래나고
꼿치마라 손에쥐고
푸려돌올 비고자네
횡천에 쓴기럭아
동버쇠케 지내거든
이씨른 내사정을
우리님게 컨혜다고
무청한 커기럭이
시름업시 써나가베
진상머과 못하거든
밥쉬케난 고만두소

촌서집一篇

〔女〕
엄마엄마 날길너쇠
촌시집에 주지마소
뚱버리밥 된장찌개

낙시대一篇

〔男〕
동산밋혜 동도령아
남산밋혜 남도령아
남산낭굴 다비나마
오죽대는 비지마소
금년길너 명년길너
낙싯대롤 삼지마는
잘낙그면 농사되고
못낙그면 낭사되네
농사낭사 고롤매자
고소미 풀고커라

俗謠一篇

〔男〕
길주명천 배장사야
닭운다고 가지마라

258

인닭아 화홰치고
중지노며 나안젓다

　＊吉州明川은咸北의地名

榮州郡順興面台里里
金學基 報

메물노래 一篇

[八二]

새야새야 파랑새야
메물농사 엇지댓소
정모동 김흔골에
잘도댓대 잘도댓대
대궁은 희고붉고
웃은그려 배웃갓고
입허리는 세모지데
씨는그려 삼씨갓데
쌀닭낫을 훈귀쉬고
뒷집에도 이도령아
알집에도 김도령아
메물비터 가자서라
줌々이도 비여내서
지개행상 하여다가
단々이 묵거내고
담박거다 막을치고
촤리비로 순력도라
치웃초로 낡녀내여
목도룻기 난장맛처
용희용궁 소슨물에
어리설々 씨여내여
방에호박 비락맛처
집몽석에 널럿다가
좁는하눌 눈이와서
홍둑게에 옷올입혀
은반에 분올받나
은장도 드는칼로
어리설々 차려내여
구비구비 올는물에
딸모반에 굿득차려
한숫갓득 쌀마내여
올나가는 신감사요
나려오는 구감사요
이국씨 잣고가소
그국씨 누가햇노
알집에도 적은아씨
뒷집에도 적은액씨
그댁아씨 불너와서
온올주랴 돈올주랴

은도실코　돈도실코

○○○○　○○○○○
○○○○　○○○○○

慶州郡長春面事務所

宋　栗　雙　輯

백머말을　라고왓네
무슨옷을　입고왓노
비단옷을　입고왓네
두슨갓을　쓰고왓노
통양갓을　쓰고왓네
무슨망건　쓰고왓노
외울망건　쓰고왓비
무슨버선　신고왓비
한발버선　신고왓노
두슨신을　신고왓노
백마기를　신고왓네
산이 놉하　어이왓노
구름속에　차며왓비
돌이 만하　어이왓네
버들닢흘　라고왓네

＊ 부녀들 처녀놀이낭이

손노래 一篇

[人로]

손이왓네　손이왓네
그어대서　손이왓노
정상도서　손이왓네
무삼일로　손이왓노
우리헝님　선보라고
경상도서　손이왓비
무슨말을　라고왓노

중아중아 一篇

[스프]

중아중아　칼벼라
북양잠아　회치고
개골이잡아　랑치고
철버덕거　밥해주마

＊ 僧侶를 下待하야써된빠무
　　러들녀온노래라고

慶州郡 彦陽面
金　東　綏　輯

＊ 起源은 江原道이나 接境
인關係로어너녜돔녔드
러온선인듯

ㅼ며두고밧고한는江래

奉化

생각나네四篇

바람한번　부릿스면
후닥후닥　떠러질걸

〔시표ㄱ〕
맛동서　죽으면야
좃라더니
보리방아　물써노코
또생각나비

〔시표ㄴ〕
시아버님　죽으면야
좃라더니
부드자리　써러지니
생각나비

〃

〔시표ㄷ〕
시어머님　죽으면야
좃라더니
독수공방　홀로누어
또생각나비

〃

〔시표ㄹ〕
쉬방님　죽으면야
좃라더니
독수공방　홀로누어
또생각나비

밤나무一篇

〔시편〕
언덕웃헤　커밤나무
한가지에　둘식셋식
아주머니　커밤나무
나를보고　웃는고나
커밤한개　따고십다
가지놉하　못따것네
오르랴니　위태하고
팔매쏘니　헛나가네

〔시표〕
시어머님　죽으면야
좃라더니
삼베틀　거럿노코
또생각나비

奉化郡多城面四谷里
橋點康報

聞　慶

방구哥々一篇
〔人六二〕
징개 맹개 왕이들에
쟁피홀는 쿠쿼재야
방구홍々 쉬지마라
내일모레 너의서방
백마라고 오신단다

거거 거두에
고교 고기롤
자쟈 잡아서
나냐 나도먹고
너녀 너도먹고
다댜 다먹엇다

寒暑一篇
〔人五九〕
춤다춤다 춤대장
덥다덥다 덥대장
이웃대장 웃대장
건넛대장 댓대장

언문푸리一篇
〔人六〇〕
가갸 가다가

장타령一篇
〔人六一〕
돌락날탁 내청장
모푸릭다 훈해장
바람인다 동기장
초상낫다 상주장
한집잔쏙 집환장
소잡앗다 푸주장
아가리크다 대구장

數謠一篇
〔人六三〕
한놈 두놈
삼사 네놈
참나무 비둘기
문럭 개어둘놈

聞慶郡山陽面新田里
高　鼎　報

星州

별혜기一篇

고대로＝그대로

별갈한다　소문낫너
그베쌌써　누룰줄너
우리옵바　장가갈여
가마휘장　둘너줄네
그남차기　누룰줄너
이내척산　비엇드니
깃도업고　섬도업네
압집에야　내동모야
뒷집에야　내동모야
깃한자루　섬간진　루
쉬여다고　쉬여다고
맨드람이　깃율달고
봉숭아라　섬을달아
입어보니　여가웃고
버쉬보니　임구겁고
맛치다가　다써랏네

〔ㅅㅊㅍ〕
별하나　뚝따
종지담아
솣안에엿코
열고닷고
달그륵

＊ 별하누, 별늘, 별샛
하야한음에서슴지안코
만히의오면용라고

썽노래一篇

〔ㅅㅊㅌ〕
길ー길ー　권씨방
자튀집이　어댄고
요산커산　넘어쉬
삿사집이　내집이네
엿재엇재　사는고
고대로고대로　사다가
뒷집에 초상이나　못사네

＊ 요산＝여산.

키큰처자一篇

〔ㅅㅊㅊ〕
키큰처자　키큰처재

쇠집사리…篇

（八六七）

형아형아　사촌형아

시집사리　엇덧더ㄴ

아이고야ㅅ　말도마라

고초당초　맵다한들

시집가치　매울손가

둥글둥글　도리판에

수커노키　어렵드라

둥굴둥굴　수바거우

밥담기도　어렵드라

중우버슨　시아재비

말하기도　어렵드라

星州龍志士面溪亭洞

朴公根報

高靈

강대초 一篇

〔八六八〕
강넘에 강대초
강굿셋굿 여럿다
중넘에 즁복승
주지가지 여럿다

세치세치 一篇

〔八六九〕
싀치어치 노리어치

춘아춘아 一篇

〔八七〇〕
춘아춘아 옥단춘아
닌어락지 뉘주드뇨
좌수별감 주서드라
안써라 인물보자
쇠거라 걱꾀든자

어마어마 一篇

풍개풍개 부러다가
도리동산 집을지어
그집짓든 삼년만에
우라부지 서울양반
우리올빠 훈련대장
우러마니 진주댁이

〔八七一〕
어마어마 우리어마
우지말고 잘잇거라
올편칠편 두당새기
횡주합수 두두루미
쇠옷곰아 쇠옷곰아

農謠 五篇

〔八七二〕
아기야 도령 병어들어
심습시야 배싹가라
심금시라 깍근배는
맛도좃코 연할네라

〔八七三〕
개넝굼산　율근독에
쌀노섞은　광화주여
딸모쩨기　유리잔에
나븨한쌍　권주하네

　　〃

필도리성　머리당긔

〔八七六〕
률고는쳡〃　헐어옷코
주인할량　어뎌갓노
문어젼복　손에들고
쳡의방에　놀너갓네

＊　移秧할때부로는노뼈
　　上下두귀라난호위　서
　　　로주고밧교함

〔八七四〕
해다지고　커문날에
외인소장　울면가노
어린동생　압씨우고
둘폐언서　울고가네

　　〃

〔八七五〕
장사야장사야　황의강사
겸머진것·무엇인고
진주가바닷다　가진황의

高靈郡高靈面中化洞四三一
李　圭　華

淸道

〔八七八〕
어께동무 내동무
보리가나 도록 사러라

* 어께동무를하고가며

淸道郡伊西面九羅洞
潘在律報

〔八七七〕
첫기一篇

동/ 흰기야
너안진자리 안써라
먼데가면 매맛는다

* 잠자리잡으려고갓가히
가며

억제동무一篇

善山

황새덕새三篇

＊ 황어나누데

〔八八一〕
황새야　덕새야
압헤가는놈　양반
뒤에가는놈　쌍놈

〃

〔八七九〕
황새야　덕새야
내목아지　길ㅡ고
너목아지　쌀르다

〔八八○〕
황새야　덕새야
내목아지　열ㅅ발
너목아지　닷발

엄마소리 一篇

〔八八三〕
간방에　덩을쑤니
엄마소리　영ㅅ길내
영ㅅ치마　헐쳐입고
엄는량식　꾸어다가
급허동케　지여놋코
엄마하고　나가보니
뒷동산에　잠든새가
짓다듬는　소리쑌이비

婦謠 一篇

〔八八二〕
달아달아　밝근달아
이래백이　노든달아
노랑노랑　삼베수건
시령자주　선울둘너
서울공단　고(環)를달아
그고냐바　떠러지면
님의청도　떠러진다

叙事 一篇

〔八八四〕
한살먹어　엄마죽고
두살먹어　아바죽고

호부다섯 말롤베와　말매소매 다따나마　좌명돗은 우에펴고

열다섯에 싀집가서　은잔하나 무러버리라　싀아버님 여안지요

싀집가든 사흘만에　앵도갓혼 씨누씨는　싀어마님 여안지요

아랫도장 내려가서　쳥에둥ㅅ 나서면서　맛동씨도 여안지요

은잔하나 만지다가　아래왓는 커각씨야　씨누씨도 여안자서

은잔하나 쌔르럳네　느그집에 가거들낭　어써말올 둘어보소

힛초갓혼 싀아바님　노비권식 다따나마　침팔월의 지장밧해

마루솟혜 겯안커서　은잔하나 무러버리라　동피갓혼 당신아돌

어쩨왓는 이며누리　흥글흥글 맛동쓰는　나와갓치 옷을닙혀

느그집에 가거들낭　이리가며 흥굴치고　공단의를 곱게매여

앞들친지 다따나마　커리가며 흥굴치고　수시쏫을 숙여쓰고

은잔하나 무러내라　숙눈것눈 힌솟힌솟　다락갓혼 말올래여

솟치갓혼 싀어머님　입씨리가 탈삭탈삭　허다동써 다지나고

방문와락 열고보며　흥굴흥굴 야단이라　씨울이라 치ㅅ혀라

아래왓는 이며누라　이방커방 다치우고　내집써지 보넀쩌에

느그집에 가거들낭　솟방석은 밋혜놋코　은잔하나 대단튼가

마른쌀긴 물불처에
은잔하나 대단튼가
은소잡아 작별할제
은잔하나 대단튼가
나뉘컵시 드놀처에
은잔하나 머단튼가
쥐도새도 모를쯧에
방중샛별 떠올쯧에
오칸몸을 허릿스니
온칸몸을 채워주면
두말업시 잔말업시
은잔하나 무러줌쎄ㄴ
엇다마라 남이아리
비그럴술 내물낫다
뒷동산에 낭굴비여
압동산에 러물닥가

烈女碑를 세워줄가
孝女碑를 세워줄가

蔚山郡長川面上林洞
蜜春 海報

너의집에 불낫다
홍독개로 쌋둘너라

* 삼메나오는것을보고

안질자리一篇
〔人人五〕
안질자리 좃ㅣ라
질자리 좃ㅣ라
가시게동소 애기동소

* 장자리잡을쎄

황새덕새..篇
〔人人六〕
황새야 덕새야

童女謠..篇

〔人人七〕
새야새야 쌔꿈새야
너어데서 자고왓노
신녀방에 자고왓다
신녀방은 엇더튼노
창밧로 대문달고
은까락지 고리하고
씩닥바늘 지동시와
당다실노 문문달고
돈으로 구둘놋코
분으로 도배하고

연지로 해기리고
무슨이불 덥고잣노
비단이불 덥고잣다
무슨요를 쌀고잣노
공단요를 쌀고잣다

　〃

〈〈〈〉
알집의 동모들아
뒷집의 동모들아
령수여러 안갈난가
약쑥뜻고 쟁피뜻고
구부구부 쉴는불에
약쑥넛코 쟁피넛코
어리설々 서마시령
어리설々 가리시령
킨방두로 넛기띠서

울오마니 씨긴댕기
울아바니 써온생기
우리월키 집은생기
킨방두로 넙기되리
뒷동산에 치々달아
눈되나무청자로 만나세

善山郡高牙面伊約洞
鄭義相　報

慶尙南道

釜山（八八九～九二一）　蔚山（九二二─九二三）

東萊（九三四─九六六）　泗川（九六七─九七三）

居昌（九七四～九八〇）　固城（九八一─一〇一八）

統營（一〇一九─一〇二三）　咸安（一〇二四～一一〇七）

昌原（一一〇八─一二八四）　晋州（一二八五─一二九〇）

密陽（一二九一─一二九二）　南海（一二九三─一三三九）

釜山

〒바＝구어

치위一篇

[八九一]
오ー해첨사　달넘어
이영사　저영사
쌍금사　주지를　넘ー자
＊　여러아회가二隊을지어
서對立하야손을이어잡
고　翼殺나對便아이들
의넘흥넘은遊戲

[八九○]
치바라치바라　침도당
건넛도당　것도당
아아하나는　쇠색기
어른하나는　엄나구
＊　추울째　풀욱으로다라
나면서
치바라＝추어라·아아
＝이·이，쒸쒸·엄나
구＝닷누귀

[八九二]
짜래기바다　달(닭)주고
딩기바다　개주고
온쌀바다　니강내강
갈나묵고　통
＊　널썰쌔것혀서차례가다
러펴어시失신하라고，

오룩쪼룩一篇

〈八九〉
아자바쩌자바　어머가노
새자부려　간다
한마리자바　수바묵자
두마리자바　쌔지묵자
쩨지낭게　불이부터
오룩쪼룩　박쪼록
오줌이쌀썸　방구　탱
＊　여기슬어우면서

遊戲二篇

째는 처녀의 치마스자락
이날니는것을 籖米의 形
狀에 빗처서
니앙내랑＝녀와나와,
룡은 용ㅣ저러저달나
눈썹

〃

諷笑二篇

〔八九三〕
부앗네 부앗네
東숙 조지 부앗네
달앗네 달앗네
西숙십이 달앗네
＊
중다리기사作前에빗便
아이들이서로눙니며
東숙＝東쪽

數謠二篇

〔八九四〕
가자가자 감나무야
오자오자 옷나무야
시린매헤 끈백이야
가장업쉬 못살겟나
내엘모래 장에가자
돌문둥이하나 어데줏게
＊
갓처눕다가 한아이가
「가자」고하면 띄워서
눙녀주노라고.
사리＝시루,
꿈뱅이＝꿈꽝이,

〔八九五〕
이거리 저거리 각거리
청사 맹건 도맹건
도리 줌치 장독간
쉬울 양반 두양반
진주人댁이 멸쇠낭
셔마구 셔우 양지 버리
범 사ㅣ지
노령이 조지 쌩
＊
二十九數, 편가늘때와
쌀눈을쎄갓처놓아회를들
一列로세워두고罰便장
수가차려로 첫아회부
러시작하야 「어거리저
거리로쳐며,어리나가
송ㅇ겅흐면서)」「랑」ㅣ

쇼리쓰기 一篇

없는아이들씨군사로
샘는다 군사가數에모
자랄새는숫아회에서다
시첫아이로묘라오되숫
아회는꼽혀이지아니하
며 畝은「장독간」으로
숫치기도함

쑈록쑈록 감씨
농금 다래
아아 어른

　＊ 八數・다리혀일새 여
러다리를이러케외이며
하낫식혀며「어른」에씃
한나리 눈깝고또셈고하
야맨나중에남은다리일
자에게는「못두막어만
진소금강사앙살는 이
농일새」하며 그다리를
쎄리두면다런아회들은
扑掌고笑 여것을「수
박장사 노리」라함

[人人八]
아이고 배야
무슨배 자태배
무슨자래 갑ㅡ자래
무슨갑 연지갑
무슨연지 호랑연지
무슨호랑 서치호랑
무슨서치 하도서치
무슨하도 둘ㅡ하도
무슨둘 내아ㅡ들

　＊ 잣치놀는아이가때이로
다정게하고싸지려하면

[人人九]
　〃
쑝세 망세
시드리 호망세
개여둘

　＊ 七數・

[人人七]
한둥거리 두둥거리

張夏聲…篇

〔九九〕
샛바람반지 下端장
너무칩어서 몬보고
나-리건너 鳴湖장
船價가업서 몬보고
꿀묵꿀묵 釜山장
질몬차자 몬보고
쇠벽쇠벽 龜浦장
허리가압파 몬보고
미지기찬다 密陽장
차개를묵어서 몬보고
고개넘어 東萊장
다리가압파 몬보고
아가리크다 大邱장
너무널너서 몬보고
이山커山 梁山장

山이만아서 몬보고
코푸릿다 興海장
밋거려버서 몬보고
똥삿다 求禮장
냉세가나서 몬보고

가설이라령六篇

〈二〇〇〉
어ー허리고 정조타
허리고허리고 정조타
품바품바 각설아
품바품바 각설아

〈二〇一〉
작년에왓튼 각설이
아니죽고 또왓소
품 품 각설아
커리고 커리고 청좃비

이놈의각설이 이래도
돈이나돈ㅅ돈 버리면
어허친구 내하세
이놈의각설이 이래도
한상쌀만 몬보면
지집자식 굶긴다
품바품바 각설아

추각죽은 구신은
취자방으로 달나들고
취자죽은 구신은
총각방으로 차자든다

(九〇二)

一字나한장　둘고바—
일이나송々　야속송
밤人중셋별이　왼연하다
二人字나한장　둘고바—
晋州妓生　義岩守
倭將淸正　목을안고
晋州南江　떠러쥇다
三人字한장　둘고바—
三月이라　三짇날
제비쌍々　나라들고
四人字한장　둘고바—
倭臣行次　밤분길
點心참여　중에로다
五人字한장　둘고바—
五關斬將　關雲長

赤兎馬를　빗겨타고
화룡道로　다러든다
한푼밧고　물너가거라
＊　덕고ㅁ더리고

〃

六字한장　둘고바—
六親大師　作眞이
八神仙덕고　戱弄한다
七字한장　둘고바
七月七夕　牽牛織女
烏鵲橋로　만낸다
八字한장　둘고바—
八月이라　秋夕날
각씨래롱(타령)　하기조타

(九〇三)

一字나한장　둘고바—
正月이라　大보롬
온갓世上　맛나보고
二人字한장　둘고바—
二月이라　梅花笑
虎子각씨　맛보녀
三人字나한장　둘고바—
三月이라　櫻桃笑
四人字한장　둘고바—
四月이라　初八日
觀燈하기도　조흘시고

九字한장　둘고바—
九月이라　菊花笑
花中君子　일너잇고
十字한장　둘고바—
식거린다　각철아

五字나한장　둘고바ー
五月이라　端午날
處子각씨　나라든다
六字한장　둘고보니
각설이　時代가　이써요
七字한장　둘고보니
沐浴하는　處子몸
이렁도커려도　조쿠나
八字한장　둘고바ー
八月이라　팔자타령
어이할고　이자식
九字한장　둘고바ー
九月이라　국화꽃
處子생각　절로난다
十字한장　둘고바ー
十月이라　삭설어

요리조리　다라낫다

〃

(九〇五)
東萊釜山　쳐자는
작으냐크냐　알배기
機張蔚山　쳐자는
매욱장사로　다나가고
多大影島　쳐자는
갈파래장사로　다나가고
〇〇〇〇　쳐자는
개십풀장사로　다나가고

(九〇六)

방구二篇

시어마니방구는　앙살방구
시아바니방구는　유독방구
시하래비방구는　호령방구
시누부방구는　개살박구
할애기방구는　騰脂방구
새실랑방구는　風ー방구
사우방구는　엉롱방구

빈대배노아　지적이요
할마니밋깅이　버러진다는
영감봉알이　지적이라

＊　대가리ᄂ頭、버ᄒ＝ㅂ
뚜、지젝＝지格、부＝ㅂ
이ᄀᆘ민ᄯᅮ이

머정人방木枕이　버러진다는

* 시누부ㅣ 식누의

아리랑十二首

(조O五)
단넘어갈때는 큰마음묵고
門쇠고리잡고는 발써떠네
아리랑아리랑 아라리요
아리랑고개다 노다가세

〃
아리랑아리랑 아라리요
아리랑고개다 노다가세

(조一一)
노다가소 노다가소
커달이지도록 노다가소
아리랑아리랑 아라리요
아리랑뛰여라 노다가세

(조O八)
깜깜히늘에 별도만코
호래비살넘에 말도만타
아리랑아리랑 아라리요
아리랑얼시고 노다가세

(조一二)
靑絲초롱에 불밝켜라
죽엇든郞君이 도라오랴
아리랑아리랑 아라리요
아리랑고개다 노다가세

(조O七)
질로질로 가다가
돈욷한푼 주앗네
그돈한푼 가지고
떡을한나 사가아고
묵고나니 똥이데
도라보니 친구데
서고보니 방구데

*
以上은東萊釜山地方民
謠中特히釜山에서만히
부르는것

於東萊
孫 昌 奎 採集

(조一O)
開慶재재 빡달나무
홍독개방맹이로 다나간다

〃

〔九三〕
북꿈새 울거든 봄온줄알고
하모니카 불거든 날온줄
아소
아리랑아리랑 아라리요
아리랑얼시고 노다가세

〔九四〕
〃
보리방아물부어노코 생각
난다
아리랑아리랑 아라리요
아리랑고개다 노다가세

〔九五〕
시어만이죽으라고 축사해
드니
〔九六〕
문풍紙떠러진데는 풀人비
가지작이요
우리넘달개는데는 金鏡이

〃
아리랑아리랑 아라리요
아리랑고개다 노다가세

* 달개는=달퍼는

〔九五〕
시어만이죽어서 新作路복
판머고
이써몸죽어서 自動車대서
도
아리랑아리랑 아라리요
님의야 소식이 無消息이로
세
아리랑얼시고 노다가세

〃

〔九七〕
하가서한장에 一錢고厘해

〃

〔九八〕
無情有情은 歸織야江山
돈씨다가돈써러지면 寂寞
江山
아리랑아리랑 아라리요
아리랑고개다 노다가세

俗謠 一篇

왜왓드냐　왜왓드냐
울고갈것을　왜왓드냐
이왕지사　왓거들낭
하롯밤이나　쉬여가소

〔九一九〕

다포가서　말사고
밀양가서　달사고—

＊　섬＝絕影島
　　마포＝馬山

東萊郡　⊕酒

李　庚　得　報

諷笑 一篇

〔九二一〕

황첨지　불가죽
개지롬볼나　둥닥궁
커무나새나　쯔듸리도
셋퀸　파푼　안생기네

＊　鄭姓을놀녀

釜山府牧島瀛仙町一九四九

金　明　淑　報

부산가서 一篇

부산가서　붓사고
초량가서　초(燭)사고
섬에가서　섬(叺)사고
등영가서　둥사고

〔九二〇〕

蔚山

별혜이기一篇

(九二二)
별하나 뚝따
커불게 꾀여
꾹수 럴어
망래 너어
東門에 걸고

* 以下「西門・南門・北門」
을 한우이다의임

遯辭一篇

(九二三)
이박커박 안치박
정지문에 노든박
쌀을되니 쉬른되
쥭을되니 마흔넙지
두너러니 다먹엇네

諷笑一篇

(九二四)
오동동수 가시버야
방구통수 쉬지마라
내엘모래 너의쉬방
알메망태 질머지고
보지동냥 하러온다

배야배야一篇

(九二五)
배야배야 커가라
알집뒷집 부자다
주는디로 묵구로

* 배야송우인주드리며

慶山郡彦陽面菊開里一八八
金岩佐 報

죽은엄마一篇

(九二六)
아가아가 울지마라
죽은엄마 커지나나
싸구라쌋구라 쏫지마라
죽은낭게 진아나나

방아빌너 一篇

〔九二七〕
가자실아 가자실아
방아빌너 가자실아
물좃코 청자존대
잣나무 씨목여다
방아빌너 가자실아

처자노래 一篇

〔九二八〕
삼곱삼곱 상서라자
호작질노 닥가내여
먼데보니 달일네라
잣혀보니 처잘네라
그처자야 자는방에
숨소리라도 둘일비라

흥달반달 오라버니
거즛탈삼 말아주소
동남풍이 뒤로부니
풍자썬는 소릴네라
초고마한 재피방에
비상불을 피여놋코
열두가자 약율놋코
댓닙갓흔 칼율물고
명주쥔대 목을매여
자는놋이 죽고지라
올아버니 내죽거든
압산에도 뭇지말고
뒷산에도 뭇지말고
연대밋해 뭇어주소
연못이라 피거들낭
남편줄노 아라주소

京城府昌成洞一〇九
宋愛子　報

遁辭 一篇

〔九二九〕
이뫅커뫅 간추뫅
다쉬먹은 난두뫅
재인영감 두룬박
떡울하니 쉬른채
살노되니 마흔되
쇼부랑늙은이 다먹고
쇼부랑낭게 올나가서
쇼부랑작대기로 싹썌라니
쇼부랑쇼부랑 쎗
＊어락＝이색기

移秧歌四篇

〔九三〇〕
이논샘이　모를숨어
금실금실　영화로다
우리부모님　산수갓에
솔을숨어　영화로다

〃

달이돗고　웃픽방에
놀다가도　무관이요

〃

〔九三一〕
상주산간　흐르는물에
상추싯는　커큰애기
상추는싯처　광채담고
줄기한상은　나를주오

〔九三三〕
철네웃흔　로객가고
청노웃흔　장가가네
만인간아　웃지마오
귀동자를　바래가네

〔九三二〕
달이돗네　달이돗네
비개모에　달이돗네

蔚山郡大峴面大谷里五六

崔 戊 甲 報

東萊

캐지랑이七篇

[九三二]
하늘에는 별도만코
캐지랑칭ㅅ 나ー새
시내강변에 자갈ㅅ도만타
캐지랑칭ㅅ 나ー새

[九三四]
〃
상어개기 개길는가
불침자식 자식일는가

[九三五]
캐지랑칭ㅅ 나ー새
헌두듸기 이도만코
호래바살넘에 랄도만타
캐지랑칭ㅅ 나ー새

[九三七]
〃
찍어나크나 동무네야
으룬저녁에 노라보세

캐지랑칭ㅅ 나ー새
＊ 개기＝고기

〃

[九三三]
의부人애비 애빌는가
다신에미 애밀는가
캐지랑칭ㅅ 나ー새

캐지랑칭ㅅ 나ー새

〃

[九三六]
이기주소 이기주소
우리東쑥 이기주소
캐지랑칭ㅅ 나ー새
＊ 이기＝여저

〃

[九三九]
이가주소 이기주소
우리酒쑥 이기주소
캐지랑칭ㅅ 나ー새

東萊郡龜浦
李庚得報

달 一篇

(九五○)
달노모아 달노모아
천지옥지 달노모아
심지업는 불을캐여
천상국에 달아노니
백만국이 다밝도다
불도밝다 불도밝다
쉬불쇠리 누가잇노
천래산 만구름아
너안쇠면 누가쇠노

파랑새 一篇

(九四一)
새야새야 파랑새야
너의엄마 어듸갓노

나물노래 一篇

용상강에 배를타고
쉬양강에 놀너갓다
언제시대 오실난가
샛픠고 잎픠는
그시대 오신단다

(九四二)
뒷집에 동모들아
압집에 동모들아
쏫바구니 엽헤씨고
나물캐러 가자시라
올나가면 올쇼사리
머리오면 늣쇼사리
아금자금 뭉거다가
뒷도랑에 씻써가주

압모땅에 행가씨는
반들이라 동솟안에
샛별갓치 밧쳐씨는
생강후초 양념하야
열두판상 채려놋코
아부님요 어무님요
어써어써 일어나씨
오솜긔에 낫흘닥고
비단수건 낫흘닥고
아침조반 하오사요

東萊郡西浦田浦里
辛東燁 謠

二篇

[九四三]
앝집에　동무비야
뒷집에　동무비야
梅花人대　석거짓고
日光이　도닷시(슬쥐)고
이실럴녀　앙(안)갈낭가

우리父母　산수人등에
솔을심어　영화로다

[九四九]
씨울안반　羊皮나배자
금강처녀　솜씨로다
유리아장관　도벽방에
굼실굼실　노라난다

[九四五]
漢江에　모둘부어
그모씨기도　낭감하다
하늘에　木花를섬어
그木花써기도　낭감하다

[九四七]
단장안에　심은화초
단장박굴　후아넘비
질로가는　호걸양반
그옷보고　질몬간다

[九五〇]
〃
청심아　식이든술이
어떠만줌　오는고야
나ー前山　모랭이
도니라고　더듸도다

[九四六]
〃
이논쟁이예　모를심어
금실금실　영화로다

[九四八]
〃
씨울이라　왕대바터
금세둘키　알음노아
그알하나　주엇떠면
금년과거　내할수로

[九五一]
〃
여계옷고　쥐계옷고
主人비마느래　거계옷고
쌉기는　쌉아시나

陰달이 커서 댐뽕달뽕

＊ 댐뽕달뽕＝딸지말지

[九五三]
伽倻야 陜川 홍들못에
蓮밥따는 커처자야
蓮밥줄밥 다바주새
이내품에 情들거라

〃

＊ 느수＝너와

느그동생 무삼죄로
影島섬에 귀양갓노

〃

[九五二]
모시야적삼 안섬안에
연적가튼 커젓보소
담배씨만치만 보고가소
만이보면 병납니더（다）

[九五四]
추각아춘라아 손목놋케
길상紗첩커구리 등갈나진

〃

보선줄듯어 가망업비

[九五七]
철냐야썃을 대치버여
임의보선에 볼을거러
임보고 보선보니

〃

[九五五]
侍女야고롬 안스고롬은
고롬끗마중 香버난다
애이紗바다서 등바다주마

〃

길상紗처구리 등갈나지면

[九五八]
커건너라 노양江에
개기낙는 첨지들아
이내일신 선지다가
陸地박게 노아소

酒泉溪알흠 지내가니
안어묵어: 싫버난다

〃

우리동생 보러갈비
사공아 배씌여라

[九五六]

＊ 언지＝건너

290

고우는세

〔九五九〕
화룡道라 똥은질에
曹孟德이 사라나고
임당수라 집푼물에
沈淸이가 사라난다

*

〔九六○〕
울뭉窓밖게 귀창쇠굴아
오든질을 행해가라
자든龍이 구부룰치면
너묵심이 업시리라

* 자든龍＝本男便을가로
처
울뭉窓＝月輪窓인가

〔九六一〕
귀계가는 귀處子야
속곳가래 놋코가소
놋코가나 듣고가나
秀才거게 게관이요

* 移句논「우수州關이나」

〔九六二〕
난돌산이는 오륜센가
메!자구 잘잘센가
이— 후ㅅㅅ//
* 난돌산이는저녁에나우
여오로는세일옹
ㅣ—자구＝ㅣㅣ—자구하

〔九六三〕
쉬—큰쉬리 어태갓노
쉬—른쉬리 山에갓소
오거들낭 보고가소

* 以上은 二十餘年前부터
늘너오는노릇기노래
移來二篇一破閑이노올

〔九六四〕
옛날옛적 간날갓퇴
나무집사 소년人직에
흑수바리 영감人직에
무자수 꿀동(蜜洞)人직에

옛날옛적一篇

너불미기　삼두ㅅ직에

아ᄉ　어른ㅅ직에

어른　아ᄉㅅ직에

그럴ㅅ직에　한사람이잇섯

거든──

★ 이애기사작할新頭어

　　　　　　다

리, 너를쎈달러러진

니아름이　닥금이니

짠말업시　낙죽어라

★ 이를잡아죽일쎄

　　　　조된일嘴

近辭一篇

이(虱)一篇

　　　　　　東萊郡 戱浦

　　　　　　　李必雨 謠

(九六六)

옷에이는　白당춘이

머리이는　감ᄉ춘이

춘아춘아　감ᄉ춘아

니(너)밥이　六발인들

남애성상　지울쐬에

사새딸방　도랏너냐

나둥어라　납닥하니

돌한둥이　커왓너냐

나조됭이　쏨빗하니

죽은낭게　玉笛한曲불녓너

냐

(九六五)

이바금지가　커바금지룰지

고

배렁박에　올나가다가

모리뒷다리에　채아서

너울쉬드란다

★ 이애기하랄쎄

머랑박ᆨ뱀, 모릭과

냐

泗川

황새一篇

〔九六七〕

황새야　덕새야
너아재비　죽엇단다
고동썹지　물어노코
어이어이　울어라

지신아재一篇

〔九六八〕

파랑부채　꼽은도령

쉬뛴것도　보기좃네
우리생(형)이　살앗드면
지신아재　삼을그로

〝

〔九六九〕

바람도설늉　구름도설늉
압집에큰애기　내눈에설늉

俗謠四篇

〔九七二〕

유자석루　근월이조와
한쑥지여　둘엽엇네
동남풍이　둘어부려
서러질가　걱정일세

＊ 移秧하며

〔九七二〕

쳐자주모야　술걸넛댜
땅경창파여　배띄오네
땅경창파에　배떠오면
술잘팔고　밥잘팔지

＊

〔九七○〕

晋州영장　백말을타고
진영못속　썩나서니
연쏫피여　회초되고

〝

농사상사一篇

〔九七三〕

저─건너　커집에
울도담도　업는집에

커자한쌍　늠나든다

흰낙시로　낙가낼가

돌불러로　자사낼가

낙가버면　농사되고

못낙그면　상사되고

농사상사　고룹매커

풀니도록　사라보세

* 자사낼가=저어낼가

洞川郡邑西面竹川里

吳 大 龍 報

居昌

샤치샤치一篇

[九七五]
샤치샤치 파랑샤치
풍개한쌍 무러다가
풍개나무 집을지여
우리형님 서울사람
우리엄마 언남사람
우리아배 대국사람
쉬울이라 올나가서
번개한쌍 집을지여
초흘배슬 헤엿는가
여덟폭치마 한폭이업서
롱치마 되엿네

실사리一篇

[九七七]
명주사리 감아라
실사리 감아라
명주사리 풀어라
실사리 풀어라
＊ 동무서리팔을서로감엇
다풀다하며

조름一篇

[九七四]
잠아삼아 오지마라
요내눈에 오는잠은
팔도만코 흥도만타
잠오는눈을 속잠아셰여
탱주나무에다 걸어놋코
들며보고 날며보니
탱주나무도 꼽박꼽박

롱치마一篇

[九七六]
이칠 칠사
어딸 딸사

雜 三篇

[九七八]
불려먹고 깽ㅡ깽
고초먹고 깽ㅡ깽

＊ 명々이골머

〃

〔九七九〕
두덕집을 질ー가
서치짐을 질ー가

＊ 모래밭헤 손을넣고 한
손으로 구슬찬다찬다
써리머

〃

〔九八○〕
암행어사 출도여

＊ 정남우물아래학을
쎄벗짐

居昌

朴月牙報

周城

叙事一篇

부고왓네 쏘한모롱 도라섯네
이령샅서 부고왓네 청오처마 청도포에
한손으로 바든부고 백소아지 바지돕시
두손으로 펴여보니 남소아지 배자다가
쎈부죽은 부고로다 진주물인 백노토지
도라서소 도라서소 무주비단 한이불을
할버넘도 도라서소 멀흔듯시 떤져놋코
아버넘도 도라서소 원앙금침 잿베개는
뒤에오는 아래하인 두리베자 지여놋코
도라서게 도라서게 셋별갓흔 요강에는
기우지라 냇든장개 발길마다 떤져놋코
내가가서 단이오매 굴네갓흔 은ᄉ락지
싱고가마 다버리고 수아지고롬에 걸매자놋코
다솔하인 다버리고 친반갓흔 감은머리
한아삼년 헐기다가 억게넘에 떤져잇네
진ᄉ삼월 열여셋날 안자우ᄂ 안자우네
대사일을 바다놋코 한모롱이 도라서고

〔ᄎᄉ〕
이령샅에 곽쳐자는
재간조타 소분둣고
진주땅에 강수재는
글시조타 소분둣고
헐기다가 헐기다가
한아삼년 헐기다가
진ᄉ삼월 열여셋날
대사일을 바다놋코

장인장모 안자우네
우지마소 우지마소
장인장모 우지마소
천래산 넓은벌에
살썩키는 체만할까
만래산 김흔굴에
울고가는 내만할까
날줄나고 지은밥상
사재밥에 매련하소
날줄나고 지은큰상
성복케에 매련하소

＊ 기우지라＝피왕지사

科擧一篇

（九八二）
삼가합천 너른벌에

가진화초 승상하야
봉선화논 길을잡고
박씨을낭 섬을걸고
써지씻흔 동정달고
고초씻흔 짓흘달고
분씻을낭 돌의매여
아춤이슬 살금마처
은다리비 밤을맛처
우리선비 입핏드니
써울길로 가사여써
첫초지를 밧처되려
장원급케 하엿다벼
나린다네 나린다벼
우리선비 나린다비
길녀써신 우리부모
갓치크든 우리헝케

婦謠一篇

영화로다 영화로다
오늘날이 영화로다

（九八三）　금비둙이 一篇
써울이라 왕머밧헤
금비둙이 알을나아
각고가는 커선비는
아들애기 꼿커들낭
곱새장남 매련하고
꼿코가든 커선비는
아들애기 꼿커들낭
경상감사 매련하소

（八五）
구름아　구름아
경상도　옥구름아
편지한장　전해주소
흰조에　옥중에
만리청　담안에
벗을그려　우떠라쇼
벗이야　간데마다
정부치면　잇거마는
부모그려　우떠라쇼
금해영　김선비야
백사장　천리길에
삼안자로　뎌왓더냐
옥섬상　옴도쇼바
가만히　업칫거라
오늘밤에　잠안자고

（八六）
산나무라　청자미헤
찬병수를　낄차하니
난대업는　도령님이
롤달나고　하시건대
너는웃자　뉘아둘고
수영대감　아둘이냐
너는웃자　뒤딸이냐

비단에도　한숨잇고
공단에도　한숨잇고
롤노롤노　생간인생
한숨업시　생길소냐
이밤이　어쉬가고
홋날밤이　다시오면
반달품에　자고가쳬

俗謠二篇

경상감사　손자로다
방사질삼　방ㅅ짚에
무명씨롤　찬단말가
짜다가도　모지래면
무명씨도　짯느니라

（九八六）
고성송도　소대칭에
웃치피여　씨들엇네
롤을주자　롤을주자
한뒨손아　롤을주자
살녀내네　살녀내네
씨든웃춤　살녀내네

＊　씨든웃＝시드운웃

〃

（九八七）
밀양이라　영남숲헤
슬피우는　송낙새야
옷을그려　슬피우나
밥을그려　슬피우나
옷도밥도　안그려도
이숲짓든　삼년만에
이숲속에　색기쳐서
몬키울가　슬퍼우네

아들곳코　딸곳코
만년이나　울너자

＊　동도양이＝속담노리
　　울너자＝榮華를누리자

눈옷

배암잡아　회쳐줄가
파리잡아　떡쳐줄가

＊　어리산군동우머리머리
　　동서로만지며

속곱노래…篇

（九八八）
할먼네　동산에
소주곡고　락주곡고
동도샙이　살넘에

〃

謔笑二篇

（九八九）
압니빠진　괴양이
뒷니빠진　씽냥이
빈철러에　가지마라
빈대한테　젬마질나

＊　니색진아이놀니며

（九九〇）
중아중아　깍쓰중아
자네집이　어듼고

치위一篇

（九九一）
어허추어라　춤대장
건넛대장　옷대장
춤지안아　무첨지

＊　겨울에치울떼

성소리一篇

（九九二）
설～설　장서방
자네집이　어듼고

요산넘에 커슬밋헤
넛뜻한 내집일세
뭐로먹고 사는가
압들에 콩한말
뒷들여 뼤시말
어둘곳코 살곳모
오선도선 잘사네
* 웃(笑)우는소리웃고

자장一篇
(오초三)
자장자장 우리애기
선녀가치 입분애기
꼼게곱게 자는방에
괴도개도 어니온다
자장자장 우리애기
셋별가치 밝은눈에
조랑조랑 맷쳐어라

慶尙南道山淸面
松□里新果村
金□□月

시집사려 어엿더노
시집사리 촌러만은
어려운것 만코만은
조그만한 도래관에
수커놋키 어렵드라
동글둥굴 수박식괴
밥당기도 어렵드라
중우베슨 시아처버
탈하기도 어렵드라
* 중우=바지(소의)

웃아웃아一篇
(오초四)
웃아웃아 동노락
띌아뽀아 울케라
봄날어라 동산예
네울먹고 내논자
* 웃음싯그메

圖笑三篇
(오초五)
방귀면 지래내
어ー어
자녀아둘 질되려거

설아청아一篇
(오초六)
설아청아 울케청아
어ー어
자녀아둘 질되려거

그네아들 본그릿네

* 방구쟁이 가自쌈

　나는 쇠숙가락

　선생님은 쏙가래

〔九七〕
동두꺼미 쇠간에
아들못코 쌀못코
쇠ー미한러 함맛고
압흐다소리 못하고
임만다닥 벌긴다

　　〃

〔九八〕
하늘친 쑤섯지
가마솟헤 누른밥
따ー르다ー러 긁거서
선생님은 한롱
나는 한식고

아기二篇

〔九九〕
우리애기 자는때는
괴도개도 안오리라
말써장사 말써장사

　　〃

〔一○○〕
답수은 감장수
외지말고 감파라라
아가아가 우지마라
댕기파라 감사주마

* 갓없아이 눈니여

후여! 二篇

〔一○一〕
아랫녁새야 웃녁새야
네나락버나락 다까먹고
모레는 오지마라
후여ー

* 논써 쏘치며

雜 五篇

〔一○二〕
미명밧헤 고비여
뛰로먹고 사ー노
참새들새 오도독

* 山行용돗고

　　〃

〔一〇四〕
비야비야 오너라
쌀갑쌀갑 먹거로

고초먹고 쌩―쌩
소주먹고 쌩―쌩

니만댁이 갈넌다

〔一〇五〕
　〃
배야배야 크거라
만히만히 먹거로
　* 띄을두드리며

〔一〇六〕
거짓죽고 자식죽고
풀국、풀국
　* 국국새우름

〔一〇七〕
빨래먹고 쌩―쌩

가서리타령一篇

一자한장 둘고보니
일월송々 하송々
밤人중샛별이 완연소

二자한장 둘고보니
이등커둥 북치고
행수기생이 춤치네

三자한장 둘고보니
삼월에실렁 도실렁
외나무다리가 만나도

四자한장 둘고보니
사시능황 가는길에
컴심참이가 중외며

五자한장 둘고보니
오관첨장 판운장
거토말을 집어라고
諸葛선생 차커가비

六자한장 둘고보니
육관대사 성진이가
팔선녀잡고 희롱하네

七자한장 둘고보니

칠월머리 판머리는
각씨넘에 노리개네

광대중에는 목애비
라고
새이니라고=쉬아리누

園城郡 介川面 北坪里 檜田洞
吳官守 報

俗謠二篇

〔一〇〇八〕

八자한장 둘고보니
파랑파랑 녹두새야
록두밧헤 안치마라
록두옷치 써러지면
청포장사 울고가리

한쪽업는 불개미가
외못닷말 질머지고
짝々이라 반달고게
옷줄옷줄 넘어가네

〔一〇〇九〕

九자한장 둘고보니
구십먹은 노인이
구들박에서 밤먹고
울목에안저 똥차네

진치패 싸른치매
쇠一니랏고 더듸다
숫가락 반단에
세이니랏고 더듸다

＊ 釜大술이검섭기다리며
진치배=진치바

장자한장 둘고보니
장안에광대 백광대

가마귀一篇

〔一〇一〇〕

후원에 저가마귀
색기를처서 갈々하네
색기가커서 애미를치니
애미가안저 싹々하네

園城郡 水吾面 青水里
民龍植 報

고비용·篇

[1011]
머영밧헤 고ㅡ비용
무엇먹고 죽엇노
개떡먹고 죽엇네
엇지엇지 울엇노
어어어이 울엇네
엇지엇지 무덧노
공ㅡ공ㅡ 무덧네

　　＊ 연화밧테편서

가자가자·篇

[1012]
가자가자 갓나무
오자오자 옷나무
불여싸진 동구나무

샤치·篇

[1013]
샤치샤치 노랑샤치
풍지풍지 몰어다가
꿀작굴작 집을짓고
게닥게미 물어다가
쉬방각씨 둘낭낭

　　＊ 짜처집짓는것늘보고

초생달·篇

[1015]
달아달아 초생달아
어듸갓다 인제왓노
새각시의 눈섭갓고

잡치가닥 쑥가지야

붉은이의 허리갓고
달아달아 초생달아
어쓰어쓰 잘아나쓰
거울것흔 네얼굴노
우리동무 한데가서
나와갓치 빗최주고
우라버니 자는창에
나와갓치 빗최주고
나와갓치 빗최주고
울어머니 자는방에
나와갓치 빗최주고
울오랍씨 자는방에
날과갓치 빗최주고
우런형님 자는방에
날과갓치 빗최주고
우리동생 자는방에
내간동이 빗최주고

거울겉흔 비언굴노
오쇄상을 빗치여라

童女謠二篇

〔一〇一五〕

망개똥 오라배야
내가내가 죽거든낭
알산에도 뭇지말고
뒷산에도 뭇지말고
연대밋헤 뭇어주소
우라버니 날찻거든
담뱃대를 물녀주소
울오라배 날찻거든
밥을한상 대접하소
우리형님 날찻거든
온비녀 찔너주소
우리동생 날찻거든
금파쏫홀 쥐여주고
우리동무 날찻거든
은싸락지 쎠여주소

〃

〔一〇一六〕

담풀담풀 다방머리
아가아가 어듸가노
울어마니 산소ㅅ동에
젓먹어러 나는가오
울어마니 어댓듸요
누그마니 내사몰나
우리집에 잇거라야
느그마니 울기다야
안울기요 안울기요
울어마니 안울기요

俗謠二篇

〔一〇一七〕

쉬집가는 사흘만에
사발석죽 쇄엿닷고
매눌애기 좋々팬다

〃

〔一〇一八〕

저게가는 저가수나
(야ㅣ미레 내종년아)
방구좋々 쎠지마라
조개떡々 버려진다
저게가는 저머슴아
방구좋々 쎠지마라
봉알덜넝 떠러진다

* 가수나=계집애

어금아ㄱ시내안치

圍城郡三山面三峰里七七七

李　正　烈　歌

統營

처자노래二篇

[一〇九]

올아부지 한냥주고
떠은멩기
두냥추고 집은멩기
머리꽂해 둘엇더니
성안여서 널뛰다가
청밧거다 일엇구나
열다섯살 쉬처쏜아
주엇거든 날노주라

염낭집어 은헤하마
줌치집어 은헤하마
염낭도 내사실코
줌치도 내사실라
여뜰쭉 치알치고
일곱쭉 평풍치고
귀항머리 마주풀고
서로서로 마주보고
쩔핥배에 너줏거따
오동나무 장농짜고
너옷넛코 나옷넛코
그뻐되면 너줏거마
청지안여 솟돌걸고
밤울지어 겸(兼)상해서
갓치먹울뻬 너줏거마

[一一〇]

창금창금 창소락지
호작질노 딱가내여
먼데보니 달이로세
짓헤보니 취자로세
그취자 자는방에
숨소리가 돌아로서
천머박시 울오랍씨
거줏말삼 말아주소
쇠쇼리가 기런방에
참새갓치 너누엇소

비야비야一篇

[一一一]

비야비야 오지마라

달팽이 一篇

〔一〇三〇〕
우리성이 식집갈써
가마눞되 풀둘어서
비단댕기 얼엉진다
공단커고리 얼엉진다
다홍치마 얼엉진다

〔一〇三一〕
박지박지 개약지
곰보약지 개약지
곰보약지는 몬쉬도
우현국약지는 씬단다
★ 얼근아이놀니며
統營郡統營面朝日町六三〇
高夕照報

〔一〇三二〕
달겡아 달겡아
너어뻬 홍세에
굿하러 갓다
둥─캥─
★ 달팡이울보고

誠笑一篇

咸安

정지五十七篇

[一〇三七]
외와버자　외와버자
이모관을　외와버자
들어버자　들어버자
이모관을　들어버자
　　　〃

[一〇三八]
아춤이슬　채친밧혜
쌀동소는　귀콘아가

[一〇三九]
지빗간밤　꿈좃드니
님의게서　편지왓네
아기야 도령님　먹갈어라
님의편지　답장하자
　　　〃

[一〇四〇]
안개실한　자진굴에
방울업는　매나가네
그매커며　내맬는가
첩이매가　되엿구나
　　　〃

[一〇四一]
매핫머룸　걱거지고
이술덜로　가자시야
　　　〃

[一〇四二]
운애안개　자옥한데
커자돌이　도망가네
쳑자수건　목에걸고
총각돌이　뇌라가네
　　　〃

[一〇四三]
이산커산　양산중에
슬허우는　송낙새야
공산울낭　어듸두고
야산에와　슬피우노
　　　〃

＊ 以上六篇 므지리몽님

[一〇四四]
쎠마지기　이논쎔이
쩌부로는노래

반달갓치 떠나간다
케가무슨 반달인고
초성달이 반달이지
　"

이주일색 뇌누부로
남중호걸 나를주게

〔○四三〕

머리좃코 실한커자
줄뽕남게 안자우네
줄뽕채뽕 내따줌세
명주야돔지 나를도라

〔○四二〕
　"

알곰삽삽 고분커자
동산이고개 넘나든다
오면가면 빗만비고
대장부간장 다녹히네

〔○四四〕

成安하고 이령영애
김수자가 장가갓네
베우란사 술이로세
커서보고 잡수시요
　"

열창문을 반만열고
침자질하는 커큰아가
침자잘도 조커니와
고개만살곰 둘어바라

〔○四五〕

모시쳐삼 안섭안에
연옷가튼 커컷바라
그것한번 덥석쥐면
영결종천 귀양간다
　"

〔○四六〕

진주단성 안사랑에
장귀두는 커남손아
　"

〔○四七〕

율오래비 양모배자
엇던기생이 니빗는고
샤울기생 줄울나여
평양기생이 니빗다네

〔一〇二八〕
알곰삽々 고분독에
누룩울너어 청감준대
뜻흘나혀 유린잔에
나우한쌍이 권주한다

〃
살병차이 반치로다
처자쒺는 구경가세
서울이라 한강목에
잉어노는 구경가세

〔一〇二九〕
모시저삼 안쇠름은
고롬고롬이 상새난다
남산모롱이 돌아가니
친구마당 술버난다

〔一〇三一〕
〃
팔구월에 열때열지
이달가고 커달가고
언케커서 열때열내
모야모야 노랑모야

〔一〇三二〕
〃
갱사청々 버들속에
추천하는 커른아가
후천줄낭 잠시꼿모
정든나를 살몸보게

〔一〇三三〕
〃
이논에다 모롬십어
잡나락이 반치로다
산넘어라 청할두고

〔一〇三四〕
서울이라 한굴복어

〔一〇三五〕
〃
커기가는 천부님네
우리넘은 안이오나
오시기야 온다마는
칠성관에 실녀오네

〔一〇三五〕
〃
서울이라 남기기(귀)해
쑥철비녀 다리꼿네
그다리를 건너가면
영결종천 귀양간다

[一〇二八]
앞곰삽〃　고분독에
누룩을너어　징감준다
씻홀나혀　유리잔에
나우한쌍이　권주한다
　〃
살병작이　반치로다

[一〇二九]
모시처삼　안쇠름은
고롬고롬이　상뻐난다
남산모룽이　돌아가니
친구마당　술뻐난다

[一〇三〇]
이논에다　모를심어
잡나락이　반처로다
산넘어라　청울두고
　〃

[一〇三一]
모야모야　노랑모야
언제커서　열매열내
이달가고　커달가고
팔구월에　열매열지
　〃

[一〇三二]
개사청〃　버들속에
추천하는　커큰아가
후천줄낭　잠시놋코
청돈나를　살폼보게
　〃

[一〇三三]
쇠울이라　한골복에

처자뛰는　구경가세
서울이라　한강목에
잉어노는　구경가세
　〃

[一〇三四]
쇠울이라　남기기(귀)해
쑥철비녀　다리곳네
그다리를　건너가면
영결종원　귀양간다
　〃

[一〇三五]
커기가는　천부님네
우리님은　안아오나
오시기야　온다마는
칠성관에　실녀오네

아래웃방 시녀들아
연줄곳는 구경가자
　　　"

〔一〇五四〕
씰늬야솟흔 장개가고
성류야솟흔 상개가비
만인간아 웃지마라
씨종자를 바래간다
　　　"

〔一〇五五〕
올곳붙곳 도래줌치
대구팔사 쉰다랏네
인지나줄가 칀지나줄가
닭이울어도 안이주네
　　　"

〔一〇五六〕
우리조선 만백성은
흉년질가 수심이비
청춘과수 유복자는
병이날가 수삼이네
　　　"
　　　　　한해 노래

〔一〇五七〕
여게쉬게 느들모야
너는어이 말도만코
유월새벽달에 숨어도
줄바르기 숨어도고
　　　"
　　　　* 쉬일때

〔一〇五八〕
쌈둥부씨 쌀각처서
담배한대 먹어보세
담배맛이 요러하면
쌀밥맛은 언더할쇼
　　　"

〔一〇五九〕
유월달이 도라와서
첨울파라 부체삿네
　　　"

첫생각의 물노난다
　* 以上二十九篇 오심기

〔一〇六〇〕
남산이라 쥐모릉아
청삼이라 떠듸오네
미나리라 시금초라
맛보나라 더듸온다

【一〇六一】
느럿다 오 느럿다 오
점슴참이 느럿다 오
일죽엇네 일죽엇네
오날아춤 일즉엇네

〃

무엇무엇 을낫든고
항경도타 원산고기
마리반이 을낫드라

【一〇六六】
병장사는 병을지고
병주판사로 넘어간다
독장사는 독을지고
콩실칠사 넘어간다

〃

【一〇六二】
삽동이야 사동이야
맛보니라 느럿는가
뒤축업는 신울신고
요은이라 느럿는가

＊ 점심오기룰기다리며

【一〇六四】
와그락텅 자그락텅
세살문동창 맛다지야
뉘룰보고 열녀잇노
청춘과수보고 열녀잇네

＊ 점심먹고논으로나가며

【一〇六七】
오날해가 다젓는가
굴ㅅ마다 연긔나네
요니려할미 어데가고
연긔넬줄 모르는고

〃

【一〇六三】
오날낫에 점심반찬

〃

【一〇六五】
망근장사 쌀일던가
외올떠기도 잘도하비
조리장사 쌀일던가
조리기도 잘도하비

〃

【一〇六八】
미랑산당 궁노눕헤
연밥따는 커론아가

너의집은 어대두고
해다진뒤 연밤와노
"

[一〇六九]
해다지고 커문날에
외인수자가 울고가노
그수자가 그안이락
백년언약을 일코가네
"

[一〇七〇]
청사 초롱 불발키라
춘향방에 놀너가자
춘향님은 어되가고
춘향집이 비엿논고
"

[一〇七一]
바람불고 비오는데
첩의집에 어이갈고
조라는 새우산여
갈모바치 씨고가지
"

[一〇七二]
다풀다풀 다방머리
해다진뒤 어듸가노
우리부모 산소스동에
젓먹으러 내가가네
"

[一〇七三]
논두룸밋헤 서재야
해다간줄 몰으늬
엄낭덤벙 노다가요

해다컷다 나오나라
"

[一〇七四]
씨―리 씨―리
애비 산에갓네
잇젓뜬들 보고가재
오거들낭 보고가지
"

[一〇七五]
압집에라 유자청자
뒷집에라 감자청자
유달내할마시 노든청자
앗다그청자 조흔청자

〔一○七六〕
쉬재ㅅ골에　유자나무
선부안자　해자로다
장독간의　봉선화는
나븨안자　해자로다

〔一○七七〕　〃
도로도로　장독간에
외씨닷말　모롤부어
우리동생　봉행이는
외씨되다　늘거나네

〔一○七八〕　〃
사래길고　장찬밧헤
묵화싸는　커큰아가

목화보는　어듸두고
님의품에　잠들엇노

〔一○七九〕　〃
東萊야부산　큰애기들은
자그나크나　알백이
마포야신창　큰애기들은
쳥어역기도　날개네

＊　수저비＝밀가루로맨든
먹음서

〔一○八○〕　〃
칠원아용셩　큰애기들은
소리기도　잘한다네
창원봉우재　큰애기들은
문구멍울시　흐르ㅅ닥ㅅ

＊　以上十七篇　쉬저우러
부로는노ᄅ

〔一○八一〕　살의동재二篇
쌉복쌉복　수꺼비는
사우판에　다올낫네
요리오할미　어듸가고
쌀에동재　식컷는고

〔一○八二〕　〃
노랑감치　쌉짝콩
멀국마씨기　심울씨비
요리오할미　어듸가고
쌀에동재　식컷는고

＊　멀국＝건데기업눈국물

담박귀一篇

[一〇五四]

귀야귀야　담박귀야
너국올낭　어듸두고
조선국에　늬나왓노
약주자고　내가왓다
그씨조라　씨룰바더
조선국이　병이만어
단장안에　모들붓고
단장밧게　왱기내여
애숨대숭　진남서서
애양애양　역기내며
쎄글안에　거렷다가
덧발도매　언저노코
은장도라　드는칼노
애양애양　쳐―려서

씻바구리　담아못코
회죽실머　쎗딜이고
한목음을　풋고나니
부모맛아　요만하면
불초되라　늬잇슬리
두목음을　풋고보니
살넘맛아　요만하면
째가할이　늬잇슬리
쳐자맛이　요만하면
이별날이　뉘잇스리

청지문에　나딜바
쫙바리에　휘양슨

＊이야기한말숙

通解二篇

[一〇五五]

이박커바　똔지박
새미人독에　뇌리박

[一〇五六]

이박커박　똔지박
똔지할미　쏘대롱
말은눈에　쫙바리
추진눈에　지부리
똔지한집　질머지고
서울길로　올나가서
이편커편　뚝디리맛고
기부리한테　기별하니
기부리눈이　햇―쏙
개엡이장둥이가　잘―숙

못슬치마·篇

그집짓고　삽년만에
울어매는　진줏댁이
움아배는　서울양반
이내나는　옥당처자

〔一○六〕
뙤밧헤뙷님히　뙤ㅡ뙤
솔밧헤솔님히　소ㅡㄹ소ㅡㄹ
대밧헤뙷님히　대ㅡ대
아홉폭치마가　휘ㅡㄹ휘ㅡㄹ
여덜폭치마가　휘ㅡㄹ휘ㅡㄹ
일곱폭치마가　휘ㅡㄹ휘ㅡㄹ
여섯폭치마가　휘ㅡ뤼ㅡㄹ
다섯폭치마가　휘ㅡㄹ뤼ㅡㄹ

옥당처지　죽거들낭
뒷산에도　뭇지말고
압산에도　뭇지말고
연뙤밋헤　뭇어주소
우리친구　날찻거든
연뙤밋헤　소리하소
울오매가　날찻거든
밥율바다　대컵하소
울아배가　날찻거든
슬율바다　대컵하소
울오래비　날찻거든
감율바다　대컵하소

우리형이　날찻거든
썩율바다　대컵하소
우리동생　날찻거든
연뙷처라　피거들낭
그꿋한쌍　썩거다가
눈물한쌍　지어주소

옥당처자一篇

〔一○七〕
서치서치　노래서치
양개풍개　를어다가
선화당에　집율짓고

꿋노래四篇

〔一○八〕
이쩌커쩌　어는셴고
춘산월　호시졀가
우라버지　생진셴가
술율비커　금칭주요
그술먹고　취한뎃혜
노래한장　지여보세
무슨노래　지여줄고

꼿노래로 지여주세
구렁논에 피여나고
붉고푸른 모매꼿흔

청쳘이라 매화꼿흔
키도크다 커해바리
길섬헤서 피여나고

쳥월달에 피여잇고
해를보고 피여나고
그꼿커꼿 다바리고

뒷동산에 할미꼿흔
구월이라 국화꼿흔
이리궁글 커리궁글

넘(남)먼커라 고개지고
구월달에 피여나비
꼿중에도 조흔꼿흔

먹고나는 도래꼿흔

〔一〇九〕

방중에 피여잇네

동산에서 피여나고
불느시소 불느시소
어허둥〆 내사랑아

씨고나는 피리꼿흔
노래한창 불느시소
어허둥〆 내꼿치야

〔一〇八〕

야산에서 피여나고
무슨노래 불너불고

〔一一〇〕

만고일색 주래꼿흔
구월 구월
장뚜간에 겁시꼿흔

조선국에 피여나고
국화노리 불느시소
미랑색이 꼿칠네라

서재동텅 목단화는
해청하다 참박꼿흔
마당압페 봉선화는

쉬재압헤 피여나고
커뒥이슬 피여나고
월산댁이 꼿칠네라

도로납작 겁시꼿흔
채청하다 미나리는
쌕금쌕금 들째꼿흔

장똑간에 피여나고
채청하다 미나리는
생길색이 꼿칠네라

미나리라 월편꼿은
구렁논에 피여나고

320

뒷동산에　피리삣흔
참산색이　삣칠네라
한질미허　모래삣혼
산촌색이　삣칠네라
뒷동산에　감삣흘낭
우리나라　선물할네

〃

［一〇九］
은첨시는　은삣피고
사첨시는　사삣피고
놋첨시는　놋삣피고
행자판의　수첨시는
금자삣치　피여나비

썩노래二篇

［一〇七］
차시리떡　차산두야
뚝시리떡　장개울여
억만구름　추알미허
술이라고　주거들낭
커서보고　권주하소
울안에라　장독놋코
장독간에　빗퍼시와
몰ㅅ이라　물퍼숨어
줄ㅅ이라　줄퍼숨어
장고치야　니고치야
안으로　드러가니
컬분쭝은　방아씬코
붉은쭝은　술울짓고
미분님은　둥수불고
명월이는　술거르고

대를숨어二篇

［一〇八］
대를숨어　대를숨어
뒷대밧헤　대를숨어
그대비여　울을막어
울안에라　장독놋코
어린종아　집챈기라
오든길노　헤렌하자
흰래산아　기픈골에
만래산아　널분골에
이술와서　어이각고
매화뻐로　썩그지（쥐）고
헐먼가도　내갈나네
한질빗울　내여도
차자권식　배톨골니

〇〇〇〇
〇〇〇〇〇

굴소래二篇

〔一〇九四〕
쪽을숨어 쪽조구리
낫출숨어 분홍치마
아이고답々 울오매야
수풀속에 써뻐첫다
쉬른세칸 기와집에
굴소래가 울어난다

이쑥취쑥 돌너보니
등々마다 헤추하고
굴々마다 웃치피고
너홀너홀 범나븨는
웃봉마다 나리안코
황금갓흔 수실둑기
슬프도다 여사들은
헤추하기 힘을씨고
쉬른세칸 기와집에
굴소래가 울어나비

청노가매 다마굿코
밀양삼낭 국노눕펴
연밥싸는 커큰아가
너의집은 어듸두고
해다진대 연밥싸노
우리집을 볼나하면
오동나무 단장안에
버덜나무 잔숩아래
그거시야 니집일네

〔一〇九五〕
〃
삼간에라 안진처자
침자그룩 손에둘고
가는세월 모룰적에
오는세월 어이아리
춘목에라 안진제비
영창문을 반만열고

내집일네二篇

〔一〇九六〕
〃
실패암々 양수우리
연어온다 문머락패
홍비내라 궁추댕기

〔一〇九七〕
쌔야쌔야 쌕재구리
안옷그룸 잘나매고
명주고름 고두바리
열두패집 잘나매고
웃바구리 엽헤쓰고

주치캐는 커큰아가
느거집은 어듸두고
해다진데 주치캐노
우리집을 볼나하면
비가오면 첩々산에
눈이오면 백두산에
바람불면 팔풍바지
해가지면 호봉산에
그거시야 내집일네

모시적삼 둘밧나녀
우는어라 책비심어
아랫논에 깨비심어
매럭치고 찰럭치고
무늬곡감 두당새기
올낙줄낭 한두리미
물을부더 두두리미
그미허라 아랫집에
조고만한 황소그게
헐이낭창 실낼기다

나우님二篇

〔一〇九八〕

실패쌍々 쌍々우리
나웃님아 나웃님아
피엿거라 진주웃하
영상경상 쇠쌔장군
눅어매는 멋하노녀
무사영상 거믄강에
써보신에 볼거나녀
왕대웃혜 학이안자

백옥갓흔 커수근은
호복웃혜 거러웃코
처녕처녕 청자신미
웃노한상 신을신고
웃노님아 앱혜셋고
나우반에 놀너가니
나우님이 잠이들어
나우님아 나우님아
느거매는 어듸갓노
을으매는 어듸새벽

〔一〇九九〕

웃하(아)웃하 수명웃하
황산하고 베루웃혜
배라고도 선유갓비
은케새나 올나드노
은쟁반에 죽순숨어
그죽순이 왕대되여
왕대웃혜 학이안자

그임갈여　올나히며

산쌀중놈二篇

[二○○]

동냥왓소　동냥왓소
산쌀중이　동냥왓소
동냥이사　주지마는
조리엄시　못주겟네
늬어매는　어듸갓노
울으매는　진청갓다
늑아배는　어듸갓노
우라배는　쇠울갓다
느거올키　어듸갓노
우리올키　친청갓다
늑오라배　어듸갓노
울오라배　치가갓다

느거동생　어듸갓노
우리동생　공부갓다
느거춘년　어듸갓노
우리춘년　쌀내갓다
우리춘년　어듸갓노
우리춘놈　심부름갓다
삽작박게　섯든중놈
마당안에　섯들오네
마당안에　섯든중놈
축실밋헤　섯든오네
축실밋헤　섯든중놈
축실놀이헤　섯든중놈
축담우에　쌓울나쇠네
축담우에　섯든중놈
우리춘놈　섯든중놈
마루우에　썩올나쇠네
마루우에　섯든중놈
돔비고물　외상떡은
방안에라　썩늘왓다

쌀손자二篇

[二○一]

느거동생　어듸갓노
쌀의방이　즁내나네
중의먹든　밥그륵이
중내나쇠　못먹겟네
중의먹든　숙가락에
즁내나쇠　못먹겟네
에라이년　물너서라
늬갈매토　나가거라

방아헐々　사방아머
쇠울올나　늬틸방아
방아버로　가자시라
돔비고물　외상떡은
안섭반에　언쳐놋코

딸의손자　기다리네
밀개떡은　쒸가지고
것섬반에　언커굿코
며느리손자　기다리네
참살구라　석근추지
안슴반에　언커굿코
딸의손자　기다리네
개살구라　석근추지
것섬반에　언커굿코
며느리손자　기다리네
두자두치　눈오들에
딸의손자　업고가고
며느리손자　겉니고가네
것는아가　어서가자
엄은애기　발시리다
난대업는　솔갱이가

엄은애기　탁차갓다
것는애기　둘주우마
엄은애기　하나도라
것는애기　셋주우마
엄은애기　하나도라
힘ㅅㅅㅅㅅ　사방아야

童女謠二篇

[一O二]
우리친정　가고지라
느거친정　네가라모
무슨입숭　임고가쇼
금수비단　임고가지
무슨머리　언코가쇼
북두머리　언코가지
무슨신을　신고가쇼

맹슉덩이　신고가지
머로머로　타고가쇼
쌍가마로　뉘가가자
압해챔낭　뉘가맷고
압집머슬　머고가지
뒤챌낭은　뉘가매고
뒷짚머슴　미고가지
여가도롱　뉘가업고
이웃애기　업고가지
후행을낭　뉘가가고
볼근후행　내가가지
우리집은　뉘가보고
쇠뚜람이　지가보지

[一O四]
암숭닯숭　칼놀차고

집피방에 놀너가니
짓시한방 헐넛거늘
그짓이라 주어다가
대한길에 무덧드니
올나가는 구관사쏘
내리오는 신관사쏘
빗쫏라고 다뎌먹고
맛쫏라고 다쎠먹고
우리나라 금성님은
맛을못봐 수심이베
멸년헐냥 열거들낭
봉지봉지 싸왓다가
우리나라 선물할네

부모장一篇

（三〇二）

대동강에 배를씌와
매룩갓흔 삼이들어
커근네라 채친밧헤
쏠개나무 상사굿혜
커청나무 안잣구나
동뉴들아 동뉴들아
부모차자 안갈나나
가기사아 가지마는
옷이쥐쥐 몬가겟네
이버머린 조타해도
모심모심 쏄아내여
신대자를 비를나여
장작패서 셜으노코
하날갓치 뱃솔씨여
구룸갓치 잉아걸고

배린강에 담아이고
금나받디 밧처꼬
쇠방맛치 손에들고
아래농등 씌거다가
옷롱등에 칭가다가
백일강에 담아이고
금나뱅이 밧처이고
쇠방맛치 손에들고
부모죽고 이리만에
부모사로 갈나하니
허연노인 하는말삼
오만장은 다나여도
부모상은 아니난다
아가아가 처시아가
밤중밤중 야밤중에
집이라고 차저와서

326

노류개 二篇

삽작닷고 음마구가
청지이라 드러가서
살강잡고 음맛구가
아랫방에 나리가서
장작패서 아박구가
큰방에라 올나가서
천자리라 먹을가랴
만자리라 붓대뜻해
장수이라 박히놋코
누어보고 안자보고
눈물짓다 한심짓다
그르그로 그르그로
진세월놀 다보버벼

죽 무러 가거라

咸安郡漆西面龍城里
金 泰 洙 報

[二〇六]
우라부지 노류개는
담배꼭지 노류개요
우러마이 노류개는
꼴미바눌 노류개요
우로래비 노류개는
끈방쏘대 노류개요
우리생이 노류개는
비내꼭지 노류걸세

[二〇七]
나오신다 나오신다
동래울산 단방귀가
나오신다 나오신다

＊ 방귀나올쌔 웃기펴

諷笑 二篇

咸安郡漆西面大峴里
金 基 柱 報

[二〇八]
노랑학사 동학사
양서방네 양타령
은행나무 효랭이가

昌原

열ㅡ사二篇

[一一○]
바람어 분ㅡ다
바락이 분ㅡ다
옐ㅡ사 깅이도바다에
갈이갈바람 분ㅡ다

아ㅡ니 그배도아닐네
헛덕펀덕 칼치ㅅ배
아ㅡ니 그배도아닐네
오드락토드락 메르치ㅅ배
아ㅡ니 그배도아닐네

[一一二]
망할자식二篇
자식자식 망할자식
질치ㅅ국에 먹칠자식
미역국에 코푼자식
방구쌈 싸먹고
오줌에 밤마라묵고
똥에다 밥비뼈먹을자식

압들에二篇

[一一六]
기리야 동산에　갈가막뜨고
압들에 보리는　밥비도하다

[一一七]
자래가 논ㅡ다
자래가 논ㅡ다
옐ㅡ사 백모래밧해
그리굴자래 논ㅡ다

[一一八]
〃
강남서온제비　제집을찻고
압들에 모자럭　밥비도하다
* 밥비도하다=뱃부ㅣ도
하다

베푸리二篇

함ㅡ경도 맹(명)래ㅅ배

雜　二篇

［一二四］
앞산아 디겨라 뒷산아
물어라
오늘아참 힘썻다 오―애
* 어린나무단둘이 지게
롤지고어러설째

［一二三］
방죽길이시간에 아들놋코
쌀놋크
취매밋헤코풀고 씨애미한
테 밥맛고
* 방울겁이‖손곱노리

原郡鎭海面豐湖里
安昌海報

우리처자 一篇
［一二六］
옥동처자 우리쌀아
인클곱고 맴시좃코
바늘사리 질삼사리
보기좃케 잘도하고
살님사리 잘살기는
우리처자 박게업네
한길에다 무덧드니
내리가는 구간삿도
올나오는 신간삿도
시킴이라 보냇드니
작년이라 춘삼월에
쥬안장천 보고십허
죽도사도 못하겟비
* 시집‖시집
쥬안장천‖밤낫임서

복숭노래 一篇
［一二七］
자지찰낭 거찰낭에
알송달송 갈을차고
새롱방에 속거가니
복성하나 주든것을
그복성을 어니먹고
비롯타고 다냐먹고
맛촛타고 다냐먹고
우리나라 순검이는
안준닷고 울고가네
아가아가 울지마라
내년에는 열거들낭

봉지봉지 봉앗쇼마

　　　　　　　"
하초완 안하는고
웅원하고 天子峰에
노든신선 타고가네

　　　　　　　"
어듸신선 타고가노

＊ 熊川＝昌原郡內地名、
天子峰＝昌原郡과金海의
接境에 소사잇서 朱天
子의誕降地라傳합

昌原郡熊前面昌谷里後洞校
田獲祚報

農謠九十二篇

[二二○]
　　　　　　　"
쉬울이라 반지경에
지정닷말 부엇도니
지정웃혼 피건마는
부모웃혼 어니피네

[二二一]
　　　　　　　"
개동밧헤 잠풀들은
이슬맛고 굽한다비
양친부모 모신아페
잔을들고 굽면단비

[二二二]
　　　　　　　"
눈비맛고 썩는집에
육화웃치 피여나비
우리나라 어란든돌
록을먹여 살닐것을

[二二八]
물쎠는청소 허려노코
주인네양반 어데갓노
문어야전복 외러들고
첩의방에 쫀니갓네

[二二九]
　　　　　　　"
웃슝숭거 웃슝숭거
사랑압헤 웃슝숭거
우정한동생은 어듸가고

[二二三]
　　　　　　　"
쥐게가는 쥐구름은

[二二四]
　　　　　　　"
쉬울이라 한나쇁에

가칠복숭 숨것더니
우리동생 지동래는
가면오면 다쌈먹비

[一一二五]
〃
죄게가는 귀구름은
넘잇는곳 가는마는
우리는언케 不忘되여
넘게신곳 차커갈고

[一一二六]
〃
임월햇넘 도다나도
이실술줌 모롇드라
명하뛰롤 산어들고
이실떨노 가자아가
★ 명자색＝梅花사대인가

[一一二七]
〃
莫謂當年에 學日多하랴
무정세월이 若流波로다

[一一二八]
〃
소지롤그르 청주여사
국화정자 놀너가비
우리누인케나 합낭되여
국화정자 놀너갈고

쉬울이라 유리담안에
해달뜨는 구경가자

[一一二九]
〃
壽富야多男子 글을색여
넘의문에 거러주리

[一一三〇]
〃
앵금아쟁금아 조쟁금아
머리깍고 중되거라
머리깍고 중되거면
부모봉양 뉘가하리

[一一三一]
〃
우란간 옥행이는
줄배라고 선용일세
하뿔여라 이선이는
구름라고 선용일세

상주선산 감문못에
금봉어가 놀아나비

〔1111〕
옹천하고　친사봉에
옷지파서　花冊일네
그것이　옷안일네
옹천성감　별가로써

남자부러　되여보자

＊　洪水에서내려가누긔동
생아　올케하만건전슨
오라버슨원강하여

〔111?〕
쉬마지기　논쎔이다
모를심어　영화로다
우리부모　산소ㅅ등에
솔읍심어　영화로ㄷ

〃

〔111?〕
비무덧네　비무덧네
진주덕산　비무덧네
그것이　비아닐나
억만차사　눈물일쎄

〃

〔111?〕
하눌에다　목하갈아
목하ㅅ도로　누량살고
진생완내　만눌에기
숙현이와　한양가지

〃

〔111?〕
침산아　실엇든　도복밭어
어되만치나　왔든고
이등커등　건나다가
칠녕물여걸녀　몬온다비

〃

〔111?〕
낭창낭창　베루끗헤
무졍하다　저오라바
나도죽어　쿠승가서

〃

〔111?〕
쉬마지기　논쎔이가
반달깃치　써나간다
쩨가무슨　반달이라
오눌낫에　침심반찬

〃

〔111?〕
초성달이　반달이지
무언무엇　울낫든고

칠라도라 대구섬에
마리한치 올넛드라
　　"

〔一五○〕
서울이라 왕대밧헤
금닭이 알을낫네
그알을 내주웟든들
금년과거 내할것을
　　"

〔一五一〕
푸른부처 청사도포
엇흘보고 지벌소냐
엇아엇아 쉬려마라
명년春三月 쓰도라온다
　　"

〔一五二〕
고시패담안에
농금한쌍 열넛소
어허그농금 쑥녀다가
백마당에 옴거주소
　　"

산에올나 구경하네

〔一五三〕
진에김정승 남걸비여
옥낭간에 다리놋소
부모형제 건너거든
선개업시 건너주소
　　"

〔一五四〕
산은첩々 청산이요
엇흔피여 花山일네
　　"

엇흘션어 머리다엇고

〔一五五〕
오날해가 다컷는가
굴목마다 연긔나비
우리님은 어듸가고
저녁할줄 모르는고
　　"

〔一五六〕
해다지고 커문날에
엇든행상 써나가노
이태백이 본커죽은
이별행상 써나가비

〔一五七〕
수건수건 반배수건
　　"

・
님의수든 반비난가
수건人귀가 써러지지
님의情도 업서지지

"

［二四八］
써러지기사 써러져도
언제쳐리 써러젓노
내여다준 주갑사댕기

잡놈의 손질에 써러젓비

"

［二四九］
달느랑팔느랑 공초댕기
단장안에서 날색이비
물너들가주고 자사낼가
낙시를가주고 낙가낼가

＊ 색인다＝숙인다

［二五〇］
노랑노랑 상치매는
말을물고 웃밧가니
발씃마다 향내나데

"

［二五一］
포랑봇갑 반봇집은
처가人집을 차려가오
각시님은 내다보고
칠보단장 고이하비

"

［二五二］
山도山도 봄철인가
풀이나서 山율덥네
넘을안人고 잠이드니
한산소매가 낫츰덥네

*

나갓든넘이 오실줄알면
문을걸고 잠이들가

*

［二五三］
나지나밤이나 지은캐자
누년의허리에 넘노는고
넘놀기야 넘노라도
정은청대로 두고가오

가랑비새누가 올줄알면
청사도복을 줄에널가

*

334

[一五五]
녹수산간 허르는틈에
임자업는 배가뜨네

〃
사공아 배띄워라
노는배타고 선유가자

[一五六]
은장도라 칼이되여
임의고름에 놀고지고
은제놋쾌 수케되여
임의상에 놀고지고

[一五七]
모수적삼 안섭안에
함박갓치 피여나네
그옷한번 질(쥘)나하니

호령소래 별력갓소
백옥가튼 선배간다
그선배는 횡간일네
옷츨보고 그커간다
＊ 청산일네＝靑山의네
껌잔히네

〃
아침이슬 찬이슬에
불이쐉소는 쥐처자야
남의집곤식이 아니거든
백년해로 내낭하자

[一五八]
유자야탱주는 의가조와
한꼭지예 둘이여네
쳐자총각은 의가조와
한벼게예 잡아드네

〃
단장안에 옷츨숭거
단장밧글 휘잡는다
서울가는 호결낭반
그옷보고 질문가네

[一五九]
배고파 지운밥에
미도만코 돌도만라
청동가른 집흔골에
돌만코 미만키는

임이 업는　탓이로다

"

[一六三]
알곳삼々　고분독에
슐을해여　청금줄비
딸모삭근　우리잔에
나부안자　잔일하비
* 고부―고운

"

[一六四]
거건너　갈미峰에
비가무더　드러온다
우장울허리에　둘너메고
논에기슴울　맬거나

"

임은삽고　落淚하네

"

[一六五]
암남산　바우틈에
言約草를　심엇더니
픠는꼿치　무슨꼿고
이별초가　만발햇네

"

[一六六]
아츤의갓밋해　도리씌는
기생첩이　여옹일세
석양바탐은　버리불고
질쳥아츤이　여옹일세

"

[一六七]
석양은넓슬　재롤넘고
버갈길은　千里로세
말운가자고　제쵹하니

"

임은삽고　落淚하네

"

[一六八]
인물조코　실안취자
쏠쎠업서　못쓰로게
몬씨는취자　날을주면
물마개(栓)도　몬하겟나

"

[一六九]
객사쳥　놉흔집에
참자질하는　커취사야
참자질낭　제취두고
머리나당상　들어보게

"

[一七○]
이쳥커쳥　대쳥밧게

나우한쌍 안젓구나
나우구경 하노라고
일천한권 다이젓네

〃

[一一七二]
지름쎠 감실부든
내사랑아 내사랑아
뉘간장을 녹일나고
눈매곱게 생겻드냐

[一一七三]
쉬울이라 연못안에
금승어가 노라나네
금승어 해최노코
큰애기술시로 술을먹지

[一一七四]
샘동샘동 사죽신에
백보선이 어엽부오

당살쎠 쉬고리에
흰동정이 어엽부오

〃

* 나머ㅣ사내

덥허줌세 덥허줌세
한산소매로 덥허줌세

[一一七六]
山뒤리는 눈비오고
들판에는 참비오고
눈비야 문여러라
참비방에 자고가자

* 「눈비」「참비」는 써학
새 일홈이라고

[一一七五]
쉬울이라 남기업서
쑥질비내 다리노코
그다지를 건너가니
청철콩사 소리나네

〃

[一一七八]
저녁을먹고 썩나서니
明月堂안에서 손을치네
손차는뎔낭 방에가고

[一一七七]
해빌놈발빌놈 나매바지
궁덩이붓소리 못살겟네

주모집에는 나케가써

"

상추씻는 커큰아가
임흔흘러 광주리담고
줄기한상 나물도라

* 戒唄, 初旬을「적도영」라고,
　　나물도라＝나물다오

〔二七八〕
임도눕고 나도눕고
쮠긔人불낭 누가쓸고
쇼기사 쇼지마는
임을못노아 몬쇼겟네

〔二七九〕
임의품에 자고나니
아시랑살낭 치워온다
아시랑살낭 치운대는
선살구가 케맛일네

〔二八〇〕
"
산곽상강 허르는물에

초당짓기 쉽지마는
임그립어 몬살겟비

"

처자각시 배울삭가
총각낭군 주는고나
주는배는 아니밧고
요내손목 담삭쥐네

〔二八一〕
한재나락 모를부어
잠나락이 반이로다
청도읍내 첨을두어
첨외자식 반어로다

〔二八二〕
"
정자초고 물조흔데
일간초당 집을짓자

〔二八三〕
총각묵든 킹실물는
맛도조코 연약하데
처자들의 쌋는베는
소리조코 연약하데

"

[一八五]
꼿치피네 꼿치피네
한니불밋헤 꼿치피네
꼿치피나 임끠피나
시든님을 어이하리

〃

[一八六]
앟금산ㅅ 고흔처자
진쥭에 넘나든다
오면가면 빗만뵈고
장부가슴 다녹인다

[一八七]
尙州함창 공갈못에
연밥따는 저처자야
따나울낭 내따주마

〃

〃

[一八八]
진주단성 긴골목에
저자한쌍 지내가네
그저자롬 한번보니
음동설한에 생죽분듯

[一八九]
가마귀 쎠치 떼를모아
잔술밧헤 잠자려드네
우리님은 어듸를가고
잡자려울줄 모르는고

[一九○]
새간사리 내랑하자
영창문눌 열고보니
유간향내 풀노난다

〃

[一九一]
수ㅅ키야 수망개야
만수동ㅅ 우라배야
킨처몸에 자식두고
후실장가 가지마소

〃

[一九二]
쌀울살울 꼽게키워
라도타긴 보낼소냐
저비란놀 색기키워
저주강남 보낼소냐

〔一九三〕
남해금산　광솔써지
써진불을　살녀버네
그술써지　갈든갑다
써진불을　살니구로

〃

〔一九四〕
문틘에　새굴　새굴
짓거리는　커새굴아
자든독새　이러나면
네죽을줄　모르느냐

〃

〔一九五〕
네모창밧게　그뉘왓나
에쬔친구　써가왓네

〃

임자 보다　청듣넘이
왼팔베고　잠드럿비

〔一九六〕
불울쓰고　잠을자니
임의생각　씰노난다
날이새여　차자가니
웃치나와　반겨맛네

〃

〔一九七〕
처자야치마는　분홍치마
솬을달아　써른매자
처자구경　가지말고
솬단구경　하려가자

〃

〔一九八〕
쌍긋쌍긋　옷는넘울
못다보고　黃泉가오
七十老母　홀노두고
황천가는　날만할가

〃

〔一九九〕
오늘간밤　꿈쫏러니
임의편지　나려왓네
등쵹을　밝혀놋코
임에게　답장쓰자

〃

〔二〇〇〕
쳬비갓치　날너가니
나우가나와　쳡대하데
나우야　술부어라

340

만단정회 풀어보자

이내靑春은
지고십허 지는마는

　*

사세부득하야 지는구나
각시야자자 각시야자자
밤중샛별 산넘어간다

[一二〇六]
지식업는 이나때야
건삼(麻)쇠래 삼고자자
　* 지식업는= 소견업는

[一二〇二]
춘각도련님 병이타니
순검씨야 배싸가라
순겁씨의 깍근배는
맛도조코 연약하다

　*

배싹일네 배싹일네
총각의수건이 배싹일네

　*

배싹갓혼 수건미러
거울거를 커눈메봐라

[一二〇五]
날오란다네 날오란다네
산물처자가 날오란다네
천장미조밥에 쇠우젓노코
초자묵기삼솟에서 날오
란다네

[一二〇七]

[一二〇三]
연싹운다 연싹운다
쉬을양반 연싹운다
아래웃방 시녀들아
연실걸냐는 구경가자

　*

봄꼿아 일즈지마라
소년과부 심회난다
네아모라 심회난들
살씩하는 날만할가

[一二〇八]

[一二〇四]
春晚에 지는꼿혼

〔一三〇六〕
횡치마칭도포　한줄에걸어
어너기어너진출　모려것
네

룢날　사날　한태다버서
어너기어너긴지　모려것
네

　＊　룢날사날＝머두리

〔一三〇七〕
　〃
오늘나제　모힌친구
해다지니　허러지네
석자수건　목에걸고
내일나제　쇠도만나세

　＊
以上九十二篇은모슴기
논미기等　農事勞作에

모심기노래三篇

〔一三一〇〕
이샘이　심어고
커셈이　갈거나
에―해로　사대로―

〔一三一一〕
　〃
커달아　보느냐
보는데로　일너라
애―해로　사대로―

〔一三一二〕
　〃
쇠마지기　논셈이
반달갓치　써나간다

두루부르는노매
에―해로　사대로―

打麥歌二篇

〔一三一三〕
응해야　어듭시고
잘도한다　응해야
단두리만　응해야
하드래도　응해야
멸쿰이나　응해야
하는듯이　응해야
하여주소　응해야
에해야　응해야
팔구월에　응해야
播種해서　응해야
그해三冬　응해야
다지나고　응해야

젼年二月　웅해야　　웅거둥게　웅해야　　첫혜보니　쥐자로다

除草해서　웅해야　　재여놋코　　　　　그쥐자　자는방에

三月지나　웅해야　　三冬三春　웅해야　　숨소리가　돌일더라

四月들제　웅해야　　량식함세　웅해야　　홍달부시　오라부니

四月南風　웅해야　　이럼으로　웅해야　　그짓말을　말아주소

大麥黃으로　웅해야　　五月農夫　웅해야　　東南風이　떨치부니

푸른닙과　웅해야　　八月神仙　웅해야　　풍지떠는　소리로세

죽은듯이　웅해야　　합이로다　웅해야　　비상ㅅ불을　케여놋코

변해쥐서　웅해야　　웅해웅해　웅해야　　진버개를　돌니베고

黃鶯가른　웅해야　　허쯷서고　웅해야　　한심을　자고나니

黃色되여　웅해야　　　　　　　　　　　버개넘에　눈물이요

五六月에　웅해야　　처자노래一篇　　　버게밋헤　江이로세

奴穫하야　웅해야　　　　　　　　　　　그것일사　江이라고

어와갓쳐　웅해야　　〔一三二면〕　　　겨우한쌍　오리한쌍

打作해서　웅해야　　상금상금　쌍어락지　　쌍ㅅ이　썩동운다

　　　　　　　　　호작질로　쑥가뻐여

　　　　　　　　　언데보니　달이로셰　　이겨우야　아오랴야

하든강을 다두고서
눈물江을 씩둘오나
강도강도 만치만은
江이달나 씩둘오오

自動車타고서 임차자가자
（以下후렴省略）
말가

아리랑五十三篇

［三二五］
아리랑고개다 停車場짓고
電氣車오기만 기다린다
아리랑 아리랑 아라ー
리ー요
아리랑 고개다 날넘기
주소

［三二六］
佛國寺연실봉 新作路되고
정든님소식이 무소식이란

［三二七］
＊ 가시나 ″세전배
아죽가리피마자 널지마라
촌늠의 가시나 갈보질간다

［三二八］
洛東江七百里 꿍굴노코
하이카라잡늠이 손질한다
″

［三二九］
하가서한장에 일른고린해
″
도

［三三○］
″
시집사리 본살면 친정가
살지
술단배 굼고는 내못살네
″

［三三一］
양복복장 외국모자 개회
장집고
촌찰보호리기 망마첫네
″

［三三二］
″

［三三三］
″
네찰낫나 내찰낫나 누찰
낫노
우리백통 銀錢紙貨 제찰

낫시

"

[三二四]
우리쌀목판은　은행소목판
기간이걸며는　지화가출ㅅ
＊기간이＝機橫

"

[三二五]
이웃집서방님은　군도칼차
는때
우리집커문덩이　정지칼차
비

"

[三二六]
영감아도독놈아　잡들어라
남의집외동자식　살녀주자

"

[三二五]
나는좃테　나는좃테　나는
　　　　달고
이골목커골목　차커간다

[三二六]
소주야약주사서명　커패밋혜
일쇄나하는놈　共비山가고
아아쇄나노올년은　갈보집
　　　가고

[三二九]
말쇄나허는놈　裁制所가고
목도쇄나믿눈은　일분가고
新作路가상다리　아쩌시야
自動車바람에　춤울춘다

"

[三二七]
구두신고　칼찬량군　나는
좃테
（或唱　지게목발둑닥군
나누좃텐）
초커녁연　오라바　동생아
허드니
밤ㅅ중만되니쇄　사생결단

"

[一三三〇]
山水갑산무령치마　제맛이
조와
웃갓흔날버리고　으뎌갓노

〃

[一三三二]
山中에보배는　농금衛苟

[一三三三]
둘덕에기를은　큰애기궁둥
人거나

〃

[一三三五]
나가신쉬방님　오실줄알고

[一三三六]
신엇드보신에　불거릿네

〃

[一三三八]
룰레야방〃　잘돌아라

[一三四〇]
어옷삼貴童子　찬이슬맛네

〃

죽엄어둘어서　老少가잇나

[一三三七]
千年을살人거나　萬年을살
숫풀속여서　뿔々어뎌

〃

[一三三四]
千年을살人거나　萬年을살
흥둑개방맹이로　다나간다

〃

젊어서靑春에　놀아보자

[一三三六]
총각랑군　울슴알고　삼은
거란

〃

[一三三八]
거지야봉산에　박달나무
흥둑개방맹이로　다나간다

〃

[一三三九]
흥둑개방맹이로　다나가면
큰애기손人질에　다녹는다

〃

[一三四〇]
큰애기손人질에　녹아나면
쉬방넘옷에는　눈人질나지

346

[一三二一]
三角山중토리 비오나마나
어린가장 품안에 잡자나
마나　　　　　　"　　　난다

　"
　"

[一三二三]
씨어마니 죽으라고 축원
친청엄마 죽엇다고 부고
왓네　　　　"

[一三二四]
씨어마니 죽을떠는 조러
해떠니　　"

보리방아 물부어노 생각
나만

[一三二六]
날줌보소 날줌보소 날줌
보소
동지섯달 깃본드시 날줌
보소
　"

[一三二八]
씨어마니넘하는말슴 설비상
갓고
쌔방넘하는말슴 춸맛갓네

[一三二五]
네가잘나서 一흔이냐
자갈만좀々 히쳣네

[一三二七]
우리삼동시 모힌짐에
씨아바니잡아서 불서먹자
　"

[一三二九]
쯤래야돌미해 잡든낭군
은케나다커서 내배랄쇼
＊남전이어리다는섯

[一三三〇]
물은칭々 흙너가고

[一三三五]
내눈이 어두워 일색이지
수야모야 모힌곳에

청가는곳은 한곳일데
샛별거든첨니불 날사달사
양재물사다묵고 갓치죽자

〔一二五五〕
딸낭딸낭 수갑사댕기는
억게야넘에서 춤윤춘다
〃

〔一二五九〕
올동에불붕에 커남산보소
우리도죽어서 커모양되지
당갑사중치마 붉어쉬조와
白황나단속곳 넓어쉬조와

〃

〔一二五六〕
一年에열두달 남의집살아
청처매밋트로 다녹아든다
형체
가고집고 몬가는것 우리

〔一二六○〕
보고집고 몬보는것 부모
형체
고향

〔一二五○〕
오르락내리락 잔지침소리
烈女라도 사차불비

〃

〔一二五七〕
임죽고나살아 무엇을해요

〔一二五二〕
總角캉처자캉 노든자리
지우자수건이 다커컷네

〔一二五八〕
漢江水기푼물에 빠커죽자

〔一二五三〕
〃

〔一二五四〕
총각캉처자캉 꿀방에붙고
한강수푸른물에 죽지말고

〃

〔一二六一〕
부처만맛으면 국탁가나
커맘이곳아야 극락가지

〔一二六一〕
　〃

〔一二六二〕
江原道金剛山팔만구암자를
법당안에　축수귀도말고
夜밤에차자온손　갈시말게

〔一二六三〕
　〃
오로락 나리락　지침소리
자다가드러도　내랑군소리
　* 지침＝기침

〔一二六四〕
　〃
치거나덥거나　내품에듭게
뽈것이업거든　내팔을볘고
　〃

〔一二六五〕
물니러간다고　강상거리지
말고
붓드막밋헤다　새매파세

〔一二六六〕
　〃

俗謠雜十三篇

〔一二六七〕
우다선친구는　못사괼친구
용도소리가　이별수라
에헤에헤야　성화로구나

〔一二六八〕
山川 초목에　불걸녀노코
密陽三浪에　물씰너간다
에헤에헤야　성화로구나

〔一二六九〕
山川이조와서　내여기왓나
님살든곳이라　내차저왓지
에헤에헤야　성화로구나

〔一二六七〕
담넘어갈쩍는　개가짓고
풍안에드니　닭이울고
만단설화　다못하고　날아
샌다
　* 以上五十三篇中 다른
　노래로쓰는것이업지

〔一二七〇〕
　〃
天子蜂모령이　실안개돌고

한으나　細微저안코어
리랑으로 歌詞함

긔생의 단모룡이　건달란돈

　　　　　"

나

에헤에헤야　성화로구나

(1271)

고사리캐로　간다고

꾕계꾕게　하드니

총각랑군　무덤에

사무체　지내려간다며

　　　　　"

큰애기라무덤에　풀비고온

다네

　　　　　"

유사누얼거도　큰애기손

긔란은곱아도　색듯이쏙에

질에놓고

쉬돈다

에헤에헤야　성화로구나

(1273)

(1276)

염분홍치고리　남끗동소매

는

죽어면죽엇지　아이고　나

눈못놋겟네

　　　　　"

긔생의손에는　쇠락지놓고

활냥의줌치에　꿀패착논다

에헤에헤야　성화로구나

(1274)

石炭木炭　라는데

연긔눈풍々　나는데

이내간장　타는데는

연긔도하나　안나네

(1275)

(1277)

밤人중야밤人중　감청갯건

소리는

자다가드러도　내랑군소릴

세

　　　　　"

에헤에헤야　성화로구나

낫(鎌)좍々　갈아서

지게에　찝아가지고

〔二七八〕
아지랑창ㅅ 자지랑창ㅅ
새살눔동창에 맛다지야
늬누구보고 열렷노
청천여가세야 늬들보고열
엿네

〔二七九〕
굿뽀러진 동곳낭게
썻죽새가 안쥐우네
커새는 옷이그려우는새냐
밤이그려 우는새냐
옷도밤도 내사실코
어린동생 엽헤서고
부모그려 우는샋세

長興노래二篇

〔二八一〕
北邙山川이 언줄알앗더니
커건너南山이 北邙山이로
세
어허널 어허널
너허리넘자 너화늘

〔二八〇〕
진주영장 떠말을타고
진영못둑에 썩나쉬니
푸른것은 버들이요
누른것은 쇠골이라
쇠쇠골이 우는소리
이써심장에 피가긴다

주은논一篇

〔二八二〕
이리오소 이리오소
날만삿라쉬 이리를오소
어허널 어허널
너허리넘자 너화늘

〔二八三〕
질노질노 가다가
돈한푼을 주어쉬
떡전으로 드려갓네
컵처노니 두귀요
페ㅡ노니 버귀요
묵고나니 요구요
도라보니 친ㅜ요

쉬고나니　방구락

개타령　篇

그　스크…

이개켜개　마당쇠

농두바리　시랑쇠

창원업써　가니쇄

점심써가　되니쇄

한늠집어　가니쇄

정지문압해　서니쇄

누른밥을　주니쇄

묵은이쇄　조은쇄

昌原郡熊海面德山里　金道燦　採集

晋州

情戀六篇

〃

사랑인들　오직하리
녹피도록　비옵소서

【二八六】
진주단성　안사랑에
장기쓰는　커남아야
배앗가른　너의누이
반달가튼　나를도라
네가무슨　반달이나
초생달이　반달이지
초생달만　반달인가
그뭄달도　반달이지

〃

달아달아　밝은달아
임의노든　밝은달아
임의소식　앗거들낭
안부한장　전해주렴

【二八八】
알금삼々　붉은처자
단장밋해　안커운다
네가울면　무엇하나
나를바라　오려무나
만단십회　다버리고
날만바라　오려무나

【二八七】
별도닷네　별도닷네
흰에업든　별도닷네
앗집동무　뒷집동무
별구경　하러가면
넘이와서　기다릴걸
넘이와서　가다리면
그안이나　반가할가
반가하는　그중에야

〃

비(雨)옵소서　비옵소서
넘오거든　비옵소서
줄대붕에　건망근이

【二八五】

【二八九】

〔二九〕   〃

박々업건 커츠각어

낫훈갈아 질머지고

깁흔산중 둘어가서

반석우에 거러안커

임오기만 기다린다

晋州郡鳴石面新基里

姜 泳 雄 報

密 陽

펴二一篇

(一二二)

닭아닭아 쇠々닭아

경츌하게 우지마라

우리한방 고잇아다

우리할바 처참술머

네가울어 날이새면

고양진미 만반진수

못잡숫고 행하신다

密陽郡 上南面 扼花里

金 泰 郁 報

비야비야一篇

(一二一)

비야비야 오지마라

우리아바 장여가서

으리 농세 주실나고

비단지만 사실네라

송낙갓치 오는비에

비단치마 얼눙진다

南海

叙事一篇

〔□□□〕

하동영에　한선부가
밀양영에　장가들어
앞집에는　구압보고
뒷집에는　챔령보고
챔령에도　아니맛고
구압에도　아니맛고
그나커나　가본다고
활창가치　굽은길에

화살갓치　쐬나간다
한모랑이　넘어가니
쎠치색기　씌죽쎼죽
쏘한모래　넘어가니
여수색기　캉々짓고
쏘한모래　넘어가니
혼자란말　죽는구나
쏘한모래　넘어가니
상각한말　죽는고나
쏘한모래　넘어가니
신랑란말　죽는고나
그나커나　가본다고
말세바리　어더타고
쏘한모래　넘어가니
셋헐벙치　쎼처씨고
대학대기　쌀々웃고

한손으로　주는편지
두손으로　바다지고
공손스리　피여보니
신부죽은　부고로다
압헤가든　혼새비야
뒤에오든　상각양반
오든길노　도로가소
그나커나　가본다고
기왕지라　온거럼에
한머문을　열고보니
두대문을　열고보니
상두쑨이　줄디리고
목수쑨이　사무씨고
세대문을　열고보니
하공쟁이　기림곳코
네대문을　열고보니

356

장모님이 울음우네
우지마오 우지말고
초당방문 열어주오
초당방문 열고보니
웃갓혼 쥐가슴아
둘이벗자 하든베게
제~한차 베~고
자는듯이 누엇고나
분웃갓치 흰요강을
두머리에 놋찻든걸
혼자놋코 누엇고나
네목잡아 맨든이불
둘이덥고 잘낫든걸
저혼차만 덥혔구나
아이고아이고 내팔자야
이놈팔자 와이러나

三間草堂一篇

(一二九四)

삼간초당 집읕짓고
양친부모 모서다가
천년만년 사라보자
그집성주 도라보니
아들나면 효식나고
딸이나면 열녀나고
개가가면 쌀々개요
딸이나면 용마나고
소가나면 황소나고
닭이나면 봉닭날나

萬里長城一篇

(一二九五)

녹주바래 죽신삼어

그축신이 왕대되여
왕대솟해 용이안커
용의몸에 웃치피여
그웃짜서 머리웃고
님혼짜서 임에물고
말린장성 구경갈가

婦謠二篇

(一二九六)

청춘이라 소년님네
어딸커말 다바라고
내딸조금 둘어보소
백발보고 간설마라
어케청춘 오늘백발
내부모도 백발이요
불상하고 가련하다

나도늙어 백발된다

금비둘이…篇

[二九七]
쉬울갓든 호반들아
우리호반 안오든가
호반이사 오네만은
칠성관에 실녀오네
웃쉬다가 죽엇는고
쉬지밧헤 드릿다가
큰칼마쥐 죽엇다비
참으로 죽엇걸낭
숙적삼에 뻣겨다가
호반이나 불녀주소
그호반 그리붉녀
어는동자 도라올가

야―래야二篇

[二九八]
쉬울이라 왕더밧헤
금비둘기 알올나아
안아보고 품어보고
다려보고 만쉬보고
곳코가는 쉬선비야
우리벗넘 잘난고로
쉬울둥지 구경갓지

[二九九]
야―래야 슈물낙에
삭쥬캐는 시나들아
너의벗넘 어머가고
해다진뒤 삭쥬캐나
우리벗넘 잘난고로
쉬울둥지 구경갓지

[三〇〇]
야―래라 들가온데
주채캐는 쉬취자야
느그집이 어머건대
해다지기 주채캐나
우리집울 불나거든
이동넘어 쉬동넘어
삼사열두둥 다넘고서

함박꽃 구름속에
울창한 송림속에
삼간초당 내집이라

큰애기푸리一篇
[三〇一]

새방이라 큰애기는
영창사로 다나가고
대청버라 큰애기는
김매러 다나가고
장동의 큰애기는
고기잇고 다나가고
홀개라 큰애기는
빨래하러 다나가고
여그방의 큰애기야
떨치뜨려 다나가고

가랑고지 큰애기는
소먹이러 다나가고
울옹동의 큰애기야
나무하러 다나가고
염박게라 큰애기는
뽕쓰러 다나가고
놋개라 큰애기는
눈물보러 다나가고
중헌의 큰애기는
바다로 다나가고
갈금의 큰애기는
감장사로 다나가고
청모의 큰애기는
모개장사로 다나가고
호의호식 몬해보고
옷굴의 큰애기는
수중에서 생장하야
밤쑬노 다나가고
수중으로 단이기는

기재꽐 큰애기는
종년으로 다나간다

漁夫노래一篇
[三〇二]

어허듸야 어허듸야
어기여차 배쯰여라
만경창파 가잣고나
오호뒤야 오호뒤야
어이여라 배쯰여라
우리인생 죽어지면
모든것이 허사로다
어기여차 배쯰여라

육지갓치 단이면서　　수중혼이 되나보나
해중풍파 다격다가　　고기밥이 되나보나
앗차실수 하게되면
고기밥을 면할소냐　　어야되야 어허되야
수중고혼 면할소냐　　이늠의 팔자보소
　　　　　　　　　　우리가른 청춘은
어떤놈은 딸자조화　　고생길노 논ㅡ다
고대광실 놈혼집에　　* 나우산들노래
남녀노비 거느리고
호의호식 하는구나　　부모처자 생니별노
우리팔자 기구해서　　이곳저곳 내쒀리고
어부몸이 되엿구나　　죽늬곳을 알면서도
이놈팔자 기박하야　　할수업사 가는구나
청춘업사 다니다가　　어허되야 별수잇나
앗차실수 하고보면　　우리생업 이것이니
부모형체 못보고서　　이것저것 생각말게
　　　　　　　　　　컨생직업 할수잇나
　　　　　　　　　　버린먹는 꿀시고나
　　　　　　　　　　어허되야 닷감아라
　　　　　　　　　　돗달아라 배뙤여라

고생길 一節
[二○四]
밤낫주야로 노는거시은
석란심(힘)으로 놀ㅡ고

그늘애비 一篇
[二○五]
뱃홀애비 커리가고
그놀애비 이리오라
우리여기 귀한애기
낫타지면 엇지하리
* 여울날아가보면서

잠자리一篇

[1204]
잠자라　붓터라
붓든데　붓터라
멀니가면　비죽는다
동시구녕에　밥죽게
붓든데　붓터라

쑥々一篇

[1205]
아이고아이고　웃지살요
쑥々　쑥々
쩨김죽고　자식죽고
쑥々　쑥々
집도업고　철도업네
쑥々　쑥々

문장一篇

[1206]
노성강에　다리나아
누구누구　지냇는고
알헤것은　김수령이
뒤에것은　박수령이
원님나을　원도령이
나를어라　나는웃은
고본선배　다지나고
지느라고　한창일세

이선세를　누가아리
네가무슨　문장이냐
글이조와　문장일세
＊
南海郡西面시長里
朴大永報

나희쑷一篇

[1208]
산아산아　국시산아
국시산에　칠윤지여
칠안에다　웃흘심고
열다섯에　나는웃훈
봉지지여　한창일세
수롬에라　나는웃은
피느니라　한창일세
나를어라　나는웃은

婦謠四篇

〔三〇九〕
쇼방쇼방 잔쇼방에
주초닷말 무덧드니
우리동생 봉애기가
서당패를 눈에걸고
다펴버네 다펴버비
주초닷말 다펴버비

〔三一〇〕
　　　　〝
양우에라 둘생남게
김수령 새가안자
불너버네 불너버네
시울에로 불너버네
넷둘사 네탓인가
너의부모 탓이로다

〔三一一〕
　　　　〝
남안부사 별련압헤
나팔한쌍 바래한쌍
피리고동 헤꺼한쌍
선배호배 새련한쌍
이방호자 허영한쌍
남안선충 드러가오

〔三一二〕
　　　　〝
씨아버니 감사가고
우런님은 병사가고
감사압혜 술人잔들고
병사압혜 눈둣다가
지첫고나 지첫고나
해명세게 지첫고나

씨아버니 거동보게
은장도라 드눈칼노
댓닙갓치 다라매고
이버몸을 빌나하네
윗놀사 유리잔은
감뷰주면 보련너와
오날아춤 본성아는
인케가면 다시울가

〔三一三〕
비녀당기一篇
뒷밧헤라 당패숨거
당패캐는 커른아가
머리조코 키도크다
비녀죽게 나랑사자
당기죽게 나랑사자

비버멍기 열닷량에
요내몸을 잡힐소냐

옷아옷아一篇

〔二一二〕
옷아옷아 고흔옷아
놉흔산에 피지마라
허리안개 자주돌아
반만피다 올가진다

俗謠一篇

〔二一五〕
한길에가는 커할머니
쌀잇걸낭 사위삼소
딸이야 잇네마는
나이어려 못삼겟비

여보할머니 그말마오
거미는작아도 줄만치고
제비는작아도 알만낫소

南海郡南面在浦里
孔日東報

당세실一篇

〔二一六〕
아이고어머니 돈누푼
아이고아버지 돈두푼
돈너푼에 멋헐네
동내간에 나려가서
세양출바늘에 당새실

다신어미一篇

〔二一七〕
우리어머니 나보기는
먼데산에 옷보기요
다신어미 나볼써는
쎵은눈창 다바리고
흰창갓고 나를보네
어마어마 다신어마
흰창은 다바리고
쎵은창갓고 나를보게

부모명자一篇

〔二一八〕
한살에 어미죽고
두살에 애비죽고
다삿살에 글을배위

열두살어 과개울나
부모명사 자 쓰란 한들
눈물이 하상하야
장지처스 못쓰겟네
누이야 수건주라
눈물닥고 새로쓰자

저성길一篇

[139]
저성길이 길거르면
내가가도 천번가랴
부상터라 무상터라
저성길은 무상터라
아가아가 가지마라
저성길에 가지마라
저성길은 무상터라

한번가면 못오느라
* 병두자식 수노어어
니가부른노래

南海郡酉面竹長里
朴鈺蜜

찻나니 냉수르다

저먹녀에 방이느더
보르나니 엄마소래

병이드리一篇

[140]
아버님게 쌔롤타고
어머님게 살롤타고
저성님게 복을타고
칠성님게 명을타고
잠든날과 병든날
걱정근심 다진하니
어제오날 성들곱이

병소래一篇

[141]
청동화로 쏠담아노코
콩덕을 늘?이노코
거를다쉬도 ?은놀상
지버다생것다 아ー차스
너머간다 쏠닥궁
이것도 명화구나

쏠닥궁一篇

[121]

명소리一篇

[133]
솔々?
장서방

아롤노코 밥―노코
무엇먹고 사―노
전너집에 가니싸
콩닐볶가 오도독
죽을쒸서 홀―싹

南海郡西面시長里
尹石銀報

갈가마귀一篇

[三四五]
심쭉심우
산ㅅ길에 갈가마귀야
꼿재수재 가리틀고
산솔밧흐로 날아든다

보리가나 도록 시 동무

＊ 친한동무서리억게동무
　룰싸고ᄒ
南海郡古縣面大寺里
文梧閏敎

새쫏기一篇

[三四六]
웃녁새야 아랜덕새야
네베니베 서먹지말고
바가지뚝딱 후여―후여―

잉어一篇

[三四七]
질노질노 가다가
바눌한개 주엇비
주은바눌 버릴가
요늠바눌 후여쉬
낙시하나 되엿다
롤니엇디 물니여
잉어한마리 룰녓다

귀푸리一篇

[三四三]
외발가진 돌쏫귀
두발가진 가마귀
세발가진 둥노귀
녀발가진 당나귀

동무一篇

[三四六]
동무동무 시동무

雜　二篇

[1229]
참은잉어 갓다가
물을두말 붓고서
국을쏘려 맛잇비
삼년동안 나두고
어쩌든지 나먹자
　＊ 치운때

"
아이고치워라 분내야
어쩌커녕 개짓는데
살작드러 자는쏠은
똑미워서 못살깃네
　＊ 南海島民의 熱烈한 戀愛를비

금케장원 꿈꾸다가
낙제회각 만나고서
어쩌커녕 개짓는데
살작드러 자는쏠은
똑미워서 못살깃네
　우슨것

쟁이一篇

[1227]
뒷집영감 삼술쟁이
압집명감 욕보쟁이
우라버지 골롱쟁이
울어머니 쑤드랑쟁이
우리옵바 용심쟁이
우리누나 헌말쟁이
우리동생 귀염쟁이

[1228]
말아말아 백대처라
네콩버콩 쌀머주지
　＊ 말의자지를보고

미운옵바一篇

[1231]
명령구리 우리옵바
과거보러 서울가서
로비열량 쌔앗기고

서울二篇

[1232]
서울서울 어듸가서울인가
한슐밤을 ...놈이갈나먹여
쩔새사니 서울이란다
서울시새 오르고써려
여긔의 시세러라
　＊ 昌善島에流行

[1233]

366

〃

　　＊　距今百年前　南海大饑
　　饑째부러傳하는노래

이써목에서　완긘울하늬

　［一〇三四］
몸엔바늘　좀٨이주어
비단줌이　쏙٨너허
부모사려　쉬울가냬
사잔이는　만르라만
부모가틋이　하나도업더라

섬냐야기一篇

　［一〇三五］
이애바라　어저밤쑹
내이약이　들어봐라
하날나라　베틀매여
구름잡아　잉어걸고
무지개라　보듸집고
압강달강　베클짜쉬

직님비고　도포비고
다만들고　남엇기로
이써쪅삼　바고나니
섬도업고　깃도업서
뒷동산에　올나가쉬
떡거랑닢　쓰더다가
깃도달고　섬도달고
다리바로　쌈을맛쳐
윤듸로서　코듬맛쳐
입어보고　덤이뎃다

饑饉一篇

　［一〇三六］
찰북가미　배를모아
국수가랑　진대삼아
입에문떡　써던지고　날좀
박요

아리랑四篇

　［一〇三七］
커ㅡ다란나무는　쳔보٨대
되고
알마준커늬는　갈보질간다
아리랑　콩달콩　쇠여나
놀자

　［一〇三八］
〃
커기선커총각　날솜봐요
날좀

아리랑 콩달콩 씌여나
놀자
　　　〃

〔四四八〕
너는야 날보면 본둥만둥
나누야너보면 똑죽겟다
아리랑 콩달콩 씌여나
놀자

〔四四九〕
아리랑통치마 엽무덩헐고
하이칼나손목이 둘낭날낭
아리랑 씌여라 놀다가
자

南海郡南海邑內新友社
鄭潤煥報

黃 海 道

金川（一三四〇―一三四二）　　新溪（一三四三―一三四八）

海州（一三四九―一三五九）　　平山（一三六〇―一四一三）

谷山（一四一四―一四三五）　　甕津（一四三六―一四四三）

長淵（一四四四―一四六五）　　松禾（一四六六―一四六七）

載寧（一四六八―一四六九）　　鳳山（一四七〇―一四九八）

遂安（一四九九―一五〇二）　　信川（一五〇三―一五六五）

安岳（一五六六―一六一六）　　黃州（一六一七―一六三八）

殷栗（一六三九―一六四四）

金川

천년만년　살고지고
* 상동군네 써여

誹茨一篇
[1340]
누ㅡ리 나ㅡ리
개똥밧데 미나ㅡ리
* ㅜ어리 조롱하며

잔자리一篇
[1341]
잔잘바 ㅅㅅ잘바
넙허뜨면 죽ㅡ고
얏치뜨면 산ㅡ다

울콩줄콩一篇

(1340)
울콩줄콩 참대콩
바위나리진 다래콩
오랭조랭이 영방울
예두색기 부친이
부지렁나무 석거다
만두산에다 집짓고
양친부모 모셔다
천년만년 살고지고

金川郡西泉面市邊里
印竈會　謠

新溪

해오라비一篇

〔三四七〕

동해바다　한가운데
노생나무　한그루외
동견가지　죽은후에
해오라비　안젓구나
소음지출　쉬른석댁
고이고어　숙가버여
명주애기　착쥐고리
아삭비삭　말아버여

입살한알　어더다가
착조고리　섭흘달고
좀살한알　어더다가
착조고리　깃을달고
저츄자지　긴쟈지로
물울질너　고름달어
명주애기　입혀보니
해오라비　덕어로다

감장치마一篇

〔三四八〕

동견가지　걸어놋코
둘면날면　보니쉬니
섭히업서　못하겟다
깃이업서　못하겟다
동내방내　도라단겨
봉어색기　놀나리라

감장치마　흰쥐구리
씨름에큰　맛딸아기
울불길에　나지마라
봉어색기　놀나리라
감장치마　흰조고리
오박집에　맛메누리
밤물일낭　깃지마라
준그마리　놀나리라

넌세탓一篇

〔三四七〕

여보　여보
쥐긔가는　쥐영감
입에다가　국수살인

372

웨뭇엇소
야덜아 야덜아
흥보지 마라
년세놉흔 탓이로다

여보 여보
커긔가는 쥐할머니
머리에다가 달버박아진
웨엿소
야덜아 야덜아
흥보지 마라
년세놉흔 탓이로다

俗謠二篇

〔ㄱ三六〕
울담덩맛게 쌀비는도령아

성류한쌍一篇

외넘어간다 외밧아먹어라
밧으라는외는 제아니밧고
몰가른손목을 회갈마쥔다
천사만사 주더니안
화경사 허리씌
쏠소말아 장두칼
돈잘쓰는 항나줌지
제비박소 묵안주
목암소 손슈 둑치니
돈백량이 쏘나지네
도한번을 둑치니
쏘돈백량이 쏘나지네
그돈일벽땅 깃지구가쉬

〔ㄱ三五〕
당초만고름에 목잔득매고
직여라살녀라 생야단한다
요눔의존자야 치마쪽노라
외볼누당진것 콩뷔웃한다
新溪郡赤全面大坪市
金善愛　報

〔ㄱ三六〕
이거리 저거리 각거리
석류한쌍 서려떳네
닷보자고 검넛섯더니
분쳐어한테 돈꼿네
고직이한테 둘겻네
대월에서 삼년살고

안방문을 열어보니
훈갑사 치마가 찰―찰
웃방문을 열어보니
남갑사 치마가 찰―찰
거는방문을 열어보니
그림갓흔 첩이안젓네
비첩이냐 버첩이냐
새롱안에 중첩이냐
뜨롤독에 칼첩이냐

新溪郡洙余面事務所
金　善　愼　報

海州

씨쌀우름一篇

＊ 놀다가 씨쇠리우는
　　소리울드르면

금빗옷을 떨쳐입고
쇠쏼쇠쏼 우는쇠쏼
너고나고 갓치놀자

물귀신이 야얌남
도로쌰서 질머지고
외양깐에가 먹울냐닛가
송아지가 야얌남
도르쌰서 질머지고
안방에가 먹울냐닛가
기집자식이 야얌남
도로쌰서 질머지고 ·
부엌에가 먹울냐닛가
귀두밥이가 야얌남
도로쌰서 질머지고
뒤ㅅ안에가 먹울냐닛가
쥘두마리가 날ㅡ놈

야얌남一篇

〔1210〕

길ㄷ드ㅁㄷ 가다가
돈한푼을 주섯네
쩍쳠으로 갈ㅡ가
엿쳠으로 갈ㅡ가
쩍쳠으로 가ㅡ서
쩍두개를 삿ㅡ네
보여쌰서 질머지고
개천에가 먹울냐가

海州郡址氷曲白雲里
李　丙　燾

〔1211〕

놀너왓서 쥐보게
성님이 놀너왓서
노래롤하고 노비그려
금단지위에서 노는애들은
삼々오々가 장단일세
밝고푸른 반공중에
츈달새는 바ㅅ배ㅅ
버들장박 깁흔속에

남뀌굼벙 一篇

[一三五一]

남뼛ー중 곰뼛ー중
달내종율 썩그랴
만율쑹율 썩그랴

남뼛ー중 곰뼛ー중
장남콩을 심으랴
검정콩율 심으라

남뼛ー중 곰뼛ー중
종남산아 어듸냐
수양산이 여긜다

남뼛ー중 곰뼛ー중

* 처녀둘이쌍그네뛴다

나물노래 二篇

[一三五二]

더벅더벅 동취나물
이둘이둘 삽쥭나물
오불꼬불 고비나물
옹실봉실 고사리나물
맛타보니 맛타라나물
도라보니 도라지나물

럴넉럴넉 一篇

[一三五四]

헐넉가마 럴넉가마
소탄놈도 헐넉헐넉
말탄놈도 헐넉헐넉
가마탄놈도 헐넉헐넉
보교탄놈도 헐넉헐넉
써배탄논도 헐넉헐넉

諷笑 一篇

[一三五五]

울던개 짓던개
검정개가 울더니
누렁개가 짓누나

* 우룸웃질때뜸하야 옴

[一三五六]

장굴먹고 장개가구
싱아먹고 시집가구
뺙국먹고 호행가구
씰네먹고 하넘가구
쇠채먹고 쇠바리몰구
달내먹고 달나한다

* 우룸웃기누라고 옴

아사라 一篇

〔二三六〕
아사라구　딸나구
왜고롱　하나

밤노래 一篇

〔二三七〕
세상세상　서울을가다가
다리럴을　굽어보니
집한단어　잇더라
집단을　둘처보니
황고로(橫桍)가　잇더라
황고로를　둘처보니
반고로가　잇더라
반고로를　둘처보니
동고로가　잇더라

동고로롤　둘처보니
당직새가　잇더라
당직새롤　둘처보니
밤한보속이　잇더라
밤보속을　갓다가
시렁우에　두엇더니
머리쌤안　새양쥐가
다갓다　먹고서
오마두돌　남앗구나
것겁풀벗겨　소주고
본의벗겨　도야지주고
앓을낭　너와나와
단두리만　논어먹자
세상세상　세상세상

작々궁 一篇

〔二三八〕
작々궁　작々궁
길널에비　회ᅳᆯ회…ᆯ
길널에비　회ᅳᆯ회ᅳᆯ
쥐암쥐암　쥐암쥐암
쥑々쥑々　부々부々
도리도리　도리도리
＊　어린애들의　고개와손
　　　　노리

나븨잠 一篇

〔二三九〕
사대문　걸고
나븨잠만　잔다
＊　三十年前西鮮地方에

섯다난것인다 日露戰爭의豫兆이엿다고

海州郡雲山面柏亭里

李　海　運　報

平山

兒童謠九篇

[一三六一]
사마귀닷되　콩닷되
요기조기　올마라
＊
平足갓혼데남사마귀를
손아탁으로쩍이가지고
다른살이다대이며　그
뚝에도퍼지라고

〃

[一三六三]
두섭이　집짓고
황새ㅡ　물깃고
두섭인　집짓고
황새ㅡ　물깃고
＊　흙으로두겁이집지으며

〃

[一三六二]
게ㅡ는　장구치고
가제ㅡ　춤추고
＊　가재란눔의수염웅장코

〃

[一三六四]
송구　렬소
서울양반　벼슬못해　덤소
시골양반　농사못해　렬소
＊　송구벗기며

[一三六〇]
여ㅡ긴　개똥
쥐ㅡ긴　찰밥
여ㅡ긴　개똥
쥐ㅡ긴　찰밥
＊
모닥불가에안저불놓았소
일세　연과가씨묵으로
오면　손으로휘ㅅ처며

[一三六五]
잔잘나비　뭣소
보려고　엿번이든지연
찝방퐁뭄짐이는것을
＊　가재란눔의수염웅장코
핵작고외임

네─자리 불붓는다

*

（ 잠자리잡을때 ）

[二三六六]

문ㅅ아─ 비온다
나와장독 펴어라

*

（ 모래장변에서 문ㅅ어
집웅차지여 ）

[二三六七]

이리오면 죽니라
커─리가면 사니라
억게넘어 둥ㅅ리
쉬리ㅅ리 둥ㅅ리

*

（ 어두어갈쇄 아리
뚝벌편） 장으려단이여

[二三六八]

진─의 거미냐
나그네 거미냐
진─의 거마냐
나그네 거미냐

*

天井에서 적는거미가
줄타고나리오는것을보
면 이러케외임 여러
번불너도송내나려와라
연 그날客이운다함

平山郡西峰面鶴明學校
李炳夏
李炳武
申聖徹
申珽徹
李玉衡 ｝報
閔承模

謳笑二篇

[二三六九]

암만 주동이가 쌧쑥하나
말한마디를 해보느냐
발여섯이 달녓스냐
길십리를 걸어보느냐
글한자를 쒸보느냐
먹한장을 굴엇스니
암만 잔등이가 넙적하나
팟한섬을 쒸보느냐

*

（ 이웃장아느고 ）

[二三七〇]

압닛대빠진 썐강소
소리갈로 가지마라
붕어색기 놀내인다

380

＊ 양니싸지아이놀니며　　＊ 술니자기한여

〔二三七一〕
숙ᄉ새一篇

숙ᄉ 숙ᄉ
게집죽고 자식죽고
신도포파라 영장하고
망건파라 슐사먹고
이가롤어 못자겟다
숙ᄉ 숙ᄉ

〔二三七二〕
遊戲一篇

한대 두대 쌍작대
영감의 도독대
아무게 붓잡어라

數謠三篇

〔二三七三〕
올헝 졸공
바우나던 강대콩
아랫고사리 썩것나
웃고사리 썩것나
멋대래키 썩것나
씨대래키 썩것비
나한대래키 주겟나
남썩굴련 멋햇나
아주먼네 김치ᄉ둑에
쌰젓댓지 !

〔二三七四〕
한거리 엉거리 밧거리
연주망고 두망고
착푸럭다 하양거
도루마직연 장도칼
모기해ᄉ 둑수리
칠팔월의 무쉬리
동지섯달 대쉬리

〔二三七五〕
한알쌔 두알쌔
씨알쌔 네알쌔
단자 연자
임금나라 충
충백사이 용지용
말불이 쏭쌍

＊ 以上三篇兒ㅿ반노리하ㅿ셰

주머니 一篇

（一二七六）

해는ㅅ쩌쉬　거죽하고

달은ㅅ쩌쉬　안을하고

외무지개는ㅅ쩌쉬　귀둘밧고

쌍무지개는ㅅ쩌쉬　끈을하고

누구들　줄쒀

우리형님남편　주구지구

양류밧헤　왕내하고

장달이　얏헤논다

자장가 一篇

（一二七八）

금자동아　금자동아

만금갓치　귀한동아

금을주면　너를사며

은을주면　너를살쎠

부모쎄는　효사동아

일가문엔　화목동아

나라넘센　충신동아

감장개도　잘도잔다

신동개도　잘도자고

노랑개도　잘도잔다

바둑개도　잘도자네

봄들엇네 一篇

（一二七九）

옥주천상　만인들아

이 벼말삽　들어보소

봄들엇네　봄들엇네

암남산에　봄들엇네

불탄잔듸　속납나고

푸른것은　버들이오

누른것은　쇠쇼리라

황금갑옷　떨처입고

양류간에　왕버한다

종달새 一篇

（一二七七）

종달새는　놉히뜨고

검정새는　얏히쓰고

황금갓혼　쇠쇼리는

남의애긴　못도자고

우리애긴　잘도잔다

청삽차리　잘도잔다

개사킹ㅅ 유색신
나귀매든 버들일세
백설갓흔 흰나뵈는
꽃술보고 반기는듯

구름이라피는듯이 라ㅅ
은가락에 옷을며
바람바람어 재고재여
옷ㅅ이 쌀아ㅅ

옥독기로 말나ㅅ
근침사로 하여ㅅ
누구를줄ㅅ 누구를줄ㅅ
우리형남남편 주구자구

베를노래一篇

〔一三八〇〕

실농씨 근본에
밧흘갈아 씨뗜지니
황금갓흔 착이도다
외날개펑 호미로다가
북도다주고
대텟카를 엽혜세고나가
이것커것 다
아름아름이 싸ㅅ
여산수리활로

안개속엔 버들늘곳코
구름속엔 용두마리를달고
함경나무 북바듸집으로
들고쌍ㅅ 옷코쌍ㅅ
이와갓치 쌋ㅅ
옥수로 흐르는물에
희여청ㅅ 쌀아
옥가치희게 발해서
물덤훔 서덤훔에
올ㅅ이 고읍게흐려
구월아

일남사중놈一篇

〔一三八一〕

일남사 중놈이
이남을 가다가
삼노거상에ㅅ
사무덕 한임을만나
오행을 푸러
육정을 치니
칠자상쾌로다
팔자좃타
구월아

십종 다구

총각아제一篇

　（1382）

영감의　김치는
목침만콤식
총각의　김치는
숙채로초// 갈거라
영감놈을　보면
생골이영// 압흐고
총각아제를　보면
방실방실　웃는다
영감의　밤은
발뒤꿈치로　꽉// 밟고
총각의　밤은
송글송글　담어라

일낭사　중인지
이낭사　중인지
삼각을　알앗스면
사례를　알러인데
오헤라　중뉴아
육학장　겹여집고
칠가사를　메고
팔도를　편답하면서
구룡노니　그것이냐

＊ 무도한중놈이　안에서만
남부녀를 욕보이라다가
도로혼이나서다라낫다
논노러인데　이지방옥
동물이혼히부노

총각의　밤은
쥔이밥으로　담어라

백국이二篇

　（1383）

진두명산　만장봉에
칭출백출이　금주령이요
관음사　땃집속에
청학백학이　반춤만춘다
치어다보니　백사지영
내려다보니　백사지영
낙// 장송　느러진가지에
홀로안즌　쥐백국어
우리님죽은　령혼인지
나만보면　슬허운다

산진수진一篇

京義線汗浦驛前

申　丙　均　報

(一三八四)

산진이야　수진이야
해동창별　바라떼
고고은동산　뚝쩌러써
만쳑쳔봉　중설임에
썽튼리바라쉬　써고만놀고
시쳐며울담에　물네방아는
사사십룩　열여섯살
쳐굴娥　안고만간다
쳑국쳑국　돌아가는
엿자방아는
제종떠안고　돌아만가고
스르릉왕ㅅ　돌아가는
써살쭐레　외홍지머리는
큰색기손에　써고돈다

나무라령一篇

(一三八五)

칼노젤너　피나무
가다보니　가닥나무
오다보니　오동나무
십리절반　오리나무
방귀쐿다　뽕나무
임마쳣다　쪽나무

(一三八六)

눈물씻기　다씻엇다
들면나면　나면들면
횃대굿헤　걸어두고
열새무명　만물초마
싀집사리　엇덥듯가
형님형님　사 촌형님
싀집가면　못노라라

싀집사리二篇

(一三八七)

아가　아가
싀집사리　엇덧트냐
아이고아버지　들어누어쉬
명지쑤리하나　격기만합되
다
당초고초　맵다해도
싀집사리어써　더매우릿가

(一三八八)

창새둘새　못노라라

망질노래 一篇

(三八)

돌너주게　돌너주게
일심으로　돌너주게
하나둘이　갈드래도
열수물이　가는듯이
둘느기는　내둘느새
멕이기는　네멕여라

돌너주게　돌너주게
뗏돌압헤　안진각씨
손씨나게　둘너주게
신개곡산　고성멧돌
단패갓치　둘너주게
눌넌개난　독형데
석수재가　네아비다

돌너주게　돌너주게
연닙갓치　널분멧돌
돈닙갓치　돌너주게
먼데ㅅ사람　듯기좃케
올너만줘도　소리만나네
첫혀ㅅ사람　보기좃케
가고오는　목동들은
가다오다　머뭇머뭇
석자씨치　쇠쇠리는
큰애기　발뜻헤서　반춤만

노ㅡ래

추ㅡ네

　　* 金岩面써악씨들의망질

이팔청춘을　안고만도네

베틀노래 一篇

(三九)

짤솽짤솽　짤솽짤솽
베틀다리는　두다린데
잉어혓난　산형데
눌넌개난　독형데
함경나무　북바디집은

휘여드네 一篇

(三O)

휘여드네　휘여드네
암남산　청무푸려
화독업시　휘여드네

보구지고　보구지고
울어머니　보구지고
활등갓치　굽은길에
화살갓치　다러가늬
참머리갓흔　우리부모
화독업시　휘여드네

平山郡金巖面箕塹里
申喬女報

산수자리가　어듸요
당ー당ー　당고개요
찐배한그릇　허릿가
졸ー졸이　졸시구

속새밧一篇

〔三九二〕
씽기　씽기　일어라
속새밧호로　김매러가자
큰애기는　나가고
자근애기는　들어오고
씽기　씽기　일어라
속새밧호로　김매러가자
　　＊　어린아가씨들어　동뮝
　　　여로돈율쌔리며

상제一篇

〔三九三〕
상제상제　어딀가우
회ー회ー　회바드러가우
장삿날이　언제요
일ー일ー　일헷날요

數謠　二篇

〔三九四〕
한거리　인거리
기리친　맛지
술반　노자
인들　잔채
어듸　먹엇냐
못어더　먹엇냐
하금　뛰여
송낙　질ㄴ
가들　쌍
　　＊　十八數

〔三九五〕
오가리　조가리　싹가리
쳔군만군　도망군

술이— 김치
시간이 샅 박
　* 十一数

遊戲一篇

〔二三九五〕
출사 출사 어듸출사
평양감사 출살세
무엇하려 나왓나
조죽삼으러 나왓비
멧,명이나 잡앗나
삼천명이나 잡앗비
무슨문을 열어주서
동대문을 열어주게
무슨쇠로 열어주게
갈강쇠로 열어주게
　* 손ㅅ배이쓰를 잡어다
　물고

雜 六篇

〔二三九六〕
언개— 집—광—
롤때— 룽—
　* 언제집고

〔二三九七〕
고리박휘 채박휘
돌—돌— 말너라
　〃

자— 열엇네
동대문 동대동대
　〃

〔二三九八〕
아지까리 동서
실꾸리 동서
색시머리 반서
중의머리 쌀서
　* 저주넘을때

〔二三九九〕
영—영— 울어라
너이어미 너이어미
소금장사 갓다가
물에싸저 죽엇다
영—영— 울어라
　* 흥쑹기늘늘ㅐ서

388

〃

〔二〇〇〕
바위야　바위야
청—청　바위야
네—밋구녕에
다람쥐　들어간다
　　* 바위에거러안저

〔二〇一〕
독—독—　튀여라
암—남산에
거름뱅이　와—서
오줌썰금　싼—다
독!독—　튀여라
익엇늬
　　* 옹닥그며

올콩졸콩 一篇
〔二〇二〕
올콩을　심읏나
졸콩을　심읏나
바위아래　참대콩
마당섶헤　담사리
우물둔처　미나리
큰길섭헤　밭장귀
　　* 그녜색머

무슨업　진둥업
무슨진둥　쌀진둥
무슨쌀　망근쌀
무슨망근　당망근
무슨당　쒸낭당
무슨쒸낭　깨쒸낭
무슨개　바릿개
무슨바리　통바리
무슨동　오줌동
무슨오줌　새오줌
무슨새　할미새
무슨할미　늬할미

시리싸기 一篇
〔二〇三〕
나무하려　안가나
배가압허　못가비
무슨빼　자라빼
무슨자랙　엄자랙

장타령 一篇
〔二〇五〕
바—사렷다　사령장

코푸릿다　홍손장
왝각쎅걱　사구장
한다리쩔둑　봉환장
오줌씰늠　지린내장
방구쩠다　구린내장
장싸기쟂헤　체비장
어흥그럭치　잘한다
한푼　주ㅡ우

平山郡細谷面逆川里
趙　役　行　報

앵도가지　석거들고
이슬떨며　나도왓지

〃

農謠八篇

[一五○四]
식권아츰에　가시는색시
이슬겨워　엇지가노

[一五○五]
아구머니　둥더워라
양산우산을　보내주
게워잔다　게워잔다
칭싱참수　느귀간다
기게손만　놀녀주게

〃

[一五○六]
아침부터　이권동무
해질골섀　일로가네
모시수건　감취쥐고
내일아참　맛나보세

〃

[一五○七]
오날해도　다갓는지
산곳마다　그불일세
해가가서　그불인가
산이놉하　그불이지

[一五○八]
해다지고　저무날에
엇던신배　울고가나
잔듸남산　구산수에
백여채관　못고가비

〃

[一五○九]
못다한일　다하려나
봉채동곳　일코가에

봉채장사　굼어사나
봉채동옷　내사줌세

〃

〔Ⅱ一〕
식칼갓치　집이업네
바람쓰듯　외몸되야
뉘집으로　향할가
귀물도록　일하다가

〔Ⅱ二〕
〃
첫가락장기　나는실허
물녀행장　차려놋코
첫참하기　나는실레
점심먹고　쉬여들어

* 以上　동부들이 김미며
부르는노력

울콩졸콩一篇

〔Ⅱ三〕
울콩　졸콩
바위아래　참대콩
우물둥치　미나리
미당섬헤　담싸리
아랫버　고사리　석것나
웃버　고사리　석것나
멋대래키　석것나
열대래키　석것나
무슨물에　살엇나
구름물에　살엇네

不山郡馬山面漢村里

蔡　久　煥　報

무슨물로　건젓나
함박조리로　건젓네
무슨물에　흥젓나
새암물에　흥젓네
간장초장　뭇처서
아부넘도　집어보소
어머넘도　실태장
아부넘도　실태장
어머넘도　실태장
우리동서　먹고나니
동대문에　해가든다
쪽애쪽에　콩쪽에
녹에녹에　녹두쪽에
죽은남게　썩어귀
산남게　썩쇼리

아이낫다　기장귀

흔데낫다　더멍귀

*

五月端午에맛그네쒸연

세　흘룽박눈다고두고

맛고함

下山郡新岩面舟上里

李　相　龍　報

谷山

분명할손　내의동모
등人불가튼　네의눈을

누런머리　검정눈에
이리커리　정신차려

양의뿔과　곱새등은
굴근돌은　넘거딋고

넷적로인　하신말삼
잔돌유랑　미러듸뎌

일가청에　보배라네
부대부대　실수말고

커밧둑에　어서가자

향내나고　맛조흔풀

다른사람　비여갈나

어서어서　빨리가자

너의색기　엄마차자

갈광질상　야단한다

얼른한집　비여다가

너의등에　실을터니

설렁설렁　도라가서

곱흔배들　불숙하게

구진비야　오지마라

우리암소 一篇

「一二」

가자가자　어서가자

네가네가　빨리가면

나도쏘한　너와가치

쉬지안코　갈터이야

암소암소　우리암소

네의천성　내가안다

성큼성큼　것는모양

어서어서　빨리가자

알집머섭　커귀간다

너의색기

빨리빨리

굽벅굽벅　네가마라

아차한번　실수하면

나는참말　낭패이다

신간의복 다것는다
그도역시 그러커던
우리암소 어이하리

* 목동들이 쌀비러가면서
부로는소노래

農謠 十篇

〔四五〕
우리논엔 물채가조와
한말지기에 열닷섬
어ㅅ허야 더덩지로다

〔四六〕
한덩이두덩이 넘어갈제
논뚝렁이가 실둥실둥
어ㅅ허야 더덩지로다
"

〔四七〕
옷논엔물은 쏘바씨여
아랫논에 잡아넛코
어ㅅ허야 더덩지로다
"

〔四八〕
꿀챈논마 쌀을낭은
우리부모 공양하고
어ㅅ허야 더덩지로다
"

〔四九〕
놉서란논에 쌀을낭은
어린처자 먹여살녀
어ㅅ허야 더덩지로다
"

〔五〇〕
여보동모 정신을차리소
아차실수 베쏙아뜨네
어ㅅ허야 더덩지로다
"

〔五一〕
감실감실 뻬쏙이는
아마도 풍년의증조
어ㅅ허야 더덩지로다
"

〔五三〕
세야리광지 흰조고리
아마도우리네의 정심인가
어ㅅ허야 더덩지로다

[一四三]
여러동모 일심울해서
한일ㅅ자로 나가보세
어々허야 더덩지로다
〃

[一四四]
밧비밧비 커둑서지
얼는나가 쉬여불자
어々허야 더덩지로다
＊ 모슴기와 논뱀때
谷山郡漢中面草坪里
柳〇〇報

해야해야─篇

[一四五]
해야해야 나오나라
복죽개로 물떠먹고
장고치며 나오나라
＊ 구름속에허가가리면
谷山郡鳳鳴面朝陽里
金麗水報

甕津

兒童謠五篇

〔三六〕
울어락울어라　너의어미는
복주쎄로　물떠먹다
응물에빠저　죽엇단다
울어라　울어라
＊

〔三七〕
동고바리　쎙〃
＊　파리쫑잎해물소
"

큰애기는　밧그로
자근애기　안으로
동고바리　쎙〃
＊　흙가루뿌으며
"

〔三八〕
썩썩　푸두둥
봄철이　되엇는지
내죳인　밧소
＊　山雉노리하면서
"

＊　썩썰녀 그비우며

〔三九〕
뤼에ㅡ
네다리　뚝각
범의다리　뚝각
내다리　쎙〃

〔四〇〕
동々하엿다　물써다고
걱흐남배　한대죽게
＊　혹우럴어나푸서

甕津農民商事務所

謎　一篇

베싸기一篇

〔四一〕
오라비　신라비
우리결ㅇ　주ㅡ소
안님동씨　베싸줍소
하늘에는　비들붓코

구름에는 잉아걸고
함경나무 북바듸집
놋쿠싸구 둘구싸구
쌍만듸두 쌀뭉쌀뭉
소리만 잘나비

＊ 굴삼으로 · 버서는용내
용내면서

범의다리 一篇

별해이기 一篇

〔　三二〕
별하나 나서
로무랑망래기 엿코
멧수 ㅅ쿠쿠

＊「풀싸지 한슝내외ㅂ보
ㅈ」

〔　三三〕
범의다리 ㅅ약
ㅅ다럭 셩수
당추장 먹고
넘어지ㅅ 마라

＊ 농부대서용ㄷ가ㅂㅂ

敎誰 一篇

〔　三四〕
한알쩨 두알쩨
삼우지 날쩨
쥬날 거리
딸쩨 창구
노루 사슴이
범의 약파

＊ 풀싸지 한슝내외ㅂ보

〔　三五〕
장아장아 칼갈아라
빅암잡아 회쳐주마

＊ 빅암ㅅ잡나면

範 七篇

〔　三六〕
당알당알 맛당알
삼년묵은 폐ㅣㅈ
쌀구 나오너라

＊ 피아릭숭ㅎ과ㅐㅂㅂ

범의다리 一篇

＊ 원ㄷ노릭한쩨 다릭ㅎ
ㅎ이ㅁ

셚드라 셕각

〔一四二七〕
울든개 짓는개
당추밧헤 웡々짓든개
　＊ 운악희눌느며
〃

〔一四三〇〕
손넘네 온다
장치고 밥해라
　＊ 거이보고
〃

네다리 불붓는다
파리잡아 줄나
　＊ 장잘비잡우며

메쭉이 一篇

〔一四三二〕
아참먹이 쇠여라
저녁먹이 쇠여라
콩々 쇠여라
뉘업게 쇠여라
　＊ 멧둑이잡아쥐고서

〔一四二八〕
독겁안 집짓고
황새는 물깃고
　＊ 흙으로 독겁이집을
　 행둘며
〃

〔一四三一〕
여긴개쏭 쥐긴찰밥
여긴쌍놈 쥐긴양반
　＊ 쩨잇는쑥으로던지거가오

잠자리 一篇

〔一四三三〕
안질뱅이 뱅々
파리잡아 줄々

〔一四二九〕
임나재이 쌀나재어
늬하라비 뙤얌재이
　＊ 임내내는아희브는뭇실

忠南禮興郡商安樂里
鄭寅燮報

長淵

〔一二六〕
진둑아　진둑아
六七月　진둑아
쇠부랄말부랄　다싸라먹고
진영위　둑더러지면
오는사람　가는사람
쉐발바줄나ー

民潤面新花面孝悌里

金永燮　輯

나새기一篇

〔一二七〕
하나먹어　둘에나니
산백공이　네살이라
오바람에　룩에나니
칠막머가　팔아먹고
구버보니　열이락

진둑이一篇

松禾

장금장금一篇

［一四二六］

장금먹고 장개가고
싱아먹고 시집가고
떡국먹고 후행가고
참외먹고 증참가비

가락지一篇

［一四二七］

장금장금 장가락지

낭금낭금 낭가락지
쉬수님혜 옥가락지
버들님혜 은가락지

방아一篇

［一四二八］

방애야 방애야
에헤이덜거 방애야
아춤먹이 쇠여라
아춤먹이 쇠엿다
컴심먹이 쇠여라
컴심먹이 쇠엿다
뒤녁먹이 쇠여라
뒤녁먹이 쇠엿다
에헤이덜거 쏏는다

* 멋뚝이다리울쥐고

遊戲一篇

［一四二九］

다숨컷니 차커라
차줄맥걸 뜅ᄉ
머리쿨이 빈ᄂ다
뜽ᅵ뜽ᅵ 숭커라

* 술버장기

이말저말一篇

［一四三〇］

이란말아 지란말아
쇠ᄉ 마러라
조곰가다 축주마
방귀쬑ᄉ 쉬지마라

* 나무가지나작지롤타고

고양이 一篇

［1코피］
고양아 고양아
콩마당질 해ー라
비지해 죽거매

＊ 고양이등물두드려
연희의요

＊ 강수떠바방이쏭부석거
입어울고이 노더물외오
연 강수떠바방이쏭은
두갈내가저서퍼전노들
々맘난다

＊ 비둘기우움소리

讔笑 六篇

［1코피］
강가가 강뚱을싸낫가
김가가 김이문々나닛가
장가가 장뼈로다 헷치낫

가
박가가 박지로다 무엇가
지가가 지고가낫가
나가가 나도나도하낫가
홍가량가가
홍々 량々 홍々
너다먹갓니 홍々
나다먹갓다 량々

도리박휘 一篇

［1코피］
망々 쇼바방
도리박휘 치박휘
구원산에 비온다
멍석말아 되려라
장석말아 되려라
돌々말아 늬려라

구국 一篇

［1코피］
구국구국 구국구국
기집죽고 구국구국
망근파러 영장하구
자식죽고 구국구국
갓마자파러 영장하구
팔월추석 청모날은
무엇파려 성묘하나
구국구국 구국구국

　　"
울든개가　짓누나
개구멍에　숫캐부랄이
ᄯᅡᆺ—다　핑겻다
　　* 서ᄎ여아이놀니누라고

〔一五九〕
일진광풍　바람부니
이집커집　요란한데
삼밧흘　지나다가
사게조각　발에든채
오강룡에　싸젓고나
뭇자백이　관수로다
칠ᄉ이도　못된망태
팔둑만한　좃머가리
구진비에　구역일다
심ᄉ심ᄉ　조지셤ᄉ
　* 손늘고흘에넛고다ᄂᆞᄂᆞᄂᆞ

〔一五五〕
가재뜰영감이　가케를잡어
　　"
다
구나뜰영감이　구워노닛가
누나뜰영감은　누럭케익으
닛가
먹처뜰영감은　먹처지내닛
가
왓삭뜰영감은　왓삭하닛가
침ᄉ뜰영감은　침ᄉ하닛가
부나뜰영감은　아이고분해

〔一五六〕
　　"
울든개가　짓누나
개구멍에　숫캐부랄이
　* 우는아해놀니며

〔一五七〕
수ᄉ개떡　해먹고
키사러갓다　꿀삿네
꿀사러갓다　키사
지
　* 꿀난아해놀니며

〔一五八〕
하늘천　ᄯᅡ개비
지나가든　독개비
훈장에　부랄동
핑겻다　ᄯᅡᆺ—다

〔一六〇〕
울든개　짓든개
마루아래　숫캐부랄
　* 아혀보고

言爭 一篇

〔二四六〇〕
아야아야　아야국먹고
아이멋치나　낫ー니
너하나밧게　못낫다
아야아야　아야줄부러
너는먼커　배웠니
가갸가갸　가갸줄부러
나는먼커　읽는다
가갸가갸　아야아야

〔二四六二〕
가락머리　쇠수이
봉어씸이　약이란다
　　　〃
이흥　귀흥
가슴아래　첫흥
　　　〃

〔二四六五〕
　　　〃
이흥　귀흥
　　　〃

〔二四六三〕
귀먹쟁이　턱각쟁이
굴데버서　버ー라
＊뛰보다봉뻐하고　무안

〔二四六六〕
색시　맹시
닭의다리　쇽고
＊달내풀로　각시펀놀며

松禾郡長陽面峯村里
張才守　報

雜　六篇

〔二四六一〕
막동이　석동이
장당에　똥뎅이

〔二四六四〕
이흥귀흥　순백충
＊아혀롤차레로　허여　흥
字에맛는아혀가송충이

〔二四六七〕
삿추　삿추

삿추 一篇

한길이냐　만길이냐

범의다리는　똑갓

비다리는　승々　섈々

※　눈으시행개닌데

松禾郡長淵面坪村里三街市

金　男　媤　報

載寧

말만남은　치마요
목만남은　버선에
바닥업는　당여요
닥둥커리　타고서
거들거려　간다지

＊　소낭작란하며

載寧郡載寧面林泉里　林鳳根　報

허멍탈녀　一篇
〔一四六八〕
허멍탈네　딸아기
시집살녀　간다고
허무한　차림으로
얼수하게　쑤민다
숫머스님　당기에
반부런진　묵둥굿
깃만잇는　커고리
압만남은　바지에

별혜기　一篇
〔一四六九〕
별하나나하나　나서
졸구력에　역고
매룰글고　졸々글고
별둘나둘　나서

졸구력에　역고
매룰글고　졸々글고
별셋나셋　나서
졸구력에　역고
매룰글고　졸々글고
별넷나넷　나서
졸구력에　역고
매룰글고　졸々글고

＊　「간운데외이편용처」

載寧郡三江面鶴院里　李本俊　報

鳳山

나비一篇

〔一四七一〕
나비 나비 봄ー나비
쏫치진다고 설어마라
쏫치진덜 아조질사
명년봄이 다시오면
쏫시절은 다시오리

〔一四七二〕
청배나무 소년되여
오만새가 다오더니
그배나무 고묵되니
눈먼새도 볼수업네

端午노래一篇

〔一四七三〕
오월단오 에취똑
큰애기 자근애기
명주황나 분홍고사
오색옷 입은애들
그네줄의 뒤리메야하
올단오의 취똑아하
이팔처녀 서리서리
둘식 둘식 짝을지여

기럭이一篇

〔一四七O〕
기럭아 기럭아
어데 갓멋나
색기 치러
멧나 첫나
닷배 첫네
나한배 주렴
다죽고 너하나남엇네

새二篇

〔一四七七〕
새야 새야 임금새야
명년봄에 쏫치피라
소년고목 쏫치피면
너의화성 환생하리

"

406

배나가오　배나가오
쉬원쉬국으로　배나가오
싸게사오　싸게사오
오감배둘리　싸게사오

＊　단오에　악아씨들이상
그네씩며

싀집사리一篇

[二七五]
성넘　성넘　사촌성넘
싀집사리　엇덥듯가
아이구얘야　말두마라
명주치마　다홍치마
눈물씻기　다다랏네

[二七五]
청넘　청넘　사촌청넘

싀집사리　엇덥듯가
고초당초　맵다한들
싀집보다　더할소냐

베틀노래一篇

[二七六]
하늘중천에　베틀놋코
구름잡어　잉어걸고
대추나무　도리북에
정자나무　바듸집에
함경나무　쇠쇼리에
입분이가　착울일코
베틀다리　네다리에
안질개는　도다놋코
쉬쉬쌋나　안커쌋나

소문업시　잘도쌋네
그베쌋서　뭐할난가
우리옵바　장가갈케
가마뚝겅　둘너주지
그남커지　뭐할난가
우리형넘　싀집갈여
가마호랑　둘너주지
그남커지　뭐할난가
이버적삼　말난덕이
섬도업고　깃도업네
바눌만은　잇건마는
실이업서　못하겟네

父母功一篇

[二七七]
살모사　갓흐눔

부모은공 모르고
색기의 반되는어미
어미는 신세가궁
색기배인지 석달이면
색기낳까 두려워
이산커산 양산중에
울고나니 신계곡산
숨도쉬지 못하고
비탈좁은 산물길의
이바위커바위 놉흔바위에
색기만나면 눕지도못하고
광야로 피신하리

도라지타령二篇

〔一四八〕
殷栗 金山浦에
백도라지 캐러간다고
픵게픵게만 넉더니
총각아케 무덤에
에르화 사모케만가누나
용흐야 더흐야

〔一四七〕
도라지 도라지
백도라지 캐러간다고
픵게픵게만 대더니
정든넘총각의 무덤에
에르화 사모케만가누나
용흐야 더흐야

鳳山郡西鍾面禁津里五六　李根源報

기럭이一篇

〔一四六〕
기럭아 기럭아
쌀나쌀나 가거라
압서가는건 양반
뒤에가는건 쌍놈
비뒤에 범섯라간다

나븨一篇

〔一四五〕
나븨나븨 호랑나븨
나하우 청산가서
가다가 커물거든
꽃속에 들고가셰
꽃속에서 푸대접하거든
닙닛헤 자고가셰

쌀니쌀니 가거라
　*
기럭어나로 눈것을처다
보고

토막쌀 령감이
토막울 든는새
아사쌀 령감이
아사라 아사라
　*
사람을웃윌쌔

鳳山郡洞仙面道德里
　　吳　泰　鳳　報

분하다 하는새

（一五八四）
어제밤에 쉬리가와쉬
쉬리 쉬리
　*
이악이한연서

　*
사람을웃윌쌔

（一五八六）
영감 곡샘
대추나무 별감
　*
넘우이보고

諷笑一篇

（一五八一）
가재골 령감이
가재를 잡은새
노락쌀 령감이
노락케 구은새
먹쳐쌀 령감이
먹쳐다 대는새
분해쌀 령감이

數謠一篇

（一五八三）
새가 머룰 먹다
목이머서 물윤먹다
　*
九數、발혀이거하며

（一五八五）
재잘나비 쌍々
파리잡아 줄쌍
　*
잠자리 잡으며

雜 三 篇

鳳山郡岐川面冷井里
　　魯　那　楢　報

나무타령一篇

(一四八七)
십리절반 오리나무
열아홉에 스무나무
마흔아홉에 쉰나무
아흔아홉에 백자나무
방구쒔다 뽕나무
아이업엇다 좍자나무
뭄질넛다 피나무

와삭버석 사기장
새밑다 종달이장
얘훤색시 안악장
아궁압헤 재령장
울고가는 곡산장

鳳山郡德在面亦城里

崔河永報

* 풍덩이를잡앗다 다리
마듸를다섯고 욱어지
울서너박퀴돌닌후 셩
다다퍼쳐놋고 어노례
불불으면 나라가락고
애롤쓰며 도라다닌다

장타령一篇

(一四八八)
장꺼꼿헤 쳬비장
코푸릿다 홍선장
바사렷다 사련장
육날메투리 신천장

맷덩이一篇

(一四八九)
박가야 박가야
비쏫은 쓰구
내쏫은 달다
뱁나무 쏫ㅅ
살구나무 쏫ㅅ

방아一篇

(一四九〇)
방아야 방아야
통덩통덩 쇠여라
아침먹이 쇠여라
통덩통덩 쇠여라
저녁먹이 쇠여라
통덩통덩 쇠여라

* 앳둥긴ㅅ자이러.

410

數謠 一篇

* 숨박굼질할때

[一二八一]
하나 하나
매우 쩌우
쩨비 삼촌
어때 갓멋나
기장 밧혜
불이 나서
호콤 새콤
쇠두랑 쩌ー

* 十六數·양반노리할때

遊戲 一篇

[一二八二]
범장군 나간다
꽁사이 숨커라

기력이 一篇

* 발로어름장문지르며

[一二八三]
기력아 기력아
복주게 물떠노쿠
배ー배ー 돌아라

雜 二篇

[一二八四]
네동곳 다ー고
딸발나 주ー마
"

[一二八五]
어름닥기 콩닥기
사롱아뙤 쥐색기

나두가요 一篇

[一二八六]
쇠독백인 장개가구
문둘비는 시집가구
달내삼촌 억케왓나
뾔굴뾔굴 구리왓네
나두가요 나두가요
너는못가 너는못가
길줍아서 너는못가
차츨차츨 넓혀가지
강만아서 너눈못가
나무신울 타구가지
가시만아 너는못가
책갈뵉의 석가리시

우지마라 一篇

〔一四九八〕

산놉하서　못간단다
쉬염쉬염　넘어가지
범만아서　못간단다
홰ㅅ불노서　쏫구가지

아가아가　우지마라
벼오마니　몰길너갓다
설은대추　맛보구서
목걸녀서　죽엇단다

아가아가　우지마라
쇠독백이　삶은물에
아야범벅　개줄넌이
아가아가　우지마라

베돌 一篇

〔一四九七〕

하날에는　베돌놋쿠
구름속에　수리샵구
안개속에　잉아걸어
함경나무　바데집에
걸니기만해두　소리나비
뒬구쌍ㅅ　굿쿠쌍ㅅ
건　그러케짜서　뭐할나나
오라버니　장가갈여
즉녕도복　해줄나네

鳳山郡洞仙面歐陽里　洪大碧　報

遂安

數謠 一篇

＊ 산나물케여

잇해산넌 왜노라라
시집가면 못본단다

큰종달새 안컷구나
양반인지 창늄인지
관을쓰고 안컷구나
내가무슨 양반이리
털노생긴 털관이지

＊ 종달새보고

（1三〇1）
한알동 두알동
삼산 너거리
오드득 섯드득
케비산이 구산이
동케비 랏잇다

나물二篇

（1四九九）
오불 오불 고사리
아산커산 넘나물
쏘개쏘개 콩나물
아타커타 녹두나물

＊ 방아먹기할새

（1五〇〇）
넘나물먹고 넘노라라
왜나물먹고 왜노라라

兩班一篇

（1五〇1）
안개방청 느려나무

遂安郡公浦面馬山里新倉洞
任明瑞報

信 川

수효 一篇

[一〇謠]

하나는무엇 하나는해요
둘은무엇 둘은눈이요
셋은무엇 셋은삼발쇠여
넷은무엇 넷은손과발이오
다섯은무엇 다섯은손까락이요
여섯은무엇 여섯은파리다리요
일곱은무엇 일곱은일주이요

* 웅기중기모여안저 서 모둔담

쇼리싸기 一篇

[一〇謠]

쥐게가는 할머니는
등두 굽기도 굽다
굽으면 기러마가지자
기러마가지면 네구멍이지
네구멍이면 동시루지
동지른 쌔맛치
쌔만면 가마귀지
가마귄 넙흘거리지
넙흘거리면 무당이지
무당은 치시
치면 더장이지
대장은 집지
집으면 거이지
거이면 새물지
새롬면 범이지
범이면 쥐지
쥐면 벼록이지
벼록은 쌀갓치
쌀가면 대추지
대추 달지
달면 엿이지
엿은 봇지
봇흐면 침어지
침은 싸홍하지
싸홍하면 닭이지

닭은 울지
울면 상케지
　　　"

虫鳥三篇

[1206]
핏독아 핏독아
백설기 해줄신
실방아 싯어라
　　*
멧독어롤잡아춤을추여
며　連唱
　　　"

기럭아 기럭아
어듸러가니 고촌간다
무엇하러 가나
색기치러 간다
멧배 첫나
닷배 첫다
나하나만 주루마
무엇 하개이
복가먹고 지켜먹지

옹숙옹숙 작고먹고
뒷집에 어미만치
공갓치 살쉬라
어쉬숙히 크거라
　　* 톡긔밥주며

[1206]
톡기아 톡기아
성동 성동 뛰여라
　　　"

[1208]
달광아 달광아 춤추라
불너 노라 눈내 노라
머리비ㅅ코 춤추라
　　* 달광이글보고

독기二篇

[1207]
독기야 너잘머는
쓰지쟁님 보왓다

박곳一篇

[1210]
박가야 박가야
너의옷은 쓰-고
나의옷은 달-다
　　* 박꼿을따쥐고

가시─篇

[표二二]
가시야가시야　너희오마이
우물에빠지건　건저줄신
지처치말고　어서속히
나오너라　나오너라
　* 눈에가시가들잇슬때

소리거런　주─소
[표二七]
형님형님　배쌋주─소

여진　아궁
귀갱　굴둥
　* 모닥풍엽허안저　콩갓
　혼겄굴구으머

雜　─謠

[표二三]
서리서리　놀세
동모동모　놀세
　* 어거니고다니며

[표二四]
서리서리　박사
　"

[표二五]
황새다린　길─고
참새다린　짧─다
　"

[표二八]
새가　조알을　먹다가
목이메서　몰을　먹으니
쌀─싹
　* 삿눈세

[표二六]
안반　떡─반
여차떡　해줄신
　"

[표二九]
풍덩풍덩　놀아라
작게작게　놀아라
　"

[표三三]
오라바이　싀라바이
　"

너머지지　말─나
　"

〔표:〇〕
나븨나븨 흰나븨
* 나븨우차라다니며 옛
쐔이돈지갑실히외임

〃
아들의부랄이 잠히고
좃키도 좃타

〔표:二〕
* 처음에는 손을옴족
으로놋코 다음에는원
쑥으로놋코「좃키도좃
타」여와서는 두손을
한거번에공중으로놋칠

〔표:二〕
오월명절에 취녁이야
* 단오날 처녀들이그네
쒸면서

動作一篇

〔표:三〕
이러케하면ㅡ
영감의부랄이 잡히고
이러케하면ㅡ

일낼네 二篇

앗간 몰랏드니
인제야 암앗네
일낼네 쌀낼네
* 동우의형용을말고놀니며

재이 一篇

〔표:三〕
재이재이 울는재이
재이재이 섭재이
재이재이 월금재이
재어재이 옴재이
재이재이 요슬재이

諷笑 二篇

〔표:五〕
니쌀색진 개강구
소지길로 가다가
암닭한테 륵채고
숫닭한테 륵채고
우볼두둥에 쓰지마라
드리박녹지 싹하면
붕어색기 놀년다

* ㄴ썩진개강구어룰늣녀
더이머

동다령二篇

장라령一篇

〔二二六〕
〃

울든재이 짓든재이
마루아래 숫개부랄이
떨넝떨넝 하ㅡ네

* 울든아헤롤웃거며

방구장사一篇

〔二二七〕
너의형도 방구재이
우리형도 방구재이
방구장사 나가자

〔二二八〕
심통 맹통 고불통
장구통 절구통
아이오마이 젓통
서울 남대문통 동대문통
박통 똥통
평양 철성문통
서울 광화문통 명처정통
밥통 먹통
서울 황금정통
대굴통 오줌통
북통 노방통
슐통 물통 금부통

〔二二九〕
놉허떳다 쥐비장
바사렷다 사린장
육날메투리 신천장
신천장을 볼나니
신날이 선어커 못본다
아궁안의 재령장
재령장을 볼나니
재처내기 못본다
뭉씨지텃다 개성장
발갓다 해주장
와삭버석 사기장

姓푸리三篇

418

〔1三〇〕

최가가　최두둥을　잘닥가
노닛짜
강가가　강둥을　누닛쩌
김가가　김을　무인무인써
닛짜
박가가　박아지로　썹흐닛
짜
장가가　장써기로　똥가치
닛가
양가가　양수하며　강둥을
다먹으닛가
허가가　허수하고　우섯다
나
〟

〔1三一〕

박아지령々　박서방
김치국먹고　김서방
고사리먹고　고서방
〟

〔1三二〕

리서방　일하러가세
김서방　김매러가세
조서방　조하러가세
신서방　신이나삼세
배서방　배사러가세
방서방　방석이나틀세
오색문의　곱게노아
우물이나좀다구게
너구나구　머리맛혜
무지개가　어리엿네
오서방　오이사러가세
유서방　유쾌히놀세

은실금실 —緒

〔1三三〕

은실금실　오색당실
두손에다　갈나쥐고
달々두　밝은빗을
고히고히　잡아매여
녀구나구　자는방에
대롱대롱　달아矢세
대롱대롱　바람불제
밝은달빗　춤을추고
은실금실　엉키며쉬
오색문의　곱게노아

자장가一篇

信川郡文化面西亭里二二九
任　鎭　淳　報

〔一五三四〕
자장자장　우리아기
잘도잔다　자장자장
남의아기　잘두못자고
우리아기　잘도잔다

　　　　〃
비어머니　오매드라
죽은나무　가지에서
싹이나면　오매드라

우지마라二篇

〔一五三五〕
아가야가　우지마라
떡을주랴　밥을주랴
떡도실코　밥도실코
니어머니　첫만추소
뒷동산에　진주서말
압동산에　산호서말
그진주가　싹이나면

〔一五三六〕
아가야가　우지마라
고둑백이　삶는불에
하얀범벅　해가지고
게모오마아　마중가지
산놈허서　못간단다
산놉흐면　그여가지
롤김허서　못간단다
물김흐면　힘취가지
길몰나서　못간단다
길몰으면　무라가지

＊ 운둘네늑기울임에몰고

兒童謠四篇

〔一五三七〕
맛一맹　쇠방망
뭉싯말아　줄一게
지쩍말아　줄一게
돌一돌一　말여라
돌一돌一　말여라

〔一五三八〕
다람아　다람아
쇵々　다람아

네광에　불낫다

*　다람이잡으러가서

［1三九］
오라밤　쇠라밥
우리결어주ㅡ소
형님　형님
배싸줄ㅡ소

"

［1四〇］
한아범도　참놈
아범도　참놈
나는관쓴　양반

*　종달새우는소리

信川郡文武面妙覺里

李　鄴　年　報

도라지타령二篇

［1四一］
도라지　도라지　도라지
은율금산포　백도라지
한쐑리만　캐여도
광주리쳠쓰　넘는다
에헤　에헤　에헤야
에야란다　디야라
비가　내간장　녹인다

"

［1四二］
도라지캘러면　캐구요
개록일캘러면　캐지요
남의집귀동자　근본을
네가왜요다지　캐느냐
에헤　에혜　에헤야

에야란다　디야라
내간장살쓰　녹인다

信川郡信川邑校塔里一四〇

金　德　成　報

방아二篇

［1四三］
방에야　방에야
방에야　방에야
이방에는　뉘방에냐
강태공의　조작방에
에이멀컹　방에야
하로종일　씨여두
피한되를　못씻네
에이콩쓰　방에야

信川郡龍藏月面事務所

楊英樓　報

안돼　안돼　싹ㅡ싹

＊ 날너가는가마귀보고

다나간다

＊ 광ㅡ감사ㅡㅡ평아감사

사슴一篇

[一五四六]

사슴아사슴아　노루사슴아

너잡을냐고　관산앗냐

날잡아서　무엇하나요

비썹메기　곱게다듬아서

팡ㅡ감사　병부짓코

전라감사　병부짓코

그집짓코　남귀지는

황해감사　병부짓코

그집짓코　남귀지는

＊ 제비지저귀는소리흉흉

내머

재비소리一篇

[一五四六]

하나먹구　둘먹구

삼사　넷쩨

오ㄷ독　쏜도독

제비산이　구산이

동지　빤닥

數謠三篇

[一五四七]

한놀여　두울여

가마귀一篇

[一五四五]

싹ㅅ　가마귀

어드메　가ㅡ나

강영　갑ㅡ네

무얼하려　가ㅡ나

색기치려　갑ㅡ네

색기만히　치거든

나한마리　주거나

그건　무얼하게

지키먹고　복가먹지

그거　안된말일세

동네큰애기　꼴마감으로

룡―랑
*　十六數

삼우지 날떠
육낭 거리
팔대 장군
노투 사슴이
범에 약장
고두래 썽
*
十四數
～

[ㅍㅍ人]
한불떠 두알떠
세알떠 네알떠
단자 연자
임금 나라
룡ㅅ 박사
이용 저용
말― 부리

[ㅍㄹㅈ]
한거리 두거리
써진 거리
슬네 잔채
엇어 먹엇냐
못:어더 먹엇다
아금 바금
과질 썽
*　十四數、以上三篇 원
님노리할떼
信川郡北部面山竹里
柳光一 報

장라령一篇
[ㅍㅍㅇ]
어―헐시구 두두린다
커―헐시구 두두린다
두르기두 두른다
옥둥도화는 만수춘
가지가지가 봄빗치라
육날메투리 신천장
압날이 단어커 못보고
아궁압헤 재령장
재담아끼 못보고
색시만라 안악장
전눈질바람에 못보고
어화지화 송화장
배가볼너 못보고
해주장을 보겟더니

　　　　　　　　　　　　　　　　　　　　　　　　　붉은할미　뱃가죽

해가나쇠　못보고
아이고때어고　곡산상
눈물나쇠　못보앗네
어—헐사구　두두런다
커—헐사구　두두런다
두르기두　두런다

諷笑四篇

　　　　　　　　　　　　　　　　"

〔표三〕
건는편　사둔댁
건—너　오셔쇠
꿈패떡　잡숫구
집치죽　마시쇼

　　　　　　　　　　　　　　　　　　　　　　　　암팡암팡　一篇

〔표四〕
령감상이나　곡감상
대추나무　별감상
대추한랄울　지구쇠
언덕고개를　넘다가
밋그러케　넘어쇠
아이고　메이고　영감의코
대초피가　흐른네

〔표一〕
도라보니　압부기
맛하보니　마타리

　　*　거짓뿡녀　도라다보면

〔표二〕
달네왈네　초왈네

　　　　"

〔표三〕
범의가죽　창가죽

〔표四〕
암팡암팡　암팡년아
발버벗고　어듸뱔가늬
우리옴마　죽은데
쬔목보러　간—다
우리옴마　죽엇다니
어듸메로　내가듸
창수녕으로　내가드라
어듸메다　못—듸
너이한아비　콧대게아
녹대기에　뭇드라
용김어쇠　못간단다
삼방삽방　엔여가지
산즙허쇠　못간단다
풀버잡고　그여가지

우리옴마 무릅벼ㄹ가니
개똥참외 열녓드라
한개ㅆㅓ서 먹을나니
눈물나서 못먹겟네

울지마라 一篇

〔표표六〕
아강아강 울지마라
고독배기 산야물에
아야범벅 개가지구
거모오마이 마증가자
씨다달다 하거들랑
채찍으로 맥여대자

아강아강 울지마라
오는장날 장에가서

돈한푼 엇거들낭
고초양념 엿사줄나
엿두실여 엿두실여
울어마니 젓을내라우

아강아강 울지마라
큰여기는 밤달나구
자근애긴 첫달나구
망아지색긴 쌀달나구
동네동장 돈달나구
나하나만 녹앗구나

재비소리 一篇

〔표표七〕
머리개ㅡ개 빗구서
고독배기 산야물에

올채범벅 개가지구
옴마이마장 가자꾸나
봇조박을 어드러
뒷집에롤 갓다가
봇드막에 콩한알
흘녓기루 먹엇드니
비리기두 비리다
지리기두 지리다
＊ 잠꼬ㄴ해안저 조살ㅅ리
　눈시비보고

황새 一篇

〔표표八〕
황새야 황새야
네이옴마 물어바저죽엇ㅅ
건쥐춫게 엉ㅅ 울어라

* 황새날녀 가는것보고

머리칼 뵌ㅡ다

* 숙버상기

숙해라 숙히라
머리칼 뵌ㅡ다

[一六二]

별ㅅ러가세 별ㅅ러가세
뒷동산 쑥대기로
장여기가지구 별ㅅ러가세

遊戱二篇

[一五八]

하나하나 때우뼈우
원지만지 지비상춘
어머며 갓댓나
하선어 갓멋지
삣ㅡ말 삿ㅡ나
닷ㅡ말 낫ㅡ지
그생밧헤 불이나서
옥큼새큼 뼈이ㅡ

* 원님노리

[一五O]

숙ㅡ쑥 싱커라
〃
〃

별ㅅ러二篇

[一五九]

별허나 뚜ㅡ서
올구럭에 엿코
삣우 문두
줄ㅅ 쏠어다
땅ㅅ 넉굽에
막수 산수
별ㅆ더 가셰

가락지二篇

[一六三]

앙큼앙큼 앙가락지
장굼장굼 장가락지
세달구지 옹가락지
넙관갓흔 기우주려

싀집사리二篇

[一六四]

청냄성넘 사촌성넘
싀집사리 엇덥듯가

왜야얘야　말두마라
이삿헤서　신불난다
옛새민영　초마에
눈물짓기　다녹앗다

그네 노래一篇

〔一五六五〕
남뱃종울　석거줄까
지치똥을　석거줄까
마당압헤　답싸리
싸나리　쌍싸나리
갱굴넙헌　미나리
길넙헌　길성구
옥콩줄콩　존머콩
방청마잣다　쥐눈이콩
어지야　뚜르기야

信川郡溫泉面長山里
白鶴瑞　謠

安岳

나리二篇

〔一五六六〕

순사나리 개나리
나리중의 개나린
봄동산에 피엿는데
순사나리 궁둥이연
개가왕〃 짓누나

〔一五六七〕
　〃

주사나리 미나리
나리중의 미나리
봄들관에 돗는데
주사나리 머가린
미칠미칠 하구나

어드로흥一篇

〔一五六八〕

야 새에기야 일어나서
제사대 지여라
커낙첫다가리에
지여두엇다는수가 어드르
흥
그흥소래는 누구에게쒸배
윗노
황수남천이 정충과한테
배웟다는수가 어드르흥

달나고一篇

〔一五六九〕

어린애긴 첫달나고
중에기는 밥달나고
큰애기는 돈달나고
동내동장 결킨달나고
맹아지는 쏠달나고
거름뱅이는 쌀달나고

배가가네一篇

〔一五七〇〕

배가가네 배가가네
이독술네 배가가네
어드메로 배가가나
영영바니로 배가가네
무엇하러 배가가나

돈실너고 배가가네

* 그네쒸여

노세一篇

[一五七]

쒸엣헤셔 쒸노세
떼밧헤쒸 떼노세
한이삼년 떠노세
시집가면 못노비

* 널쒸면셔 어린처녀들
어

향아향아一篇

[一五八]

향아 향아 춘향아
너어데로 식집가니

열두머문 달니떼로
가친쒤 쒸는데로
게산이빡쒸 하는떼로
풍경쇠쒸 하는떼로

종달이一篇

[一五九]

종달아 종달아
어듸갓댓나
신천갓다
뭣하려 갓멋나
색기치러 갓다
삣배 첫ㅡ냐
다섯배 첫ㅡ다
나한배 주ㅡ렴
실큼 실큼

비ㅡ비ㅡ 쏘르롱

* 종달새우름돗고

安岳郡安谷面上龍里
申　鉉　斗　報

姓무리一篇

[一六〇]

바가지 딱쒸쒓다 박서방
이팜먹엇다 리서방
조밥먹엇다 조서방
얼큼얼큼 얼것다 땅선달
럭머직강 강직강
소옷다가 망치러럿네

썩푸리一篇

[一五七五]

이리커리　이차떡

조리조리　조차떡

범이진지　송구떡

아이다머슬로　놋가요

사이다머슬로　놋가요

아이다머슬로　놋가요

아이다머스토　눈잔다

맷말　닷나

닷말　닷지

제비삼춘一篇

[一五七六]

쥐비삼춘

어듸메　갓댓나

나사러　갓댓지

뭐하러　갓댓나

배따러　갓댓지

＊ 떼리잡기란 遊戱에

遊戱一篇

[一五七七]

쇠리야　너삽어먹겟다

알흐

알흔대로

피나

피나는대로

고롬나

고롬나는대로

어무케나ㅡ

＊ 황새 쏫처ㅣ

황새一篇

[一五七八]

황새야　황새야

네어머니　머리빗다

몽치열새　지고오래다

휘ㅡ이　휘ㅡ이

雜一篇

[一五七九]

기상밧헤　불이나서

옥관　색감　푸드지랑

나물노래二篇

[一五八〇]

쌔곤이야

어데가서　자고오니
한재두재　넘어가서
조밧헤서　자고오데
무슨이불　덥고잣니
영초이불　덥고잣데
무슨요강　놋코잣니
놋요강을　놋코잣데

　　　〃

〔八三〕
문둘네는　시집가고
첫두재인　장개가고
달니사촌　엇더케왓나

＊이우래굴　굴너왓지
＊以上二篇　산너가서
　나물캐며

安岳郡安谷面上龍里
黃　明　植　報

아버님도　집어보소
어머님도　집어보소
아버님도　집으시고
어머님도　집그들랑
우리형제도　집어보세
＊여럿이　떼물지어　나물캐
　러다니며

나물뎍아　一篇

〔八二〕
나물뎍아　나물뎍아
월사당골　나물뎍아
은미나리　하러가자
은미나리　해다가서
암삼밧헤　심엇다가
으악주악　조흠뒤에
삼박삼박　질더다가
한강수여　씻고씻처
기름간장　뭇처놋코
은잔놋잔　걸어놋코

安岳郡大遠面元龍里
金　夏　洙、報

遊戲　一篇

〔八二〕
나도나도　질라도
평양감사　황해도감사
동대문으로　동대문으로

동대　동대　동대
*　大門노리할때
（一六○三參照）

雜　二篇

[一五八七]
동누쉬리　놀세
"

[一五八八]
쉬리쉬리　놀세
동누쉬리　놀세

쉥아쉥아
그리가면　죽느니라
이리오면　사느니라

安岳 ... 邊宗凱報
*　그네뛸때

題笑　四篇

[一五八六]
쉬리가마가ー
어듸양반이　죽드냐
쇠울양반이　죽더라
어듸메쉬　죽드냐
착두간에쉬　죽더라
무엇쌀고　죽드냐
멍석쌀고　죽더라
무엇덥고　죽드냐
말가죽덥고　죽더라
무엇비구　죽드냐
착두비구　죽더라
어듸메루　죽드냐
산이놉하　못헤겟비
*　각씨노롬할때

[一五八七]
"
명감　쥭감
대추나무　별감
익은대추　다뇌먹고
설은대추　맛불랴다
목이걸녀　죽엇다

[一五八八]
"
양군쌀々　긔여가자
물이김허　못기겟네
양금쌀々　헤여가자
산이놉하　못헤겟비
"

〔一五八九〕
문들네는 싴집가고
고득백인 장가가고
달래산촌 후원가게
다리압혀 못가겟네
써굴써굴 굴너가지
* 나물케며

　　　遊戲一篇

〔一五九○〕
어더리 뫗ㅅ
바듸집이 쌍ㅅ
머리칼이 보인다
씈ㅅ 숨어라
* 술너잡기하며, 처음두

　　　고양이 二篇

〔一五九一〕
고양이야 고양이야
구월산에 비졋다
코푸러 범벅 개줄나
* 범벅이롤잡아줘고

두부해 줄ㅣ게

〔一五九二〕
고양이롤잡아뉘이고롱
울두다리면서어러케의
이면 쯰리롤돈다라고

　　　虫鳥四篇

〔一五九三〕
나븨나븨 뫗ㅅ
옷밧헤로 가ㅣ라
* 나븨나로는것을보면

〔一五九三〕　"
멋둑아멋둑아 방아쇠여라
코푸러 범벅 개줄나
* 멋둑이롤잡아줘고

〔一五九四〕
황새 덕새
너어머니 머리빗다
영초당기 이꺼버렷다고
부짓개가지고 온다
훠이ㅣ
* 황새보고

〔一五九五〕　"
기럭아 기럭아

데색기 둥뒤에
범어려간다 암세워라

　　＊ 긔럭어나라갑을보고

　　＊ 육ㅅ후에저지 몸ㅅ두다
　　리며 어서마르라고

술ㅣ네二篇

〔一六〇〇〕
술밧헤는 술님도춤ㅅ
강ㅅ도 술ㅣ네
대밧헤는 대ㅅ님도춤ㅅ
강ㅅ도 술ㅣ네
시버강변에 자갈도춤ㅅ
강ㅅ도 술ㅣ네

비야비야二篇

〔一五九六〕
비야비야 오너라
철장구 처주마
비야비야 오너라
철장구 처주마

〔一五九八〕
색씨 맥씨
달기다리 싀닥씨

　　＂

　　＊ 막시놀니며

〔一五九九〕
아귀저ㅅ 둥ㅅ귀
혈이숭ㅅ 박혓다

　　＊ 색여막질색때
安岳郡大分面鵬峰里
李　成　九　報

雜 三篇

〔一五九七〕
동ㅅ할멈
담배한대 줄거니
물세워 주ㅅ소

쩡노래一篇

〔一六〇一〕
쩡ㅅ 장서방
아둘낫코 딸낫코
먼ㅣ먹고 사ㅣ나
김서방네 밧혜가서
콩한쏘각 못한쏘각

주서다가 먹—고
그럭저럭 사버마련
우리뒷집 포수땀시로
못살겟네

數謠一篇

〔一六〇二〕
한알떼 두알떼
영영 거리
팔떼 장군
노루 사슴이
범에 약자
쇠두래 생
＊ 十二數, 다리를허여양
반샘기한쪽, 제일먼저
다리를쎼면 양반

遊戲一篇

〔一六〇三〕
어듸머 장사
펄라도 장사
어늬문으로
동대문으로
동대동대 신동대
＊ 손용잡고여러아희가ㅡ
즈모나던히서々 양뚝
가의아희가이러케주고
웃고하다가 웃는아희
가떡담하두아희 같아떼
롤「동대동대,하며나감
＊ 거짓뭉녀도라보면

讖笑三篇

〔一六〇四〕
낫빨싸진 개갑우
쉬쎄길로 가다가
양닥한레 채이고
숫닥한레 채인떤
빈대공알이 약알다
＊ 니새지동우눕냐

〔一六〇六〕
보라보니 현북아
우리개저 춤텟다
내일모레 잡아떡자
＊

〔一六〇五〕
＊

〔一六〇七〕
컷다뺑// 남지기
"

흙길에갓다 ㅂ(처라
붓칠내어 붓첫나
씻그라커서 붓첫다

* 遊戲에이전아해가 재
아해놀기며

씻-ㅂ 밤ㅅ

* 새나라가는형용을하며

童女謠四篇

[六一二]
아지씨리 쌍ㅅ
돌-쌔- 쌍ㅅ
형념형님 배싸주쇼
오라버이 오라버이
우리거려 주시요

"

[六一三]
하늘에다가 배틀노코
구름잡아 잉어걸고
대추나무 북여다
쌍배나무 보드집에다
찰각찰각 찰쥐에
뒷집할머니 불싸러와서
그비쌋서 무엇할냐가

[六○九]
마당가에 답사리
길엽헤 길상구
논쑤랑에 미나리
헌데난데 떡명구
애기난매 기상구

"

[六一○]
달네월네 초월네
범에가족 쌍가족
노두가족 피가족

* 달네께며

雜　二篇

[六○八]
맴아 도래미
콩닥가 줄써미
너머지ㅅ 말-나

* 맴울며

[六○七]
사슴이 노각나니 산사이와
무지다이스나 쳡쌉ㅅ

우리옵바 장가갈때　　게수나무 박혓스니　　한바리나 더실넛껄

청포도모 지여듸릴나네　옥독기로 삼박찍어　　여선달네 백말둑에

그나머기 무엇할낭가　금독기로 매다듬아　　꼰건집에 치첫고나

우리옵바 장개갈때　　기와삼간 집을짓고　　나라넘이 치칠네여

행기보선 지여듸릴나네　자다움을 쎄여보니　이스나삼월 느껏고나

그나머기 무엇할낭가　부모생각 분명하다　　평풍도린 청갈덧스나

우리형님 싀집갈때　　분훈치마 떨처입고　　긔스나삼월 느껏고나

가마얼기 할나네　　　나븨갓흔 백마타고

그나머기 무엇할낭가　앙금앙금 앙가락지　　처자노래 一篇

우리형님 싀집갈때　　장금장금 장가락지

옥낭당기 집어듸릴나네　쉬수옅네 납가락지　[一六四]

　　　　　　　　　　평안감사 맛살애기　　쌍금쌍금 쌍서락지

달노래 一篇　　　　　펫바리나 실넛슴나　　두창금 롯서락지

　　　　　　　　　　농두바리 귀두바리　　커자혼자 자는방에

[一六三]　　　　　　숨소래 둘일네라　　　숨소래 둘일네라

달아달아 밝은달아　　앵도복송 쩨오라버님　앵도복송 쩨오라버님

커게커게 커달속에　　나오마니 살앗스면　　거짓말삼 마시요

동지섯달 설한풍에
문풍지 떨니는 소리로다

주머니 一篇
〔一六一五〕

무집업서 대소리니
요라이요
때씃헤는 학이울고
해씃헤는 용이요
용씃헤는 꽃이피여
그꽃한송이 섯거다가
부모암혜 헌신가다
가지유어든 화혼싸혜
노다가소
달은따다 안을옷코
혜는떠다 거죽을옷고

무지개쎠다 창언달아
울안남대남에 걸어옷코
올나가는 구관넘네
버려오는 신관넘네
쥐기쥐기 쥐주머니
썬달노코 지엿다네
구경이사 햇진마는
구경이나 한고가세
누가햇는가 몰으겟네
어거마닉딸 수일이가
쥐퀴가는 노구할머니

우지마라 一篇
〔一六一六〕

아가아가 우지마라
군밤닷되 진밤닷되
부듸부듸 전해주소

옹이나고 쌱이나면
너의어미 오마드라
벙풍이 그린장닭이
홥은목 길게쌔고
두날개 뚜덕치면
너외어미 오마드라

쥐퀴가는 노구할머니
우리어머니 보시거든
편지한장 전해주소
조그마한 백수병에다
뒷좀 쩌보내라고
부듸부듸 전해주소

문덕밋헤 무더두엇다가

安岳郡文山面松間里
李京雨報

438

黃　州

[一六一八]

나물노래一篇

* 다리혀이건할때

영거려 영거려 뵈정거리
슬네야 노자야 연변잔채
어떠먹어이 못어더먹엇다
네집에불야 네집에불야
쿠드광행화 야마야소문짓

입쌀갓치 주름잡아
외무지개 선유처서
창부지개 신윤달아
형외남편 주자하니
아우남편 시려하고
아우남편 주자하니
형외낭편 서려하고
그늘아래 밀떠갓흔
내오라버 주잣고나

그네노래一篇

[一六一九]

* 쌍그네뛸제 한숨식노
나둥거지고 마조서々*
부음

뱃사공아 배밑어라
초록갓흔 물결우예
센족갓흔 배나간다
달을따서 안밧치고
해를따서 거죽하고
좁쌀닷갓쳐 앙친노와

黃州郡 沈村

梁 根 盛 報

數謠一篇

* 나롱캐며

[一六一七]

도라보니 도라지
거루보니 거루자
맛하보니 마타리
뜨떠보니 뜩욱잘

솔개一篇

[一六二〇]

마당마당 돌아라

종지숫닥 잡아죽라

* 소리개떠 도눈것슬보고

눈앙이더러미라고

그네노래一篇

[一六二一]

배사공아 배밀어라

모시나한필 주니꺼니

배사궁아 배밀어라

초록가튼 물짓속에

연쥐가튼 배나간다

* 少女들이돌신 그네우에

올라타고 발로그네ㅅ

돌ㅅ벗희연서 엉에섯

배자수一篇

[一六二二]

아이구오마아 쌈두라지

수영산에 버드라지

배나무뿔 배자수야

가마두채 바럿더니

상부두채 열녓구나

떡두동아 바럿더니

죽두동이 바덧구나

종달바구니 엽헤씨구

갈누랏헤멘 돌녀매구

참메나리 캐러가자

김고김고 김흔논에

왕탕설탕 슬는물이

삼박삼박 데쳐내서

참기름간장 치나마나

아버님도 잡쇠보소

어머니도 잡쇠보소

아바님은 금커씨치

어머님은 은커씨치

참메나리一篇

[一六二三]

이아이들아 커아이들아

참메나리 캐러가자

달나구一篇

[一六二四]

해는지고 커문날에

원한선비 울며가노

440

잔되나서 금잔되야

백년처를 못고간다

어린아이 젓달라구

자란아이 밥달라구

매소색기 꼴달라구

닭개집승 메달라구

먼데사람 빗달라구

동녀사람 돈달라구

하는데로 一篇

〔七二四〕

가마염본 라는데토

널대문직궁 하는데로

갓진달사 쇼오는때로

이밥조밥 먹는때로

게산이봐사 하는데로

〃

오리봐사 하는데로

黃州郡都峙面蘆洞里

黃　滋　宣報

〔七二七〕

우리 오마이산수에가니쓰니

함박꼿이 픠엿쓰두

눈꿀겨워 못썩거왓네

오마이 二篇

〔七二三〕

우리오마이 둘어온다

널대문직국 떨어노라

금방석을 내노아라

〔七二六〕

우리오마이 둘어온다

이웃오마이산수에가니쓰니

찔렁쏫이 픠엿쓰두

철너쓰야 못썩거왓네,

청나븨 一篇

〔七二八〕

강노강노 강넉서야

유자강노 송넉서야

이슬가른 쏫각시야

연덕산 잣낭게

싱금ㅅ를 룰어다

옥하담에　집을짓고
잠울자다　꿈을꾸니
오랑커랑　대추낭게
청실비단　유두낭게
청나븨가　안컷고나
그나븨를　불작시니
부모보나　다름업다

追慕　一篇

〔一六二九〕
잔머님은　속남나무
씩은바주　정々한데
종달새는　놉히쩟다
울오마니　가신곳은
매화쏫만　픽엿드라
강남갓든　구케비는

제철이라구　차커왓네
울오마니　어대가구
철차줄줄　위몰으나

그말마라四篇

〔一六三〇〕
해는지고　커문날에
웬한선비　울면가노
아이들아　그말마라
백년커자　뭇고간다

〔一六三一〕
커게가는　커각씨
쇠름슯허　울며간다
아이들아　그말마라
랑군부고　들엇단다

〃

〔一六三二〕
커게가는　커각씨
옹굼종굼　잘도간다
아이들아　그말마라
옹게장수　딸이란다

〃

〔一六三三〕
커게가는　커각씨
초마귀에　월수낫다
아이들아　그말마라
자지비단　수노앗다

대밧혜서　一篇

〔一六三四〕
뚱굴뚱굴　뚱굴레야

아랫녑 대밧헤서
웬한쇠비가 굽는다
잔대굵은대 다케쳐놋쿠
붓대 감만 고른다

동굴동굴 동굴려야
아랫녑 대밧헤서
웬한색시가 굽는다
잔대굵은대 다케쳐놋쿠
누비질대만 고른다

상장막대만 고른다
잔대굵은대 다케쳐놋쿠
웬한상제가 굽는다
아랫녑 대밧헤서
동굴동굴 동굴려야

젼댐이감만 고른다
잔대굵은대 다케쳐놋쿠
웬한늙은이 굽는다
아랫녑 대밧헤서
동굴동굴 동굴려야

내딸케야 말도말게
등에선 기르마가
떠날줄을 모르고
우시ㅅ 샬는몸에
여룰이나 먹소웨
자라서 고생이고
죽어ㅆ도 고생이지
나라님의 고룬상에
너비산적 기리산적
이버샬이 아닐소냐
호박님의 청녕화이
이버힘쑴 아닐소냐
화등아래 등거리는
이버샬이 아닐소냐
칠문이의 이쓰시개
늙은이의 귀쓰시개

소팔자一篇

（디죵푸）
이홍치홍 부엇님에
팔케도 놋소웨
여럽셕달 쎅여나니
고흔풀에 쎅여버고
겨울셕달 쎅여나니
풍치도 촛소웨
쳔후쌍거리 덧굴려

이내색가 아닐소냐
처자들의 신은당혜
이내가죽 아닐소냐

姓푸리 一篇

〔一六三六〕
박아지뚝딱 박서방
훈독개뚝딱 홍서방
배리새뚝딱 배서방
방치뚝딱 방서방
백자나무 백서방
이밥먹어 이서방
조밥먹어 조서방

동리푸리 一篇

〔一六三七〕
박메가서 박아지갓다
녹본이가서 녹두갓다
찬우물가서 삿처서
망전이가서 갈아서
죽내가서 죽엇다
얌가서 암낫하고
구려개가서 똥누고
워리산가서 개부른다

* 「박메」 「녹본이」 「워
리산」 은 龜浦面에 「찬
우물」 「망전이」 「죽
내」 논 仁橋面、 「구리
개」 는 天柱面에 잇승

〔一六三八〕
헌방어 긴굴댁
망에돌ㅅ 갈월댁
한데리절숙 절국댁
너들너들 너드리댁
안첫다섯다 선돌댁
스품아래 뱅굴댁
간돌간돌 간두루댁
참아맷다 매재이댁

* 「진굴」 「갈월」 等은
黃州郡郡內의 洞里일홈

메푸리 一篇

黃州郡郡內面蘆渭里 ·
李根馨 報

殷栗

遊戲 一篇

[一五一一]
장잠아
우— 왜
암남산으로
도토리쌔먹으러 갈—가
쒸서 실여
뒷동산으로
감살따먹으러 갈—가
입쌀압파 실여

＊ , 서로압사람의허리쌕을
잡고 쭉—느러서서＊
先頭와꼰사람이어러케
두고벗고하다가「둥굴
떼둥떼」라와서밈々＊
둥떼 先頭가後尾을잡는
遊戲.「둥굴떼둥굴떼」

는수매

數謠 一篇

[一五一〇]
한알떼 두알떼
세알떼 너알떼
단자 연자
님금 나라
청々 박사
영— 지영
말— 부리
홍— 랑—

＊ 十六數, 여러아이들이
모혀안저 다리를써드
러고차례로헤며서「랑」
이라댓는다리를쌔부리
고 어리위기를멧번아
고 어리위기를멧번아
든지쌉성혀 두다리을

그럼 난 너잡아먹것다
피나면 엇덕카고
말구
잡아먹을레면 잡아먹으렴
어느편으로
왼편으로
둥굴떼 둥굴떼 둥굴떼
둥굴떼

사슴이면주검된 者가 원님
이 되고 먼나중에 남은
者가말이되고 숫혀서
돌쩌되는者는마부가되
며 원님을태우고기여
단인다 어것을원님네
가라함

〔六四二〕
안질이 주―리
파리잡아 주―리
　＊　同上

상다리 부킨이
아착자착 차리고
성네집에 가니쌔
암닥숫탁 잡어쇠
커이쇠 다먹고
나한마리 안주드라
우리집에 왓다봐라
부지개로 뼈리갓다
　＊　달밝은밤에 서로역거
뿟멋띠고
殷栗郡殷栗邑內
崔連吉報

〔六四三〕
박나븨 박나븨
비옷은 쓰고
내옷은 달다
　＊　박나븨보고

離 三篇

〔六四一〕
안질쌍 떨―쌍
파리잡아 줄―쌍
　＊　잡자리삽으려 가만가
만가며
　〃

童女謠一篇

〔六四四〕
달두 달두 밝다
명천두 밝다
임금나라 길소매

平安南道

平壤　(一六四五──一六六三)　　大同　(一六六四──一六六八)

龍岡　(一六六九──一六八〇)　　平原　(一六八一──一六九一)

江西　(一六九二──一七一三)　　价川　(一七一四──一七二〇)

陽德　(一七二一)

平壤

數謠一篇　　　　語音一篇

제비소리一篇
[一六四五]
비리고 배리고ー
건너말부자집 갓더니
콩한쪽 안주더라
비리고 배리고ー
* 인심사나운걸웅비웃는
　거비소리라고

[一六四六]
하나 사나
머구 대구
신애 머리
둘더 잡고
호변 가자
* 十數、발허이기할써남
　（돈수효）

寓意一篇
[一六四七]
거미야 왕거미야
만경줄을 벗지마라
가는나븨 다걸닌다
* 서로손욱흐삼고가범

[一六四八]
무어요
잣（松實）시요
왜먹우
자시래니 먹ー소

먹고一篇
[一六四九]
장먹고 장개가고
시금먹고 시집가고
다래먹고 달녀가고
머루먹고 멀니가자

드려다보니 一篇

〔六五〇〕

옷방안을 드려다보니
핑이가 지직을때고
마루밋홀 드려다보니
나막신두짝애 쉽이나고
부강지속울 드려다보니
강아지두놈이 담베르먹고
살광밋홀 드려다보니
끌방쥐두놈이 춤을춘다

＊ 손으로形容을하며

諷笑一篇

〔六五一〕

우쳬 우쳬
기름한수깔 빌녀라

뒤안여가
똥쒀붓쳐다 주ᅳ마

＊ 우는아홀들니며

방갑이一篇

〔六五二〕

방갑아
방아잘도 씻는다
ᅄ한섭 보리한섭
어서어서 씻여라
우리떡방아도 씻여라

＊ 방갑이홀잡아쥐고

雜 三篇

〔六五三〕

쮕아쮕아 돌아라

＂
＊ 팽이돌니며

〔六五四〕

달광아 달팡아
돈한푼죽게 춤추어라

＊ 달상아보고

＂

〔六五五〕

쳉아쳉아 쌀간쳉아
쥐가가면 죽고
아리오면 산다

＊ 잠자리잡을때

장라령二篇

〔六五六〕
지난해왓든 각셜이
죽지도안코 쏘왓네
당줄업는 망근에
편자업시 눌너쓰고
아골쳐골 가다가
쑥레기업는 감남게
감이나착々 열녀라
네라가서 흔들어
올너가서 주어서
목발업는 지개예
한짐잔독 걸머지고
인간업는 장에가
팔고보니 돈이요
먹고보니 욕이요
돌녀다보니 친구요

쥐고보니 방구요
똥물똥이나 먹엇느냐
결개결개 잘한다
룸지똥이나 쌋느냐
수련수련 잘한다
칭심참이 느러가비

삼엔에삽자 둥실년
외나무다리서 맛낫네

四자한자 둘고보
사사렝차 밧분길

"

〔六五七〕
一자한자 둘고보
일언에송々 해송々
밤중샛별이 쓰렷하다
二자한자 둘고보
이행금소리 거북소리
열두기생이 춤을춘다
三자한자 둘고보

五자한자 둘고보
오관참장 관운장이
벽토마를 비켜라고
와룡선생 차저가비
六자한자 둘고보

○○○○
○○○○
○○○○

平壌府山手町一七
柳寅興
柳寅成
柳寅淑　）報

우리애기 생일날
껏가매에 살마서
너하구 나하구
소곰직어 바ー삭
장색어 쌀ー삭

＊ 늙은할머니들어아기어
루며 、

七자한자 들고보
○○○
○○○
○○○

八자한자 들고보
○○○
○○○
○○○

九자한자 들고보
○○○
○○○

쎕（십）자한자 들고보
○○○
○○○

광대중에도 어뜬일세
장안에광대 䄬광대

풀무一篇
〔一六三八〕
풀무ー 섯무ー
쇠울삿다 오다가
닭한마리 잡아서
헝겁새에 서웟떠니
쥐가물어 갓는지
광이가물어 갓는지
원다리하구 매가리하구만
쌱 냉겨왓구나
그래구 새ー구

＊ 거색보고

兒童謠四篇
〔一六三九〕
기ー상 매ー상
영문앞해 도ー상
군복하구 철흑

＊ 거색보고

〔七六〇〕
작년에갓든 영끔쟁이
죽지안코 쏘왓늬
어허별놈 다봤다

"

〔七六一〕
낫물 낫물
안줄쌍 날ㅡ쌍
파리잡아 줄ㅡ쌍

* 잠자리잡을쌔

〔七六二〕
하눌에 쇼부랑달
너희할만 허리갓구
하눌에 별ㅡ은
우리애기 눈왓갓다

* 밤하눌을처어다보고

平壤府上水口里二〇七
高 三 悅 報

복술개야一篇

〔七六三〕
우리머니 친당가고
우리형님 싀집가고
우라버지 날줄나고
댕기가음 사라가고
내혼자만 집붓쌔에
복술이개 압헤안고
개야개야 복술개야
어미개는 어듸두고
너혼자만 여긔와서

내가슴은 늬가안고
늬가슴은 내가안고
아츰해가 밤되도록
울고울고 쏘울어서
내눈물에 네뺨젓고
네눈물에 내쌈쥐귀
첫고첫고 쏘첫더니
구비구비 셕려쥐쉬
친신만산 배엿구나
외롭고도 가엽서라
너는쥐쉬 큰개되고
나는쥐쉬 어룬되면
너간대는 내모르고
내간대를 너모르면
누룰안고 운단말고
어느떠라 다시맛나

내설음에　네가울고

네설음에　내가울고

개야개야　복술개야

인연업시　만낫것만

어이그리　정답을고

平壤　　金鼎洪

大同

석대산서　왓소
엇드케　왓소
조구대갈먹다　목걸녀
수박싸러　왓소
그러면익은수박　하나쇼
이수박익엇소　으ㅡ하ㅡ

＊ 수박싸기하며

〔六六七〕
곰보영지　밧영지
나그ㅂㅓ먹든　찬자쏙

＊ 얼근아이보연

大同郡大賚面龍仁里最仁洞
田信德報

〃

遊戲二篇
〔六六四〕
서각서각　숨어라
서각서각　숨어라
머리같이　뵈인다
서각서각　숨어라

〔六六五〕
〃
마구할미　왓소
어데서　왓소

諷笑二篇
〔六六六〕
애들아　떠들아
너어머니　부른다
불으지　자ㅡ지
고이개리　들ㅡ삭
오슴　솔ㅡ솔
방구　짝ㅡ짝

비야비야一篇
〔六六八〕
비야비야　오지마라
초록당어　비맛갓다

大同郡芥山面西陽里
朴龍河報

龍岡

라복네야一篇

〔一六六九〕

라복라복　라복네야
너어되며　울며가늬
내어머넘　몸둔곳에
젓먹으러　울며간다

산넘허서　못간단다
물김허서　못간단다
산넘호면　넘어가고
물김호면　해여가지

범부쉬워　못간단다
귀신잇서　못간단다
범잇스면　숨어가고
귀신오면　빌고가지

아가아가　가지마라
은패줄라　가지마라
은패실다　갓기실다
내어머넘　젓만다고

내어머넘　가신곳은
한가지는　못할네라
내어머넘　가신곳은
커산넘어　북망이라

낫이면은　해를쌋라
밤이면은　달올쌋라
내어머넘　무덤압해
어떡지덕　다ㅅ리서

쌍뫼쓰더　분장하고
눈물흘녀　꼐지쎠고
목을노와　울어봐도
우리엄마　말이업다

내어머넘　무덤압헤
데령참외　열녓고나
한개싸서　맛을보니
우리엄마　젓맛일세

＊　나어린게저에돌이
　　기종기모혀안저

456

자장가一篇

[1六七〇]
자장자장 잘두잔다
놈의애긴 못두자고
우리애긴 잘두잔다
놈의애긴 조차떡에
코발라주고
우리애긴 니차떡에
쑬발라주지
　　* 아기어루며

반쪽만 깃엿드라
아버지는 섭질주고
어머님은 보아주고
너하구 나하구 진쌀먹고
보둥보둥 살지자

밤노래一篇

[1六七一]
혜장머장 쇠울가쇠
밤한되를 주어다가
실훙밋혜 뭿덧더니
새양쥐가 다쓰먹고
　　* 니쎄진동무눌니며

諷笑一篇

[1六七二]
니쌀싸진 개강구이
우물돌에 씨지마라
디레곡지 색깍하면
붕어색기 놀낸단다

數字푸리一篇

[1六七三]
일두업는 할머님이
이집데집 단이면쇠
삼년이면 다됀다구
사살질만 하드니
오살이 잡랑놈이
눅구녯자구 다케해라구
칠々치도 못한놈이
딸도강산을 쩌해라구
구석구석 단이면쇠
시쌀건 거즐뿌리한다

飛鳥三篇

[1六七四]
참새야 참새야

너어되 가늬
순희네 집웅에
알나려 가늬
나한알 주렴아
지커먹고 복과먹고
포드둥
　*
꼬려밧혀안저

　"

[一六七五]
황새야 황새야
너의집에 불붓는다
물써가지고 가거라
　*
황새나라가는것을보고

[一六七六]
솔갱아 솔갱아
　"

쎙々 돌아라
닭의다리 줄쓰늬
옷마당 아랫마당
쎙々 돌아라
　*
공중에솟개뜬것을처다
보고

수수팟떡一篇

[一六七七]
달두달두 밝다
영창두 밝다
형네집에 갓더늬
양치가죽 살마서
쥐혼자만 먹더라
우리집 왓다봐라
수々팟떡 안주갓다
당々 무슨당

말억기一篇

[一六七八]
새벽조반 먹고
보리비러 가셰
쎙々 무슨쎙
배압허 못가겟늬
배々 무슨배
자라자라 무슨자라
업자라
업々 무슨업
랜듸랜듸 무슨랜듸
쇠래쇠래 무슨쇠래
당쇠래

사내당

시내시내 무슨사내
개시내
개개 무슨개
복죽개
복ㅅ 무슨복
둥ー복
둥ㅅ 무슨둥
비지둥
비지비지 무슨비지
되비지
되ㅅ 무슨되
쌀ー되

俗謠二篇

〔七六九〕
황보다더단건　진고개사랑
초보다더신건·큰애기둥ㅅ

〔七六八〕
남산쳥초는　커졀어가고
우리님왜커리　늙어만가오

龍岡郡多美面東籠里
金貪默 〕報
金貪쳘 〕

平原

찰떡　一篇

[一六五三]
건넌집엘 갓더니
중어토막 구어노코
나한토막 안주더라
우리집에 왓다봐라
이찰떡에 줄밭나서
한조각도 안줄레다
　　＊ 술개뜬것보고

[一六五四]
암닭줄새
생ㅡ생 돌아라
숫닭줄세
생ㅡ생 돌아라

너희놀도 一篇

[一六五二]
커기가는 커영감
국수사리 웨무릿노
너희돌도 나먹어면
이버커럼 되리라

커기가는 커노친네
달광지 왜니엇나
너희돌도 나먹어면
이버커럼 되리라
　　＊ 우우하고나와 몽동말
커ㅡ겐 쌍놈

雜　二篇

[一六五六]
여ㅡ겐 생ㅡ생
커ㅡ겐 섬물섬물
여ㅡ겐 양반

우리엄마 一篇

[一六五八]
신분비야 신분네야
너어드메 울며가니
우리오만 산수안해

첫머으러 나는간다

한번가신 우리엄마
어데가고 못오시나
우리엄마 우리엄마
언케다시 오시려나

저녁해가 거므르니
날이새면 오시려나
금음人밤이 어두우니
달이쓰면 오시려나

겨을날에 눈이오니
붕어오면 오시려나
우리엄마 우리엄마
언케다시 오시려나

〔二六七〕
형님온다 형님온다

우리형데 一篇

〔二六六〕
우플人엔 나무형데
한울에는 별이형데
우리집언 나와언니

밤차테는 빗윹버니
우리형데 무얼할꼬

나무형데 열매맷고

平原郡青山面清院里
金　基　柱　報

풀떡고개 형넘온다
칼떡고개 형넘오다
가마둘창 열구보니
세면구수 앗갑구나
아애들아 그말마라
얼거쉬두 유자란다
가지나무 건네매쉬
서른세번 뛰고왔다
아흡솟혜 밥을지어
열두둥리 보고왔다

뎨짜기 一篇

〔二六八〕
구름에다 븨틀놋고
하늘에다 웅달구
안개밧혜 나리삼아

둘구쌍ㅅ 덧쿠쌍ㅅ
행껏나무 북바데집은
겹비거두 소리만난다
요삐싸ㅅ 누구줄꼬
자비집에 싀집갈제
가마밭이 둘너주지

슬상을 밧누나
초록니불 덥흘것을
잔듸닙흘 덥고자구
원앙침 베구잘걸
숫머베개 베구자구
흥마우친 포단쌀걸
칠성판을 깔앗구나

기럭이 一篇

[一六九一]

압해놉은 장ㅅ수
뒤엣놉은 의쌔비
간데놉은 기러마
지고 랑

　　* 기럭이나러가는것보고

平原郡靑山面舊院市
金賢玉 報

백자수달 一篇

[一六八九]

배나무쌀 배자수달
력장밧구 죽엇구나
고것밧게 못살것을
남의령장 웨밧엇노
떡동이 밧울것을
죽동이 밧구
잔채상 밧울것을

朴亨培 報

머리 一篇

[一六九○]

며놀애기 채머리조와
큉년과부 될듯하다
싀어머니 반고수머리
후사리는 웨왓습나

平原郡德山面德水里

462

遊戲四篇

〔一六九三〕
마ㅅ질사
엇던놈이요
성ㅅ대굴 서먹다가
목걸녀서
무엇하려 왓나
수박사러 왓네
수박남기
이케야 낫소

이케야 갓소

마ㅅ질사
엇던놈이오
그케왓든 그놈이오
무엇하려 왓나
수박사러 왓네
수박밧갈너
이케야 갓소

마ㅅ질사
엇던놈이오
그케왓든 그놈이오
무엇하러 왓나
수박사러 왓네
수박사러 왓네
수박심으려

마ㅅ질사
엇던놈이오
그케왓든 그놈이오
무엇하러 왓나
수박사러 왓네
수박사러 왓네
수박씨 한나

江西

물래가락一篇

〔一六九二〕
물래가락 채려노코
반듯허기 어려워라
물래가락 안사는것
싀오마니 도적이라
물래가락 사는데는
참새기름 뎨일이라

* 아가씨들어무명놓아려

아╱야　퓌엿소

주먹만　햇소

동이만　햇소
그려면　되엿데
뚝——

마╱될사

엇던놈이오

그켸왓든　그놈이오

무엇하려　왓나

수박사려　왓데

수박한개

이케야　매첫소

마╱될사

엇던놈이오

그켸왓든　그놈이오

무엇하려　왓나

수박사려　왓네

수박　이케야

대굴만　햇소

마╱될사

엇던놈이오

그켸왓든　그놈이오

무엇하려　왓나

수박사려　왓네

수박　이케야

수박　아케야

마╱될사

엇던놈이오
　어데　장사

그켸왓든　그놈이오
　딸라도　장사

무엇하려　왓나
　어늬문으로

수박사려　왓네

수박　아케야

　* 술넝쉬라는　노리를하며

　* 여러아이들이서로압혀
　사람을쏘러안고안저서
　다른한인이가편압해안
　진아이와아이　노래를화답
　하며한사람식뗘내기
　遊戱, 이것을동떠떼기
　라함.

〔一六九〕

〝
리고　서로웃겨가며
내집에　불이야
사매　씰씽
가드라　쌍ㅡ
　　* 다리헤일제

[六九五]
악ㅅ　숨어라
뒤뜰　범간다
악ㅅ　숨어라
머리칼　보인다
　　* 숭기잡세

數謠二篇

[六九六]
〝
한거리　넝거리　쇠고리
쥔두만두　도만두
착발이　상루
둥매햇다　허러의
장두　칼

[六九七]
〝
중어나　메나
쑥ㅡ
중온중가　메는메가
눈단산에　뭇이로다
낫ㅅ당　거리
술여　곳잔
못어더　먹엇늬
북가먹구　자ㅋ먹구
쇼루ㅅㅡ

기럭이二篇

[六九八]
오래박죽　도야지
도야지　도야지
너집에　불이야
　　* 정월초성에웃노리할제

[六九九]
기럭아　기럭아
너어듸　가늬
종ㅅ밧헤　색기치러간다
멋배　첫늬
량배　첫다
나한배　주렴
너외　달난
북가먹구　자커먹구
쇼루ㅅㅡ

〔一七〇〇〕
　"

기럭아 기럭아
압헤놈은 양반
뒤에놈은 쌍놈
가운데놈은 랑

　* 기럭이보고 쫏놋는시금
　　울하며

昆虫三篇

〔一七〇一〕
박퐁아 박퐁아
뎌옷쓰고 뉘옷달다

　* 박옷을뜨더쥐고 박퐁
　　아룰청하구라고

〔一七〇二〕
　"

나뷔야 나뷔야
냉이옷 줄긴
이리오너라

　* 나븨따라가며

〔一七〇三〕
뗏둑아 뗏둑아
쇠새쇠새 방치
밑범벅 해줄긴
밀방아 쇠어라

　* 뗏둑이다리불쥐고 를
　　쥐이면서

雜 二篇

〔一七〇四〕
　"

매미 맹ㅅ
두루만이 맹ㅅ

　* 땀을퍼 連唱

〔一七〇五〕
　"

올나간다
쓰르디ー외

　* 아가씨들이그네쒸며

虫鳥三篇

江西郡咸從面達上里
金炳驥 報

466

〔一七〇K〕
달판아 달판아
너는춤추고 너이어머니바
라치고
너의아버지는 장구치고
너의형은 쟁괴리치고
너의누님은 중을치고
너의색시는 비의존을치고
너의아우는 네의껏을치고
너의아들은 귀여기치고
너의딸은 손바닥치고
　＊ 달판이둘잡아가지고

　〃

〔一七〇ㅊ〕
빗독아 빗독아
밀방아 찌여라

밀력해 줄거니
어서밧비 찌여라
　＊ 멧둑이훈잡아방아읔씽

〔一七〇S〕
전추야 전추야
너의딸의집어
어서가서 꼭두라지로
물퍼다 시여라
　＊ 논에안춘 전추을보고

　〃

〔一七〇ㅈ〕
색씨一篇

　＊ 색시보고긴잔수며

한쌀두쌀一篇
한쌀두쌀 열두쌀
뚝딱뚝딱 뚝딱ㅅ
북청수엇다 붓참누어
안주지는 안어

〔一七一ㅣ〕
너언제 왓니
열새열さ날 왓다
너언제 왓니
목청에 스무날왓다
　＊ 처녀불아고여안처

언제왓니一篇

〔一七〇ㅈ〕
색씨약씨 달기다리약씨
딈불에둥당 달기다리약씨

七字푸리一篇

바람솔々 솔나무
방귀쌩々 차리나무
십리칠반 오리나무
하날중천 구름나무
달가운데 계수나무
썽々썽々 썽버들나무
구십구에 백자나무
열아홉에 수무나무
망흔아홉에 쉬인나무
커너애기 자장나무
요실고실 실바드나무
싸근싸근 가지나무
믹구넝에 쑥나무

〔一七一二〕
一二七멜
二二七개머리에 똥칠
색씨상에 분칠
하이카라 기름칠
고이가래 피칠
씹두둥에 용개칠
좃긋헤 춤칠
발바닥에 흙칠

나무라령一篇

〔一七一三〕
너하고나 하고 살구나무
방귀쌩々 쌩나무
물에똥々 똥나무

江西郡咸從面汝濱介里
金承植 報

468

价川

数謠 一篇

〔一四二六〕
할마할미 멍벅할미
이천달네 익은떠초
모즈리 다낡려고
설은떠초 맛볼냐다
목아지쉴녀 죽은할미

〔一四二七〕
"
개똥개똥 흰개똥
단주밧게 노앗더니
올개색기 다집어먹구
올개똥을 쏴쏘쿠갓네

〔一四二四〕
망씨. 뚱씨. 참나물
비둘기 으응 첫용
발부리 토 용
어머
※ 군사람에게 머리웅히

諷笑 二篇

초가산간에 벼른디다
멀하―러 왓―슴다
굿―하러 왓슴머
멀々가지고 왓슴마
소뚱々 제금에
말뚱々 당구에
궁제궁 궁제궁
궁궁 궁제궁
오호니야―

굿노래 一篇

파자전복一篇

〔一四二八〕
궁굴나라 궁굴나라
개천바닥 궁굴나라
한가운데 금실금실
금실나믜 저々잇녀

〔一四二七〕
뻑문밧게 거(그)누구와

구슨여름 여릿더냐

해와달이 여릿더라

해는따쉬 것밧치고

달은따쉬 안밧쳐쉬

오라버니 파자젼복

지여矢차 지여矢차

종케비 팔 닥

份川郡份川面軍隅里

李 鳳 愛 報

〔二七二〇〕

이갈버 저갈버

래칸 갈버

어미 더미

셕거 돌고

헷금 이나

달 삭

★ 各十二數、다리혀읽세

　　팍군사람읽세

份川郡份川面軍隅里

李 松 淵 報

數謠二篇

〔二七一九〕

하나먹어 둘먹어

삼사 비치

오도독 샏도독

제비산이 구산이

陽德

李永贊報

청세굴一篇

〔一七二〕

개굴개굴 청세굴
담배한대 먹다가
가루리한대 들켜서
담배한대 못먹고
개굴 개굴

＊ 가루리＝게알

陽德

平安北道

新義州

誹笑十篇

〔一七三○〕
신랑자랑　개자랑
봄(범)의가죽　통가죽
새악씨　매악씨
닭의다리　쇠닥지
＊ 실랑색씨놀니며

〔一七三二〕
도라보니　쌈북이
수ㅅ밧헤　도쥑놈
＊ 뒤로도라보면

〔一七三三〕
귀먹쟁이　닥쟁이
굴네버서　나여라
여우쫏이　않이다
＊ 말귀를얼른웃아라듯는
다고, 「여우＝여호

〔一七三四〕
임내쟁이　쇠내쟁이
산넘어　삼쟁이
＊ 임내내면

〔一七三一〕
첫다씽　남죽이
오지당ㅅ　쥐색기
느러낫다　이차떡
음츠라텻다　조차떡
해주사사발　발넛다
덕아래갓다　붓쳐라
＊ 내 기에진아이를놀니며

〔一七三五〕
달내왓버　춘월래
범의가죽　통가죽
지치명당　해명당
깻바당에　장구채
수ㅅ밧헤　도쥑놈
〃

봉어색기　놀닌다

＊갈내머리싼것흐는녀

[一七二八]
막동이　쑷동이
장마당의　똥셩이

　　〃

[一七二九]
압니싸진　개강구
우물둥에　씨지마라
둘의곡지　색깍하면
봉어색기　놀닌다

＊니색진용모보고

[一七三〇]
갈뷔머리　씩ㅅ
홍아줏이　약이다
옹물러에　가지마라

　　〃

[一七三一]
굴낫다　불낫다
공동산에　호박죽스리고
쇠　마락쥴러
숫가락업서　못먹겟다

＊굴난아이보고

방구타령一篇
[一七三二]
우리형도　방구쟁이
사춘형도　방구쟁이
호박색리　밀색리　다캐여
　　먹고
물촛코　산조흔데
콩　쇠되쇠흡
방구타령　나갑세

시에비방군　훈령방구
시어마방군　걱정방구
새씨방방군　굴방구
며누리방군　도쳐방구
살의방군　연주방구
쌀가방군　마당방구
방구타령　나갑세

＊젼가ㅁ머슴

똥강아지一篇
[一七三三]
하눌에서똥강아지　써려와
호박색리　밀색리　다캐여
　　먹고
물촛코　산조흔데
콩　쇠되쇠흡
두부갑으로둔것　다먹고

476

자 독밋혜 뚤좌고
원넘의 커설로 밋씻챗습니

산데운데 一篇

다
돌담싸어라 돌담은헐지요
흙담싸어라 흙담은뿔으지
요
철사바주 처라
철사바주는 뛰여넘지요
처라
치는 너편네지요
녀려라
쌀도 자식이지요
똥국 오즁국에 신츅여물녀
라

빈머 벗긋을 간다버 (귀)
운데운데 운데야
무엇타고 가자나
운데운데 운데야
나귀타고 가ㅣ지
운데운데 운데야
어듸다가 매라냐
운데운데 운데야
어듸다가 매라냐
운데운데 운데야
선앙당에 매ㅣ지
운데운데 운데야
운데운데 운데야
어더릿케 매라냣
운데운데 운데야
무엇울덥고 자라냐
운데운데 운데야
양코질녀 매ㅣ지
운데운데 운데야
한박덥고 자ㅣ지
운데운데 운데야

어듸쉬나 자라나
운데운데 운데야
빗두막에서 자ㅣ지
운데운데 운데야
무엇을살고 자라나
운데운데 운데야
똥주쌀고 자ㅣ지
운데운데 운데야
무엇을뵈고 자라냐
운데운데 운데야
또아린뵈고 자ㅣ지
운데운데 운데야
무엇울덥고 자라냐
운데운데 운데야
무엇을덥고 자라냐
운데운데 운데야
무엇올덥고 자라냐
운데운테 운데야
한박덥고 자ㅣ지
운데운데 운데야

쇠등은 쇠꼬리
쉰데쉰데 쉰데야
쉰데쉰데 쉰데야
말둥은 새장구
쉰데쉰데 쉰데야

말역기一篇

(一七三六)

커ー압남산에
모밀쏫이 허엿쿠나
허엿슨면 늙은이지
늙엇스면 쑤부러컷지
쑤부러컷스면 기르마가치
지
기르마가치면 네구녕낫지
네구녕낫스면 동시루지
동시루면 색감앗치

색감아면 가마귀지
가마귀면 너불거리지
너불거리면 무당이지
무당이면 춤을추지
춤추면 쑤드리지
쑤드리면 대장간이지
대장간이면 불지
불면 피리지
피리면 소래나지
소래나면 북이지
북이면 달(月)지
달(月)면 둘이지
둘이면 먹지
먹는건 밥이지
밥이면 배불으지
배불으면 잠자지

잡자면 꿈꿔지
꿈꿔면 죽지
죽으면 그만이지

풀마풀마一篇

(一七三七)

풀마 풀마
서울길을 갓다가
밤한되를 어더서
실쿵우에 언젓드니
새양쥐 한마리가
반한되를 다먹엇네
그새양쥐 잡아서
까댁이는 뻬끼구
폭ー폭ー 살마서
아버지는 드릴주고

478

오마니는 간울주고
진살일낭 뜨더서
너와나와 두리먹자
소꼼직어 빗ㅡ작
장씩어 줄ㅡ썩

＊ 아ㄱ어루매

머리둣코 실한취녀
대추남게 걸녓슴매

詰難一篇

（一四〇）
넘금다리 길소매
아주곰게 해임고
청녜집에 갓드니
암닭숫닭 다잠고도
나는한컴 안주떼
우리십에 왓다봐라
수ㅅ팟벅 안주지

오라버니一篇

（一四一）
시누이와 울어머니

나물노래二篇

（一三六）
쇠불쇠불 고리나물
옹실옹실 고사라나물
맛허보니 맛타리
결너보니 결욱이
도라보니 도라지

（一三七）
장굼먹고 장개가고
싱아먹고 시집가고
쓱구먹고 후행가고
결너먹고 한임가고
섯채먹고 쇠바라몰고

동무一篇

（一三八）
동무동무 일천동무
자녜집이 어듸메뇨
대추나두 아홉게고
청대어롤 썻집날세

익은대추 다따먹구
섫는대추 맛볼너라

뽕을따러 갓!네
동편가진 내가봐구
쉬편가진 어머니봤네
뽕가지가 숨먹어쉬
강물우에 똑써러지네
오라버니 바라보고
쥐의색시만 건지려네
오라버니는 야속하지

아가아가 웃지마라
너어머니 넉시로다

새야새야二篇

〔一七五二〕
새야새야 파랑새야
녹두남게 안치마라
우리머니 심은독ㅡ
녹두낫치 쎠려지면
간뎃녹은 항

〔一七五三〕
새야새야 파랑새야
녹두남게 안즌새야
녹두님히 안락하면
너죽율줄 왜몰으니

　　　* 구렁베암을보고

구렁이一篇

〔一七五五〕
장아장아 칼버여라
뱃댁이쌔고
소곰치고 장치고
맛보자

기럭이一篇

〔一七五四〕
기럭아 기럭아
암신녹은 양반
뒤선녹은 상녹
간뎃녹은 항

数謠一篇

〔一七五六〕
이거리 쥐거리 각거리
천사만사 주머니면
뚤//말아 장두칼

청모장사 울고간다
꺼비닥々 목암주

　* 고은「압선농장수」라

480

아희전사 허리의

　＊ 十九數, 다리씨음할쌔
　　샇는수효

별섯 나섯
별너히 나너히
별다섯 나다섯
별여섯 나여섯

＊ 별데웃우인비물이썰ㅅ
　밤녀짐쌔

별하나二篇

[七二七]
별하나돗다 별들돗다
별일곱 나일곱
별여덜 나여덜
별아홉 나아홉
별열 나열

＊ 별이총ㅅ한함의 하날
　울쳐다보고 펴나히싸지
　한슭어헤어연못타고

안안콩써지냐 안콩써지냐
장재첩지 집헝여
맷구순쿠 개건너편
올고록줄고록 에여라

＊ 『한슭여외여연웅치』

[七三〇]
솔부리 말부리
주먹갓치 달려라
함박갓치 달려라

＊ 수ㅅ이쌀흘물에다죽이
　대북당이쿹니피 샹웃
　혁동구랄어가울ㅅ달녀
　눈것을보고

雜 七篇

[七二六]
별하나 나하나
별둘 나둘

[七二八]
″

[七二九]
뭘데학회 최박회
살ㅡ살ㅡ 달녀라

[七三一]
쪽ㅅ만ㅅ 쪽ㅅ만ㅅ
네밋구넝예 기름침햇지

＊ 나물뜨리ㅅ쎠여

［一七五二］
"
안질빵 줄빵
파리잡아 줄빵
네자리에 불이야
＊
쌈자리잡으려단이며

떨씽똥 방아야
＊ 어린아기의몸을 左右
로흔들며

［一七五三］
"
매암도리 감도리
감도리 줄도리
신술을 먹으냐
단술을 먹을냐

［一七五五］
"
청々 맑어라
청々 맑어라
거건너떤 새악씨
복주셰 가지고
불갈너 온다
＊ 개전가제서심고 고흘며

중놈 一篇
［一七五六］
이중놈아 이중놈아 내치
마쇼리노아라
우리어머니알면
죽겟다
우리아버지알면 피업시잡
허겟다

［一七五四］
"
지게똥 지게똥
지게똥 방아야

＊
［남평수:곰뱅:승］一篇은
黃海道資料와歌詞異動
어슈無한거探錄치안니
함 （二三五一參照）

新義州府初音町五의三

洪　□
洪殷駿
金裕驥
安京□
金達蕡
朴錫成
姜　文
李鍾遠
輯

이아가씨 이아가씨 장삼

귀를꼿소서

우리들의 스승님알면 자

최엄시죽겟소

新義州府雲井町

吳 東 普 報

博川

벗노래一篇

[一七五七]

어화 벗님네들이여
이내말삼 들어보소
혼자잇기 청노하여
문밖게 잠간나아가
사면을 살펴보니
상종하리 누구든고
행화촌에 가는사람
오라기는 하건마는

어린벗을 차자가니
형가소래 나난곳에
뉵칠관동 모다잇서
융향하고 마자드려
은근이 하는말이
이사람을 상종하면
흉험지주 되오리라
친누에 노는소년들
함께가자 하건마는
이소년들 상종하면
방탕하기 쉬우리라
장긔바둑 뛰는사람
한가한듯 하건마는
허송세월 맹랑하다
그도상종 못하리라
다시금 살펴보아도
상종하리 천여업네
심덕으로 사귄벗은
철ㅅ시ㅅ 일울산아
모진행실 경계하며
선한일로 인도하고
아첨하고 교만하면
할것부터 멀리하고
되냥다논 갈의더서
토진간담 하올떼에
룡결가치 맑은마음
거울가치 빗치워서
세월광풍 조흔떼에
삼취단쿰 엽헤서고
벌목시를 외우면서
수치치평 강습하고

博川邑內
金秉淳　報

세상에　조흔벗은
의벗밧게　다시업늬

고왕금내　의론하야
환난상구　능히하니
정분도　중해지고
오래도록　공경하늬
위이거동　아름다와
세상에　조흔벗은
의벗밧게　다시업늬

재물로　사괸벗은
빈하면　쯸고되고
권세로　사괸벗은
미약하면　배반하되
의의친구　사괸후론
가도록　친밀하여
오른도리　짐ᄉ앍고
어진일음　도라오늬

定州

귀신쫓기一篇

〔一九七五〕

과부죽어　란식귀야　　　　하ー　혜의재야

너도먹고　니가쉬라　　　　하ー　혜의재야

오동추야　달밝은데　　　　하ー　노리로다

최비춘각　단둘이놓다가　　하ー　노리로다

불알이루데　죽은귀야　　　하ー　무슨노리

너도먹고　가게쉬라　　　　하ー　무슨노리

시오마니몰래　쌀퍼주구　　하ー　머감노리

엿사먹다　목구넝메여죽은　하ー　대감노리

　　　　귀야　　　　　　　하ー　친문밧게

너도먹고　니가쉬라　　　　하ー　친문밧게

총각죽어　몽달귀야　　　　하ー　센개좃올

호래비죽어　하무사귀야　　하ー　센개좃올

무당타령一篇

〔一九七六〕

최비죽어　간신케야

신달죽어　호반케야

너도먹고　니가쉬라

쇠경죽어　신신케야

무당죽어　걸닙귀야　　　　하ー　큰무당을

너도먹고　가게쉬라　　　　하ー　큰무당을

　　　　　　　　　　　　　아ー　죽가말가

아ー 죽가말가

아ー 상신에룰줄가말가

아ー 상신에룰줄가말가

아ー 주구말구

아ー 주구말구

자ー 노자

성덕송 성덕송

호미라령一篇

[二六O]

헤ー헤ー야 호미로다

헤ー헤ー야 호미로다

호미려아니고 낫치갓네

헤ー헤ー야 호미로다

호미장단에 노라보자

헤ー헤ー야 호미로다

얼년잔산 뻬여놋고

헤ー헤ー야 호미로다

여러게원이 담배먹세

헤ー헤ー야 호미로다

얼넌쌈어야 풀한대쌈는다

헤ー헤ー야 호미로다

먼디사람 듯기나좃케

헤ー헤ー야 호미로다

여기사람 보기나좃케

헤ー헤ー야 호미로다

못다멜논울 단한개래매엿구나

헤ー헤ー야 호미요

[二六一]

색씨맥씨 헌다가리구럭씨

화시리덕시리 덜구둥바라

＊ 나어리라시보고

　〃

[二六二]

새스방망래 쌀망래

의주벙거디 낭나리

쿼어미십당 호랑당

춘향의오마니 영고왈

대추남게 걸버씨

피가쏠々 나온다

수리수리 수루위ー이

＊ 어린상낭훌니며

微笑二篇

定州郡嘉觀流期津

金　本　陸　群

宣川

虫鳥四篇

〔一七六三〕

개ㅅ서벌기 똥—똥
우리집에 붙엇다
개ㅅ서벌기 똥—똥
날더와서 뭐허랴
개ㅅ서벌기 똥—똥
개ㅅ서벌기 똥—똥

＊

거미발기노르며

〔一七六四〕

앙—서라 봉—서라
네어미 잡어줄선
핀력만리 가지말고
쌱—쌱— 부러라

앙—서라 봉—서라
동애랑 잡어줄건
핀력만리 가지말고
쌱—쌱— 부러라

＊

「앙서라」「봉서라」 는
「한서라」「웃서라」의
뜻音

〔一七六五〕

종달아 종달아
어듸메 갓드련
샛갓혜 갓드렷다
멀하려 갓드렷다
색기처럼 갓드렷다
멧마리나 쳣늬
두빼빤 쳣다
나하나 주렴
너홰 주겟고
고운것도 내색기
미운것도 내색기

가만가만가다가
날더가면 뭐가지랑
하고그랫슈누유

고 황자욱소리안나게

쌩—이 쌩이쌩아
"

[一七六六]
슈루와—허잇
어ㄴ백정
연게한마리 안주갓소
새쏘루ㅅ—
* 새쏘루ㅅ는술개미소리

諷笑三篇

[一七六七]
복너복너 자복너
무얼먹고 죽엇늬
복아지먹고 죽엇다
무슨장사 햇늬
거릿장사 햇다

[一七六八]
압니싸디 경ㅅ다리
소케압헤 가지마라
슛닭한테 쪼이리라
우물역데 가지마라
작은붕어 놀나나고
큰붕어 뛰날니라
* 압니싸진아이를놀녀주

어듸갓다 파뭇던
가재밧헤 파무덧다
누가가쉬 울던
가막쑷치 울더라
무얼웃코 쾌햇늬
코푸러웃코 쾌햇다
"

[一七六九]
화실복실
아랫간옷간 똥쌔지
* 화상이라는게진애를놀

소문내자一篇

[一七七○]
쳐녀들통 사너들통
문이문이 소문이
* 사내와게정애가가치노
눈것을흉보아

雜 三篇

（一七五）

쑤룩쑤룩 딸쑥
네팔 파러서
엿사먹고 떡사먹자
＊ 처녀들이 풀써 고놀며

（一七六）

쌈박쌈박 청수
수리거러 줄전
삼베 짜다오
＊ 삼박쳥이들가을임에물
어 삼베갓치달々맑니
는것을보고

（一七七）

원님 온다
〃

마당 닥가라
＊ 원님대강이를잡아빨고
여서쌍여쌋쳐노고

풀마풀마 一篇

（一七八）

풀마풀마 서울가서
닭한마리 어더다가
장독에 너헛다가
오양깐에 씨엇다가
맛이잇게 살머서는
아버지는 대가리주고
어머니는 다리주고
우리애긴 살고기주지
＊ 어린아기팔용쥐고 알
뒤로혼들며

새는새는 篇

（一七九）

새는새는 남게자고
쥐는쥐는 굼게자고
각씨각씨 고은각씨
쥐의신랑 아가씨는
우리엄마 품에자자

비야비야 一篇

（一八〇）

비야비야 오지마라
우리헝님 시집갈째
가마문에 비들어서
당흥치마 다젓겟다

490

오자수슬一篇

〔一七七七〕
오동나무人골 오자수살이
빼나무人골 백자슈아들과
혼인작청 다되여서
네장써지 바다웃코
五단말이 웬말인고

조곰조곰 더살더면
기마등채 굴녈것을
조곰조곰 못살어서
황천나라 가버렷다
*
어린아가씨들아 맛자
수살의죽음을 동정하는
돗이아조슬프게우는데 너무음

시집사리一篇

〔一七七八〕
형님형님 사촌형님
시집사리 엇덥듸까
아고야 말도마라
고초당초 맵다더니
시집사리 더맵더라

시집사리 삼년만에
붓눗갓던 이내손이
오리발이 되여지고
삼반갓던 머리채가
숫굼숭이 되엿구나

宣川郡深川面磨甫洞
田昌植 報
田東吉 報

義州

諷笑 一篇

〔一七八〇〕
압니싸진 덜겅수
움물역혜 가지마라
봉어색기 놀니리라

〃

〔一七八二〕
왁새야 딕새야
너오마니 속옷가래
불붓는다 쒸-트나라
쒜-

여기는 헐믈잇다
＊ 게동벌레 …

풀무풀무 一篇

〔一七七九〕
풀무 풀무
서울을・가다가
닭한마리 어더서
장독에 씨엇다가
목々 살머서
닭의다린 나먹구
닭의둥진은 너먹어라
＊ 一二七四와 同巧異曲

虫鳥 二篇

〔一七八一〕
압니싸진 덜겅수
소궁이엽혜 가지마라
숫닭한허 쏘이리라
＊ 나들가 손아펴보고

動作 二篇

〔一七八三〕
비온다 나오나
맘만아 나오나
＊ 맘만=거미가 비솟 난비

〔一七八四〕
개의버려 동-동
개의버려 동-동
＊ 모러모산 학백글고 손

데기는 뇌잇고
모러모산 학백글고 손

가락으로조곰식헐며

[一七八四]
　　　〃
고이고이　베레대라
너오마니　죽은대매
차돌바테　고이고이
무더줄거니ㅡ
　　*
　차돌로돈혀버린때

雜　三篇

[一七八五]
콩팥셍〃　콩닥가줄션
내손에와　붓허라
　　*
　너를날黃作녁에여러아
　어둑어손벽돌갓차치며

[一七八六]
　　　〃
여진셍〃　더진쿵〃
여진셍〃　더진쿵〃
　　*
　회가구동속에　가리워
　　짓슬때

[一七八七]
　　　〃
뤠ㅡ
똥〃　맑아라
건너집　색씨
물길너　온다
　　*
　꿈이호텼슬퓌어서랑어
　　지라고

제비소리一篇

[一七八八]
머리고이　빗구
살녁집에　가보자
　　*
　저비자저귀는소리

울지마라一篇

[一七八九]
아가보가　울지마라
독기고기　살마줄나
　　*
　아이보러

달퍼노리一篇

[一七九○]
삼년만에　어집짓구
아들쌍동　낫쿠요

義州郡水鎭面松川洞
衆血雅報

아들을나으면 효자를낫쿠   물녀슨 상투
딸을나으면 열녀를낫쿠   샘문턱에서
말을나으면 룡마를낫쿠   밤판이 달나구
가이를나으면 사자를낫쿠   ᄃᆞᆯ쿼
닭을나으면 봉황을낫쿠   ᄃᆞᆯ쿼
　　*　　　　　　　　*
　新郎놀녀서

[二七九五]
비오다가 해낫비
　　"
　　*
　우룸긋친아이보고

調笑 六篇

[二七九一]
색시 맥시
언덕아래 구렁시
새서방맛래 쌀망래
어두넝거지 날나리
　　*
　新郎新婦놀니며

[二七九二]
노랑두 대가리
　　"

[二七九三]
망녕이 깍녕이
호박에 치례기
　　*
　막낭이보고

[二七九四]
아개 보개
물먹은 달쿼
　　*
　아개놀니며

[二七九六]
넝감 곡감
부럴에 셋감
　　"
　　*
　령감놀니며

義州郡水鎭面美山洞
洪 恩 杓 報

寧　邊

장푸리一篇

(一九七)

건너보니　영변장
안쳐보니　아주장
쉬ㅅ보니　선돌장
숨어보니　수모루장
울고보니　운산장
구러보니　구장장
찔너보니　피앙장
밧과보니　박천장

　★　피앙川不遠

부두리一篇

(一九八)

부두라　부두라
너ー엄매　백부르드라
부두리　자ー지
오줌이　쎈ー쎈
방구가　퉁ー넝
건넌집　대문안이
졋ー씽

樂邊城ㅅ　　梁　九　植　報

雲山

〔一八〇〕
앞헤친　장수
가운데친　기리떼가치
뒤에친　쇠미삿게

* 기력이 여울처다보고

너풀거리면　무당이지
무당은　뛰달지
뛰달면　대장이지
대장이면　집지
집으면　아프지
아프면　피나오지
피나오면　샛쌀갓치
샛쌀가면　대초지
대초면　먹지
먹으면　달지
달면　엿이지
엿이면　붓지
붓흐면　칩이지

쇠리써기一篇

〔一八○〕
희다
희면　령감이지
령감이면　쇼부라지〃
쇼부라지면　기리매가치지
기리매가치지
기리매가치면　동실네지
동실네면　식컴엇치
식컴으면　가마귀지
가마귀면　너풀거리지

왓새一篇

〔一七九〕
왓새야　독새야
네어마니　속것가리에　불
붓는다
너붓죽게　너붓죽게
쏙〃　서취라

기럭이一篇

雲山郡城西灆상洞　李桂榮報

496

鐵山

미나리一篇

[一八〇]
머나린가　개나린가
장미꽃에　벌날인가
이산커산　넘어가서
물며나리　뜨더다가
살낭살낭　쉴는물에
아주삶봐　때쳐내여
단장쓴장　치나새나
은퇴ㅅ제　거나새나

나흐나울　먹어보자
* 개아에서미나리스드며

[一八二]
곰보딱지　쑥떡지
나그네먹든　찬지쪽
* 얼근둥우둘넘애

謳笑三篇

[一八四]
말탄놈두　껀늘먹
소란놈두　껀늘먹
* 길아로말탄사람이지날
쎄、죽은나무가지가른
것을써가타고서

數謠一篇

[一八五]
한알동　두알동
삼재　염재
넘금　다래
호박　객기
두루미　이궁

* 다리쎔기 한때

雜　三篇

〔一八〇七〕

커기쿵ㅅ 이기정ㅅ

건너집 색시

물길녜 나온다

장ㅡ장 맏나라

　*

욱욱하다나와양지뚝에

쏘그리고안저서 몸이

어서마르라고

　　　　"

〔一八〇八〕

왕달누 어더줄신

뭉치달누 어더다오

　*

달누캐면서

〔一八〇九〕

쑥겡아 쑥겡아

집제줄건 나오나

집제줄건 나오나

　*

흥삭란한머한손을흠게

넛코 ㅅ도한눈으로쑤드

리연서

　　　　"

鐵山郡鐵山面東部洞

盧　義　淑　報

昌城

오줌방구二篇

[一八一〇]
방구흥〃　자동차
오줌쒬〃　물벙벅

[一八一一]　〃
오줌철금　지런내정이
방구풍〃　구린내쟁이

송송사一篇

[一八一二]
姜가가　강낭밧헤서
강동을　누느라닛가
金가가　잇다가쒸는
김을　무럭무럭버니
朴가가　잇다가쒸는
박에다　달엇드구나
張가가　잇다가쒸는
장녀에　쇠여드닛가
柳가가　잇다가쒸는
누구먹겟니　하드니
雞가가　잇다가쒸는
내가먹겟다　하니
謂가가　잇다가쒸는
쥐도먹겟다　하닛가
宋가가　잇다가쒸는
송사를　하느라닛가
林가가　잇다가쒸는
넘쿰넘쿰　다먹어칫다
그러허닛가　禹가가　잇다가
쒸는
울먹　울먹

만라一篇

[一八一三]
하늘에는　별도만코
시내가엽　돌두만코
시집사런　말도만코
고곰사런　일두만코
곰의보진　털도만라

억개동무 二篇

[一八一四]
억게동무 씨동무
자내집이　어듸메냐
우물둔덩　압집이다

＊　처녀들이억게동우틀싸
ㄴ서

주인이면　버려라

＊　거미가줄을느리고버려
오는것을보면

雜 二篇

[一八一五]
중々—　쌱거중
대패로　미려중

＊　숑대가리를맛지 ■

[一八一六]
〃
손넘이면　울으고

金城郡東倉面大檢洞
金 龍 默 報

江 原 道

伊川（一八一七─一八四五）　　鐵原（一八四六─一八五七）

蔚珍（一八五八─一八六一）　　春川（一八六二─一八七二）

洪川（一八七三─一九〇七）　　橫城（一九〇八─一九二二）

原州（一九二三─一九二八）　　平昌（一九二九─一九三四）

寧越（一九三五─一九四六）　　江陵（一九四七─一九四九）

通川（一九五〇─一九五九）　　淮陽（一九六〇─一九七七）

華川（一九七八─一九八〇）　　楊口（一九八一─一九八二）

伊 川

달푸리一篇

〔二八九〕
커건너 김서방네
집농에 콩서지
산콩서지냐
아니안 콩서지냐

〔二九〇〕
　　　　　　　〃
커건너 배장자네광안에
칭능칭 정미 칭자좀쌀
쓰른 칭능칭 칭자
좀쌀이냐
아니쓰른 칭는칭 칭미
칭자좀쌀 이냐
＊〔코소리말고 한울서의
우면옹치〕

〔二八八〕
헝월에 청치고
이월에 이질알코
삼월에 삼눈알코
사월에 사지알코
오월에 오륙을알코
육월에 육시근하고
칠월에 치질알코
팔월에 팔알코
구월에 귀알코
시월에 시둘시둘
팔나쉬 죽어라

질푸리一篇

〔二八七〕
혼자가면 도망질
둘이가면 마컨질
셋이가면 가래질
넷이가면 화토질
다섯가면 싸홍질
화토굿해 정상질
싸홍굿해 정상질
정장굿혜 징역질

코소리二篇

정덕 一篇

용번갈라치며

[八二一]
이리덩덕 커리덩덕
오이가지 덩덕
수박굴게 덩덕
참외왁가 덩덕
사슴의색기 능산하고
이리색기 이산하고
뒵밖다커 쏘에ㅡ

* 부듸친떼용운지러주머

왜나팔 一篇

[八二二]
오불쇼불 왜나팔소리
일천만군병이 발맛커간다
　　　　　　"

[八二三]
원제
원제진제 방구씬제

* [방귀외엿다니 안씨엿 다거]

動作 一篇

[八二四]
커긕가자 어드매
어드매 커드매
산밫버 쇽대기
너의어멈 무덤에
쑥드러간다
　　　　　　"

諷笑 六篇

[八二五]
아니 초라니
남산의 봉아니

* 초라니놀니며

[八二六]
김치쪽 찬지쪽
찬지쪽 김치쪽

* 저드랑이와팔굼파손벽
　　　　　　"

[八二七]
아이고데고 망대코
서울량반의 자지코
　　　　　　"

망아지 一篇

〔1315〕
누기 나기
네할에비 코기

〔1316〕
〃

〔1317〕
우쎄 우지마라
호박국에 어밤말아주마
* 우는아이놀니며

바위 一篇

〔1319〕
어기여차 이망아지
엇저녁에 쓴죽이다
불지말고 먹어라
팟닷되 콩닷되 물닷되
삼오시오 멸닷되
콩은 과나무홍이요
부당은 너의하라범이 첫다
죽은 너어멈이 썼다
에ー러리 떨궁
에ー헐상 울나가서
쳐일명당 자리를잡고
왕개암이는 상여를미고
단개암이는 잔산을보고
개암이가 영창을하는데
시퍼런빛이 탁쒸여젓다
왕집쎄기로 콱밭밧스니
가는행인 오는행인
파먹고 살앗다

진득이 一篇

〔1320〕
바위야바위야 문지둘석
다부저 푸르륵
네밋구멍에 호랑이들어간
다

〔1321〕
진득아 진득아
너무엇먹고 사랏느냐
검정소부랄에 진득붓허서

伊川郡龍□頭武陵里
李龍圭 報

벙소리 一篇

〔一三一〕
석一석一　장서방
무엄먹고　사一나
아들낫코　딸낫코
그렁커렁　사一네
* 山鵲우는소리를듯고

잠자리 一篇

네한애비　둥겁재이
* 임내내 손동모보고 응
질

〔一三二〕
범수　참자리
놉허뜨면　죽一고
얏치뜨면　산一다
* 잠자리잡흘제

雜　六篇

〔一三六〕
매염매염　돌아라
당추먹고　매염매염
고추먹고　매염매염

〔一三五〕
네한애비　죽엇다
복감루　쒸一라

기럭이 一篇

〔一三三〕
비색기　압세라
범몰어간다
압헤가는건　장사
가운데가는건　기르마가지
뒤가는건　똥구마리

그네 一篇

〔一三四〕
고사리삽죽을　석거라
바위아래황태콩을　석거라
* 맛그네를쒸면서

"

임내재이 一篇

〔一三七〕
임내재이　쒜재이

* 「종개」라는뱀장이갓흔
것우고기를잡으며

506

〔1370〕
이편엔　개똥
커편엔　찰밥

＊　연거가쩌뚝으로오연

〃

〔1371〕
싸리　결어라
망건　결어라

＊　문을녜울임에물고

〃

〔1372〕
둑겁아　집지어라
황새야　물길어라

＊　너름날　냇가에서모려
작란하며

〔1373〕
뤼야　쌍ㅅ　맑아라
먼데색시　물긷너온다

＊
이호리먼쌩너앎으라고
「뤼야」할쌔는칠을볘〈는
다

伊川郡龍風面栗洞里
李　與　植　報

잰잘나비　一篇

〔1374〕
잰잘나비　공ㅡ공
잰잘나비　공ㅡ공

놉히뜨면　죽ㅡ고
얏치뜨면　살ㅡ고
잰잘나비　공ㅡ공
잰잘나비　공ㅡ공

장타령　一篇

〔1375〕
춘천이라　샘밧장
신발이커ㅅ　못보고
홍천이라　구말리장
길이멀어　못보고
이귀저귀　양귀장
당귀만어　못보고
한자두자　삼척장
베가만어　못보고
명주박귀　원주장

갑어빗차　못보고　　　놉기조와　못보고

횡설횡설　횡성장　　　회ㅅ춤ㅅ　회양장

에누리만어　못보고　　길이험해　못보고

감만은　강능장　　　　이강커강　평강장

갑이싸서　못보고　　　강불업서　못보고

이롱커롱　롱천장　　　칭둘엇다　칭선장

알것만어　못보고　　　갈보만어　못보고

엉성듬옷　고성장　　　화목만흔　화천장

심ㅅ해서　못보고　　　길이막혀　못보고

이천커천　이천장　　　양식팔어라　양ㅅ장

개천만어　못보고　　　쌀이만어　못보고

철럭철럭　철원장　　　즉금왓다　인제장

길이질어　못보고　　　일밧버서　못보고

영넘어라　영월장　　　울틍불틍　울진장

담배만어　못보고　　　울화나서　못보고

어화커화　금화장　　　안창곱창　평창장

술국조와　못보고

伊川은식

林東浩報

508

鐵原

꽃노래 一篇

[二八六]

이꽃커버　어느꽃요
우리父母　生辰여라
우리父母　生辰꽃헤
꽃노래나　짓고가지
숯차가는　장미花는
가지가지　큰빛이라
青松妓生　살구꽃은
여름지어　희도랏네

武陵桃源　복숭아는
그물안에　겯니시비
성우에　牧丹花는
꽃중에도　인군일세
도라못간　杜鵑花는
蜀國山川　생각난다
붉고붉은　鳳仙花는
簫韶九成　츔을추고
알쏭달쏭　金銀花는
鱉上官의　관자되고
보기조흔　芍藥花는
美人마다　희롱하고
당실당실　연쥑花는
丹脣皓齒　단장하고
浮石寺中　선비화는
義相大師　집펭이고

호박꽃과　박꽃은
四十형제　희도랏네
쓰고나는　피리꽃흔
山中에라　春秊햇고
열업는　할미꽃은
남보다도　먼저피고
四時長春　無窮花는
우리나라　꽃이란다

못가겟네 一篇

[二八七]

못가겟네　못가겟네
새등가른　등에다가
태산가치　짐을지고
할등가치　굽은길을
철버가치　못가겟네

못가겟네 못가겟네
어린동생 압세우고
다리떨녀 못가겟네
가시덤불 엉킨길을
화살가치 못가겟네

〔一八○〕

집에반초 심으지마라
반초압헤 물지는소리
업는랑군 발자최소리
귀에쟁〃 어리워서라

情戀三篇

〔一八八〕

밤에오고 밤에간손이
어너고울 누군줄아니
커문압헤 커버들남게
이름성명 쓰고나가지

〔一八七〕

〇
〃
초승달은 반달이라도
일만국 기우려본다

〃

닭은울어 날이샌다
내야울어 어는날새리
西江에 비치신다
색리채로 실어가소
하늘의 日月넘도

＊西江수 뚜물강이라고

손노래一篇

〔一八二〕

清溪上 突다리에
거어되서 손이왓노
경상도서 손이왓네
그무엇 하려왓노
예게곡게 차워왓네
멋대간울 밟버왓노
쉰대간울 밟버왓네
무슨갓을 쓰고왓노
용당갓을 쓰고왓네

驛奴兒一篇

〔一八一〕

북류대로 채친밧헤
오두별성 驛奴뎐야
驛의딸이 안일너면
우리안헤 삼고재라
아화야 이鬧班아

무슨망건　쓰고왔노
외올망건　쓰고왔네
무슨의를　의고왔노
광대의를　씌고왔네
무슨바지　입고왔노
진주바지　입고왔네
무슨버선　신고왔노
랄버버슨　신고왔네

* 「八五二」의 同巧異曲

삼가린二篇

[一八五三]

盆海盆德　진삼가리
眞賞南松　관솥가지
우리아배　관솥때고
우리올배　관솥곳코
우리형님　나례치고
이내나는　비々치고
밤새도록　삼고나니
엿손가리　반올추켜
닷손가리　반남엇네
安東동내　열늬동내
동내마다　訟事가자
안만업시　송사가면
네익이나　내익이지
우리아배　이방호장
우리올배　東萊府使
한수별감　일드구에
너익이나　내익이지

* 여어미와입다툼하는며
누리의 勢度자랑

[一八五四]

미수가리를　길머지고
산양창을　것더가니
산양놈의　인심보아라
오돈오푼　바드란다
六七月　긴々밤에
단잠을낭　다못자고
이산커산　삼을적에
두무름이　다썩엇네
큰아회는　밤달난고
어련아회　젓달내고
뒷집김동지　거동보소
나를보고　헝우슴웃네

* 以上九篇은 新羅時代부
터 慶尙道에 傳하는 노래

이나 接境인 關係로江
原道에 드러우것인듯

情痴一篇

〔一八五五〕

네조꼴 네조꼴 초록조꼴
네치마 네치마 분홍치마
네보선 네보선 삼수보선
三水갑산 흐르는물에
배추씻는 요처자야
것과속은 첫처웃코
소되한대 빈너주소
거기안진 그총각아
우리어멈 드르시면
야단날소리만 하는고나
우리어멈 무러보고

＊ 咸鏡道에서드러우노래

우리어멈 안드르면
일가문중 칭해웃코
일가문중 안드르면
동내문중 칭해웃코
동내문중 안드르면
나오기만 기대리소
남산고개 올나가쉬
신두매를 도라매고

寫意一篇

〔一八五六〕

칭배나무 소년적에
오만새가 다오더니
그배나무 고목되니
눈먼새도 아니오네

綴原　李順東報

綴原郡綴原面官垈里
李奎　珊　報

속썩는다一篇

〔一八五七〕

황새야와기는귀에안칫마라
농부님네 속썩는다
농부님네 속썩는다
참새떼야오조밧헤안칫마라
가막쩌치야 고초밧헤안칫
마라
부인넘네 속썩는다

512

蔚珍

婦謠四篇

〔一〕
장개가네　장개가네
이양철이　장개가네
모가불바　장개가노
서울사람　사모관대
시골사람　딸안장이
불며불며　장개가네
온달갓흔　각씨업나
반달갓흔　날이업나
셋별갓흔　아들업나
광너번　논이업나
사래진　밧치업나
다락갓흔　세가업나
모가불바　장개가노
한무리나　돌거들나
벼락이나　마커주소
또한무리　돌거들나
금살이나　마커주소
샙쩍결에　들어쎄걸나
사모관대나　날어싯소
큰상어나　밧거들나
큰상다리　불어지소
밥상어나　밧거들나
밥상다리　불어지소
님의방여　들어가걸나

산색이　엄서지고
죽은색이　만어지소
아바님요　아바님요
어제왓든　새손이가
재밤중에　리별햇소
명주비단　감든몸에
석새베옷이　가당할가
비단당기　드리든멀（머리）
여
현당기가　가당할가
비단했신　신든발에
엄신이　가당할가
얼삼대를　어둘（딸）두고
만쓰대는　어둘두고
서뜯녀어　상대군아
침주로나　후여주게

여라요년 물너쒸라
마당에가 둘어쒸니
마당장군 밀어내고
마루라고 둘어쒸니
성주넘이 밀어내고
청지라고 둘어쒸니
조왕넘이 밀어내네
방이라고 둘어쒸니
어진케주넘 밀어내네

해 도떨고 달도떨엇비
해문올나 것홀달고
달문올나 안올매고
단박켤나 쎄애순가
세애것흔 울오라비
반달갓흔 갓올씨고
산곡산 험헌긴에
잘가든가 못가든가
내못보니 수십일네

물치당겁 연쭛치야
담안열나 줄노순가
단박켤나 쎄애순가
세애것흔 울오라비
놈너가쎄 놈너가쎄
김할냥집이 놈너가쎄
김할냥은 어듸로가고
일간초옥 다비엿는고
하도심〃해 산에올나

〔一三七九〕
〃
바다바다 한바다에
쑥리업는 낭기섯네
님의생각 쑨이로다
생각나니
쑷은피여 화산벳데
풀은피며 쳥신되고
풀을보니

〔一三八一〕
〃
동이나 통이나 술통이나
자수별감 쌀붓나고
열두단장 쒸넘다가
신냥쏴리 큰쾌재야
반만거라 쎄드렷네
그말해쒸 안돗걸나

〔一三八〇〕
〃
당검 당검 당래수야
가지수는 열두가지
님허수는 삼쳔님히
동쑥으로 쒸든가지

가지만은　노송남게
샛바람에　쩟다하게
그래도　안됫걸나
짓치돋게　쩟다하게

蔚珍郡箕城面炼山里八五
　　　金 斗 龍 報

春川

追慕一篇

〔二三六〕

우리엄마 나를나아　　어듸가쇠 아니오고
애명글명 기룰쩍에　　月出東嶺 쏘안오네
일쳔뼈골 다녹앗고　　落西山 쏘안오고
오만간장 다썩엇다　　구비구비 쓴어지네
오즁똥을 주물느며　　나는실어 살기실어
드러운줄 몰낫다네　　엄마하고 갓치죽어
진자리와 마른자리　　요자리에 죽거들낭
가려가며 뉘엿다네　　장청가치 혼자쇠々

쥐면쩌쥐 불면날가　　엄마오기 기다린다
곱게곱게 길넛다네　　야속할사 쳑셩차사
무뷹우에 첫먹읻셔　　우리엄마 잡어갓네
엄마하고 쳐다보면　　우리엄마 귀한얼골
아나하고 얼넛다네　　어느뼈나 다시볼고
씽긋벙긋 우슬쩍에　　우리엄마 귀엿분쌈
윈집안이 웃치로다　　어느뼈나 만쳐볼고
요색갱이 요색갱이　　우리엄마 보드란손
요강아지 요강아지　　어느뼈나 다시칠고
불기착을 독々치며　　우리엄마 귀한목셩
물고쌀고 하엿다네　　어느뼈나 들어볼고
우리엄마 날바리고　　셜은지고 이내창자
어듸가쇠 울슬몰나　　구비구비 쓴어지네

516

엄마 곗혜　무더주소

睦川知郞官令

李　元　鎭　報

언데언데　가지마라

똥내맛고　죽을나

죽걸낭一篇

〔一八六三〕

어머니어머니　나죽걸낭

압산에도　뭇지말고

뒷산에도　뭇지말고

연못가에　무더주소

나의동무　오거들낭

슬한동우　겨어놋코

고기고기　비려라

서막서치一篇

〔一八六四〕

서막서치　뗏一다

헐수업시　뗏一다

멍석마럭　줄ㅡ세

고기고기　비려라

파랑새一篇

〔一八六六〕

새야　새야　파랑새야

깝죽깝죽　잘논다만

룩두옷을　떨구고서

쳥푸장사　부지샛이

맛이줄나　어서가라

잠자리一篇

〔一八六五〕

잠자리　쌈ㅅ

파리　쌈ㅅ

고기고기　안커라

물방아一篇

〔一八六七〕

쿵덕쿵　물방아

밤낫업시　쿵덕쿵

아침서리　느질나

식전커녁 쿵덕쿵

* 흥굴내방아

수호一篇

[一八六八]

하나는뭐냐 사람머리
둘은뭐냐 닭의다리
셋은뭐냐 쇠시랑
넷은뭐냐 소반다리
다섯은뭐냐 손발구락
여섯은뭐냐 파리다리
일곱은뭐냐 한주일은일헤
여덟은뭐냐 조선은팔도
아홉은뭐냐 구만리장천

* ㄱㅍㅇㄹ의 類謠

나무라령一篇

[一八六九]

영감천지 감나무
십리절반 오리나무
방구뀌는 뽕나무
씽의사촌 닥나무
아흔지나 백양나무
쉬울가는 배나무
스무헛재 스무나무
낫무섬다 밤ㅣ나무
앵두러쳐 앵도나무
그짓말못해 참나무
한자두자 자ㅅ나무
주사형님 사과나무
썩어쉬 문청리
푼살마 무른대다
다섯동강 오동나무

동지섯달 사시나무

* ㅂ나ㄱ 물ㄴㄱ 다ㅅ섯
사과나무ㅣ꽃宣令

濛川郡西面士谷里四四六

金 春 岡 報

동리푸리一篇

[一八七]

반자들어 장반
풀쑤어 바리미
칙ㅣ칙 ㅂ들개
안커서 먹을러
썩어쉬 문청리
푼살마 무른대다
주발대접 못집

518

흔누덕이　지시울
밟아래　마당골
쇠머리　우두(牛頭)
두개울모아　한개울
손고락쒸여　골미
이밧커밧　샘밧
이두럭커두럭　삼두럭
오다가　올미
가다가　갈두리

＊　春川近方의동리일홈을

香푸리一篇
〔一八七一〕
노수와　로인
색기꾸와　샛ㅡ님
섬에담아　쇠방님

말에담아　마나님
되어담아　되렛님
구석구석　아재씨

春川郡新北面柳浦里五三九
朴　鍾　夏　報

옹기장사로　나간다
西下西上　처녀는
명주장사로　나간다
생밧장　처녀는
막걸니장사로　나간다

처녀푸리一篇
〔一八七二〕
무름댁이　처녀는
문배장사로　나간다
牛頭의　처녀는
참배장사로　나간다
東內九洞　처녀는
山髮장사로　나간다
芳洞의　처녀는

春川　朴　東　明　報

洪　川

단배진

싸르다 싸르다 곰방대
개주지 쉬렷나
나먹자고 쉬렷지
호박죽을 주어라

* 신년어머 보고

〃

〔一八七一〕

옛날옛적 한춘각이
색기쳐발 종일꺼서
압수산을 얼거매고
오지소에 다라낫다

〃

〔一八七六〕

압니싸진 갈가쥐
우불밋혜 가지마라
붕어색기 놀낸다
밥푸는데 가지마라
밥주걱에 맛는다
밥먹는데 가지마라
밤수살5 맛는다
불떼는데 가지마라
부지깽에 맛는다
뒤보는데 가지마라

옛날옛적二篇

〔一八七○〕

옛날옛적 젓날꺼쬐
귀뙤람이 사령뭑에
고초먹고 당초먹에
헌넝거저 굴뱜뭑에
끌도강산 그뭘뭑에
한사람이 잇는데
성은고요 일홈은만이다
지―나 싸르나 진―진

諷笑二篇

〔一八七二〕

골낫니 성낫니
골도나고 성도낫다
장지문을 뚤어라
집치묵을 소려라
집치묵이 실타거든

동녁갈에 맛든다

* 니색진아펴ㅎ늬여

諧謔一篇

〔ㅅ쏘ㅅ〕
관자업는 망근을
당줄업시 씨고서
목발업는 지게를
밀세업시 지고요
닭은물이 흐르는
산속으로 들가나
쑥리업는 감남게
감이단싹 열녓네

무슨자라 움자라
무슨움 쿨움
무슨쿨 북첫쿨
무슨북 쇠ㅣ북
무슨쇠 무ㅣ쇠
무슨무 조선무
무슨조 새ㅣ조
무슨새 밧헤새
무슨밧 메나밧
무슨메나 욱메나
무슨욱 구실욱
무슨구실 불구실
무슨불 담배ㅅ불
무슨담배 님담배
무슨님 들컨님
무슨들 내아들

진독이一篇

〔ㅅㅅㅈ〕
여이여라 진독아
무엇먹구 사럿늬
쇠부랑 개부랑 똑에먹구
빗바람에 쇠려커서
난대업는 초상인이
좌밥엇다 뚜러컷다
참나무쟁강에 죤나무언취
'에
에헤열넝 넘어간다

* 개나소에게부른진독이
올보고

말역기一篇

〔ㅅㅅㅈ〕
동무야 나무가자
뱃압하 못가겟네
무슨배 자라배

그네 二篇

〔一八〇〕
금잔듸 은잔듸
어되쓰지 갈니
커─건너 풀잔듸
고쓰지데만─

〔一八一〕
〃
오뉴원의 푸른콩
수々밧헤 잔듸콩
메나리밧헤 부룩콩
울콩 돌콩

〔一八二〕
〃
* 以上二篇쌍그네섯면서

遊戲三篇

〔一八三〕
〃
왜가리 장모
어덕가나 품팔너가지
나도가지 오지마라
왝──
에미날개 맛헤
애비다리 맛헤
쑥々에 숨어라
나래미가 나왓다
* 송박곱질

〔一八四〕
〃
술네야 술네야
개─술네야
물어라 물어라
술네야 을어라
* 술내장기

〔一八五〕
술개미 떳다
병아리 숨어라

數謠一篇

〔一八六〕
오고리 도고리 가고리
착갈나 호양문
김치먹은 도망문
노름의 장치 홍도쌔
칠팔월의 무쇠리
동지섯달 때쇠리
* 十三數(?)

징개할멈 一篇

[人人六]
징개할멈　어대가나
나고갓치　놀너가세
나고갓치　안가면은
돌노성을　마지리라
　＊　개울에서　징게쏘차다
　　너머

돌면서

[人人八]
고촌먹고　당촌먹고
도라간다　맴ㅡ맴ㅡ
담배먹고　약현먹고
도라간다　맴ㅡ맴ㅡ
　〃
　＊　맴ㅡ돌며

[人人九]
색씨님도　오신다
신랑방에　불커고
색씨방에　불커라
　＊　색씨꼴을쓰더쥐고　후

들면서

雜　六篇

[人人七]
놀ㅡ귀냐　질ㅡ귀냐
놀ㅡ귀냐　질ㅡ귀냐
봉어잣치　놀아라
질구셍이　쥐여라
　＊　남의귀둥을내잡고　후

[人七九]
시청먹고　시집가면
시아버지　사나웁고
장인영감　무지하다
　〃
　＊　고리를잡아풍우리미에
　　쥐여면서

[人八〇]
신랑님이　오신다
　〃

[人八一]
아가리탁々　벌녀라
열무김치　둘어간다
열무김치　맛만보면
달고씻고　씨고짜고
　〃
오두둑　파두둑

청산　파두독

洪川郡西面本谷里門四六
金稻童報

遊戱四篇

[一八九二]
조리짓자　망근것자
동대문을　열어주게
동대문에　쇠창쌋비
남대문을　열어주게
남대문에　쇠창쌋비
숫쇠락총으로　열어주게
숫쇠락총으로　열어주게
못열것비

〃

[一八九四]
에ー헴
누군가
날씨
무엇하러　왓나
불쇠러　왓네
부ーㄹ화

〃

[一八九五]
쇼부랑성　쇼부랑성
할멈　왜그레나
문떨게　활싹
개삿게　요개
포수한테　참혀갓비

＊ 지슝＝배경

성노래一篇

[一八九七]
썽수　썽쇠방
바우다리　최쇠방
자네지줌　어듸갓나
아산커산　당기다가
포수한테　참혀갓비

솔개미　썻다
무슨생회류　썻나
병아리찰나구　썻다
닭불너라　구ー구

[一八九六]
썻다썻다　무엇이썻나

〃

썻다지一篇

〔一八九八〕
쏫다지 낫다지
마구할먼 코쳐지
오라장으로 쎄다지
생기쑬노 다려다지
　＊ 색기는 鄕校

는데
나는뭐 해가지구가나
송기졉펀 해가주가세

송기졉편一篇

〔一八九九〕
압재비는 누가미나
뒷재비는 누가미나
압재비는뒷집 집도령이미
고
뒷재비는압집 청도령이미
지
남덜(둘)은 송편해가주가

諷笑 三篇

〔一九〇〇〕
똥쌋네 똥쌋네
치구두지구두 똥쌋네
사々지구두 똥쌋네
　＊ 나물뜨드며

〔一九〇一〕
성냣다 벗냣다
연지문을 여러라
호박죽을 쑤려라
　〃

雜 三篇

〔一九〇三〕
장먹구 장개가구
시금먹구 시집가구
씰네먹구 씰너간다
　〃

〔一九〇二〕
억개동무 휘ㅡㄹ휘ㅡㄹ
싸리나무 지정을

〔一九〇〕
울어는 피나고
내년에는 초난다

메누리도 안집어먹기에
내가집어 먹엇드니
비리고배리고 쎼르드독

*
닷친따서피날제 울지
말나고달내며

洪川郡洪川面新場垈里四五
金 永 吉 報

약가중一篇

〔二〇六〕
준ㅅ 약가중
돌밋헤 가재중
울너매 팡개중

洪川邑內幼稚園
朴 炳 浩 報

제비소리一篇

〔二〇五〕
뒷집김서방네집에 갓드니
봇드막에콩한쪽 떠러진것
을
식어멈도 안집어먹고

橫城

커녀쌍변　낼수업고
부령청진　갈수업고
친구사정　볼수업고
　※　니싸진동우흘흔늬머
커북골노　가지마라
범―한테　쌈맛는다

쎅싀리一篇

〔九〇八〕
쇠물넹　쇠물넹
경상도　박개요
찔라감사　쌀이요
쇠물넹　쇠물넹

할수업고一篇

〔九〇九〕
한푼두푼　병수업고

추이一篇

〔九一〇〕
아이　치워라　춘달써
쉬치색기　반달써
아들낫코　쌀낫코
미역국이　좃라더라
부럭부럭　ㄴ러라

질노질노一篇

〔九一二〕
질노질노　가다가
쎅례기업는　감남게
감이한짐　열엇거든
가지업는　지개에
밀씨엄는　둥래에
한짐잔쏙　쏴지고
강뉵창에　갈나니
강이막히여　못가고
영국장으로　갈나니
영이맥히여　못가고

諷笑一篇

〔九一一〕
압니빠긴　갈가지
뒷니빠진　수명다리

인간업는 장관에
돈사벼락을 마젓다

論姓名一篇

[一九三]

안야—수재야 이총각
안앗거든 쇠래미나
尸古土也가 어데며
女生夕口가 무엇인가
쉬거산어 불명하니
도령도렴 멋분인가
압남산 솔방울이
둑 써러커서
치굴넛나 나려굴넛나
압남산 솔방울이
둑 써러커서

퇴강물에 싸지면
건커주겟나 못건커주겟나
당안의 웻치
피엿나 안피엿나
一江陵 二春川
三原州 치켜달아
오뵉년 都邑에
무화이 러름닥가
경기 시골이
어대야 이총각

* 論姓名합적어 居住姓
名와兄弟얏것밥

말역기一篇

[一九四]

동모동모 나무하러가세

배가압하 못가겟네
무언배 자라배
무언자라 아비자라
무언아비 솔아비
무언솔 탑—솔
무언탑 진주탑
무언진주 버들진주
무언버들 수양버들
무언수양 하날수양
무언하날 청하날
무언청 대—청
무언대 왕—대
무언왕 임군왕
무언임군 나라임군
무언나라 돼나라
무언돼 질—돼

무언질 행ㅡ질　　　산래미로 담어서

무언행 살구행　　　꼬무락에 첫되렷더니

무언살구 개살구　　머리쌈은 수양쥐가

무언개 산양ㅅ개　　동낙낙 다쳐먹고

무언산양 썹산양　　다란한틀 남앗거든

무언썹 장ㅡ썹　　　썹때기는 아비주고

무언장 강릉읍내장　보르리는 어미주고

둥게둥게 둥게야

檀城郭屯內面石門里
金哲起
金貞起　報

달강달강 一篇

[二九五]

세상세상 서울노

불부치러 갓다가

다리목에 집단하나드니

밤이한틀 잇거늘

룡노구에 살머서

조ㅡ리로 건커서

달강　달강

앒은 너하고 나하고

단둘이서 논우어먹자

동개동개 一篇

[二九六]

동게동게 둥게야

먹으나 굶으나 둥ㅡ동

입으나 버스나 둥ㅡ둥

점심해라 一篇

[二九七]

쥐근애기 칩심해라

무삼쌀노 하라는가

외비찰쌀로 하라무니

우리읍바 낙근고기

커근고기 지커놋코

굴근고기 구어놋코

어라거라 묽너거라

쇠집사리 一篇

[二九八]

형님형님 사촌형님
사촌형님 다시보자
시집사리 엇덧턴(든)가
시집사리 조헤마는
어려운것 만코만테
시집삼년 살고나니
랭주초마 죽반으로
눈물코롬 씻고나니
다 처지고 흔적업네

형님상 一篇

[二九九]

뒷집복기 압집복기
닷죽닷죽 열닷죽이

형님상에 다올낫네
뒷집대겹 압집대겹
닷죽닷죽 열닷죽이
형님상에 다올낫비
머리맛테 장기한마리
너의형제 웃(엇)지사나
써덕써덕 푸둑푸둑
너의형제 죽거들낭
다낡너 갓네

아버지는 민님히요
댓닙연닙 다쓸어지면
어머니도 치승가고
아버지도 치승가고
너의형제 웃(엇)지사나
뒷산에도 뭇지말고
압산에도 뭇지말고
고개고개 너머다가
가지밧헤 무더주게
가지라는 다싸먹고
섬홀라는 길넛다가
장인장모 오시거든
오양간에 둘여매고
귀써람이 잡아넛로
푹ㅅ살머 주라무나

연닙댓닙 一篇

[三○○]

조개피는 조개가고
장개피는 장개가고
영화로다 영화로다
영화씃을 석거들고
주러문을 뭍덕여니
엄머니는 연닙히요

謠俗 一篇

[九三二]

한울자바 베틀놋코
구름자바 잉에걸고
잉에쒸는 삼형제요
늘넘쒸는 독신이라
황경나무 바듸집에
대초나무 여리북에
직곡적곡 치싸더니
공々새가 공々짓네
문쌍그로 손버미러
외손으로 납작바더
두손으로 펴서보니
부모죽은 부고실너
비녀쏘여 손에쏫고
당기쒈너 남게걸고

달이쓸너 품에품고
머리풀어 산발하고
한모롱이 도려서니
관싸는소리 귀에쟁々
한모롱이 도려서니
아홉형제 우는소리
한모롱이 도려서니
형상소리 귀에쟁々
한모롱이 도려서니
수건대가 압흘섯고
한모롱이 도려서니
명정대가 다음섯네
한모롱이 도려서니
부모상여 완연하다
압헤가는 큰옴바야
상여틀쯰리럭밧헤 꼿치말고

평지밧헤 노아주계
부모얼굴 다시보세
에라요년 너서짓기 자식
이냐
자식갓흐면 엇그직게
써막써치 지즐적에
와서보지 인케왓나
형님방에 들어가니
설개우슴 칫트리고
어머님방에 드러가니
쥐도감々 새도감々
어머님쌀던 자리쌀고
어머님덥던 이불덥고
어머님비던 배개비고
밤새도록 울고나니
눈물소서 소이되고

한숨지여 바람되네 　　무슨 솔ー울

우리형님 질삼좃태야 　　무슨솔 청ー솔

수건한개 버모르고 　　무슨청 대ー청

우리움바 글좃태야 　　무슨대 왕ー대

먼지한장 내몰넛네 　　무슨왕 임금왕

　　　　　　　　　　무슨임금 우리임금

橫城郡井谷面上大美院里 　　무슨우리 담우리

　　　金鍾憙 報 　　　뇩고댁

말역기一篇

〔一九三三〕

뒷집마누라 나물뜨드러가

씨

벼안허 뭇가겟네

무슨배 자라배

무슨자락 움자락

杞城 　　孟九永 報

原州

情痴三篇

〔一九二五〕
황아두붕산에 인심이조하
노랑돈한푼에 큰애기열둘
　식
＊ 황아두＝黃海道
　노랑돈＝銅錢

〔一九二六〕
요놈아총각 뭣하려왓니
숫돌이조화 낫갈너왓니
요놈아거집애 뭣하려왓니
　〃

〔一九二七〕
조놈아총각 쮕실보게
낫갈다말구 자지국비
조놈아거집애 행실봐라
발푸다말구 보지국비
칠구가조화 방아쉬러왓니
떨ㅣ걱
개쏫게 요개
수박하나 쒀가게
　〃

諷笑一篇

〔一九二二〕
딱지딱지 코딱지
어름에싸진 쇠눈알
두룽두룽 말부늘
다마먹은 김치쪽

遊戲一篇

〔一九二四〕
할멈할멈 문열게

잠자리一篇

〔一九二八〕
짜마리동々 파리동々
커리가면 똥불먹구
이리오면 단불먹는다

原州
張志昌｝報
柳泓品

俗謠

명년삼월 웃흔퍼도
네엄마는 아니온다
실광밋헤 쌀분팟치
착이나면 오마더라
실광밋헤 쌀문팟치
어느쳔년 짝이돗나

싸복녀 一篇

〔一三二九〕

싸복싸복 싸복녀야
비어듸로 울고가나
우리엄마 몸진골노
젓먹으러 울고간다
싸복싸복 싸복녀야
네어머니 언제오나
명년삼월 꼿치픠고
님히픠면 오마더라

삼년묵은 소쒝서구
살붓거든 오마더라
삼년묵은 소쒝서구
어느쳔년 살이붓나
삼년묵은 소쒝서구
평풍에 그린황새
화치거던 오마더라
평풍에 그린황새
어느쳔년 홰를치나

아리랑 五篇

〔一三三〇〕

月精五臺山 박달남근
축자왕자로 다나간다
아리랑아리랑 아라리야
아리랑고개서 노다가세

〔一三三一〕 〃

축자왕자는 팔자도조와
긔차에다 몸을실고 안동
현구경
아리랑시리랑 아라리야
시리랑고개로 너머가비

〔一三三二〕 〃

산중싀마귀 쒝악쒝악

그이의병환이　중한줄아네
아리랑아리랑　아라리야
아리랑고개로　너머간다

〃

平昌郡珍富面下珍富里
鄭扁順
金在夏報

〔九三三〕
애고야지고야　롱곡을마라
죽엇든그이가　쏘살아올가
아리랑아리랑　아라리야
아리랑의여라　노다가세

〃

〔九三四〕
친안산거리　농수나버들
커멋에질여서　취느러젓네
아리랑아리랑　아라리야
아리랑고개로　너머가오

寧越

형님오네一篇

* 「자조하면웃처」

[九三五]
형님오네 형님오네
분고개로 형님오네
형님마중 누가갈가
반달가튼 내가가지
비가무슨 반달이야
금음초승 반달이지
형님방을 누가하나
반달가튼 내가하지

형님오네 형님오네
반달가튼 내가하지
형님간을 멀노하나
뒷동산에 백도라지
캐다가는 쏙쏙쒸키
형님간을 내가하지

형님밤을 멀로하나
외씨가른 친이밥에
냉무가튼 팟윹놋코
반달가튼 내가하지

冷笑二篇

[九三七]
방구방구 나간다
친구대접 무엇하나
먹을것은 엄서도
냄ー새나 닷타라
쌍ー

호맹이一篇

[九三六]
큰호맹이 자근호맹이
큰호맹이 자근호맹이
큰호맹이 심배셰워
자근호맹이 쑥고
자근호맹이 심배셰워
큰호맹이 쑥고

[九三八]
　〃
자지마라 자지된다
오지마라 오지된다
우지마라 우지된다
보지마라 보지된다

謠　一篇

〔一五一九〕
일너라 씰너라
네하라비 쿡ㅅ씰너랴
네하라비 쎄지냇쎄
뒷기다리하나 주엇드냐
＊ 일운다고하면

謠　三篇

〔一五二一〕
억개동모 지동모
주머니긋헤 돈닷돈
가랑님헤 술한잔
＊ 억제동무ㅅ고ㅆ

〔一五二二〕
가랑머리 씰ㅣ씰
붕어씻이 약이라
〃

내영감 一篇

〔一五二三〕
영감영감 왜그래왜그래
아랫방 골방안에
모번단족기 보앗소
밧네 밧네
빗스면 엇지하엿나
뒷집의 김도령
몸맴씨나라고 주엇지
잘햇쏨 잘혓ㄱ

충청도고사리 섯것

찌루룩 二篇

〔一五二○〕
황새 쇠루룩
고돌기 쇠루룩
어듸가 배웠나
진주가 배웟네
엇자 하나
요러케 하자

＊ 동모들의노름ㅐ어드러
갈새

〔一五二一〕
참새들색 노는대
아주ㅅ리 못노나
나도한번 노자

선거 석섯

고려하길데 내령감

옥사방이 요래도

시수야피수로 내손읏헤본

령감령감 왜그래왜그래

다

아래방 골방안이

이여라난다 되여라난다

산승버선 보앗소

비가노든 내사랑

닷네 밧네

박스면 엇지히엿나

뒷집의 김도령

밥법서니라코 주엇지

잘헛남 잘헷굼

고려하길데 내령감

漢樂郡麗華龍里

劉 福 慈 報

俗謠一篇

〔一九四六〕

사발아 대겹아

정주문안 당사발

江　陵

춘아춘아一篇

〔一九一七〕

춘아춘아 육단춘아
네집구경 가자ㅅ카라
우리집엔 구경업네
뒷곳마다 연당파고
연당안에 더름ㅅ이어
대ㅅ마다 학이안커
학의부모 늙는양은
그리섫지 안ㅎ어도

우리부모 늙는양은
나는싫ㄱ 못보겠데

　＊ 처녀들이 바누 길할때
　응어나이 노래흥이다
　그 혀는제 ㅁ논더 새가오
　지안ㅎ답답

　＊ 俗信에 正月보름날七
　八二이런소리이다

새쫓기一篇

〔一九一八〕

웃녘새야 아랫녘새야
찐주고부 둑두새야
안반밋헤 납죽새야
수풀밋헤 기는새야
우리집논에 안ㅅ지말고
커-건너 장재집논어 들
너라
우-여 우-여

자슬받혜 응이 노린다

나무군노래一篇

〔一九一九〕

엇던남근 필자가조와
우야호- 남기간다
대둘보이 되여가고
우야호- 남기간다
엇던남ㄴ 한산강북돼
우야호- 남기간다
칭긴보ㅅ료 되여가나
우야호- 남기간다

우야호　남기간다

시내강변에　잔돌도만타

우야호ー　남기간다

시집사리에　잔말도만라

우야호ー　남기간다

● 어린나무운둥이허저우

러나무둥지고도라오먼

서　서른화답

江陵郡下邱面雞山里

曹達欽　報

通川

진독이 一篇

〔一(초○)〕
진독아진독아　엣々
멀먹구　엣々
사라가니　엣々
오六월에　엣々
황소부랄에　엣々
진독다르먹케　엣々
한밤먹고　엣々
두밤먹고　엣々

질바닥에　엣々
뚝떠러지니　엣々
가는행개　엣々
질커밥고　엣々
오는행개　엣々
질커밥고　엣々
가는말발굽　엣々
질커밥고　엣々
오는말발굽　엣々
질커발부니　엣々
개미란놈은　엣々
상두꾼이요　엣々
쉬파리는　엣々
맛상체요　엣々
모기란놈은　엣々
목상거라　엣々

葉錢 一篇

〔一(五一)〕
질누질누　가다가
엽쵠한푼　어덧네
오든엽쵠　남줄가
바눌한개　삿ㅡ네
산바눌　남줄가
낙수한개　위엇네
위인낙수　남줄가
대동강에　뙤엇네
뙤인낙수　남줄가
봉어한개　낙것네
낙근봉어　남줄가
회를처라　장울처라
목구멍으로　되릿처라
똥구멍으로　냇처라

추이一篇

〔一九五二〕
추워라 추워라　춤대장
넌비대장　못대장
갈밭헤　모사리
어름궁게　수달피

〔一九五四〕
야봐요　자봐요
지내가는　숫캐봐요

通川郡碧養面次城里
劉浚根　報

風雨一篇

〔一九五三〕
비야비야　오지마라
주추돌에　쌈이난다
바람바람　부지마라
붕중치마　휘날닌다

황새一篇

〔一九五五〕
황새야　롱새야
느어덥이　잡다가
댕기풀어　가지고
엿사먹엇다―고
일느지안나　봐―라
후―여이

諷笑一篇

새笑기一篇

〔一九五六〕
아모박새　웃지새
천만고춘　웃두새
덥불밋헤　노는새
도랑건네　뒤는새
우야―　우야―
우야―　우야―
저건네　장재네집
껭피닷쉼　파먹어라
경상도　안동땅에
바고대뇌　집에가거
껭피닷쉼　파먹어라
이곳에는　오지마라
우야―

★ 一九四八 參照

542

通川郡碧養面新興里
李　範　駿　報

처자노래二篇

[一九五七]

함경나무 바듸집에
오리나무 북거다가
첫궁짜궁 짜어내니
가지님과 둘거워라
배옷가치 바래워서
참외가치 울짓고
외씨가치 보선지여
용바님께 들이고
겹옷짓고 솜옷지여
우리부모 드리겟네

형님마중 누가가나
형님동생 내가가지
형님밤은 멀노짓나
삼년묵은 올삐쌀노
쌀로쌀코 쯔쌀어서
형님점심 지여놋코
앞강에는 뛰는고기
뒷강에는 노는고기
큰고기는 토마치고
잔고기는 쇠써처서
돌에돗는 쇄기채
나무돗는 버섯채
성에돗는 명이채
기름간상 다메웠네
형님상칭 아사신는
형님오네 형님오네

[一九五八]
〃

기십매러 갈쩍에는
기십매고 올쩍에는
울생을 너가지고
삼간방에 누어노코
칭실홍실 썰아내서
강능가서 날아다가
서울가서 매어다가
하늘에다 비틀놋코
구름속에 이매걸어

청님뜻은 내뜻이며
나물보러 오련만은
형님오네 형님오네
분고개로 형님오네
가사릴네 가사립네

문친영연 벡가사리　　　뭐허라고 나려가니　　　어머님집 가런하고

사령영언 외가사리　　　록노가지 하나에나　　　추각아체 소룰몰려

형념상청 아자씨가　　　피삼죽어 잣죽일네　　　가매라고 친정가네

요녀집을 바로갓나　　　그렁셋월 보내다가　　　한모롱이 돌아가고

요녀집을 돌녓드면　　　세월실 풍류하니　　　또한모롱 돌아가니

청심한상 잡수렷만　　　메삐논에 메삐심고　　　모친넘 돌아갓다

박씨갓혼 친닉밥에　　　참삐논에 찰삐심어　　　부고왓네 이게왠일

소뿔갓혼 가지나물　　　논둑마다 참쌔심고　　　꿈이더냐 생시더냐

가사리의 아자씨는　　　밧둑마다 들쌔심어　　　어서가세 어서가세

모든원망 다맛기고　　　돌쌔비서 돌기름짯　　　거문가매 밧귀워서

진지한상 잡수렷만　　　참쌔비서 참기름짯　　　흰가매 자바라고

요녀집을 바로갓나　　　메역에는 돌기름발고　　　달비풀어 품에품고

詩香一篇　　　　　　　참역에는 참기름발나　　　머리풀어 발상하고

〔一九五九〕　　　　　요기조기 눌너담아　　　한모롱 도라서니

시십온지 삼월만에　　　소케싯고 모친보려　　　관자씨는 소리나비

　　　　　　　　　　　시아버넘 모시고요　　　벌서벌서 칭개뎝네

오빠 님. 오빠 님ㅡ
조곰참아 링게떱후
모친얼골 다시보게
오바님ㅡ 오바님
글에글이 조라드니
편지한장 진작하지
모친얼골 다시볼셈
＊ 「一九三二」季照

通川郡碧養面新興里
金 景 九 報

淮陽

쇠타령一篇

[一六○]
풀미풀미 어듸신가
함졍도는 단쳔쇠요
황해도는 신재령쇠요
평안도는 운산쇠요
강원도는 영월쇠요
김쳥하니 쳐관쇠요
가래골의 은굴쇠요
슬비쇠쌀 고직쇠라

이쇠한채 갑시없마
일천산백 일흔두냥
철푼칠세 로다
메질꾼아 발마처라
망치질꾼아 손마처라
칙게손만 뒤처주마
풍구질꾼아 재주만불어라
착두하나 치엇드니
쇠한채는 간곳엄고
송굿하나 남엇구나
대쟝의쇡이 얼만구하니
맛두닷되 콩두닷되 피두
닷되
삼오시오 열닷되라
대쟝의선신 무엇인고
닭한머리 죵의한권

대쟝의 신신이냐
붇어라 붇어

嘲笑二篇

[一六一]
담니싸진 허명다리
뒷니싸진 허명다리
도랑건네 뛰지마라
독기씩이 약어라
* 니색지아해보고

[一六二]
이거 뉘쪽
너ー쪽
뉘하래비 코쪽

* 먹울것 줄주는 채하며

* 니색지아해보고

546

멧두기 二篇

[一九六三]

멧둑아 멧둑아　뛰ㅅ뛰ㅅ
장가가련　뛰ㅅ뛰ㅅ
부랄이업쇠　뛰ㅅ뛰ㅅ
못가겟다　뛰ㅅ뛰ㅅ

[一九六四]

어듸서청 가나
서울써청 가지
영감넌 담배통
레ㅡ

* 늘추데서 섞여나릴새

뒥뚝一篇

[一九六四]

아가
예ㅡ
고추가루 가커온
엄쇠요
단지라도 쩌러오렴
뚝쇠

* 아기잔등 흔뚜드리며

훼ㅡ 二篇

[一九六五]

너는구정물 먹구
나는맑은물 먹자
레ㅡ

* 구정물나면 어서랑어
　지라고

〃

[一九六六]

〃

홍 二篇

[一九六七]

널니리빗죽 해금통
아름도리 느ㄹ롱
영감넌 담배통
총각놈 고불롱

[一九六八]

대롱으로 골롱을혀러니
안홀롱 덤비북롱
죽을롱 살롱

버들피리 二篇

[一九六九]

느아범은 싯쥐오다가
쑥고

느어멈은 쌀버 하다가
몰에빠커 죽엇다
슬히 울어라
* 버들피리를 입에물고

동게동게 一篇

〔一九七〇〕
둥게둥게 둥진이
사리사리 칙사리
덤불덤불 칙덤불
산쩌불공의 버아둥이냐
노누때진상의 버닫이냐

淮陽郡淮陽面下院里二一七

金順愛 報

數謠 二篇

학양녹두 이런서니
가ー드리 땅
* 샘물색、十八數

〔一九七一〕
한알둥 · 두알둥
삼아 날둥
범에 악착
너ー럭 군사
팔대 장군
용낭 거ー시
가ー드리 땅
* 다리혀이기、十四數

雜 二篇

〔一九七三〕
나도나도 철라도
평양감사 홀나도
〃

〔一九七二〕
물네박휘 채박휘
둥굴둥굴 구ー러라
* 운둥게놀이下물고

〔一九七一〕
재앙재앙 스르스녹쌍
국도밥도 못어떠먹고
네집에불이야 내집에불이
야

搖籃 二篇

〔一九七五〕

풀묵 풀묵

쉬울갓다 오다가
어든닭을 버릴가
싫는물에 튀해서
왕가마에 살머서
이날개 저날개
뒤떨는 날개는
아버지 올니고
이가슴 저가슴
뛰되리는 가슴은
어머니 올니고
너하고 나하고
닭ㅡ걱

〔一九七六〕

풀미 풀미

쉬울갓다 오다가
찬밥한알 어더서
재독안에 느엇드니
머리깜은 생쥐가
돌막날막 다써먹고
씩은밤만 남앗드라
건쳔껍질은 아버지올니고
안껍질은 어머니올니고
속알은 너하고나하고
달낭 달낭

우리애긴 갈두잔다
압집애긴 못난애기
우리애긴 갈난애기
우리애긴 갈두잔다
위리자장 자장자장

淮陽郡府內面支石果倉洞
韓貴淑 報

자장歌一篇

〔一九七七〕

자장잔장 위리자장

華　川

둥게둥게　둥게야
이군덩이　쿠궁덩이
호피방석　깔쿵덩이
만오방석　깔쿵덩이
동네방네　인심궁덩이
둥게둥게　둥게야
둥둥　둥게야

널뜅하여나　날아우거렴
가지는매일밤　가건만두
뒷담이높아서　못넌을네
참외사다　배쌉섯보고
새빨간참외는　넌거나오
너는　너어머니몰래　쌈지
지워주렴
나는　우리아버지몰래　집
신삼아주마
華　川

둥게둥재一篇

[一九七八]
둥게둥게　둥게야
둥둥　둥게야
은자동아　금자동아
칠긔천금　보배동아
둥둥　둥게야
둥게둥게　둥게야
명지치마　발ー발
마당코리　찰ー찰

情痴一篇

[一九七九]
조반물길제에　맛낫든총각
저녁물길제에　손목잡네
한두가리조밧을　묵히여도
우리둘이만　품안세하자
비호밀랑　내가베려줄거니

船遊歌一篇

孟九永報

550

［一八〇］

가세가세　자네가세
가세가세　놀너를가세
배를타고　놀너를가세
지두덩기여라　둥게둥
덩〃시루　놀너가세
앙집이며　뒷집이라
각위각댁　가인네들은
장부간장　다녹인다
동산월　게삼월　회양도
봉〃도라를　오소에
남나에일손이　돈밧소
가든넘은　이젓는지
움에한번　안이뵌다
내아니　이젓거든
젼둘셜마　이질소냐

가세가세　자네가세
가세가세　놀너를가세
배를타고　놀너를가세
지두덩기여라　둥게둥
덩〃시루　놀너가세
리별이라　리별이라
리별두자　내든사람
날과백년　원수로다
동산월　게삼월　회양도
봉〃도라를　오소에
남나에일손이　돈밧소
사라생전　리별은
새촌목에　불이나니
불써줌이　뉘잇슴나
가세가세　자네가세

가세가세　자네가세
가세가세　놀너를가세
배를타고　놀너를가세
지두덩기여라　둥게둥
덩〃시루　놀너를가세
나는죽네　나는죽네
임자로하야　나는죽네
나죽는줄　알앗드면
동원절리　오련마는
동산월　게삼월　회양도
봉〃도라를　오〃에
남나에일손이　돈밧소
락랑사중　쓰고남은천회
천하장사　항우를
죽여써치리라　써치리라
리별두자슬　써치리라

가세가세　자네간세
가세간세　놀너를가게
배를타고　건너불가세
지두렁기여라　둥게둥
덩ᄉ시루　놀너를가세

華川郡華川面大梨里　吉青岩報

楊　口

諷笑二篇

〔其一〕

막대비녀 똑친년아

눈깔앞이 벌건년아

똑박똑박 얼근년아

콧ㅡ대도 큰ㅡ년아

대문칸에 씨지마라

지비색기 놀낸다

우물넉혜 씨지마라

붕어색기 놀낸다

〔其二〕

임내쟁이 씨ㅡ장아

가득밧헤 호도장이

대쟝깐의 풀무쟝이

늬하라비 콩죽쟝이

늬할미ㅡ 코풀쟝이

어씨쌕々 뒤여치라

　＊ 임내내이 울나서

楊口郡方山面乾半里

金　聖　福　報

＊ 일군게집에 놀니며

咸鏡南道

德源

호두개나
벗치개나

京城府茶屋町四九
南　應　孫　報

諷笑二篇

〔一九八三〕
복동아　복동아
왜—
너불넛늬
성냥산에　개불넛지

〔一九八四〕
〃
일느가나
씬느가나

咸興

※ 우림질비

서울서정　간―다
무슨밥　먹엇늬
모래밥　먹엇다
무슨밥　먹엇늬
수々대간　먹엇다
　＊　먹게무고서

諷笑一篇

〔一九三○〕

얼그매　쑬매
당대실누　홈매
실이실이　박실이
나무동々　고셕이
　＊　얼근아펴눌녀져

얼근각시一篇

〔一九三一〕

애기씨뻘기씨　목고대
헹충명충　호롱대
북으로나오는　각시대
가매청々　여려보니
외며누리　안젓드라
얼쒸두　얻것다
쑬기두　쑬갓다
년들년들　내탓인가
녜들녜들　네탓인가
화며강의　탓이지

종굽새一篇

〔一九三二〕

종굽종굽　종굽새야

갓치비단　눌로새야
구부려가는　더롱새야
은금비단　몰어다가
뒷동산에　집을짓고
하롯밤을　자고나니
만나옷이　피엿드라
만나옷을　셕거쥐고
조밧머리　넘어가니
오래비하나　쌍개들고
셩넘이하나　부인각씨

成興誠成興西中宿里
殷興周報

피리一篇

시방수리 一篇

뇌눈아 휘ㅡ휘
내발이 알ㅡ알
　　＊ 널셔머

沐浴 二篇

(一九三六)
셩ㅡ셩 말나라
곳치곳치 말나라
해야해야 물어먹고
얼는나와 빗최라
셩ㅡ셩 말나라
쌀니쌀니 말나라

(一九三七)
물배 동!
　　〃

(一九三五)
피리야 피리야
뉠ㅡ뉠ㅡ 울어라
너의 아버지는
나무하려 갓다가
범으(의)압혜 물녀죽엇다

(一九三四)
박아지박아지 박서방
똥룬에싸진 최서방
담배한대 권서방
모양조와 조서방

(一九三三)
피리야 피리야
뉠ㅡ뉠ㅡ 울어라
너의 어머니는
소곰마지 갓다가
소곰물에 싸저죽엇다
　　＊ 피리를불다가소리가안
나면

허누자 一篇

(一九三五)
허누자 척실누
뉘머리 혼ㅡ둘
내다리 삽ㅡ작
허누자 척실누
뇌당기 딸ㅡ낭
내치마 랑ㅡ넉
허누자 척실누
　　＊ 옥우□□후물□딸니머

찰배 동/
동글 소의
쌀배 동/
네가 엿니
내가 엿니
너도 나도
모도 엿지
룬배 동/
찰배 동/
　　＊
것늘고서
육육감능때다리우서로

기름발나　멧근멧근
침침해서　쌍ㅡ쌍
　＊
폴나씨머리우아으메

독기치고　자귀치고
부수막에　식칼치고
열두문에　걸쇠치고도
바늘귀만이　남엇더라
　＊　어린아기의잘누혼늘며
成興啜成興崗衛束里
金色鳥報

기럭이一篇
〔一九九九〕
압헷기　쌍눔이
뒤헷기　량반이
압헷기　도칙눔이
뒤헷기　순금나리

바늘一篇
〔二○○○〕
풀무ー　달무ー
씨울노　가다가
귀낃바늘　하나어더서

폴각시一篇
〔一九九八〕
중으(의)머리　것츰갓슬
각씨머리　쌍ㅡ쌍

다람쥐一篇
〔二○○一〕
다람다람　손비벼라
찬가　잔물어　이밥주마
다람다람　손비벼라
찬가　잔물에　이밥주마
　＊　牧童들이다람쥐나ㅡ

비야비야一篇
〔一〇二〕
비야비야 오지마라
성문밖게 각씨온다
가마속에 물이새면
각시초마에 얼럭간다

단지 연지
오두랑 서두랑
쏘이 영
＊ 새업에기함세

아리랑고개를 넘어간다

가재一篇
〔一〇三〕
가케야가케야 밥지여라
나그네왓다 밥지여라
아리랑고개를 넘어간다
아리랑아리랑 아라리요

數謠一篇
〔一〇四〕
하나쌍 두아쌍
세아쌍 네아쌍

아리랑九篇
〔一〇五〕
나를버리고 가는님은
십리도못가서 발병이나리
아리랑아리랑 아라리요
아리랑고개를 넘어간다

〔一〇六〕
십리길멀다고 우는님아
이날이지며는 어이하리
아리랑아리랑 아라리요
아리랑고개를 넘어간다

〔一〇七〕
횡천하늘연 별도만코
우리네살님사리 말도만네
아리랑아리랑 아라리요
아리랑고개를 넘어간다

〔一〇八〕
豊年이왓다네 豊年이왓네
이강산삼철리 豊年이왓네
아리랑아리랑 아라리요
아리랑고개를 넘어간다

〔一〇九〕
언동이트네 언동이트네
아리랑아리랑 아라리요
아리랑고개를 넘어간다

밋친넘엄에서 쌔여낫네
아리랑아리랑　아라리요
아리랑고개를　넘어간다

〃

아리랑아리랑　아라리요
아리랑고개를　넘어간다

[二一九〇]
문칸의옥답을　다팔아먹고
거러지생활이　웬일이야
아리랑아리랑　아라리요
아리랑고개를　넘어간다

〃

[二一九一]
외착의기럭아　웨우느냐
니짝을일코서　웨우느냐
아리랑아리랑　아라리요
아리랑고개를　넘어간다

咸興郡咸興面荷東里二五
韓　裕　鎬　報

[二一九二]
원수로다　원수로다
총가진포수가　원수로다
아리랑아리랑　아라리요
아리랑고개를　넘어간다
　＊　바람불제

[二一九三]
방양의걸것혼　이내몸도
니착일코서　이렇어라
아리랑아리랑　아라리요
아리랑고개를　넘어간다

헤야헤야　一篇

바람　一篇

[二一九四]
바람아바람아　부러라
대추야대추야　쩌러커라
아이야야이야　주어라
영감노친　잡수소

[二一九五]
해야해야　나오너라
물어먹고　나오너라
북을치며　나오너라
처금치며　나오너라
　＊　혀가가리워지면

개성 一篇

〔○二六〕
누구줄고
내 ·달나
내딴 개똥과사촌인가

★ 저 짓둥져히며

咸興郡咸興面新昌里二二

韓春惠 報

高原

追慕一篇

이건우리 어머니가
그때그때 날세안고
손사락에 쉬여주며
인케만히 자라거든
날본듯이 쉬이라고
이가락지 널줄세니

옥동이를 쇼려안고
킷도만히 먹여주고
나케면은 뒷동산에
나무금고 나물ᆻ더
커틱거리 밤이며는
옥동이를 엽헤뉘고

다독다독 재우면서
자장자장 자장가야
우리아기 잘두잔다
마루밋헤 힌둥색기
돌광밋헤 검둥색기
잘도잔다 잘도잔다
자장자장 자장가야
우리아기 잘도잔다
옥동이가 잘둘거든

(ㅁㅣ요)
케비케비 커케비야
강남갓든 커케비야
너이들은 나는듯이
재고쌀은 네날개로
여긔커긔 도라단여
먼데서지 빗슬헤니
우리엄마 차커다고
이가락지 너줄거니

건너마울 장자집에
가커가서 팔어다가
그돈으로 노자삼어
여긔커긔 다니다가
우리엄마 만나거든
우리우리 옥동이가
자나쌔나 울으면서
엄마엄마 찻는다고
어서어서 집에와서

어머니는　날과함께
동산밋혜　마주안커
바누질도　배워주고
이야기도　들녀주고
베도썄고　그리썄고
커비커비　커커비야
우리엄마　맛나거든
어서밧비　와달나고
예도가고　제도가커
그래쉬도　못보거든
더먼데두　가보아서
부대부대　우리엄마
부대부대　차커다고
커비커비　커커비야
강남갓든　커커비야

高原郡上山面龍泉里
蔡道憲　報

566

洪原

우리쇠지一篇

[二〇九] 우리쇠지
압밧출느고　뒷밧울굴너
네밧울들고　쌍지썻치고
쌀너달녀라　미며ーーー
　　* 쎠지＝송아지

개암이一篇

[二〇八] 개암아개암아　불커라
너의집에　도적놈들엇다
장쒸안에　도적놈들엇다
어야더야　쌀ᄉ니불커라
　　* 도라지웃속에　개암이
　　　울잡어넛코

쌀배둥ᄉ一篇

[二一〇] 쌀배둥ᄉ　물배둥ᄉ
너어미　너애비
목말나　죽엇다
너나먹고　잘살어라
　　* 牧童들이집으로도라올
　　　소동에한저뭇을적

洪原郡𮢊浦面左東里
金善必報

北靑

비 一篇

（CBC？）

배꼽하서　짓직쩍쩍
나는나는　심々한데
놀너못가　어이하오
압뒷집의　나의동무
뭣을하고　놀으시요

아버지는　장단치며
나는나는　춤추는데
하나님은　우수워라
북을치며　울으시네
영송생이　멍송생이
앗츰부터　우는우름
잇여찌　안읽치네

비맛고선　버돌가지
이리너훌　저리너훌
첨하끗헤　적은참새

北靑郡陽化面東里
周基洛報

安邊

처자푸리 一篇

[안변]

산쌀놈의 처자들은
장착패기가 일수야

거리놈의 처자들은
뛴병장수가 일수야

항구놈의 처자들은
조개줍기가 일수야

양반놈의 처자들은
낫잡자기가 일수야

우리시굴 처자들은
기심매기가 일수지

우리시굴 처자들은
길삼하기가 일수지

붉으나젊으나 씨부라첫네
커뒷동산에 뛰는노루
총포수올쳐바 수심일다

저뒷동산 一篇

[안변]

커뒷동산에 박달나무
큰애기방추로 다나가네

커뒷동산에 광대싸리
건시싀지로 다나가네

커뒷동산에 범는칙은
명래서미로 다나가네

커뒷동산에 진달써는
범나븨올써만 고대하네

커뒷동산에 할미쏫은

農謠 一篇

[안변]

쥐-건너 갈미봉에
거무럭케진것이 비아니냐

꿀개골개 농부님네
비가온다고 실허롤말고

우장삿갓올 두르고만
기심매러 갈거나-

安邊郡文山面薪清里
李炳夏報

諷笑二篇

말·말아一篇

(二○四)
암니싸진　쉐덕다리
뒷니싸진　수멍다리
옹불겻헤　가지마라
붕어색기　놀낸단다
채약굴에　가지마라
둑기씹이　약이란다

〃
(二○六)
펫둑아펫둑아　장가가거라
바지가업서　못가것네
쑤ㅅ쑤ㅅ　쑤ㅅ쑤ㅅ
형의바지　입고가지
부랄이업서　못가겟네
쑤ㅅ쑤ㅅ　쑤ㅅ쑤ㅅ

(二○七)
말아말아　배쑵처라
내일모레　콩낙가줄라

＊　숫말사헤리롤드려다보
　고

安邊郡新茅面泉內里
朴珣玉　報

한새一篇

(二○九)
한새야　돗새야
느네집이　불붓드라
느하래비　찻드라

(二○八)
쑷들하게　구두신고
시ㅅ하게　시게차고
망할나고　마코먹고
도망갈나고　도리우씌쓰고

諷笑一篇

安邊郡鶴城面斗得里
朴連羆　報

말·말아一篇

(二○五)
외도할나고　외루입고
개잠울나고　개화장집고
안먼눈에　안경쓰고
머실하게　머다시쓰고
각시집갈나고　갓쓰고

遊戲 二篇

〔一〇四〇〕
꿈一꿈一 숨커라
머릿칼 뵈인다
꿈一꿈一 숨커라
머릿칼 뵈인다
＊ 숨박곱질

〔一〇四一〕
애누야술내야 나잡어라
애누애누쑥々 어서잡어라
＊ 술내잡기

개똥불一篇

〔一〇四二〕
앞집의 개똥아
뒷집의 복동아
커개천 이쪽커쪽
번쩍번쩍 거린다
자루자루 손에들고
어써어써 잡으러가자

쌀쥐 一篇

〔一〇四三〕
쌀一쌀一쌀
쌀一쌀一쌀
쌀쥐야 쌀쥐야
나려오너라 나려오너라
＊ 박쥐을잡으려고 행성거디며

가제 一篇

〔一〇四四〕
중왔다 죽쥐(쑤어)라
나그네왓다 밥해라
＊ 가끼을잡어다 최거품을내게한며

諷笑 一篇

〔一〇四五〕
새서방쑥지 망쑥지
돌너펏지 똥쏭지
＊ 어린새서방을늘여두며

俗謠十九篇

〔一〇四六〕
허공중천떠달은 길이나밝

아곳코
이내가슴뜬달은　매마줄중
조로구나

"
내눈이무데서　할딸병이로
다
나

〔一○三六〕
풍년이낫구나　풍년이낫구
우리나이앞에　살풍년이낫
나

〔一○三七〕
올녀다보와라　三防두약수
포
나려다보와라　정치조흔釋
王송

"
구나

〔一○四○〕
十五夜보름달은　운무중에
쉬돌고
너하고나하고는　이불속에
쉬노잔다

"
해

〔一○三八〕
청々한한울엔　별도만코
보슬보슬동풍연　구진비나
리고
쌍―굿

〔一○四三〕
정든님오시는데　인사말못
행주치마　입에물고　입만

〔一○四一〕
이내야가슴연　수심도만타
엽선나뒷장넌　애인소식오
누나

"

〔一○三九〕
네가잘나서　일색이드냐

"

〔一○四四〕
네가가면은　아조를가느냐
아조를간들　너이줄소냐

572

〔一〇四五〕
풋나물울갈가? 오동나물을
갈가
"
이웃집총각데리고 떱불노
리룰가잔다

노 나누나

〔一〇四六〕
남에집넘은야 자동차운전
수라는데
우리집 멍헌구리 챗박구
하나못굴닌다

쇼지
이내가슴 붓든불는 누가
쇼나

〔一〇四七〕
남문을열고서 바라튬보니
거명두산천이 확가닭밝아
솟누나

〔一〇四八〕
예수나밋엇스면 쳔당이나
가지
너하나밋다가 하(아)부일
못하누나

〔一〇四九〕
오동ㅅ추야에 달이동ㅅ밝
은데
"

〔一〇五〇〕
님의동ㅅ생각이 셜이철ㅅ
신ㅅ고산바다물은 소방대가

〔一〇五一〕
담넘어갈적엔 개가짓고
품안에둘처엔 닭이우네

〔一〇五二〕
담넘어갈적엔 큰맘먹고
문ㅅ고리잡고선 벌ㅅ썬다

〔一〇五三〕
담넘어갈젹에 짓든개는
풍류산호창이가 물어가게

＂

〔二．五九〕

품안에돌쥐어　울는닭은

낫살이네가야　채어가게

＊

以上은흔히總角들이부

로는노래인데　이中에

는靑年曲으로부르는것

도잇고　아리랑曲으로

부르는것도잇슴　끗

安邊郡新高山市

南　應　孫　報

利原

가시矢一篇

〔二〇五三〕

박아박아 박돌아
연지색기 색돌아
나무돌로 집을짓고
게딱지로 문을내고
박아색기 나드다가
이산에도 웃지말고
커산에도 웃지말고

가시矢혜 무더라
가시矢치 피거든
내산줄을 알어라
가시矢치 죽거든
내죽은줄 알어라

＊ 牧童돌노뢰

상제一篇

〔二〇五七〕

상계상계 어듸를감
고을로감
워 웟커감
회々 회쏴라감
회롭싸다가 엇지겟슴
동々 동짓달에
아버지처름 지버자고

해야해야一篇

〔二〇五六〕

해야해야 해야해야
물써먹고 장고치고
막대집고 나오너라

＊ 해가구룸속에가리워것

송새

가시대一篇

〔二〇五八〕

애기씨빼기씨 쑥쌈대
吉州明川 흐령대
南으로나가는 가싀대
北으로드러가는 쉬방대

利原郡東面渭溪里

金 哲 洙 報

급흔낭게 다래퉤고
나준낭게 그네뒤비

얼근각시一篇

[○七九]
가마문을 씽쓰여니
옥지옥지 얼근년이
영평관이 넓은년이
반듯취기 쏩은년이
우물서레 나오지마라
승어색기 놀녀다라난다

안즌애기 밥을달나
누분애기 젓을달나
구시맛혜 소색기
무엇달나 쌧갈달나
닭이라이 모시달나
동녜리감 돈을달나

二角山에 死地르다
五百年 못되여
六削畓 실음지고
七道에 凶年지고
八才조혼 鄭道令
九重宮闕 구경차로
十字街 往來해ー

서울편지一篇

[○六○]
서울서나 편지왔다
서울애기 돈을달나

우리감자一篇

[○六一]
커집감자 쉰감자요
우리감자 단감자요
＊ 영어영제

청아청아一篇

[○六三]
여두박아 진두박아
우룰안에 함박옷치
우룰엽혜 가지옷치
옷치옷치 목단옷치
서울양반 올나서니
첩의집이 불이붓터

數字一篇

[○六二]
一朝廷 二院君

576

쳡아쳡아 울지마라

내죽거든 나물나물

가시밧헤 뭇지말고

내집러여 므뎌다오

밧흘팔아 짐사주마

논을팔아 쌀사주마

메눌아가 죽지마라

뜰이눕흔 논차우마

나는죽소 죽소죽소

메눌아가 죽지말아

사랑겟상 바다주마

아바님에 아바님에

나는죽소 죽소죽소

아바님에 내죽거든

아바님이 뒷채메고

서셩님이 압채메고

사촌동세 만장들고

맛―동세 술멩들고

시어머넌 젯상이고

이뒷동산 가시밧헤

나뜰나를 구더주소

가시밧처 피거든

내관줄로 아옵소서

가시여름 열거든

내연줄로 아옵소서

소냑이나 울거든

내우는줄 아옵소서

소낙비나 오거든

내눈물로 아옵소서

姉謠一篇

（三〇六三）

아바님에 아바님에

나는죽소 죽소죽소

메눌아가 죽지말아

큰대문집 맛메누리

동지섯달 발움엇고

아바님에 아바님에

나는죽소 죽소죽소

利原龍洞口　金明謙報

端川

俗謠七篇

〔一〇六五〕
산중의귀룰은 멀구야다래
인간의귀룰은 신갈보라네
한다
에헤야어 널ㅅ너리둥
널과ㅐ로구나

〔一〇六六〕
　　　〃
에헤야어 널ㅅ너리둥
널과ㅐ로구나

〔一〇六七〕
남의집낭군은 중대장상대
장하는데
우리집낭군은 부엌대장만
한다
에헤야어 널ㅅ너리둥
널과ㅐ로구나

〔一〇六八〕
행지처마 마달말아 엽헤
다ㅅ고
닛살나무잘자란것 췬못대
되고

〔一〇六九〕
바람이불면은 비올줄알지
어느야잡년의 강변에쌀ㅂ
질가나
에헤야어 널ㅅ너리둥
널과ㅐ로구나

〔一〇七〇〕
말으는가자고 비굼울치는
때

춘각낭군 가자실퍽 웨못
갓나
에헤야어 널ㅅ너리둥
널과ㅐ로구나
　　　〃
에헤야어 널ㅅ너리둥
널과ㅐ로구나
아가시갈바밧것 신갈보되

＊ 니쌀나무 杉木

정든님봇잡고　만단정화하
네
에헤야어　널々너리둥
널과내로구나

〃
[二〇七]
공동묘지　간낭군은　천당
그리워가고
부평청진　가신낭군　돈그
리워갓네
에헤야어　널々너리둥
널과내로구나

端川　金洪範報

三 水

쇼부랑늙은이 一篇

쇼부랑 성
쇼부랑개똘 버리니
쇼부랑 집팽이르
화로불나고
불단풀집 영감이
불을담고
못래풀집 영감이
못래롤나고
노랑풀집 영감이
노랑케굿고
담사풀집 영감이
담삭먹으니
부눈풀집 영감이
불집 불집
청자풀집 영감이
청장 청장
마소풀집 영감이
다소써—

（〇二七〇）

쇼부랑 늙은이가
쇼부랑집쟁이를 집고
쇼부랑개풀 대리고
쇼부랑길로 가다가
쇼부랑나무에 올나
쇼부랑동울 차니
쇼부랑개가
쇼부랑동울 먹으매

가래풀영감 一篇

（〇二七一）

가래풀집 영감이
가래롤나고
도랑풀집 영감이
도랑울치고
가재풀집 영감이
가재롤잡고
불어풀집 영감이
군불을뻐고
화로불집 영감이

580

늙은처자一篇

뒷마을의　늙은총각
그네뛰다　죽엇다오
섯달이라　금음날
앞마을의　늙은처자
늘뛰다가　죽엇다오

江原道通川郡養面次城里
劉渡根報

속마음이　두근두근
방에가친　늙은처자
잔기침을　다시허고
늙은총각　지날여면
둘의마음　다를네라
뒷마을의　늙은총각
앞마을의　늙은처자

〔二〇七四〕

나이만은　처자라고
물길너도　안보내고
쌀내질도　안보내니
맛날길이　업섯더라
오월이라　단오날에

咸 鏡 北 道

城 津 （二〇七五―二一四五）

吉 州 （二一四六―二一四七）

城津

兒童謠十一篇

[二○七五]
종족굴에 울나서니
집보인다
그집으로 들어가니
부억덩기 불을뗘고
달니각시 뭇을이고
방아봇치 방아찟코
쌀되박이 쌀더내고
쌀한박이 쌀을일고

[二○七六]
쿠암산에 쿠글소래
宋賢山에 글소래가
쿠뒷산에 쿠글소래
宋賢山아부 글소래가

[二○七七]
　〃
비야비야 오지마라
우리형님 시집간다
고은초마 소슬간다
가마휘장 얼넉진다

　〃
쿤석아비 썩울치고
쿤석어미 술을굴코

[二○七八]
　〃
새야새야 쭉지새야
것술비단 나리새야
니어머가 자고나니
이슬밧해 자고낫네

[二○七九]
　〃
쥐야쥐야 나준이뗏다
달아라 달아라
하늘보고 써보고
곳 날고십허도
하늘에 너잡아먹는
소곰장새 나준이뗏다
쥐야쥐야 나준이뗏다
달아라 달아라

그압흐로 나가며는
별레세말세홈이 잇나니라
한번쑥씩어먹으면 압배불
으고
두번쑥씩어먹으면 뒤ㅅ배
불으니라

(二〇八〇)
　　　〃
청돌아 청돌아
승지거리여 범이왓다
먹고나니 자미요
풀밧헤펴논 바지얼근(는)
누고나니 똥이요

뒷집방아 불각달각
씨어머니 쌀이요
하여버니 밥이요
먹고나니 자미요
누고나니 똥이요

* 엿목이방아찟기여

쥐야쥐야 나준이엿다
암마음에매노은 말세울나
거더서
안커서
숨도쉬지말고 뒤도보지말
고
맘세채질하여 어서이리오
너라

(二〇八二)
잠자리 꽁―꽁―
안즐방이 꽁―꽁―
쉬밧집 큰어미
달니밧집 큰어미

* 잠자리잡을때

달아라 달아라
커압커나
손비는 잘기ㅅ도 잘기는
고
이압 아나
기
손비는 못기ㅅ도 못기는
기

* 쥐새잡을때 ·

(二〇八一)
압집방아 불각달각
　　　〃

(二〇八三)
기럭아 기럭아

* 겁정이놀녀

비색기 앞서워라
독기며고 작기며고
너집으로 간다
＊ 거헉이날녀가는것보고

맷두기 떼 떼　　돌고山에서나려오며
쓰르람이 쓰 쓰
山茶薄酒 맵고쓰고 싱듕
＊ 밧비쌀너울쌔 젓혀서
구경하며

雜 十五篇

〔二〇八七〕
압콩불콩 단지콩
로덕이 되겟는지
사둔덕이 되겟는지
＊ 마음머로일이되지안을
쎄

〔二〇八八〕
돌배돌배 써러진다
큰아가른아가 주어라
영감로덕 맛보자
＊ 돌비주울쌔

천지꼿一篇

〔二〇八五〕
참새는 역기도역다
역물노 나서라
제비는 草綠제비
草家에 집드려라

천지꼿 만지꼿
열산에 열꼿을
불낙크 불낙크

〔二〇八六〕
천지꼿 만지꼿
일산에 일꼿을
불낙크 불낙크
＊ 천지꼿(杜鵑花)을썩거

〔二〇八四〕
拔墨鬥이라 하눌노날며
透地쥐라 쌍파고놀랴
기려기 오리 몰우에
풀덕풀덕 푸드덕이비

〔二〇八九〕
쫑굴쫑굴 쏫처라
거리대 거리대 거려라
* 너을에 쏫는새를보고

〔二〇九〇〕
바람구멍 여러다고
예줄아 배줄아
예줄아 배줄아
* 움시더울때

〔二〇九一〕
곤아 곤아 불커라
원두밧헤 도쩌이 드러간다
* 고양이를놀니며

〔二〇九二〕
굴방굴방 춤추어라
네아커씨 장가갈쩨
모시적삼 싸거주마
* 굴방이를놀닐쩨

"
아춤나무 패ㅡ라
커녁나무 패ㅡ라
* 손여커연두々여는독기

〔二〇九三〕
해야 해야 붉은해야
김치룰에 밤말아먹고
장고치고 나오너라
* 해가구슴에가리커짓

〔二〇九五〕
정아정아 둥지톨마사라
오눈커녁에 고양이울라가
네색기 다잡아먹는다
* 정아=저비야

〔二〇九四〕
독기야 독기야 나무패라
쐴니자라라

〔二〇九六〕
호박아 호박아 쐴니자라라
우러아커씨 버일모래
칼울쥐고나와 너룰찍는다

＊ 잘자리지안는숙기호박
　 용보고

[一〇九七]

　＂

어설넝 어설넝 나려간다
압헤동무 서여러줄세
뒤에동무 미럼읍세
　＊ 어린나무신들이질지고
　　 집으로도라올세

[一〇九八]

　＂

모리지말고 썅서
씹어먹어라
　＊ 모른다고할새

　＂

[一〇九九]

오-대가레 동삿나
곤방술노 퍼먹어
개무구무와 입맛차
　＊ 「오-」하고대답하면

[一一〇〇]

　＂

회가리 배가리 똥-똥
쒼지구체비 똥-똥
　＊ 날어흐리면

[一一〇一]

　＂

새야새야 모욕해라
개골아개골아 우러라
비오너라 비오너라 노라
　　보자

遊戲二篇

＊ 보스랑비내릴제

[一一〇二]

꿈-꿈- 숨겨라
꿈-꿈- 차려라
버룩이물어도 꿈짹말어라
빈내가물어도 꿈짹말어라
이가튼어도 꿈짹말어라
　＊ 송박남깃할제

[一一〇三]

　＂

엉기엉기 기신다
두루두루 보신다
활-활- 젓는다
쐬-쐬- 잠숫는다

＊ 도럭노음할쌔、 가운대
다 도럭을안치고것혀서
소리롱마추어부릅

도라지먹고 돌노가자
커리지먹고 뒬노가자
달니먹고 달아가자
　　＊ 심々할쌔

〔二一〇七〕
커건너영감 버들코
이건너령감 작지코
액코댁코 망머코
쉬울양반 조래코

數謠一篇

〔二一〇四〕
안써 만써
상각 날각
월이 족보
이모 곡지
덜이 덜이
마리 쌍
　＊ 뗏이야기하라ᆢ움시눌
　　　로연

遁辭一篇

〔二一〇六〕
옛말 젯말
닭의쏭 쉬―말
핏제 쉬―말
코ㅅ대 쉬―말

諷笑二篇

〔二一〇八〕
바둑바둑 억두억두
억수구린 야이놈아
두딸들고 두발굽고
제발비ㅅ 비놈에게
내ㅅ가에란 서지마라
눈큰준치 허리긴칼치
츤ㅅ가롤치 두루처메여기
넙적한가쟁이 둥굴은새오

語音一篇

〔二一〇五〕
「 먹고 물노가자

코 一篇

590

젊은각씨 아낙네는　쑥히쑥히 구초하야　상루소리 쑥바지자

지(제)남편의 상루지고　상루상투 구해다가　당콩갓흔 발간애기

올콩불콩 낫는다고　죽는사람 살녀주소　말똥말똥 쑥싸젓네

아ー선지 열달만에　젊은서방 긔특하야

허리동ㅅ 커컷단다　줄을살앙 대훈월ㅎ

밧바설낭 헤매여도　마당흐로 들녀갈쌔

상투상투 빌녀주ㅎ　붓그러워 그리하네

아나ᄒᆞ면 은항갑쌔　마루우에 안자서는

천년만년 엿지안코　상루쑥지 길게매고

그은공놈 갑것다고　문창구무 한구멍에

압질밧바 뒷질밧바　듸리듸리 미럿단다

어리커라 살피면서　각시각시 상루지고

눈볽둑ㅅ 흘녓단다　이ー이ー 힘쓰면서

그동니에 八十노인　에를쓰며 단기드니

婦謠 三篇

(其一)

그네잘뒤는 콩큰아가

여ー 등머하엿소

그네뛰려고 날차커왓나

술잘먹는 김병방아

술잘먹는 김병방아

술먹자고 날차커왓나

여ー 등머하엿소

글잘넑는　무산선녀
글잘넑는　무산선녀
글넑자고　날차커왓나
예ー　둥대허엿소

장구잘치는　연더감아
장구잘치는　연더감아
장구치자고　날차커왓나
예ー　둥대허엿소

글시잘쓰는　압진생원
글시잘쓰는　압진생원
글시쓰자고　날차커왓나
예ー　둥대허엿소
　　"

(三一五)
빅호범이　무섭다한들
서하라범커리사　무서우리
외나무다리　어려다한들
서할멈커리사　어려우리

금강산이　놉다고한들
서아비커리사　놉흐리
곳초후초　맵다고한들
서어미커리사　매우리

가욱콩이　발가지다한들
서동생커리사　발가지리
담배님히　차랍다한들
낭군님커리사　차랍우리

참머마듸　곳다고한들
버아들커리사　고두리
붕숭애쏫치　곱다고한들
버딸커리사　고우리

　＊　커리사네처럼이야.
　　나먹운부인네들이　방
　　아씩으머

　　"

(三一六)
우뢰갓치　우뢰갓치
소래난넘　소래난넘

박씨갓흔　신을신고

제비갓흔　말올타고

박청승의　맛딸의집

박청승의　맛딸애기

희청회청　지나노니

돌창문을　돌차놋코

박청승의　맛딸애기

밀창눈을　밀차놋코

거긔가는　그손님이

내집이나　들어와서

담배한대　봇치물고

점심요기　허고가오

올적에는　들녀가지

버질밧바　못들겟소

압집밧집　못들겟소

올나가다　사흔날에

상측이라　나엿슴여

박청승의　맛딸애기
부고라고　당진햇네
부고바나　상에놋코
애고대고　우노라니
시어마넘　들어와서
요메눌아　조메눌아
앙실방실　바라보니
초개조개　쎄여지니
부고만을　점심이나
요기식혀　보내라고
눈물이라　이리씻고　커리
씻고
점심이라　하며노니
부고뚠이　그밤에는
돌도만라　물도만라
이런물도　돌이더야
소래를치자　헤엣ー이
소래를치고　매나보자

박청승의　맛딸애기
이런물도　물이더야
삼일만에　박청승이
문알호로　상며머차　빗퍼
왓소
박청승의　맛딸애기
해달갓흔　곤수건에
자지공단　컴수명에
썸문압헤　에어떨에
상예머레　걸처노니
한이슴에　쑥가더라

農謠四篇

〔三一八〕
에헤ー　되야되야　헤에ー
소래를치자　헤엣ー이

나해 헤이고 허〃〃
소래를치며 매보자

〃

소래를치며 매보자

（二二九）
에헤— 듸야듸야 헤에—
밧갈고논맹그러 헤에—이
오죽 갓초심어 헤에—이
나헤 헤이고 허〃〃
소래를치며 매보자

〃

（二二一）
에헤— 듸야듸야 헤에—
장독에더덕낫고 헤에—이
구월추수다하자 헤에—이
나헤 헤이고 허〃〃
소래를치며 매보자

〃

（二二〇）
에헤— 듸야듸야 헤에—
며밋헤우물파고 헤에—이
집ㅅ에호박올니고 헤에—
이
나헤 헤이고 허〃〃

이

（二二二）
흥헤—
놀기좃키는 三水甲山이로
구나

〃

俗謠八篇

（二二三）
바람이불나면 봄바람이나
불지

〃

（二二四）
쯧年이들나면 넷豊年이나
들지

〃

（二二五）
상루장 억두백 나와관게
마소

（二二六）
감〃한밤중에 귀신으로알
라

〃

（二二七）
하눌의귀물은 별과달 헤
山ㅅ의귀물은 멀구단애
물속의귀물은 거와거북

596

人間의귀름은　기생갈보

　〃

〔二二六〕
바람아광풍아　네가불지를
마련라
설봉산구름이　갈팡질팡한
다
엘하만수　엘하더신

　〃

〔二二七〕
산넘에어첨을　열둘두엇더
니
밤길을가기에　뒤것참만난
다
엘하만수　엘하더신

〔二二八〕
갈봐에보오니　닭이쏙교율
더라
울봐에보오니　개가콩ㅅ짓
더라
엘하만수　엘하더신

　〃

〔二二九〕
어서방　김쇠방은　넉넉구
춤추고
최악청　노주사는　대장구
두드린다
엘하만수　엘하더신

아리　六篇

〔二三〇〕
아리랑고개는　돈만아라
돈업는사람은　쏙죽겟네
아리랑아리랑　아라리요
커달아지기쥔　날넘겨주

　〃

〔二三一〕
허구나할일이　다만흔데
망할놈화류게　웨생것나
아리랑아리랑　아라리요
커달이지기쥔　날넘겨주

　〃

〔二三二〕
아리랑고개는　못놈고개
명감표한장에　막넘겻네

아리랑아리랑 아라리요
커달이지기친 날넘겨주

〃

[二三三]
사랑도아넌데 알낭알낭
미울것업서도 원수로세
아리랑아리랑 아라리요
커달아지기친 날넘겨주

〃

[二三四]
꿈마다보이든 부모님도
이몸이더렇다 안오시네
아리랑아리랑 아라리요
커달이지기친 날넘겨주

〃

[二三五]
커고개넘으면 편하련만
그고개못넘어 요신쎄네
아리랑아리랑 아라리요
커달이지기친 날넘겨주

★ 아리랑의 誤義는 未詳하
나 古老의말을드러면
韓政時代서울白洲에日
本과英國의領事館이잇
첫슴으로하여 거거서
宮으로向하ㄴ언덕길을
當時의不安튼民心어國
離의고개에比하야 自醫
한것이라한다. 아리랑
은아(我)일(日)영(英)
회訛音이라고

태평아리랑六篇

[二三六]
아리아랑 시리시리랑
아라리가낫네

〃

어청연시고 젊어지게노자

[二三七]
아리아랑 시리시리랑
아라리가낫네

두둥실 둥실 山菜뿌리맛
보자

〃

[二三八]
아리아랑 시리시리랑
아라리가낫네

아리아랑 시리시리랑
아라리가낫네

얼시구 질시구 궁덩춤춰

보자

"

[二三八]
아리아라랑　시리시리랑
아라리가낫네
두리둥　두둥々　밸써질할
거나

어청청　뗍々시　뚬녀나돌
구자
　＊　흔히부인네들이부르는
아리랑

아라리자낫네
쇠어드니　쌀어요
해노니　밥이요
먹고나니　줏슈데
쑹울누니　섬々할데
　＊　쎙이롱잡을씨

"

[二三九]
아리아라랑　시리시리랑
아라리가낫네
어랑々　어랑々　질삼질할
거나

城津郡鶴東面龍湖洞五三八
朴德順　報

쎙아쎙아　一篇

[二四一]
쎙아쎙아　쏭―쏭
안줄벅이　쏭―쏭
뒷눕바리　쏭―쏭
뒷집방아　쏭―쏭
앞집방아　쏭―쏭

[二四〇]
아리아라랑　시리시리랑

"

[二四一]
아리아라랑　시리시리랑

아강아강　一篇

[二四二]
아강아강　이러나오
압냇가에　쌀어소리
큰한길에　흥겅소리
청청마당에　쌀낭기소리
뒷동산에　둑기소리
비쿵멍이　해도덧다
어쇠어쇠　이러나오

족기자랑 一篇

城津郡鶴上血松興洞三六七
邊巾 孫哲

[二四二]

하늘이라 불천방에
굴못하는 커선비가
모시옷을 원한다네
三嘉陜川 당목실을
놋고놋고 꼽이쇠ㅅ
열석새로 건바되에
세상업는 베틀나어
제주쪽기 지어입고
서울이라 긴골목에
서울이라 넓은곳에
쪽기자랑 하려가니
쇠울한상 써나온다
커녀댕기 읏만보고
총각간장 다녹는다

아모령상 커녀되여
총각간장 못녹일가
쇠울비단 백비단을
하동가쇠 물을되려
퀸주가쇠 다듬어쇠
조선국의 바누질에
일만국의 깃슬달고
백갑사로 동청달고
명주고롬 살풋다라
아춤이슬 쓰라되려
은다르비 쌍울마커
개자하니 살이지고
납자하니 써가못고
둘면보고 날면보고
눈쌀마자 쩌러지네

박선달아 一篇

城津郡鶴中面臨溟洞二六九
殷鳳瑞 報

[二四六]

박선달아 박선달아
자녀쌀이 호걸어니라
쩍자머리 두자댕기
은비녀를 지커쑴고
쇠울량반 침울줄가
시골량반 본커줄가

600

吉州

호기대감一篇

[二四六]

에기씨　배기씨　쑥고대
명천길주　호롱대
북으로나오는　각시대
가매칭〃　들구보니
옥지옥지　얼것더라
낸들낸들　내탓인가
호기대감　탓이지비

여우미여一篇

[二四七]

여우미여　여─염여
미여　여─염여
여우미여　여─염여
미여　여─염여

＊　牧童들이소를기부로는
　　소리

吉州郡長白面瑞南洞
金鳳海　報

遺　　補

京畿道

京城

崔鳳鎭採集

삼산 록나리
은단지 코단지
바람에떠러진 취색기

　〃

[二五一]
쥐ー건너말 불밋헤
풀은 칭〃대콩이
안 풀은청〃대콩인가
아니안 풀은청〃대콩인가

數謠二篇

[二五八]
안나 반나
엥기 딱지
구루 문장
군맛 단치
첨

[二四九]
하나리 두나리
　〃

難音二篇

[二五〇]
쥐ー건너말 신진사집
시렁우에 언친 푸른청〃조
좁쌀이
쓸은푸른 청〃조좁쌀인가
아니쓸은 푸른청〃조좁쌀
인가

京城

張基貞採集

달싸러가세一篇

[二五二]
달싸라라가세 별싸라가세
서천국으로 명빌너가세

京城

캥〃一篇

* 「코소리말고외여라」

(三二二)

엄어쉬도 갱ㅅ
안어쉬도 갱ㅅ
젓을쉬도 갱ㅅ
엇커라고 갱ㅅ

京城府八判洞
朴允鎬 探集

* 미나리서쳘ㅔ 閔氏의 勢
度를 임닜졍한 것이라고

京城
魏吕熀 探集

미나리笑一篇

(三二四)

미나리는 사철이요
장다리는 한철이요
메옷갓흔 우리쌀이
싀집살년 살더니
미나리笑치 다피엿네

처녀이십一篇

(三二五)

암집이라 얼순이는
인물잘난 탓이든지
량반이라 그러한지
열살부터 오는중매
오날쓰지 오것만은
이버나는 어이하야
나의모양 살펴보니
아해불너 물어보니
외삼촌의 부음이라
방안으로 들어가쉬
명경치경 둘너놋코
나의모양 살펴보니
나이사 만큰만은
반사십이 다되여도
중매할미 뒨혀업노
인물풍채 앗갑도다

보살할미 보동장사
청기장사 바되장사
쌀을주고 밤을쥐도
이버중매 아니하니
할일업고 할일업다
사랑방에 손넘와쉬
아버지와 갓치안커
편지놋코 일을칙에
행여나 중매신가

　　　　　[一一六]

배나무쌀　배좌수샬
머리죳코　실한커녀
례장밧고　죽엇더라
칠문팔쭌　다줄터니
너의머리　나룰다고
지부왕과　마주섯네
가마두채　울니울걸
상여두채　웬탈인가

조금조금　더살더면
새실랑과　마주설걸
조금조금　더살더면
칠성판이　웬말인가
하포소단　쌀고놀걸
조금조금　더살더면
썩동이룰　바들것을
죽동이가　웬일인가
조금조금　더살더면

배좌수샬一篇

연지분도　잇건만은
쓸대업고　쓸대업다
우런부모　날길너서
잡아쓸가　구어쓸가
커녀이십　나이퇴소
알집이라　공순이는
열일곰에　싀집간다
뒷집머슴　검동이도
너사조아　너사조아
량반실랑　너사실코
부자실랑　너사실소
인물풍채　맛당커든
하로밧비　청해주소

초상쑨이　웬일인가
구경쑨이　만당할껄
조금조금　더살더면
초록니불　덥고잘껄
산베이불　웬말인가
조금조금　더살더면
조금조금　더살더면

원앙금칩 베고놀걸
돌버개가 웬말인가

仁川三篇

[二二七]
인천무사 십년에
모씻떡한개를 못먹고
쎼물에삶싹 도라를선다

[二二八]
"
왜놈등살에 못살겟구나
살기는 조와도
인쳔이라 쎼물포

[二二九]
"
인쳔어방천에 큰사아기

선채돈밧고서 죽엇다네
高원郡龍江面
申　龍　成　探集
늘　눔
비둘기 산넘어

數謠 二篇

[二三○]
여쳥 개쌍
은밤사웨 노루고기
어디먹으나 못어더먹으나
올낭쏠낭 가마 셕 국

[二三一]
"
한눔 두눔
삼사 비눔
뚱쎄 망쎄

뙁서방一篇

[二三二]
뙁ー뙁ー 뙁서방
자녜집 어매갓나
요리조리 댕기다가
풍당물에 빠젓비
멀누 건젓나
조리로 건젓지
엇다가 낫나
나못댁이에 낫지
머ー먹구 살엇나
개똥먹고 살엇지
엇더케 울엇나

608

걸々이　울엇지

상々봉一篇

[二二六七]

울나만가누나　상々봉
낙머기루만　올나가누나

高陽郡龍江面
李顯男　採集

느진후에　꼿치피니
나도　너와갓치
느진후에　씨를두고
인간공덕　업섯스니
구천지하　도라가서
노푼지위　바들소냐
꼿밧헤　선관되여
추동춘풍　뼈가엄시
화초차저　훈수하고
인간봄철　집작하자

나물노래一篇

[二二六八]

아강아강　나물가자
무슨나물　가자느냐
개동밧헤　돌미나리
아삭바삭　도려다가
횡강수를에　작태커서
한강물에　흔들어서
어머넘은　은반상이요
아버넘은　금반상이요
오라버니　엇반상이요

高陽郡碧蹄仁面
鄭　基　準　採集

꼿노래五篇

[二二六五]

菊花

구월추풍　색국화야
너는무슨　화초인떼
각색꼿치　落花되고
금색갓치　염친커든
각색닙히　落葉지는데

[二二六六]

楊貴妃花

비야비야　양구비야
당명황에　양구비야
금색갓치　염친커든
비　무삼화초인떼

삼일만에　뜻치지니
短促한게　원이로다

百日紅
[二一六七]
백일홍이라　하는것은
백일을피여　잇스니
우리부모도　너와갓치
백년형수　하옵소서

鳳仙花
[二一六八]
봉선화라　하는것은
화춘산월　청화시에
서화모　잔치할게
옥황님이　내신배라
내방후면　너른뜰에
옥토갓치　곱게일네

한박갓득　심엇더니
임야간에　싹이트려
아침이라　찬이슬에
차々로　피여나니
것님흔　첫치웃코
속님흔　늬어내여
백옥반　색여놋코
조활사　떨처놋코
時를차저　가로치니
四夫堯舜　행순이라

허소히　매질말고
단々이　매엿서라
하룻밤을　자고나니
내손긋헤　뜻피엿네
한물듸려　두물듸려
검은빗치　소사나니
네일홈　뜻쳐짓자

커녀화로　하잣구나

粉花
[二一六九]
일자일홍　분나무야
石분이냐　土분이냐
綠衣紅裳　성쩌이냐
일후석야　커문날에

노름일세　一篇
[二一七〇]
쏘사개　쏘사개　바느질
쏘사중에도　노름일세
각씨중에도　노름일세
우영에　우영에　물네질
로인중에도　노름일세

물논에 물논에 경기질
농보순에도 노름일세
사포달고 활쏘는것
활낭중에도 노름일세
안산에 안산에 갈키질
나무순에도 노름일세

日月樹一篇

[三二七一]

임금님이 삼그신나무
三政丞이 물을주어
六判書 버든가지
八道監司 옷치피여
各邑守令 여릿도다
커나문 무슨나무요
해도돗고 달도돗아

[三二七二]

해는따쉬 초마짓고
달은따쉬 쌍무지개
쌍순달어 우리나라
금상님세 밧치리라

北邙 一篇

[三二七三]

흙은사람은 집쟁이집고
젊은사람은 보첨을지고
북망산이 어대인고
커건너커산이 북망산이라

호랑이 신랑이
개고리 대구리
* 朝鮮最古의 童謠라고

隱音 二篇

[三二七四]

칭주안주는 머구요
상주장단은 곡성이라

　〃

* 淸州、安州、大邱、尙
州、長湍、谷城의 隱音

씨々고一篇

[三二七五]

식은밥이요
먹은묵이라
묵은풋나물이요
쓰든숫섭이라

씨々고 신신고

춤추고 썸쉬고

* 食、蠱

水原郡八灘面　李漢瑛 採集

메를노래 一篇

[二七七]

오날은　한심하니

베틀이나　노아보자

지하만큼　베를놋코

구름에다　잉어걸고

칠성당에　주렴매고

잉어쒜는　삼형케요

눌니개쒜는　도토마리

짜고짜고　짜사이다

비단을　짜사이다

용두머리　우는소래

새벽서리　찬바람에

외기럭이　우는소래

임의소식　친하는듯

춤잘추는　눈썹노리

나의심사　새롭든다

새야새야 一篇

水原郡陰德面　尹 亐 植 採集

[二七八]

새야새야　우는새야

어미업서　슬히우나

젓이업서　슬히우나

서리아침　찬바람에

발々떨며　슬히우네

손노름 一篇

[二七六]

쉬々　쉬々

쌈박구　쌈박구

앵게나쒜　앵게나쒜

오도々　나간데

쇠금풍

水原郡雨行面雲坪里　徐 丙 樂 採集

暗意 一篇

[二七九]

가보세　가보세

을미적 을미적
병신되면 못간다

육군대장이
침만명군사를 거나리고
날만보구 침생커네

* 甲午、乙未、丙申의 隆
薫이니 東學黨亂을 煽
動한것이라고

팔도강산
구경을갓다
신명이 쭬노나도다

水原郡城湖面
逢 寅 基 採集

婦謠一篇

(三八二)
시집간체 삼일만에
행기처마 두터치고
뾱히라고 나가서
침탕관이라고 여러보니
거미줄이 쩌써로안젓더라
뒷동산에 올나다라
양지짝에 울고사리
와직근 썩어다가
침탕관에 자글자글지커 놋

數字一篇

(三八○)
일넛다
이상하다
삼각산에 올나
사방을 바라보니
으방이 쉬너젓다

나물노래一篇

(三八一)
나물딴아 나물딴아
어써어써 나물가세
나물캉은 손에들고
나물보군이는 엽헤끼고
원추리는섞거 칙금불고
입흔듸더 입에물고
이산커산 거너트니
코
사랑에를 나가서
오난활량 가난활량
식움색음 시아버니

일어나서　세수하고　　진지밥상　바드시요　　좁쌀이가　웬일인고

진지상을　바드시요　　들은체도　아니하네　　못살겟네　못살겟네

들은체도　아니하네　　뒷광에를　들어다려　　시집사리　못살겟네

안방에를　들어가서　　좁쌀이를　엽헤서고　　논뚝렁에　두러누어

식음색음　시어머니　　압팡에를　나려다려　　좁쌀이를　덥고

일어나서　세수하고　　호미목을　목에걸고　　자는듯이　누엇스니

진지상을　바드시요　　뒷뜰에를　올녀다려　　시금시금　시아버지

들은체도　아니하네　　살미는　써마직이　　허릴업는　치봉이다

거는방에　들어가서　　회々씸々　매여놋코　　일어나서　들어가보니

동실동실　동세님아　　압뜰에를　나려가니　　새며나리　간곳업네

일어나서　세수하고　　잣채논　써마직이　　압뜰에를　나려다보니

진지상을　바드시요　　회々씸々　매여놋코　　난데업는　치봉이잇네

들은체도　아니하네　　논뚝렁에　안커보니　　이것이　웬일인가

아렛방에　나려다려　　은가락지　서든손에　　나려가　써드러보니

원수백년　착원이　　호미자루　쥐든손에　　새며나리　죽엄이로구나

일어나서　세수하고　　금봉차　쇠르든머리에　　아강아강　며늘아강

시집온케 삼일만에
이것이 웬일이냐]

신중노래一篇

나어머니 날설적에
못둑고기 잡수섯나
못둑못둑 생각나네
죽어서 영리별은
남머도 잇거니와
살어서 생리별은
산초목에 불이붓네
우리어머니 날설적에
중의고기를 잡수섯나
중이되게 마련인가
우리어머니 날설적에
바랑고기를 잡수섯나
바람을지게 마련이게
죽장망혜 굴러임고
팔도강산 내집삼어
지쳉업시 나서보니
흐르는 눈물이여
지우느니 한숨이라
고비고비 서름이여
어느부모가 아리춘가
이내팔자 기박하여
이팔칭춘에 이모양이 웬일
인고

振威
李澈浩採集

담박귀라령一篇

귀야귀야 담박귀야
東萊蔚山 담박귀야
너의國은 엇더킬뇌
大韓國으로 차커왓노
우리國도 조컷만은
大韓의國으로 遊覽왓소
銀을주랴 金을주랴
銀도실코 金도실코
담박귀씨만 주시면
커긔커산 밋헤
녀비를일쐬 홀々쑤려
밤이면 찬이슬맛고
낫이면 햇빗쇠고
거반다 자라니

俗謠 三篇

것님中님 다쳣커웃코
숙님만을 듁싸시
銀죽기 드는칼노
엇썩빗석 비여웃코
총각의쌈지로도 한쌈지
내쌈지로도 한쌈지
북ㅅ놀너 담어웃코
꼴단닙삿 피여웃코
귀한대를 피여보니
목에서 실안개가도네
또한대를 피여보니
손싸락밧싸락 六甲을간다
오장육보가 술장사간다

[三八五]
여보아라농부들 말들어보
게
이눈쎔이에다 모뿔심어서
장님이혼ㅅ 즁자로다
나라국곡을 하려니와
부모봉양 느커간다
에헤어헤 어허야
녀여루 상사데야

[三八六]
여보아라농부들 말들어보
"

[三八七]
여보아라농부들 말들어보
게
에헤어헤 어허야
녀여루 상사데야
"

燕子고개一篇

아이고추어 추냅나라
가지머기 망월래야
장구배미루 넘어가세
에헤어헤 어허야
녀여루 상사데야

[三八八]
이눈쎔이 얼는매고
竹山안ㄷ 큰애기는
썻치갓흔 말올라고
燕子고개를 넘어간다

616

安城郡二竹面竹山里

安　鐘　淵　探集

성기성기一篇

[二八九]
성기성기　성선아
날너가는　학선아
구름쑥의　신선아
록음의진상　버달아
산지불공　버아들아
어름의궁게도　수달핀가
청산봉안　대추선가

개썩一篇　　諷笑二篇

[二二○]
오라버니　오라버니
개썩주껴　쇠떡주껴
해빗치나　삿갓주껴
목마른가　물써주껴
오라버니　집에가건
개썩먹은　숭보지마우
이담에　잘살거든
찰썩치고　매썩처서
고대광실에　마지리다

安城郡竹山面

郭　仁　煥　探集

[二二一]
임내쟁이　쑤왜쟁이
강해놈의　신주쟁이
＊　임내잘내는아이보고

[二九一]
〃

金　浦

趙　南　鳳　探集

[二二二]
아모개닥지　코닥지
잔듸밧헤　호드쟁이
＊　코닥지놀녀주머

婦謠一篇

[二九三]
대천바다　한가운데

썩러엄는 낭가나서

그나무가지는 열둘이요

님흔피여 삼백여순

그냥게 열매가열어

일월인가 명월인가

옷치야 곱다만은

가지가놉허 못썩갓네

　　＊ 一年을비우한것

반둣을 달고요

님실고 갈퀴언

왼둣을 달고요

가

횡치마슨에다 묵아지런매

고

적며라살녀라 네그리말어

라

俗謠三篇

〔三九四〕

압강에 뜬배는

님실로 온배요

뒷강에 뜬배는

낙시질 거루요

님실로 울뇌현

〃

〔三九五〕

신고산이 우르릉

거묵차 떠난소리애

고무공장 큰기집애

냐

요사람끌씨를 왜요리하느

에루화 반봇집싼다

　　＊ 거룩차＝汽車

金浦郡郡內面

李　義　甲　採集

〔三九六〕

요너가산에 수심도만쿠나

아래나웃동래 빅여호머촌

에

횡치마싸리가 나하나쑨인

農謠一篇

〔三九七〕

어화우리 농민들아

동편산에 봄이왓네

눈이녹아 내물되고

버들닙이 푸릇푸릇

농사써가 되엿스니

농장기를 잡아세라

놉흔밧헤 서속심고

나즌논에 벼를가려

분긘케초 근히하니

우순풍조 풍년이라

오곡잡곡 심은것을

가지가지 추수한후

산에올나 나무뻬고

물에가서 고기잡아

국쇠리고 밥지여서

부모처자 단취하야

자미잇게 식사하니

강구연월 이아닌가

어화우리 농민들아

횐하대본　농사로세

江華郡華蓋面仁七里

黃　寅　燮　採集

가이업는　이버몸이

거지엄시　되엿구나

고교　구규

고생하든　우리랑군

구끈하기가　짝이엄네

언문푸리一篇

(二一九八)

가나다라　마바사아

ㄱㄴㄷㄹ

ㄱ자로다　집을짓고

ㄴ자로다　허를달어

지긋시　지긋시(ㄷ)

한백년　사잣더니

인연이업서　못살겟네

가갸　거겨

나냐　너녀

나귀둥에다　솔질을하고

순금안장　지여타고

팔도강산　구경갈가

노뇨　누뉴

노년은　무용인데

아니놀고　무엇하리

다댜　더뎌

다닥다닥　부럿드냐

덧이업시　뚝써러럿네
무졍셰월이　荒流波하야
울고가는　저기럭아

도됴　두듀
도라간봄쳘이　쓰다시오네
님의소식을　젼하야주렴오
나

도쟝은　붉은몸이

깽소년　못하리라

라랴　려려
밤울먹자　도라다보니
아야　어여

나라가는　원앙새야
벗이업서　못먹겟네
아이담삭　쥐엿든손목

널과날과　착을모자
보뵤　부뷰
어이업시　뚝써러럿다

보고지고　보고지고
오요　우유

로료　루류
님의얼골　보고지고
오동복판　거문고에

새줄얼거　무릅에노으니

로료춘풍은　인개유지
사샤　서셔
황학백학이　우즐우즐츙을

쳐쎠에　잇겐만은
丘쌰을사자고　언약을하얏
춘다

더니

마먀　머며

마잣드니　마잣드니
언약이줏치안아　못살겟네
자샤　쳐쳐

님의생각　쳘로난다
소쇼　수슈
자조죵서　오매든님이

모묘　무뮤
소솔아단풍　찬바람에
소식조차　돈쳘이란말가

620

조쵸 주쥬
조버버게 골버든랑군
편지일장 론설하다

　　도

넘을단코 못살겟네
콸삭콸삭 우는눈물에
이버옷갓 다젓는다

차챠 취쳐
차라리 이젓드면
온정이나 뚝슨칠결

초쵸 추츄
초당에 곤히든잠
봉학의소래에 놀버쌔니
봉학은 간곳업고
나느니솔ㅅ 룸소래세

카캬 커켜
용장군 드느칼로
요버몸을 침ㅅ이쳠일지라

라탸 러려
라도라도 월라도한뒤
누구를바라고 나여기왓나

토툐 투튜
루구지심이 절로나도
넘은업서 못살겟네

포표 푸퓨
폭포수로 짓는물에
아조풍덩 싸젓드면
요몰조몰 아니볼졈

하햐 허혀
한양랑군은 버랑군인뒤
편지일장을 론설하다

호효 후휴
후회지심이 절로나네
넘생겨달나고 긔도나하자

상사뒤야八篇
[三九三]
에여라 상사뒤야

파먀 퍼펴
파요파요 보고파요
넘의얼굴이 보고파요
인졔가며는 언졔오나

도라오는 春三月에
옷피거던 오시려나
　　　〃
노세노세 젊어노세
늙고병들면 못노나니라
　　　〃

〔三○五〕
에여라 상사뒤야
남산송죽에 홀로우는커두
　진응
남능은령혼이거던 날모서
가려무나
　　　〃

〔三○○〕
에여라 상사뒤야
이세상이 무슨길인지
한번가면 생친을못오시나
　　　〃

〔三○三〕
에여라 상사뒤야
명사십리 해당화야
옷친다 설어마라
당명화야 양구비라도
죽어지면 허사로다
　　　〃

〔三○七〕
에여라 상사뒤야
중천에쓴 기럭이는
착을코 슯히우네
기럭이도 처량하다
에여라 상사뒤야

〔三○一〕
에여라 상사뒤야
먼산에 자진안개돌고
락스장송은 너울너울한며
슬음업시 눈물난다

〔三○六〕
에여라 상사뒤야
김흔산중에 외로허도
홀로누엇스니 웬말이요
多情한친구못보니 속답な
하다

모심기三篇

(三三〇七)
심어라　심어라
종々모로만　심어라

〃
(三三〇八)
심어라　심어라
마눌모로만　심어라

〃
(三三〇九)
심어라　심어라
일사자모로만　심어라

坡州郡青石面文發里

金鐘泰　採集

마질노래一篇

(三三一〇)
둘너주소　둘너주소
얼는떨쩍　둘너주소
둘너걸낭　내둘느께
하나둘이　가라도
둘너주소　둘너주소
열스물이　가는듯이
둘너주소　둘너주소
먼데사람　듯기좃케
둘너주소　둘너주소
겻헤사람　보기좃케
둘너주소　둘너주소
인삼록용　먹은듯이
둘너주소　둘너주소

냉수人동이나　먹은듯이
둘너주소　둘너주소
막걸니동이나　먹은듯이
둘너주소　둘너주소
신게곡산　고성매야
둘너주소　둘너주소
여게맨줄　아지마소
둘너주소　둘너주소
長淵고랑포　고튼매야
둘너주소　둘너주소
松都장안으로　드려든다
둘너주소　둘너주소
삼간마루　대들쏙에
둘너주소　둘너주소
이간마루　춤울느려
둘너주소　둘너주소

황정나무 두지게에
둘너주소 둘너주소

黃州봉산 굴(窟)은말에
둘너주소 둘너주소

대초나무 밑매손에
둘너주소 둘너주소

그칭년 소년들은
둘너주소 둘너주소

목만 넘겨주소
둘너주소 둘너주소

백발로인은 밑어만주소
둘너주소 둘너주소

의주바람 부는대로
둘너주소 둘너주소

쉬울시게 치는대로
둘너주소 둘너주소

명주고름 늑노는듯이
둘너주소 둘너주소
뒷동산의 첫나무는
둘너주소 둘너주소

야밤삼경 다밝아오니
둘너주소 둘너주소
배사공의돗대로 다나간다
둘너주소 둘너주소

식양길도 도라를가시다
둘너주소 둘너주소
알동산의 축차리는
둘너주소 둘너주소

웃엄시가는銀河 다흘넛싀
다
둘너주소 둘너주소
뱃놈의돗줄로 다나간다

춘각의 둘머머리
둘너주소 둘너주소
알강에뜬배는 넘실너갈배
요

둘너스적에 귀밋머리
둘너주소 둘너주소
뒷강에뜬배는 낙시질배요

양반물 치마에
둘너주소 둘너주소
넘실너갈적엔 외돗달고

메옷커고리가 최格이라
둘너주소 둘너주소

624

님실고올적언 창돗다라

둘너주소 둘너주소

뒷동산의 양달싸리는

둘너주소 둘너주소

고쌉쇼치로 다나간다

둘너주소 둘너주소

개울섬헤 무푸례나무는

둘너주소 둘너주소

채칙감으로 다나간다

둘너주소 둘너주소

안동산의 홍버둘나무는

둘너주소 둘너주소

처녀몽동이로 다나간다

둘너주소 둘너주소

이슬아침 맛난친고

둘너주소 둘너주소

해질굴셰 리별이라

둘너주소 둘너주소

해질굴세 맛난친구

둘너주소 둘너주소

청방중에 리별일세

둘너주소 둘너주소

산곡마다 그늘것네

둘너주소 둘너주소

꼴골마다 연기나네

둘너주소 둘너주소

청둥갓흔 팔다지로

둘너주소 둘너주소

소라갓흔 주먹으로

둘너주소 둘너주소

홰ㅅ칭ㅅ 홰ㅅ칭ㅅ

둘너주소 둘너주소

한일시에 피여나비

베를노래 : 篇

（二三二）

正月하고 십오일에

四月하고 초팔일에

판명하는 소년들아

부모봉양 느커가비

복동씨는 소를몰고

리동씨는 밧흘가라

검으나 검은섭에

백옥갓흔 씨를던커

황금갓흔 누른삭은

얼는장간 도다나비

푸르나 푸른님은

얼는장간 도다나비

고호나 고흔옷은

한일시에 피여나비

함박 갓흔 송아리는
우렁수렁 하이그려
면화쓰는 거동보게
올녀다고 나려쓰네
올녀쓰면 후(구)간행차
나려쓰면 신간행차
청찬안는 행차업네
엇떡히나 가자는가
울넝출넝 가세그려
무엇에나 가자는가
호당나무 실고가지
倭人의 쇠씨아갓다
자그랑자그랑 트러씨여
아려녁 진대할에
당나무 활실미여
우두둥둥탕 타어씨여

여기드리 정말등에
봉산수々셩 옷마듸둑석거
어슥비슥 말어씨여
쇠고등에 놋가락고코
銀河水 북백인가위
어쩍비셕 비여씨여
銀釵가튼 바눌노
서른석자 할작나라
삼사월 긴긴해에
사랑조풀 흙쩍멕여
청젹궁 바듸ㅅ집에
웅젹궁 도루마리
잉어쎠는 삼형체요
동굴쎠는 외외독숀
대추나무 쇄여북에
너어대가 자고왓나
언커버 마치리
銀河水 흐르는물에
구회방에 치달아서

삼시번 마친하야
열씨번 헤여다가
송두셩에 박달방추
우두둥둥탕 쑤려씨여
銀河水 북백인가위
어쩍비셕 비여씨여
銀釵가튼 바눌노
잠간이○신도시(ㅅㅅ빼) 해씨버니
셤이되여 못입갓네

옹금종금一篇

[띄엄띄]
옹금종금 종달새야
씨치비단 노루새야
너어대가 자고왓나

626

천화밤어　자고왓네
그날커벽　무슨꿈울수엇는
가
거위는　밤물고
거위는　대초물고
쌍々히　써다니데
그날아츰　무슨조반하얏든

무엇덤고　자고왓나
당아포　돈단에
건야창　이불에
원앙금침　잣벼개에
덤고쌀고　자고왓네

호방추　당기여
수々붓채　들고
락선주　덥々가자

　* 「一七四」參照
　* 婦女들의　봄자림노펴

開城　柳德根　採集

〔一三一四〕
밥알밥알一篇

밥알밥알　준주밥알
만들어라　가석준주
쳔줄너라　만석중이
알낙궁　커고리에
분명주　치마에
너의오라바니　장가갈제

맥근맥근　쓰멸이요
쓸깃쓸깃　수관이요
달고맛난　경단이요
쓰홈식흠　식혜요
차떡들에　메떡치고
메떡돌에　차떡쳐서
버듸갓흔　섬산적에
구어서나　먹고왓네
금채반　머리여
칠으청　속곳에

〔一三一五〕
새야새야一篇

새야새야　파랑새야
대궐안에　들어가서
은행껍질　물어다가
바우밋혜　모앗다가
너의오라바니　장가갈제
청실홍실　느려주마

連川郡帽山面巓出里

鄭　哲　根　探集

서당압해 一篇

[二二六]

서당압해 비자낭근
선비채워 흐드려컷비
냇가의 버들님흔
물살케워 흐드려컷비
칩팔월의 손나락은
모개케워 흐드러컷네

　　* 저귀＝그리워

廣　州

郭　抦　夏　探集

사촌형님 一篇

[二二五]

형님형님 사촌형님
반갑기는 하오마는
코아래구녕이 무섭소
쌀한되만 재첫스면
형도먹고 나도먹고
구정물은 소가먹고
놀은밤은 개가먹고
。。。。　。。。。
。。。　。。。
。。　。。
。　。

628

慶尙北道

분홋나팔一篇

(三三七)
노랑나팔 열두개
분홋나팔 아홉개
노랑바지 우리아기
노랑나팔 불어라
노랑나팔 불어라
분홍치마 우리언니
분홍나팔 불어라
불어보자 뼈-뼈
또한곡조 쌔-쌔
담넘어서 뻐-뻐
골목에서 쌔-쌔
분홋나팔 수천개
저녁먹고 뜬불자

명절방아一篇

(三三八)
쇠궁쇠궁 방아틀
밤을새며 찟는다
명철방아 찟는다
추석방아 찟는다
방아안에 방아만
잠잘주도 몰으나
밤새도록 일하며
잠잘주도 몰으나

장서방一篇

(三三九)
쌀ㅡ쌀 장쇠방
멋ㅡ먹고 산ㅡ고
아들네집에서 콩한섬
딸네집에서 팟한섬
그작귀작 먹고사네만
뒷동산추정이가 무쇠움네
　* 쑹(雄)노래

새롱一篇

(三四〇)
오랑새롱 간새롱
청지문압 간새롱
누뜯밤을 준새롱
무군새롱 쇠신새롱

더달랑새룡　안준새룡
윤ㅡ새룡　더준새룡
무군새룡　쇠신새룡

＊　標準語譯例 ——

「오락고해서　가넛가
부억문압호로　가넛가
누른밥을　주기로
먹으넛가　묘송다」

＊　오ㅡ하고　더답한세

雜　二篇

〔□□□□〕
오ㅡ더가례　동삿나
곤방술로　피먹어
개무구무와　임맛차
버ㅡ망근　다ㅡ고
망근줄만　남엇길세
버ㅡ망근　다ㅡ고
버려지가　다파먹고
버ㅡ망근　다ㅡ고
백겨설낭　팔아다가
썩사먹고　술사먹고
버ㅡ망근　다ㅡ고
돈한푼도　안남앗소

質푸리一篇

〔□□□□〕
이락자라　쎙기질
마당가운데　독구질
먼산이　갈쿠질
고흔각씨　바누질
어린아회　뛰염질

"
모르지말고
꽁ㅅ씸어　먹어라

＊　모른다고한세

내망군一篇

〔□□□□〕
버ㅡ망근　다ㅡ고
버ㅡ망근　다ㅡ고

불손자一篇

〔□□□□〕
봉황대밋헤　한매요
은가락지　날주소
애락조년　십버라
떠추나무　걸엇드니

아들손자 나ー두고
쌀손자 너죽가
초승넘에 반달넘아
오는잠을 엇지하나

형님형님 오시거든
알남산의 어마넘묘
뒷동산의 아바넘묘
갓치가서 갓치울세
형님형님 우리형님
어느써나 오실낭가
버일이나 오실낭가
모ー태나 오실낭가

달　二篇
〔〓〓〓(ㅊ)〕
종지종지 못종자야
심지엄는 불을켜서
천왕국에 달어노니
일만국이 밝어오네
청운래산 만구름아
너안싀면 뉘가싀리

　〃
〔〓〓〓(ス)〕
금산밋헤 금독겁아
은산밋헤 은독겁아
무슨청에 참이오노

우리형님一篇
〔〓〓〓(ㅅ)〕
비야비야 오지마라
우리형님 싀집갈써
가마쏙지 물이든다
가마쏙지 율이들면
비단치마 얼룽진다
비도비도 짓구지비
형님형님 우지마소
형님형님 우리형님
어느써나 오실낭가
버일이나 오실낭가
모ー래나 오실낭가

해야해야二篇
〔〓〓〓(ス)〕
해야해야 나오너라
구름속을 나오너라
압뒤문을 여러놋코
물써먹고 나오너라
쳐금장귀 들너치고

구름속을 나오너라
　　* 해가구름속에가리워것
　　술ㅅ
　　　　　　"
［ロ三三○］
해야해야 물써먹고
장귀치고 나오너라
보리떡도 떡이요
수ㅅ떡도 떡이요
기름떡도 떡이요
이붓시아비도 시아비요
이붓씨—마도 씨미요
닭의발도 고기요
머누리보선 불바다신고
비수리광지 엽헤씨고
도랑고개를 넘어가네

오고래동ㅅ 바느질에
우금부금 방치김애
길어나면 할개질에
산에나면 독기질에
이밤조밥 먹는데
고기반찬 먹는데
당나귀쌍ㅅ 우는데
대문이드르룽 우는데
갓신줄ㅅ 쇠는데
놀개가락지 차는데!
애깃씨 배깃씨 쑥쇠매
명쳔길주 호령매
이머거매 낙씨매
매부불에 송옷매
　　　　* 색—미॥식어매

서생원一篇
［ロ三二一］
바삭바삭 서생원이
감투쓰고 장죽물고
아장아장 나옵니다
생원벼슬 하엿건만
생쥐쎠가 그리워서
궤짝갈가 버려놋코
솟곱질이 하고십허
갸옷갸옷 돌녜돌녜

강실도령一篇
［ロ三三三］
강실강실 강도령이
강실책을 품에품고
강실붓을 입에물고

632

강실먹을 손에 쥐고
허생원네 집압흐로
강실강실 지날나니
허생원집 맛애기가
동창문을 열쳐놋코
남창분천 빗겨서서
쥐구가는 쥐도령이
상사람의 도령이냐
량반의집 도령이냐
하룻밤만 쉬고가소
하루해만 놀다가소
에라그런 잡말마라
첫실에 어미죽고
두살에 아비죽고
세살부터 공부하야
네속에다 쑹칠소냐

얽은각시一篇

〔一一三三〕

당홍대단 컵동새야
거칠비단 너루새야
알누산 쇠쇠리야
후추산 비닭이야
너어듸가 자고왓나
구의몽당 톱아들어
철성방에 자고왓네
그방치장 엇덧흔가
방치장은 조터만은
임의각시 만조하데
얽거들낭 검지말고
검거들낭 얽지말지
꼽고고흔 양구비는
원궁선녀 호사되고
치닷분이 넉ㅅ하데

꽃노래一篇

뭅한종지 다부어도
가득지도 아니활비
얽으신들 내탓인가
검으신들 내탓인가
얽으시나 검으시나
어내재조 보고가소

〔一一三四〕

알송달송 그문화는
지궁선녀 비나되고
웅은붉은 목단화는
산쵠궁녀 처장되고
꼽고고흔 양구비는
원궁선녀 호사되고
황금빗의 금슌화는

월하가인 한심된다

산울다라二篇

[二二三五]

대틀심어 대틀심어
못가운데 대틀심어
무슨열매 열엇든고
햇님달님 열엇드네
해는따서 것바치고
달은따서 안을머고
무지개로 선올둘너
조모성을 사침笑코
팔사둔ㅅ 선울다라
중문거리 거러놋코
올나가는 구관삿도
내려가는 신관삿도

줌치구정 하고가소
느거누님 어듸갓노
우리누님 쉬울갓소
느거누님 잇섯든들
은도백량 돈도백량
두백량을 주엇슬걸
느거머니 어듸갓노
우리머니 쉬울갓소
느거머니 잇섯든들
혼사말을 햇슬거로

〃

[二二三六]

천녀젹삼 안고름에
외무지개 선울다라
쌍무지개 선올둘너
가친달ㅅ 쇼는집에

당나귀용ㅅ 우는집에
게사니쌕ㅅ 우는집에
니방삼시 먹는집에
시집을 갓드니마는
잘하는일도 못한다고
못한일도 못한다고
몃년만에 집에왓드니
아버지오마니 다어듸갓소
아버지는 나무하러가고
오마니는 개미나리러갓다
그런데웬체나 도라옵넛가
아버지는 삶은종이
좌이나야 오ㅡ구
오마니는 썩은팟이
좌이나야 오ㅡ구

죽은어매一篇

[三三七]

재조보게 재조보게
우리어매 재조보게
나도낫코 빼도낫코
열두새 모시베는
거미씨여 걸어놋코
열석새 명지베는
잉에걸어 밀쳐놋코
어린자식 칫먹여놋코
실건자식 밥먹여놋코
이세상을 마다하고
취숭살님 가신다네
나도가비 나도가비
어매똬라 나도가비
바늘간데 실안갈가

어매간데 나안갈가
고랑은깁고 산은높고
봉래산 깁흔골로
어매불으고 들어가니
죽은어매 대답할가
여만층 바위밋헤
뭇친어매가 대답할가

자장歌二篇

[三三八]

자장자장 원리자장
자장밧혜 불이붓고
고개넘어는 잡이온다
건너집애기는 울기만한다
우리애기는 잘두잔다

[三三九]

자―장 자―장
우리아기 잘두자고
남의아기 못두잔다
망ㅅ개야 짓지마라
딴ㅅ머감 주므신다

愛撫二篇

[三四〇]

아가덕아 얼뚱아가
어허둥ㅅ 내간ㅅ아
금울준들 너를사며
옥을준들 너를살까
금자동아 옥자동아
어허둥실 내사랑아

아가덕아 열뚱아가　　이리봐도 이내간ㅅ　　불탄집에 화괴신가

어허둥ㅅ 내간ㅅ아　　커리봐도 이내사랑　　약대갓치 굿세거라

당긔꼿헤 준진신가　　어허둥ㅅ 내간ㅅ아　　당ㅅ차고 북잠자고

고륜꼿헤 매진신가　　어허둥실 내사랑아　　영화무귀 잠울잔다

만첩산중 보배동아　　 ＂

천ㅅ산즁 일월동아

아가덕아 열뚱아가

어허둥ㅅ 내간ㅅ아

남긘북담 작만한들　　오색비단 채색동아

이우에서 더조호며　　팔만장안 이탄동아

고관대작 하고본들　　무하자의 백옥동아

이우에서 더집불가　　하날갓ㅊ 놉흐거라

아가덕아 열뚱아가　　천자갓치 놉흐거라

어허둥ㅅ 내간ㅅ아　　우둘안의 옥녀신가

어허둥ㅅ 내간ㅅ아　　우물밧게 서괴신가

(이하략) 옥ㅅ동아 금자동아

첩긔천금 보배동아

만첩산중 옥포동아

독기한쌍一篇

(이하략) 그린다고 그린게

특긔한창 그렷네

두눈은 도래도래

두귀는 쫑긋

압발은 쌀숙

뒷발은 길숙

허리는 잘숙

쇠리는 몽랑

야산봉산에 쌍동쌍동

뛰울나 간다

간셜타령 一篇

[一三四六]

커놈의대가리를　비며다가
활라감사　도님상에
국바구리로　팔아도
다무나돈//　생기고
어허친구　써하고

이놈의코를　쌔며다가
길써할매　만나면
양금통으로　팔아도
다문아돈//　생기고
어허친구　써하고

이놈의배를　비며다가
개밥통으로　팔아도
다문아돈//　생기고
어허친구　써하고

기덕장사를　만나서
기덕이라　팔아도
다문아돈//　생기고
어허친구　써하고

이놈의손을　쌔며다가
싹구리쥔에　팔아도
다문아돈//　생기고
어허친구　써하고

커놈의눈쌀을　쌔며다가
매방울로　팔아도
다문아돈//　생기고
어허친구　써하고

이놈의입사지를　쌔며다가
활량아케　만나면
골패쪽으로　팔아도
다문아돈//　생기고
어허친구　써하고

커놈의귀를　쌔며다가
어허친구　써하고

이놈의다리를　쌔며다가
갱이쳔을　만나면
갱이로　팔아도
다문아돈//　생기고
어허친구　써하고

* 갱이＝쟁이

돌녀라 一篇

〔二三六〕

동구랑허 동구랑허
황새란놈은 다리가길다고
월천군으로 돌녀라
동구랑허 동구랑허
솔개란놈은 눈치가좃타고
보조군사로 돌녀라
동구랑허 동구랑허
가마귀란놈은 복색이업다
고
도감포수로 돌녀라
동구랑허 동구랑허

제비란놈은 복색이좃타고
평양기생으로 돌녀라
동구랑허 동구랑허
딱々구리란놈은 파기를잘
한다고
나막신쟁이로 돌녀라
동구랑허 동구랑허
거미란놈은 여기를잘처서
석쇠쟁이로 돌녀라

京城府樓上洞

金志淵提稿

매물노래 一篇

〔二三七〕

이산커산 거위산이
매물한숨 쓱려노코
사흘만에 도라보니
대꽁대꽁 불은대꽁
쏫은피여 배쏫갓고
님흔님흔 쩍님히요
열매동々 검은떨매
압집에 김도령아
뒷집에 리도령아
매물비로 안갈나나
매물비려 와안가요
색기수어 엽헤서고
몽당낫(鎌)을 손에들고
암소는 압헤몰고

황소는　뒤에몰고
어석어석　비여써여

암소는　뒤굼뭐고
구부구부　술는물에

황소는　고등씨고
요리살퍽　뒤처써여

줌수이　비여써여
올나가는　구감사야

단수이　묵거다가
매물국수　써국수요

바리바리　시려써여
만수으로　잡고가소

대뷴산에　정엿다가
먹고가면　조치마는

도릿개로　성문처서
길이밥버　못먹겟써

압써몰에　너버씻고
내려오는　신감사야

뒷써물에　해와다가
매물국수　써국수요

하로볏　잡간뵈여
만수으로　잡고가소

방아에　버락처서
먹고가면　조치마는

치궁에로　갈나써여
길이밥버　못먹겟써

암반에　분칠하고

흙독개에　옷을입혀

은장두　드는칼노

쏘서방一篇

（□□□）
쏘바리쏘바리　쏘서방

자녀집이　어댄고

이산커산　넘어서

꼼배집이　너집일세

옷쳐옷쳐　사는고

동욱개미　살넘에

아들낫코　딸낫코

명주낫코　베낫코

＊　웃쳐＝엇지
동욱개미＝촛유살림

京城府嘉會洞一八二
金在仙報

서울양반一篇

[一三三七]

나무뚝々 고양아
위듸양반 죽더냐
서울양반 죽더라
윗덕해서 죽더냐
랑건에다 콩복다가
부랄라서 죽더라

忠南瑞山
柳 基 默 報

드러만오면　드러만오면
내칼에마저　죽으리라
*
加藤淸正이義人에게쑛
저鴻닌가는것을보고의
첫다는노래

京 城
孟 允 永 報

양산이라　뒷개골에
열무짓는　우리형은
날카마도　더고분더
* 날카마도＝남보다도

京 城
朴 東 明 報

倭將淸正一篇

[一三三八]

네놈이 倭將淸正이아니냐
네놈이 安東三十里안에

고운처자一篇

[一三三九]

사래질고 진진맛해
목화따는 커커자야
뉘간장을 녹이랴고
커리곱게 생겻는고
내가멋이 그리곱아

慶尙南道

諺謠 四篇

[二三五〇]
이바구커바구 씽써바구
씽써한집 질머지고
佐川장에 팔너갓더니
씽써한집 다못팔고
매만맛고 똥만쌋비
즈가배한태 긔별하니
긔별한둥 만둥
즈거매한태 긔별하니
긔별한둥 만둥

　"
쥐거할매한태 긔별하니
긔별한둥 만둥
게집한태 긔별하니
긔별한둥 만둥
동생한래 긔별하니
긔별한둥 만둥
형이한태 긔별하니
긔별한둥 만둥
긔별한둥 만둥
고녜손자 잘마컷다

밤낫으로 키워각귀
오드랑댕댕 비여다가
소구리명당 집을지어
아들이나면 효자로다
딸이나면 열녀로다
소가나면 大牛로다
말이나면 龍馬로다
龍馬둥에 大牛둥에
쥐놈우상주 거둥봐라
탕건은버쉬 쩨기를차고
상정막대이는 룡수를따고

[二三五一]
강원도 강생원은
솔씨한되 구해다가
압동산에 헛첫드니
밤으로는 이슬주고
낫으로는 볏흘쑤어
○○○○○
○○○○○○

　"
[二三五二]
강남성 강쇠접이
부농성 월례한테
○○○○○
○○○○○○

장가간다 허옵시고
쪽닥이마 벳시들고
뚱지콜낭 흘케서고
케피눈을 벳시들고
곰배팔낭 생스리고
쌍치다리 후리치고
가스호스 댕기면서
자랑한다 하엿도다
윌레가 하는말이
쉐여진 룩사리는
래틀매여 쓰것마는
사발갓흔 너팔자야
아이고아이고 어이할고

〔三三五三〕
"
쇼우랑 할망이가

쇼우랑 짝지물집고
쇼우랑 길을가다가
쇼우랑 산에올나가서
쇼우랑 똥을누니
쇼우랑 강아지가와서
쇼우랑 똥을먹다가
쇼우랑 좌자로
쇼우랑 할망이가써려
쇼우랑쌩스 쇼우랑쌩스

* 이약이하랼세

〔三三五五〕
"
덕시진놈 허리넝칭한자리
담배곡지진놈 궁기빡곰한
자리
똥장군진놈 수리수리한자
리
울섭진놈 버석버석한자리

* 이야기하랼세

遁辭 二篇

〔三三五四〕
이박커박 삿치박
멈풀밋헤 쇼두박
이웃녕감 두릇박

* 여박(이라구)=이야기

諷笑 二篇

〔三三五六〕
쇠당강아지 똥강아지
누런밥살스 슬거서
선생한그릇 커바드리고
내 한그릇잡숫고

* 舊靈臺단이는어희롱놀
　니며

춘羅監司 살쥑에
기생천을 만히해서
창이울너 그럭라

어데쇼졍一篇
[三三九]

어데쇼졍 왓ー노
안중안즁 모릿네
어데쇼졍 왓ー노
동산건너 왓ー노
어데쇼졍 왓!노
삽작거리 왓ー더
어데쇼졍 왓ー노
추담밋헤 왓ー버
어데쇼졍 왓ー노
구둘복에 왓ー녀
* 동무덕게다ᄋᆞ마돌밧
치ᄉᆞ샹한보ᄉᆞ웨롱짜라
　가며

[三三七]
조고마는 부머집요지고
남산에 울낫구나
기집하나 어덧구나
살남게 울낫구나
아이고 아이고 울엇구나
눈써리가 쌀갓쿠나
* 뚝검이보고

뚝검아 뚝검아
비손바닥이 와그럭노
춘羅監司 살쥑에
장기바둑 만이뛰써
못이백혀 그럭타

뚝검이一篇
[三三八]
뚝섭아 뚝섭아
네둥이 와그릿ᄂᆞ

뚝검아 뚝검아
네눈이 와그릿노
춘羅監司 살쥑에
울군불군 만히먹고
북힌눈이 남아잇너

연지색기 一篇

[○三五○]
아자바 써자바 어데갓노
새잡으려 갓다
한마리다고 습어먹자
두마리다고 쉬커먹자
쒜지남게 불이부터
으록조록 박쪼록
연지색기 분쪼록
손어색기 분쪼록
오줄이촬움 방구두드랑탕

내눈니 쉬 다ー고
고기하고 밥줄게
내눈나쉬 다ー고

* 눈에퇴가들엇슬때른아
「휘여ー
자ー나셧다나셧다」

써치야써치야 一篇

[○三五一]
써치야 써치야
홈에빠진녀색기 건귀줄게

추이 一篇

[○三五二]
아이고칩어라 칩도랑
건너도랑 벳도랑
아회하나 쥐색기
어룬하나 당나귀

뒤자뒤자 一篇

[○三五三]
뒤자뒤자 쒸여나보자
먼데사람 듯기조케
겻헤사람 보기조케
모기도 한서자네
이써아니면 언케노나
오소오소 이리오소
어룬이라고 쌔지말고

* 한서Ⅱ함께

양반쌍놈 一篇

[○三五四]
양반은 가죽신
쌍놈은 메투리
어룬은 집신
아희들은 맨발

버석버석 一篇

[三三七六]
버석버석　담배장사
활그락달그락　나무신장사
바드라　반드리나무
밀어라　미나리나무
울너머간다　호박넝출
움벅둠벅　호박나물
놀장놀장　배추속님

數謠 二篇

[三三六七]
엄지　장지
키다리　미용지
쏜병이
　　　＊五數,

아췬의갓신이　써ㅡㄹ써ㅡㄹ　잉음사람　수지보지
기생의댕기가　퍼ㅡ르퍼ㅡㄹ　나발잡고　방구투드랑
활냥의장구가　셩ㅡ셩　행
　　＊二十三數?　술에쌜휴
　　＊여와전가음역

遊戲 五篇

[三三六九]
실ㅡ실ㅡ　쇼ㅡ쇼
버탉주소
자비탉업네
버탉주소
자비탉업비

[三三七0]

갈밧혜갈닙이 一篇

[三三七七]
갈밧혜갈닙이　가ㅡㄹ가ㄹ
대밧혜대ㅅ님이　대ㅡ대
숩밧혜숩님이　소ㅡㄹ소ㅡㄹ
무당의붓채가　휘ㅣ르쮝ㅣㄹ
죽도밤도　먼어더밀이고

[三三七八]
오골낭　도골낭　실패장사
너거머니　삽착거레　대려
자네닭업비
　　　＊달구잡이

〔三七〇〕
보금자리 차커오너라
안커봐도 뵈이고
쉬々봐도 뵈이네

  * 숨박곰질

〔三七一〕
게와밥자 게와밥자
어회칭々 게와밥자
서런두장 게와밥자
경상도 게와밥자

  * 게와밥기

〃

〔三七二〕
쇼사리돈차 쇼사리돈차
前陽山 쇼사리돈차

  * 고사리산키

〃

〔三七三〕
한섬 두―섬
콩한낫 밥바더라
논을살네 밧흘살네

  * 응심그기

〃

아희잡어려 간다
아희잡아 무엇할네
콧구멍에 약할난다
피으로갈네 酉으로갈네
걸건네주써마 누고누고알
어라

  * 걸=개천

〔三七四〕
問答二篇
봉사봉사 쉐봉사
어듸가노 쉐봉사

〃

〔三七六〕
뭐―먹고 살앗노
되―지먹고 살앗지
무슨쏧로 먹엇노
쇠―커로 먹엇지
누캉누캉 먹엇노
나혼자 먹엇지
뭘々 되―지

별헤기二篇

[三二七六]
별하나둑나서　구워서　불
어서　춤랙이너어라
별둘둑나서　구워서　불어
서　춤랙이너어라
별셋둑나서　구워서　불어
서　춤랙이너어라
별넷둑나서　구워서　불어
서　춤랙이너어라

[三二七七]
별하나둑나　행주닥가　망
래에너어서　東門에걸고
별둘둑나　행주닥가　망래
에너어서　西門에걸고
별셋둑나　행주닥가　망래
에너어서　南門에걸고
별넷둑나　행주닥가　망래
에너어서　北門에걸고

　　　″

* 「서슴지말고　한숨에외
여라」

[三二七八]
쥐건너집웅에잇는　콩깍
이가
안콩깍댁인가　안안콩깍댁
인가
* 「호소려말고　외우면용
최」

코소래一篇

엄마품二篇

[三二七九]
숭어색기　뮬에놀고
미꾸라지　뻘에놀고
나는나는　우리엄마품에노
비

　　　″

[三二八○]
새는새는　낭게자고
쥐는쥐는　궁게자고
돌에붓혼　성갑지야
낭게붓혼　솔방울아
나는나는　어데잘고
우리엄마　품에자지
五六年이　되며가면
속절업시　떠러지네

비야비야三篇

[一二八一]
비야비야　씨우비야
셋치동스　세우비야
악수가치　싸루워라

[一二八二]
"
가매싹지　비들친다
우리생이　시집갈쌔
비야비야　오지마라

[一二八三]
"
우리엄마　시집간다
비야비야　오지마라
＊　비올쌔　고둥성질쎅내
러가는것을보고

雜　二十五篇

[一二八四]
달도조타　달도조타
커달밋헤　써라가면
분두각시　보련마는
＊　蛇新郎이야기

[一二八五]
"
동성동성　동대원아
유지장낭　석롭새야
안고죽자　지고죽자
＊　잠자리웅지에다집쑤려

[一二八六]
"
보리밧헤　문둥아
해다젓다　나오너라
＊　저녁째　붓고랑길을지
게（고）기하고　밥줄ㅡ게

나가며

[一二八七]
"
쳘ㅡ철이　붓거라
붓흔자리　붓거라
먼데가면　죽는다

[一二八八]
"
쳘기야　쳘기야
소꿈바다　오너라
＊　잠자리웅지에다집쑤려
기둘떠저　노아주

[一二八九]
"
아ㅡ나　살쩐ㅡ아

648

　*　고양이부르며

　〃

　레기로입을쒸며

　*　竹馬을타고놀

[三九〇]
빡굼아　빡굼아　비온다
장독간　덥허라
　*　땅속에잇는벌레집을파고
청이로쑤셔며

[三九三]
제(기)○○고　자식죽고
나혼자　엇지　살고
　*　누나구에안지우는가마
귀소래징형내며

[三九六]
말란놈도　섯덕　섯덕
소란놈도　섯덕　섯덕
　*　무엇에든지타고놀

[三九一]
朱생원　내크보소
　*　우알한동무를놀니며

[三九四]
억게동무　사동무
보리가나두룩　살아라
　*　억게동무를하고가며

[三九七]
등리　파령이
어령이　더령이
　*　안조어론인체하는놈보

[三九二]
　〃
아가리싹々　벌기라
열무짐치　드려간다
　*　미우라지을밥고　겁주

[三九五]
　〃
어라말아　굽다칩나

[三九八]
　〃
비지쌋자
조콘쌋자

양반님　나가신다

고　웅집

*　동모의 발바닥을산길며
조로 = 豆腐

[三二九]　운심아
술이 철서 결너라

　　　"
무엇먹고 살엇노
둘써창써 오도독

[三三〇]
콩썩가죽써 배처타
*　말지지느러진것을보고

[三三一]
창써 둘써 다 노는데
아죽썬는 몬노는가
*　동모들의 노을판에 갓치
눙자고돌녀

　　　"
커건너 고명감
어ー이

[三三二]
빅산아 빅산아
너밤그릇하고 내밥그릇하
고 밧구ー자
*　山響을뜻고

[三三三]
　　　"
홍걸네 방아야
운샆밧자 싸래기밧자
*　운궁네숙방아 뛰ㅅ다
리롱ㄷ되더쉬ㅇ

[三三四]
　　　"
화통(사령)방에 불지라
굴노방에 쑥띠라
*　달강이 불보ㅇ

[三三五]
　　　"
영감아영감아 장구처라
할멈아할먼아 춤처라

[三三六]
　　　"
이탈밧출또사 누캉뭇고살
*　「三九六」참조

[三三七]
쇠

내강묵고살자　누강묵고
살아
* 누항=누구와

이불매가　누불맨고
경상도　따불맬세
불매　불매　불매야

* 아기두손을잡고흔들며

아웃싸나　크거라
너치장은　내가하마

* 아기의머리를쓰다듬며,
初헤두굴두굴은「둥
굴둥굴이라도

〔二〇八〕
누줄쇼
"

날도고
날도고
날도괴미　둥주섯
(二〇九、날도괴미　씹남섯)

* 먹을것이나　우엇슬둘
처하다안주면서
날도고=날다오

〔二一〇〕
사모슬머린가　둥실둥실
사신들손인가　너실너실
간듸뒤허린가　넌청넌청
쇠자신을발인가　굼실굼실

* 아기의머리와손. 뒤리
방을차례로어루만저주
며

자장一篇

〔二一一〕
자장자장　우리아가
압집개도　짓지말고
뒷집개도　짓지마라
깜둥이입분이도　잠잘자고
압집백산이바둑이도　잠잘
잔다
우리애기　잠잘잔다
자장자장　자장게야

愛撫三篇
〔二〇九〕
불매　불매　불매야

〔二一一〕
뚜굴뚜굴　모개야
"

글이나리二篇

[ㅁㅁㅁ]

동모너야　동모너야
三年묵은　고초장에
개밥바당이　낫출식고

수수깨비　동모너야
五年묵은　지렁장에
치맛자락에　낫출밴고

돌미나리　캐러가자
쪼각쪼각　주뭃너서
이것조곰　먹어봐라

얼마나　캐엿드뇨
큰방에　아부님요
에라요년　물너가거라]

한바구니　캐엿드네
그만자고　이러나소
머리人방에　머슴둘아

샛별갓흔　종솟헤다
銀대야이　셋수하고
도랑가에　해도덧다

대人님갓치　따와버여
반묵수건　낫홀딱고
고만자고　이러나소

압버人걸에　시처버고
이것조곰　잡사보소]
도란가에　낫출딱고

뒷버人걸에　헤여버고
머릿방에　여호갓흔　시누
오슬압헤　낫출딱고

銀장도　드는칼에
부야
이것조곰　먹어봐라

어석버석　글거내여
고만자고　이러나소
에라요눔　물너안써라]

압집에　호초넛코
쎄수동이　낫출식고
줌치노래二篇

뒷집에　섯소곰넛코
낫수긴에　낫출딱고
이것조곰　덕어봐라]

[ㅁㅁ원]
아렛방에　춘년둘아
성너집에　성부나무

붓두막에　참기름넛코
대문산에　해둘엇다
눈네집에　누의나무

652

한가지를 석거다가
한동산에 씹아논쇄
한가지는 해가열고
한가지는 달이열어
해는따서 거죽하고
달은따서 안을엿코
새별노 상침노코
무지개로 션을달아
서울이라 남대문에
보기좃케 걸어놈쇄
"

〔三一六〕
남글십어 남글심어
룸ㅅ가운데 남글심어
그남게 무슨열매여럿든고
햇님달님 열엇드네

햇님유낭 것슐대고
달님을낭 안을따고
조모셩이 상침곳코
무지개로 션을둘너
용의발로 션을달아
남문쳥에 걸어노니
울나가는 구관삿도
버려오는 신관삿도
그주머니 누시누시지엇든
고

어제왓든 시악시와
아래왓든 새처자와
나와셋치 집엇드네
그주머니 집은사람
銀이라도 여려닷말
돈이라도 여려닷말

열닷말이 쳐갑시비

〔청두복셩一篇〕
또랑또랑 갯사또랑
쳥두복셩 심엇더니
울나가는 구감사야
내리가는 신감사야
맛조타고 다쇠먹고
빗조타고 다쇠먹비
좋인동인 수통인은
맛울롏나 한이로다
명년봄이 도라와서
님도피고 삿도피면
가지가지 석거줍쇄

꼿노래二篇

　　　　　　［一三四］

이어커며　어느여냐
구시월로　마쳐픽고
음자마중　한박꼿은
우라분님　生民뎌라
슌은조하　금청게요
배는조아　홍슐죠라
그술먹고　취졍굿ㅊ라
노래한상　불너보자
아람답다　기성꼿은
방자손을　휘둘니고
쐴것쐴것　치마꼿흔
○○○○　○○○○
설수갱빈　피리꼿흔
우수갱빈　마주픽고
미나리야　서편꼿은

능금한상二篇

　　　　　　［一三六］

경상감사　샬애기가
옥당을　쒸여넘어
능금한상　주엇구나
도쳑으로　모랏구나
오늘아려라　버일아려라
분스질것흔　이버손목
사랑（使令）손에　잡혓구나
감래갓흔　이버머리

꺽사뜰에　층ㅅ하고
九月이라　菊花꼿은
구시월로　마쳐픽고
음자마중　한박꼿은
쓸밋헤　도사도야
쓸우여　도사도야
사랑손에　감쳣구나

　　　　　　″

아쾬들아　지쾬들아
반머리　똥인들아
우리남이　날찻거든
때에갱겨쉬도　아니죽고
병이들어쉬도　아니죽고
넘그려쉬　죽엇다고
○○○○　○○○○
○○○○　○○○○

　　　　　　［一三九］

호오단상　샬일너니
순넘금의　첩일너니
애기대롱　쉬신다고
월두단창　쒸여넘어

능금한상 볏치먹고
삼ㅅ대갓흔 이내머리
헝클밋헤 쓰러지고
붓동갓흔 이내손목
새롱탈로 시쉬배고
통인님요 통인님요
매곳치나 보아주소
매곳치사 본다마는
물명주 단속곳에
매곳마다 문어난다

쉬룬두관 게와집에
마은네칸 도벽방에
방치래는 조레마는
각시넘은 맘주허데
　＊ 맘주허데＝안입우데
가길낙은 가소마는
뒷동산 쇠치나무
아모리 맵다한들
씨누갓치 매울손가

강도래미 一篇

〔二三一○〕
강돌강돌 강도래미
강실책을 엽해시고
무암땅에 장가갈헤

우로라바사 둘엇스면
보든책을 밀쳐놋코
딸나쉬리 중나쉬리
동ㅅ실노 가자시리
우리성넘 둘엇스면
감청샛진 신든발에
살강머리 흣처잡고
집시기가 웬말인가

敍事 三篇

〔二三一一〕
봉림산 뻥건날에
삼백서을 실나든다
은쉬락지 쉬든손에
호멩이자루가 웬말인가
명주비단 감든몸에
무명옷이 웬말인가
감청삿진 신든발에
집시기가 웬말인가

우라버니 둘엇스면
바든밤상 밀쳐놋코
한숨하고 도라서리
우러머넘 둘엇스면
산간딸버 뒤그르고

〃

[□□□]
청래산 백마지기
평풍산 도랑뱅이
지슴동쓰 씌더놋코
물가득 실어놋코
옥켜라 청자밋헤
시로시로 잠어드려
前옯아기 잡자는때
다신에미 점심사쉬
와쉬보고 도라간다
애비에게 말음해쉬
자는애를 죽엿구나
죽은아기 목속에쉬
파랑새가 날아나며
친실에난 자식두고

〃
후실장가 가지마소
노래노래 부르면쉬
간곳업시 나라간다

[□□□]
커건너 남안성에
도리도리 색갓집에
딸형제를 나앗다오
어사사위 어덧다오
시집가든 사흘만에
못논에 가자길쉬
가길낙은 갓세마는
한산모시 청치마에
힌길상사 췹초고리
외씨갓흔 벗보선에
온손안에 칼낫갓치씁아놋
니모배기 신에다가
나도야 죽을나비

모폭을 갈나싱거
마지란다네 마지란다네
질매상소리 마지란다네
하로컴두록 썬단것이
모한라래 몬썻구나
집이라고 들어간쉬
왜갯다소 왜갯다소
친청아배 국을드고
친량관에 밤을쎠쉬
만량관에 밤을쎠쉬
지는이는 묵고가고
모리나는 쌋고가소
나도야 죽을나비

서당선부　서당에 갓다오드
니

방에라고　드러간쇄
가슴백이　라고본죽
쌔순집은　어데가고
찬짐만　올나온다
어머넘도　그래밧소
아버넘도　그래밧소
장인이　아랏스면
시런(殺人)이　날일이요
장모가　아럿스면
시런이　날일이요
환애장사　염헤놋코
치상이나　찰치시요
튄노튈노　눈흔튈노
줄노릿이나　내가가요

婦謠雜八篇

[1324]
우리금주　싱긴나무
삼청셩의　물을주어
六制書　벗은가지
八道감사　씻치퓌여
그씻지고　열매열면
各邑守令　모혀든다
大丈夫　돕흔일홈
遺芳百世　하여보쇄

[1325]
우리금주　싱긴나무
이청커청　뎌쳥밧게
사랑칭의　딘창밧게
왕대주라　회출놈게
금실나무　안치슐쎄
그나무　구졍타가
부모간곳　모를네라

연치닷말　다캐벗네

[1326]
쇠방쇠방　장쇠방에
연시(치)닷말　심엇드니
우리동생　몀넘이가
서당선배　눈에걸고

[1327]
새근패로　집을짓고
금봉어로　문을달어
분롱가튼　쉬방안에
앵무가튼　쉬큰악아

뉘간장을　녹일나고

눈매곱게 생겻느냐　　　　한숭업시 생길손가

가난넌네 찰일나니　　　　초가에도 양반살고

눈매곱게 인생길가　　　　와가에도 쌍늠살고

제수넌네 손잘나니　　　　비단에도 얻이잇고

눈매곱게 안생길가　　　　머단에도 어렁잇고

〔二三八〕　"　　　　　룸노물노 생긴몸에

　　　　　　　　　　　한숭이야 엄실손가

東에동창 쯔는달은　　　　"

西에쇠창 감동하고　　　　〔二三九〕

어쩨오신 군자님은　　　　쯕을심거 쯕커고리

자는것이 잠이로다　　　　이씨싱거 다홍치마

너얼마나 으짓함사　　　　외씨갓흔 민보선에

오늘져녁 잠이오랴　　　　쯧노흔 신울신고

냉수여 날희들고　　　　어아래라 벗의집에

숙텽에도 불희들고　　　　벗님한테 놀너가니

룸노물노 생긴수로　　　　이써벗이 나쉬드니

손을잡고 반겨하네

놀자고 오는친구

쌔굴녀서 놀널손가

조라는 유리잔에

기명주를 가득부어

안주업는 술술손가

쇼방으로 드려가쉬

안줄낙은 작고다고

들켯다네 들켯다비

아배한테 들켯다비

북쇠는 불거쥐고

이쌔질은 감々하비

〔二四〇〕　"

한울에울나 한상금아

658

영어버려 물선배야　　팽이에걸녀 쉿다하소
우내아들 김대룡아　　딸새딸새 동내장매
천양반 차렷다고　　그만그쑴 안돗거든
고분써무든 자지장옷　　구무구무 도라가쉬
치닷분을 쇠젓구나　　먹랑산 와시실에
버일아츰 조사숫헤　　불둥가튼 세간방에
대스님삿흔 아부님께　　곰자덜ㅅ 쇠깃구냐
솔님갓흔 어무님께　　둘어안저 생각하니
칼날가튼 본처에게　　네앞만 길새긴들
어이할고 어이할고　　천々에 노든벗은

　　　　〃　　　　　본처간랑 쉐길소냐

＊　복희만랑॥본처단치

나사는데는 羅州일네라　　아내눈에 눈물의짝
이새간데 臙脂일비　　　南風에 비친木난
아니갈나 하엿더니　　兩風에 쓸녕하면
갈것이라 무가버라　　어내눈물 다가선다

그만그쑴 되거들낭
아츔조사 드려가다가　　　　〔二三三〕
대문써레 쉿다하소　　　　哀歌 二篇
뒷동산 치ㅅ달아
화초구경 가시다가　　당두당두 실패당두
　　　　　　　　　　모단댕기 돈비녀야
다시보자 집소커야　　국시질녀 감반하고
조이가자 강남자야　　　○○○○○○○○

○○○○
너는죽어　약숙되고
침셩관에　실녀오데

○○○○
나는죽어　졍피되여
권마셩은　어듸가고

라기실흔　엇가마야
오뉘이라　端午날에
꽹無소래　웬일인고

씹기실흔　금비녀야
머리人몰에　만나보자
玎無소래　웬일인고

입기실흔　참모입셩
너는죽어　나부되고
잎산人대는　어듸가고

셔기실흔　금반지야
나는죽어　철기되여
명쥔창도　거원일고

신기실흔　맛경당이
휘々칭々　감겨보자
광단이불　더담뇨는

넘기실흔　빈둥고개
너는죽어　상투되고
돌이덥자　지엇드니

○○○○
나는죽어　동곳되여
혼자덥기　눈물나네

○○○○
머리우에　만나보자
혼자덥기　눈물나네

○○○○
＊　시양대＝수영대

대야대야　시양대야
〃

복아복아　양산복아

한셔堂에　글을읽어
（□□□□□）

남지녀자　몰낫든가
셔울갓든　션부넘네
혼자버기　눈물이네

한동에　목을삼아
우리선부　안오든가
두리버자　하엿드니
원앙수침　삽버게는

남자녀자　몰낫든가
오기사　오데마는
소이텃네　소이텃네

벼거넘에　소익것데
그걸사나　소이라고
겨우한쌍　오리한쌍
쌍々이　떠두로네

＊　科擧산낙천이죽어도라
온것을란식한노러

춘향이배나　잡아라고
놀너가세　놀너가세
장人바닥으로　놀너가세

달 一篇

〔□□□〕

청산생　욱동편에
심지업는　봉술케라
만국이라　다빗기네
秋風秋雨　드리부틀
쥐불쏘리　뉘잇소리

나우야나우야 一篇

〔□□□〕

나우야나우야　너는무슷옷
치죠트노
나는진길록산에　노가지상
나두에　海棠花가조트라
야々　너는무슷옷치죠트노
나는　무거내징용에　실농
화가조르라

＊　나하누의

불이낫네 一篇

〔□□□〕

불이낫네　불이낫네
때눌안어　봄이낫네
천자야　쥐불써라
만인간의　문섯눈불
물노하니　내가쓸가

봉실봉실 一篇

〔□□□〕

봉실봉실　씻봉지는
나븨오기만　기다린다
오복소복　봄배추는
삼々랑오기만　기다린다
산으로가면　산을라고
들노가면　들을라고
이내나는　랄것업서

＊　전길록산、부게내징용
은暇名인가

情戀七篇

〔二三八〕
철네웃을 그려내여
임의버선에 볼을바더
임을보고 버선보니
임줄생각 가이업서

　〃

놀납다대단타 궁초댕기
여가업시 써러젓네

〔二三九〕
아이강동々 요내첩은
신을벗고 물을인다
소래갱기 욱마총에
나라가면서 산발하세

〔二四○〕
버려다준 궁초댕기
어느여가에 다여러젓노

　〃

〔二四一〕
초롱아 초롱아 연사초롱
임우(의)방에 불발켜라
임도눕고 나도눕고
켜초롱人불 누가쓰리

〔二四二〕
커건너라 뜨는별은
銀별인가 玉별인가
강진도사 리별인가
長興邑內 뭅별인가

해다지고 졍근날에
꿀목골목 연기나네
우리님은 어듸가고
커틱할줄 모르드냐

　〃

〔二四三〕
모시야한자에 대양해도
도련님수건은 써당함세
궁초야한자에 대양해도
커자야댕기는 써당함세

* 대양=한냥

蔚山邑內
鄭 寅 燮 採集

雜

앞집슐집과 갈보집에
돈쓰라고 쓸고가네
면씨괴길 삼년만에
첩백원랑 빗올젓네
논밧사진 고사하고
관리대접에 집팔엇네

*이약이…

忠南天安郡成歡
張漢拍 採集

대사리가 먹더라
가마귀가 쐿더라
대초나 달니라
어ー人

*이약이…

王거미 一篇

【二二四八】
읽미본차 국회본에
나라드는 저연집아
웃조모 향과조리고
머기퀴기 아식마라
씨정의 왓것미는
너를 잡으라고
죽만섰느고 잇다

兩書記一篇

【二二四六】
우리어둠 면씨괴라
윗급바다 일백쉰량
쉰량을낭 쌀갑주고
스믈대량 면장주고
주재소의 순사부장
슐먹자고 차위오고
군청에서 군주사가
양복닙고 출장오면

河辟一篇

【二二四七】
이야기는 이야기요
예야기는 예야기요

진논에 거머리요
다른논어 더사리요

*湖南地方流行

靑瀋洲東濱線山城子東南門

外　撫　圭　哲　報

[一三四八]

어라둥모야　너말한자리드
러봐라

함평장산아니던　사람살예

러나와　行仵재촉하여라

으름날　해떠지는곳으로

行仵걷다즐　갈거나ー

＊　今羅鬼地方流行

京城府觔勳洞一四六

鄭　人　澤　採集

육자뼈기三篇

[一三四七]

萬里長空에　황혼은허러지
고

漢陽岡십리중에　月色도有

가자구나

離別마자지은명서　泰山갓
치미멋더니

나를싸라　江山구경이나나

泰山이허망히문어저　不地

됨줄뉘알앗나

임엇둔옷을모라서　왼억게
되둥너메고

情트고

친혀엄나

[一三四九]　〃

情戀三篇

[一三五一]

바람이조타구　돗다지말구
要

커달은떠서　火將이되고
要

牽牛織女　後軍이되여

몽금이古巖浦　들몃다가게

青天에有戲하야　銀河水를
건너갈제

背天에有戲하야　銀河水를

여봐라童子야　어서밧비이

〃

[三五三]
고기는잡아서　무엇에쓰나
요
고흔넘거기서　기다리신다
오
〃

[三五二]
신식의사랑은　잡갑이사랑
실타가식으면　그만이란다
＊黃海道沿海流行

京城

郭明浚探集

兒童謠二十三首

[三五四]
아이고배야　자라배야
노천달네　쑥지배야
잡지배인지　글어낸다
룰리배인지　돌너낸다
＊아ㅽ들이배알는시늉을
하면서

[三五五]
게아잡아　게아잡아
이밤해줄신　얼는노아라
＊게에게손을물니면

[三五六]
나뷔나뷔　상〃
〃

[三五九]
아가아가　우지마라

[三五七]
박아지성〃　박서방
허리춤에　리서방
＊박이지룰두다리며　흥
저귀저렷서될때

[三五八]
똥〃할미
룰쇠위주ㅡ소
＊묵은하고나와　굿텅어
물두나리며

＊나뷔싸라가며먹ㅅ불음

돈사맛는 멋장사 오면
멋을사쉬 네게줄나
　　*　우는아이달내며

［六一］
　　〃

이랴말아 상사말아
이웃칫홍 허지말아
조꼼가면 어물줄나
　　*　발달내는시능하면서

［六二］
　　〃

개구녕에
한아바람 드려갓다
　　*　진소연해부로버나종배
　　누一개구녕에하나반드
　전산다」가된다고

［六〇］
　　〃
무엇이는지샘이며

［六三］
　　〃
매一나라간다
밤의말갓흣것을날니며

［六四］
너는니밥먹구
나는조밥먹구
　　*　셔간노리한돼、조개비

한이바람 ‖ 北風
　　〃

［六五］
형이야 망이야
비행이 뛰인다
쉬간 파이야
　　*　셰간노리가바가비놀멋

만〃이쪽〃 두루만이쪽〃
　　*　나연

［六六］
쌈빡쌈빡 책〃
들넘어라 책〃
올림박휘 채박휘
달一달 말녀라
　　*　쌈박허쥬기을업이물어
돌〃망니눈것을보고
게다흠흠담아두라리며

666

「三六七」
오양산에 붙이야
작두산에 붙이야
후산에 붙이야
　＊ 一三九六一類謠

수리꾸러 줄ㅡ신
별내여 다ㅡ고
　＊ 당아리속홍파별게

나가니상에 낫키
어써낙어라
　＊ 화로전ㅅ숫어서
　　나가니ㅔ나그ㅂ

「三六八」
오이를 내일나
참외를 내일나
　＊ 「외쌈외」라는글을서더
　　밧세슴아로며

쏠기먹구
니ㅅ밤먹구
　＊ 가치다리히며 □헌부움

「三七○」
나가니온다 니밥하여라
거란방니온다 조밥하여라
　＊ 꺼거금나눈것을보소서

＊
　울뚝 불뚝
　오불 악뚝ㅡ
　＊ 발혀이기한해

방귀타령ㅡ썀

「三七二」
싀아반방귀ㄴ 호령방귀
싀오만방귀ㄴ 걱정방귀
딸의방귀ㄴ 연지방귀
며누리방귀ㄴ 도적방귀

「三六九」
너의딸 시집갈제
할ㅡ만 할ㅡ만

어써낙어라

숭아돌방귀나　마당방귀

俗謠一篇

(三七五)
아죽기동배야　열니지마라

북디기속에서　하이카라난

다

물발낫다　진하이카라

봉당발낫다　마른하이카라

＊　以上二十篇、歌唱地方

奇撰者居住姓名未審

冠詞索引

（가나다順）

가

672

바

例記

一、府郡單位(補遺만은道單位)아래 採集者別—無順—로排列하되 一採集者의牧穫이 二府郡 以上에亘할時는 府郡別을조차 各々分載하엿다.

一、採集者의居住姓名아래 添記한 「報」「採集」「提稿」等의區別은 資料求得의經路를 表示함에不過하니 事實上으로는 何等差別잇슬것이아니다.

一、題目은 重視할根據를 둔것이아니니 甲의資料에서 「베를노래二篇」에屬한類謠가 乙에 쉬는 「婦謠五篇」 或은「叙事三篇」에 包含된等境遇가업지안타.

一、分類單位以下의 採錄先後에는 別般拘束이업스되 兒童謠·純情謠를압흐로 成人謠·癈 頹謠를뒤로두기를 原則으로삼엇다.

一、類謠는 可及的으로 割愛하엿스나 特殊한方言과 歌詞異動의顯著한것은 探探하엿스며 全國的으로普遍된資料는 發辭地、或은代表地方의一二를 採錄함으로서 긋처두엇다.

一、創作의手巧를加한것은 一切로排除하엿스며 口口傳承으로보기어려운 廣義의民謠 若干 은 歌詞의洗鍊程度를參酌하야 取捨를制定하엿다.

一、記載의 正確은　萬全을 期하야　오히려 미처지못하엿거니와　方言과 語調의 特徵을　尊重하야

반듯이어너 標準으로　統一하기를 期約치안엇스니　同一한 歌詞로　ㅂ=ㅂㅂ、ㅃ=ㅂㅂ、ㅉ=ㅈ、

도=두等의 混用이잇슴은　이綠由이다。（歌詞番號八六六・一七五八・一八一三等參照）

一、探集者의 記述을　土台삼아　表音의 方式은　구태여 統一치아니하엿다。

例、가락머리=가랑머리、우러머니=울어머니、누구줄人고=누구줄쏘、가니외=가닛가、

一、原則으로　表音法을取하엿스나　慣用된漢字音에잇서서는　間或　例外가업지못하엿다。

例、로인、량반、려장、뎡수、리별、묵두색、

一、一一히 註記치못한方言中　特히　誤植으로보기쉬운句節에는　括弧로　標準音을 記入하엿다。

例、넘（남）언커、합니떠（다）、석탄산（힘）으로、

一、未審하야　省略치아니치못한句節은　點線「。。。。。。。。」으로　行數만充當하엿스며

註記는　探集者의 說明을 主로　編者의 意見을從으로　記述하엿다。

一、錯誤와 未洽한 點은　後日다시 補訂의 機會가잇스리라고생각한다。宗敎와 叱正이잇기를바란다。

編　者

昭和八年 月十五日 印刷
昭和八年 月二十日 發行

定價伍拾錢

編者 金素雲

發行者 東京市麴町區三番町
長谷川巳之吉

印刷所 東京市麴町區一番町
印刷者 萩原芳藏

牛込區山吹町三〇・九八
印刷所 誠眞房

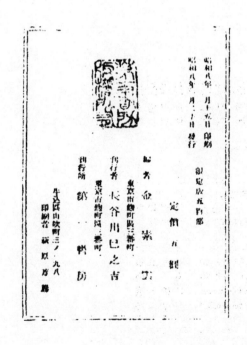